한국
우주난민
특별대책
위원회

한국 우주난민 특별대책 위원회

제재영
장편소설

MINDMARK

어느 날 나는 지난 30여 년 동안 실제로 일어났고, 현재에도 진행 중인 어떤 사건과 실존 인물들에 관한 이야기를 엮어 하나의 예측할 수 없는 방식의 원고를 작성해야겠다고 다짐했다. 그리고 실제로 이 작업을 시작하기에 앞서 다음의 세 가지 원칙을 세웠다.

첫째, 가공하지 않을 것.
둘째, 가공하지 않을 것.
셋째, 가공하지 않을 것.

나는 내가 세운 이 중차대한 원칙을 준수하기만 한다면, 아직 시작도 하지 않은 나의 원고가 나름의 가치를 갖게 될 것이라고 확신했다. 그리고 목표 설정이 끝나자마자 자료실로 달려가 즉각 원고의 초안을 구상했다.

이것은 어느 위대했던 조직에 관한 가감 없는 보고서가 될 것이다. 나는 세상의 모든 이야기가 그렇듯 나의 원고 또한 무엇의, 혹은 누군가의 흥망성쇠에 관한 이야기가 될 것이라고 직감했다.

이 이야기는 내가 원고 작성을 다짐하던 바로 그날 아침의 일상으로부터 시작된다.

차례

문제는,
보이는 것

2022년 5월 13일 오전 8시 49분, 여의나루역은 붐비지 않았다. 나는 즉시 역사를 빠져나와 여의동로를 따라 한강으로 내려왔다. 공원으로 이어지는 경사로에 제법 많은 물이 흐르고 있었다.

나는 잔디밭 사이를 걸어갔다. 비 내리는 공원은 인적 없이 고요했다. 우산 끝에서 떨어진 물방울이 새로 기름칠한 날렵한 구두 머리 위에서 매끄럽게 흘러내렸다.

나는 잠시 봄비가 내리는 한강을 바라보았다. 이제는 낯설 것도 없는 풍광이지만, 비 내리는 한강은 언제 보아도 제법 운치가 있다. 빗방울이 강물에 닿을 때마다 수없이 많은, 그러나 작은 파동이 끊임없이 인다.

그리 멀지 않은 곳이다. 마포대교 아래 서너 명의 남녀가 모여 있었다. 아침 일찍부터 섭보드를 즐기려는 사람들이었다. 가까이 텅 빈 주차장에 이들이 타고 온 것으로 짐작되는 승합차가 보였다. 일행 중 한 명이 차에서 물건을 챙겨 교각을 따라 이동 중이다.

대체로 이삼십 대로 보이는 젊은이들이다. 여전히 떨어지는 빗줄기도 이들에게는 문제가 되지 않는 모양이다. 교각 아래 일렬로 뉘어놓은 원색의 보드가 누군가에게는 성급히 다가온 여름을 실감케 했다.

이들은 겉옷을 벗어 미리 준비한 가방에 찔러 넣었다. 신고 온 신발도 마찬가지였다. 화려한 래시가드 차림의 젊은이들이 맨발로 마주 서서 바람의 세기와 방향에 관해 이야기를 나누는가 싶더니, 이내 벗어두었던 가방을 짊어지고 차례로 보드를 들고 강가로 내려갔다.

잠시 후, 손목시계에서 9시를 알리는 알람이 울렸다. 나는 강변에서 물러나 보도블록 위로 올라왔다. 오도독, 오도독…… 빨간색 우산 위로 빗방울이 떨어졌다. 줄어들 기미도, 굵어질 기미도 없는 일정한 소리였다.

진성 나루 앞에서 오른쪽, 오늘은 원효대교 방향으로 여섯 걸음이다. 너무 빠르지 않게, 과장되지도 않게, 성인의 보폭으로 보통처럼 걷는다. 어제는 세 걸음, 오늘은 여섯 걸음. 내일은 또 몇 걸음. 24시간 단위로 바뀌는 출입구의

한국우주난민
특별대책위원회

위치를 찾아 나는 매일 보통의 걸음을 걷는다.

벌써 2년째 이 짓을 하지만 언제나 이 순간이 되면 아드
레날린이 꿈틀거리는 것을 느낀다. 어쩐지 바지춤이라도
부여잡고 다리를 벌려가며 성의 있게 성큼성큼 걸어가야
만 할 것 같은 기분이다. 하지만 이런 불필요한 행위는 거
리 측정에 방해가 될 뿐이다. 그저 보통의 걸음으로 평소
와 다름없이 걸어간다. 하나, 둘, 셋, 넷, 다섯, 여섯.

나는 여섯 걸음 전과 하등 다를 바 없는 보도블록 위에
멈춰 섰다. 잠시 미동 없이 서서 신호를 기다린다. 발밑으
로 엷은 빛이 지나갔다. 신호다. 곧 지면이 열리며 보도블
록이 하강을 시작했다.

만약 누군가 지금의 내 모습을 지켜보고 있다면, 아침
부터 한강에 나온 신사가 풀린 구두끈이라도 묶으려는지
점차 몸을 수그리는 것처럼 보일지도 모르겠다. 아니면 맨
홀 속으로 출근하는 성실한 수자원공사의 직원처럼 보인
다거나.

사실 문제는 어떻게 보이느냐가 아니다. 보인다는 것 자
체가 문제다. 왜 하필 보도블록 위란 말인가? 코앞에 원효
대교가 있는데 말이다. 다리 밑이라면 적어도 이렇게까지
민망하지는 않을 것이다. 나는 매일 아침 통과의례처럼 반
복되는 일정한 감정을 느끼며 점차 땅속으로 꺼져갔다. 우

산 사이로 원효대교의 교각이 잠시 시야에 들어왔다, 사라졌다.

나는 오늘의 출입구인 보도블록을 타고 하강 중이다. 지면 아래로 다중 설계된 스물한 개의 보도블록이 차례로 회전하며 강변의 열린 틈을 채운다. 작업은 마치 태엽 장치처럼 유연하다.

그사이 나는 지상으로부터 4.7m 아래 위치한 리프트까지 내려왔다. 오늘의 출입구가 리프트 안으로 들어오자 천장이 닫히며 기계가 작동을 시작했다. 나는 그대로 리프트를 타고 지하 기지로 내려왔다.

하강에는 채 15초가 걸리지 않는다. 지하로 내려온 나는 강화유리로 만든 투명한 통로를 따라갔다. 말하자면 이곳은 땅속에 놓인 유리관이다. 지상에서 내려온 리프트에서 이어진 이동로라고는 이 유리관 한길뿐이지만, 벽면에는 친절하게 '진입로'라는 표기와 함께 화살표가 붙어 있다. 유리 벽 밖으로 검붉은 토사가 기왓장 문양으로 쌓인 강변의 지층이 드러났다.

"좋은 아침이야, 안 그래?"

유리관 안에 명랑한 기계음이 울렸다.

"아무렴."

한국우주난민
특별대책위원회

진입로를 따라 20m쯤 걷자 땅속에서 나온 유리관이 한 강으로 이어졌다. 리프트에서 진입로까지 걷는 동안 유리 관에 내장된 센서가 나의 걸음걸이, 음성, 홍채 등 생체인 식을 통해 출입자의 신원을 파악한다. 신원이 보장되지 않 는 자는 한강으로 진입할 수 없다.

"웰컴. 반가워, 공 서기. 승진 축하해."

"벌써 한 달 전 일이지만, 어쨌든 고마워."

진입이 승인되었다.

이제 유리관은 물속에 있다. 비가 내린 탓에 물은 평소 보다 탁하다. 그럼에도 유리관 주변을 헤엄쳐가는 물고기 를 볼 수 있었다. 내 왼편으로 성인 남자의 팔뚝보다도 굵 은 잉어 떼가 유유히 지나갔다.

오늘 아침에는 웬만한 한강의 프로 낚시꾼들도 좀처럼 만나기 힘들다는 장어도 보인다. 발밑에서 헤엄치던 어린 누치 떼 사이를 가르며 메기 한 마리가 올라와 유리관 외 벽에 주둥이를 대고 입술을 뻐끔거렸다.

S자 모양으로 부드럽게 휘어진 유리관 끝에 달린 반구 형의 커다란 물체가 깊은 물 속에서 엷은 빛을 내고 있다. 빛은 매 순간 조금씩 변화하기 때문에 물체는 마치 숨 쉬 는 하나의 유기체 같다.

수중에 축조된 이 건물은 말하자면, 완만하게 구부러진

기다란 입구가 달린, 절반의 둥근 플라스크처럼 보이는 것이 사실이다. 혹은 빛을 내는 물속의 이글루라거나.

2년 전, 서울시 9급 공무원에 지원할 때만 해도 내가 한강에서 일하게 될 줄은 몰랐다. 하물며 물속에서라면? 사실 그것은 지금까지도 가끔 믿기지 않을 때가 있다.

나는 한국우주난민대책위(a.k.a 한우대)*의 마지막 세대이다. 업계에서는 우리를 '셔터맨'이라고도 하고 '스위퍼'라고도 부른다. 셔터맨 또는 스위퍼란 한때 잘나가던 조직이 점차 쇠퇴하면서 사실상 해체된 자리에 배치된 마지막 인력을 의미한다. 쉽게 말해 뒤처리 반이다.

한때 순혈 내부 조직원만 오백여 명, 외부 지원 조직까지 모두 합하면 일만여 명이 움직일 만큼 거대했던 조직망이 현재는 달랑 서른세 명 남았으니, 무엇으로 불리던 틀린 말은 아니다.

한강 속 유리 건물은 애초 조직을 위해 지은 것이 아니었다. '수중 이글루', '빛나는 해파리', 또는 그저 '세금 도둑'이라 불리는 이 정체불명의 건축물은 십수 년 전 한강 속에 용궁을 짓겠다는 야심 찬 계획 아래 설계된, 말하자면 일종의 테마파크의 흔적이다.

---

* 현 한국우주난민특별대책위원회.

016　한국우주난민
　　　 특별대책위원회

당시 누군가의 아이디어와 누군가의 판단, 그리고 몇몇 결정자가 담합한 결과가 바로 이 수중 이글루이다.

화려한 용궁과 용궁을 지키는 거북, 지상과 용궁을 잇는 셔틀 잠수함, 인어 공주와 심청을 모태로 한 놀이극장 등 55만 평 규모의 수중 도시 계획에 5조 3,000억 원의 예산이 편성되었다.

그러나 4년여에 걸친 대대적인 공사 끝에 완성한 것은 달랑 매표소뿐이었다. 무엇보다 놀라운 점은 공사가 진행된 3년 8개월 동안 현장을 둘러본 담당자가 단 한 명도 없었다는 사실이다.

이후 진행된 감사는 차라리 코미디에 가까웠다. 일단 감사장 안으로 들어온 증인들의 면면이 화려했다. 빛나는 얼굴의 피부과 원장, 유흥업소 사장, 오락실 대표, 유사 종교인 a, 종교인 b, 전 장관, 전 광역단체장, 전 수도사업본부장, 전 조달청장, 전, 전, 전……, 그리고 현 은행장까지.

이들은 혐의를 전면 부인했다. 누군가는 스스로를 바지사장이라고 했고, 누군가는 오직 신만이 자신을 벌할 수 있다고 했다. 그는 이후 무신론자로 밝혀졌다. 일단 모르쇠와 떠넘기기, 온갖 욕설과 눈물바람, 삿대질이 오가는 통에 현장을 중계하던 온라인 채널은 유해 콘텐츠 차단 기능에 의해 반나절 동안 모자이크 형태로 송출되었다.

특히 용궁을 지으면서 가장 먼저 매표소부터 만든 이유
가 용하다는 무속인의 충고 때문이었던 것으로 밝혀져 실
소를 샀다. 매표소로 들어온 돈이 나가지 않고 이윤이 될
것이라는 무속인의 예언은 어쨌든 절반은 사실이 되었다.
놀랍게도 매표소로 들어온 돈은 나가지 않고 그대로 물거
품처럼 사라져버렸으니까.

용궁 프로젝트는 그 총체적 부실에도 불구하고 대중의
관심을 받지 못했다. 여기에는 복합적인 이유가 있었겠지
만, 결정적으로 '보이지 않았기' 때문이 크다.

하필 물속 집무실이 우리의 몫이 된 이유는, 어쨌거나
조직의 존재가 비밀이라는 명분이었지만, 실상은 조직 자
체의 좌천이라고 보는 것이 옳다. 어느 부서도 한강(속)으
로의 이전을 원하지 않았다.

2020년 3월 2일, 한국우주난민대책위 본부장 권혁남은
어수선한 분위기 속에 마지막 팀을 꾸린 전유숙을 불러 다
음과 같이 말했다.

"자네가 가라. 한강."

권혁남은 빅맥 세트를, 전유숙은 미닛메이드를 막 주문
한 참이었다.

전유숙은 방법이 없었다. 그녀는 침묵 속에 마지막 만찬
을 즐겼다. 권혁남은 순순히 자신의 빅맥을 내주었다. 허

기진 직장인들로 북적이는 맥도날드 종로3가점에서 전유숙은 창가에 홀로 앉아 빅맥 세트를 해치웠다. 살바람에 옷깃을 세운 권혁남이 빈손으로 횡단보도를 건너는 모습이 보였다.

그때 전유숙은 어떤 다짐 비슷한 것을 했던 것 같다. 그녀는 본부로 돌아와 자신의 팀원인 배하나와 김재수, 그리고 이제 막 자리 배치를 받고 출근한 나, 공필연과 함께 짐을 꾸렸다.

이제 이글루까지 얼마 남지 않았다. 유리관 안으로 그림자가 떨어졌다. 수면 위로 무언가가 지나가고 있다. 나는 고개를 들어 그림자의 실체를 확인했다. 첫 유람선 출항까지는 아직 시간이 남아 있다. 그렇다면? 천천히 줄지어 움직이는 짤막한 그림자들, 네 척의 섭보드가 한강을 건너고 있다.

어느새 물속으로 햇볕이 스며들었다. 오전에 내리던 비가 그치면 화창한 초여름 날씨가 될 것이라는 기상청의 예보가 있었다.

나는 부드럽게 휘어진 유리관의 마지막 모퉁이를 돌았다. 눈앞에 이글루의 출입구가 나타났다. 2022년 5월 13일 오전 9시 3분, 나는 오늘도 '여의동로 진성나루 변, 한강

속 001호'에 무사히 도착했다.

한국우주난민
특별대책위원회

수중
생활

남들은 믿지 않겠지만, 나는 수중 생활에 만족하는 편이
다. 일에도 흥미를 느낀다. 물론 저음부터 그랬던 것은 아
니다. 나에게도 적응의 시간이 필요했고, 그 과정이 결코
쉽지는 않았다.

무엇보다 조직의 존재를 알게 되었을 당시의 충격이 컸
다. '특수'니 '비밀'이니 하는 용어에서부터 지하의 냄새
가 났다.

역시 믿지 않을지 모르지만, 나는 오직 시민을 위해 봉
사하고자 공무원이 된 사람이다. (에헴!) 굳이 숨어서 해야
하는 일이라면 문제가 있는 것이 분명했다. 선배들의 혀
차는 소리도 나의 이런 예감에 확신을 주었다.

첫 출근을 하자마자 서울시의 거대한 비리와 정면으로

마주하게 될 줄이야. 사태 파악을 위해 눈동자를 굴리며 앉아 있자니 처참한 기분이 드는 것이, 아무리 생각해도 기가 막혔다.

내가 이 꼴을 보려고 새벽부터 '역전 실전 학원' 앞에 줄을 선 줄 아는가? 내가 이따위 일이나 하려고 120:1의 경쟁에 뛰어든 줄 아는가? 동작구의 '알또(알고 보면 또라이)', '은또(은근한 또라이)'라 불리며 보낸 지난 2년은 결코 오늘을 위한 것이 아니었다.

망할 세상. 나는 실망과 분노로 목이 말랐다. 그때 처음 알았다. 극도의 충격에는 목이 탄다는 것을.

2020년 3월 2일. 그날은 막바지 꽃샘추위로 한낮 기온이 영하까지 곤두박질친 날이었다. 그런데도 등 뒤로 식은 땀이 흘렀다. 돈세탁, 탈세, 횡령, 공문서위조 같은 단어들이 머릿속에 맴돌았다.

팀장의 복귀를 기다리는 회의실에는 절망만이 있을 뿐이었다. 나는 누구든 내게 첫 임무를 부여하기만 한다면, 자리를 박차고 일어나 과감히 제안을 뿌리치고 자리를 뜨겠노라 다짐했다.

마침내 팀장이 회의실 문을 열고 고개를 들이밀었다. 그리고 그녀는 나를 포함한 팀원들을 향해 이렇게 말했다.

"뱃멀미 있는 사람?"

동시에 나는 두 눈을 질끈 감고 일어나 부르짖듯 외쳤다.

"저는 그렇게 할 수 없습니다."

용기가 필요했다. 지난날들이 주마등처럼 스쳐갔다. 120:1, 아까웠다. 눈을 뜨자 여섯 개의 눈동자가 나를 응시하고 있었다. 하나같이 황당함을 그득 담고서.

"누구야? 쟤."

우리는 우선 물속의 이글루라 불리는 001호의 특수성에 관해 잠시 이야기해볼 필요가 있다. 001호는 강화유리로 만들어진 투명한 건물이다.

투명하다는 것은 단순하지 않다. 행동에 제약을 준다. 네 사람이 생활하기에 150평 규모의 건물은 꽤 넓은 듯하지만, 꼭 그렇지만도 않다. 일부러 몸을 숨기지 않는 한 어디에서건, 원하건 원하지 않건, 서로의 위치를 확인할 수 있다.

네 명의 요원이 화장실과 탈의실을 제외한 모든 공간을 공유한다. 이런 상황은 생각보다 큰 스트레스가 된다. 특히 나의 경우가 그랬다. 당시 사회 초년생이었던 나는 독서실 안의 좁은 칸막이 속에서 지내는 방식이 다년간 몸에 밴 터였다.

나에게 001호의 열린 구조는 올림픽공원이나 광장시장

한가운데 책상을 놓고 앉아 업무를 보는 것과 다를 바가 없었다. 모두가 낯선 환경이 어색한 눈치였지만, 나만큼 부담을 느끼는 사람은 없는 것 같았다.

우리는 어느 순간부터 책상 아래 주저앉아 작업을 하거나, 캐비닛 사이에 자리 잡는 일, 화장실 주변을 맴도는 행동, 탈의실 안에서 통화하는 일 등에 관해 암묵적으로 이해하기 시작했다.

또한, 001호는 강바닥에 고정된 건물이 아니다. 이 특별한 구조의 건축물은 강바닥으로부터 약 5.5m 높이에 떠 있다. 침전물의 상태에 따라 조금씩 달라지기는 하지만, 평균적으로 5.5m를 유지한다.

고정된 위치에 건물이 떠 있을 수 있는 이유에는 부력이니 중력이니 하는 계산이 존재하지만, 나로서는 이해하기 어렵다. 어쨌든 건물은 물속에 떠 있으면서 물살에 휩쓸리지 않는다. 문제는 공법이 완벽하지 않다는 것인데, 001호는 일정한 위치에서 벗어나지 않으면서 아주 조금씩, 매 순간, 제자리를 맴돌 듯 끊임없이 움직인다.

내가 발을 딛고 있는 공간이 움직인다는 것은, 의식은 인지하지 못해도, 나의 온몸과 온 신경에 영향을 준다. 특히 배하나 대리의 경우 '움직이는 001호'의 최대 피해자였다. 그녀는 매일 어지럼증을 호소했고, 1년 내내(정확히는

**한국우주난민
특별대책위원회**

342일) 멀미약 패치를 붙이고 살았다.

가여운 배 대리는 한동안 음식을 입에 대지 못할 지경이었다. 그녀의 신경은 남들보다 예민했고, 그녀의 위는 물과 유동식을 겨우 받아들일 뿐이었다. 그렇지 않아도 마른 배 대리의 몸은 점점 더 야위어갔다. 이런 상황은 조금씩 나아지기는 했지만, 완전히 극복하기까지 긴 시간이 걸렸다.

모두가 나름의 고충을 겪었지만, 1년씩이나 001호에 적응하지 못한 사람은 배하나 대리가 유일했다. 그녀는 짙은 다크서클이 온 얼굴을 덮은 초췌한 얼굴로 화장실을 나서다, 어떤 불리석 세약도 없이 행복한 얼굴로 추로스에 아메리카노를 마시고 있는 내게,

"공, 어떻게 그럴 수 있어?"

라고 묻곤 했다.

"……타고난 것 같습니다."

달리 설명할 길이 없었다.

"아니야. 추로스에는 에스프레소지."

"네?"

배 대리는 여러모로 불편한 기색을 보이며 생수를 챙겨 휴게실을 나섰다.

나는 001호에서 가장 먼저 뱃멀미를 극복한 사람이다.

수중으로 내려온 지 13일 만의 일이었다. 동료들은 이를 쾌거라고까지 했다. 그날 이후 나는 '13일의 사나이'가 되었다.

뱃멀미는 당시 팀원 모두가 가장 극복하고 싶은, 우선 극복해야만 하는, 일종의 관문이었기 때문에 나의 쾌거가 부러움을 산 것은 당연했다.

"공필연 씨, 비결이 있으면 얘기 좀 해줘요."

한 달 가까이 고전 중인 김재수 주임이 휴게실에서 커피를 타다 이렇게 물었다.

그는 이가 나간 낡은 컵에 물 반 컵, 커피믹스 두 포를 넣어 만든 찐득한 커피를 좋아했다. 김 주임이 분신처럼 들고 다니는 이 빨간색 컵에는 해당 조직의 이름 없이 단지 '창설 20주년 기념'이라는 글자와 함께 화살표가 새겨져 있었다.

"비결이랄 건 없고요. 단지 지구에 적응한 원리랄까요?"

"지구에, 적응?"

"네. 지구는 지금도 매 순간 자전과 공전을 하지만, 인류는 더이상 멀미를 느끼지 않잖아요."

나는 아직 사용 설명서가 붙어 있는 냉장고 앞에 앉아 코코넛이 뿌려진 도넛을 먹었다.

"음. 신인류로군요."

김 주임이 고개를 까딱이며 커피를 들고 휴게실을 나섰다. 나는 그렇게 '13일의 사나이'에서 '신인류'가 되었다.

몇 주 더 고생하긴 했지만, 결국 김재수 주임도 '뱃멀미 프리'를 선언했다. 수중 생활 52일 차였다. 그러나 그에게 또다른 난관이 존재한다는 사실을 나는 나중에야 알았다. 그것은 일종의 말초적인 공포였다. 김 주임은 이 사실을 한동안 비밀에 부쳐왔다.

어느 날이다. 김 주임과 나는 '수중 바이크(M500GB)'라 불리는 업무용 장비를 인수하기 위해 지하로 내려갔다. 엄밀히 말해 001호에 지하가 있을 리 없지만, 우리는 업무실 아래 공간을 보통 이렇게 불렀다.

001호는 두 개의 층으로 이루어져 있다. 일단 입구에서 이어지는 상층에는 업무실이 있다. 하층은 다시 두 개의 공간으로 나뉘는데, 하나는 자료실이요, 다른 하나는 기계실이다. 기계실이 지하 공간의 70% 이상을 차지한다. 그리고 여기에는 001호 안의 모든 기계 장치를 제어할 수 있는 조정실과 물 밖으로 드나드는 출입구가 나란히 연결되어 있다.

본부를 떠난 지 넉 달 만에 도착하는 물건이었다. 조정실 안에서 김 주임이 출입구의 외문을 열자 강물과 함께 물건이 안으로 들어왔다. 제법 규모가 큰 물건이다. 순식간에 17톤 이상의 강물이 출입구 안으로 밀려들었다.

물건이 안전하게 안으로 들어오자 김 주임이 외문을 폐쇄했다. 이어 빠른 속도로 배수 작업이 진행되었다. 25평 남짓한 출입구에서 물이 빠지는 데, 대략 20초가 필요했다. 배수 작업이 끝나자 우리는 함께 기계실 밖으로 나왔다.

똑같은 크기와 모양의 물건 두 개가 001호에 도착했다. 은색의 보호제로 감싼 물건은 높이 1.5m, 너비는 2m쯤 돼 보였다. 모양은 누운 타원형에 가까웠다. 마치 엄청나게 큰 맥반석 달걀처럼 보였달까.

물건에는 각각 GPS 수신기와 함께 자력 추진체가 달려 있었다. 이 추진체가 좌표에 따라 물건을 정확히 배달한 것이다.

나는 물건을 기계실로 들이기 위해 '무빙루트'의 버튼을 눌렀다. 바닥이 움직이며 물건이 서서히 내문 안으로 들어왔다. 그때, GPS 수신기를 수거하던 김재수 주임이 갑자기 소리를 지르며 물러났다.

"아악."

"왜 그러세요?"

김 주임의 비명에 나 역시 크게 놀랐다.

"저기."

한국우주난민
특별대책위원회

김 주임의 얼굴이 하얗게 질려 있었다. 그가 가리키는 곳에 커다란 잉어 한 마리가 보였다. 출입구가 열렸을 때, 강물에 휩쓸려 들어온 것이 분명했다. 살아 있는 잉어가 움직이는 바닥 위에서 힘차게 펄떡이고 있었다.

"잉어잖아요?"

"실은, 난 물고기가 무섭거든요."

김 주임의 고백 아닌 고백이었다.

수중 건물과 지상 건물의 근본적인 차이는 창밖으로 보이는 풍경일 것이다. 사실 작업을 하다 보면 건물의 위치는 그리 중요하지 않다. 도심 한복판이든 물속이든 마찬가지다.

하지만 창밖의 풍경은 어색할 수밖에 없다. 창밖으로 도심의 풍광이 아니라 잉어가 눈에 들어오니까. 001호에서 일하는 것은 쉽게 말해 어항 속에서 지내는 것과 같다. 다만 물고기가 어항 밖에 존재한다는 게 다를 뿐이다.

처음에는 한없이 어색했지만, 이제는 차를 마시며 001호만의 풍광을 즐긴다. 물고기의 종류도 제법 익혔다. 이럴 때 나는 가끔 소설 『해저 2만리』의 주인공이 된 것 같은 기분도 든다.

우리는 각자의 방식으로 수중 생활에 적응해갔다. 나는 빠른 시간 안에 많은 것을 익히기 위해 노력했다. 작업에 홍미도 붙었다. 그러는 사이 건물의 구조는 점차 중요하지 않은 문제가 되어갔다. 오히려 벽에 막힌 외부에서의 생활에 종종 답답함을 느꼈다.

한동안 나는 유리 벽 가까이 서서 물고기를 노려보는 김재수 주임과 마주쳤다. 김 주임은 하루에도 몇 번씩 이런 식으로 시간을 보냈다. 그리고 그로부터 8개월쯤 지난 어느 날, 그는 여전히 이가 빠진 빨간색 컵을 들고서 자신이 마침내 물고기 포비아를 극복한 것 같다고 주장했다.

"어떻게요?"

내가 물었다.

"건물 밖으로 물고기가 눈에 들어올 때마다 최면을 걸기 시작했죠."

"뭐라고요?"

"저것은 물고기가 아니야. 비둘기야."

각자의 방식으로.

활동가를
미치게 만드는 것

2022년 4월 20일 오후 2시 40분, 배 선배와 나는 선유도 근방을 순찰 중이었다. 수중 바이크의 속도는 시속 13km를 유지하고 있었다. 우리는 탄력 있게 물살을 가르는 잉어 떼와 더불어 천천히 앞으로 나아갔다.

최고 높이 1.6m, 최대 너비 2.12m. 수중 바이크의 몸체는 중앙이 가장 넓고 전, 후방으로 갈수록 점차 좁아지면서 완벽한 달걀형을 이룬다. 좌석은 운전석이 있는 전방에 둘, 이 둘 사이로 후방에 하나, 최대 3인의 탑승이 가능하다.

애초 수중 바이크의 주요 임무는 탐사와 전술이었다고 한다. 그다지 날렵해 보이지 않는 이 둥근 기체는 실은 시속 260km까지 질주가 가능하고, 탐사 시 하강 속도는 최대 초속 3.3m에 이른다. 이론상으로는 그렇다. 하지만 이렇듯 첨단 장비도 지금은 그저 할 일이 요원한 요원들의 순찰용 도구로 전락한 지 오래다.

"수동 모드로 가볼까?"

배하나 선배가 좌석의 위치를 조정하며 말했다.

"네?"

"왜? 운전하기 싫으니?"

"아니요. 그런 것은 아니지만……."

"그럼, 수동 모드."

"네. 알겠습니다."

나는 계기판에서 핸들을 분리했다. '안전 운행 하시기 바랍니다'라는 안내음과 함께 동력의 변화가 느껴졌다.

수중 바이크가 성산대교 밑을 지날 때, 기체 내부에 설치된 크고 작은 6개의 모니터와 경고등이 잠수 시간 30분 경과를 알리며 동시에 깜박였다.

수중 바이크라 불리는 M500GB는 큰 비용과 시간을 투자해 완성한 최첨단 장비였다. 2010년 6월, 한국우주난민대책위 산하의 자율 개발소인 '수정당'은 개발을 마친 M500GB의 첫 시험 탐사를 진행했다.

당시 날씨와 환경을 고려해 선택한 곳은 동해안의 작은 해수욕장이었다. 일찌감치 시험 장소에 도착한 엔지니어들은 한낮의 햇볕이나 피하고자 백사장 위에 바람막이도 없는 흰 천막 하나를 세워두었다.

이런 시험장이 아침부터 북적였다. 정오가 되기 전 백사장 안으로 대형 세단이 줄지어 들어섰다.

여유 있게 준비를 시작한 덕분으로 시험은 예정 시각인 오후 1시경부터 차질 없이 진행되었다. 결과는 성공적이었다. M500GB는 속도, 잠수, 변형, 자율주행, 탐사, 커뮤니케이션, 저항 등 테스트 항목 모두에서 합격점을 받았다.

속초에서 진행된 이날 비공개 행사에 시장은 물론 장관, 각 부처의 장과 차장, 부속품 납부처장, 예산기획처장 등 총 사십여 명의 초대받지 않은 인사가 참석했다. 이들은 좁은 천막 안에 촘촘히 들어서서 타인의 공로를 공평히 나눠 갖고는 해가 지기 전 줄줄이 백사장을 떠났다.

그날 저녁, 십여 명의 엔지니어들은 시내로 이동해 닭강정과 맥주로 쉼 없이 매진해온 노고의 결과를 자축했다. 오랜만에 야외로 나온지라 핏기 없이 멀건 피부가 벌겋게 그을렸다.

M500GB는 심해 5km까지 탐사가 가능하고, 3.1t 이하의 물건을 적재할 수 있다. 몸체 하부에는 소나sonar, 고출력 스캐너, 채집용 소형 로봇 등 탐사에 필요한 분석기를 갖추었다.

현장에서 수집한 자료는 자체 시스템에 의해 즉각 1차 분석이 이루어지고, 동시에 핫라인을 통해 '레드 돔'이라 불리는 본부의 슈퍼컴퓨터로 전송되어 정밀 분석을 진행한다.

또한, 경우에 따라 기체를 네 가지 방식으로 변형할 수도 있다. 이 과정에서 기계는 몸체의 크기를 최대 1/2까지 줄일 수 있으며, 만약 작전 중 수중에서 변형을 시도한다 해도 이전 동력의 단 6%만을 잃을 뿐이다.

이 놀라운 기기의 유일한 단점은 회당 활동 시간이 충분치 않다는 점뿐이었다. 수중 바이크의 잠수 시간은 충전 후 연속 4시간에 불과하다. 잠수가 시작되면 기계는 정기적으로 남은 시간을 공지한다. 그리고 방전까지 2분을 남기게 되면 기체 내부에서 카운트다운이 시작된다. 일단 카운트다운이 시작되면 할 수 있는 것은 아무것도 없다.

이때 바이크는 운전자의 의지와 상관없이, 어떤 명령도 거부한 채, 자동 제어 장치에 의해 수면 위로 떠오르게 된다. 예외는 없다. 개발자는 이를 '심해 미아 방지 시스템'이라 명명했다.

개발 당시 M500GB에 소용량 배터리가 장착된 이유는 화석 연료를 배제한 친환경적 요인과 무게 증가로 인한 추진력 저하에 기인한 것으로 알려졌다.

우리는 속이 훤히 들여다보이는 둥근 알 속에 나란히 앉아 북동쪽으로 난 강줄기를 따라갔다. 소음은 없다. 공해도 없다. 기체의 전두부 중앙에서 옆면까지 좌우로 크게 움직이는 바이크의 헤드라이트 불빛 사이로 민물 새우가 분주했다.

수중 바이크가 서강대교로 접근할 때, 엷은 빛의 줄기가 우리를 따라왔다. 플라인이다. 키가 커 보이는 플라인이 배 선배가 앉아 있는 바이크의 우현으로 접근해 손을 흔들었다. 이를 본 선배가 가볍게 고개를 끄덕였다.

플라인들은 변이의 방식에 따라 크게 세 가지 유형으로 구분할 수 있다.

- 물 친화형(W.A)
- 갑각류화(C.T)
- 라이트 버그(L.B)

이 중, '물 친화형'이 약 88%로 가장 흔하고, '갑각류화'와 '라이트 버그'가 각각 9%와 2%를 이룬다. 본부에서는 이외의 기타 변이를 1% 내외로 보고 있다.

주말도 아닌데 물놀이 나온 이들이 제법 되었다. 플라인들은 보통 4월 말에서 10월 초 사이 물을 찾는 경우가 잦다. 사실상 플라인의 신체는 수온에 영향을 받지 않지만, 지난 통계에 따르면 어쨌든 그러하다.

본부에서는 이런 현상을 오랜 기간 지구에 머물며 계절에 따른 생활 방식이 관습화한 것으로 보고 있다. 최근 봄 기온이 상승하며 플라인들의 물놀이 시기도 빨라지는 추세다.

화창한 봄날, 한강에서는 물살을 가르는 어류도, 변이를 일으킨 플라인도 모두 자유로워 보였다. 다만 오직 한 사람, 나만은 예외였다. 나는 열 감지 고글을 착용하고 오랜만에 운전까지 하느라 고군분투 중이었다.

배 선배 같은 베테랑과 달리 나는 열 감지 고글 없이는 물과 플라인을 구분하지 못한다. 수중에서 물 친화형 플라인은 수초처럼 유연하고, 물고기만큼이나 자유롭고 재빠르다. 무엇보다 물에 닿은 신체가 투명하게 변화하기 때문에 맨눈으로 이들을 알아보기가 결코 쉽지 않다.

다만, 물속에서 플라인은 엷은 빛을 낸다. 오직 움직일 때만 그러하다. 움직임이 빠르면 빠를수록 빛은 밝아진다. 이 빛으로 물속에서 플라인의 위치를 감지할 수 있다.

하지만 불행히도 나는 이마저도 쉽지 않다. 시력이 좋지 못한 탓인지, 아니면 반응이 무딘 탓인지, 내가 빛을 감지

했을 때는 언제나 상대가 저만큼 앞질러 간 후였다.

"공! 왼쪽으로."

"네?"

나는 본능적으로 고개를 돌렸다. 좌석 사이가 좁은 탓에 내가 쓰고 있던 고글과 배 선배의 이마가 부딪혔다.

"아야야……, 조심해야지."

배 선배가 이마를 움켜쥐었다.

"죄송해요."

쓰고 있으면 마치 곤충의 눈처럼 보이는 고글의 시야로 커다란 불덩이가 가까이 있었다. 열 감지 고글은 저체온의 플라인 탐지 용도로 제작되어 36.5도의 인간은 활활 타오르는 불덩이처럼 보인다.

플라인들의 평균 체온은 22도 안팎이고, 물속에서는 수온만큼 변화한다. 이런 이유로 내게는 그나마 유용한 고글도 겨울에는 무용지물이 되기 십상이다.

"속도 줄이고, 바이크를 강변 쪽으로 붙여."

선배의 지시에 따라 나는 방향키를 수정해 아직 건설 중인 교각 사이로 바이크를 몰았다.

안전벨트를 해제한 배하나 선배가 바이크 내벽 가까이 몸을 붙여 물속을 살피기 시작했다. 혹시 모를 사고자를 찾기 위함이다. 강바닥에 박힌 콘크리트 기둥 사이에서 눈길을 끌만 한 것은 보이지 않았다. 고글의 시야로도 특기할 것은 없었다.

"선배."

"왜?"

"팀장님 말인데요."

"팀장이 뭐?"

배 선배가 기체 내벽에 코를 박고 대꾸했다.

"팀장님은 어떤 분이신가요?"

함께 2년을 일했지만, 나는 팀장에 관해 아는 것이 별로 없었다.

처음 001호로 오게 되었을 때, 팀장은 특유의 에너지로 팀원들을 위로했었다. 자주 회의를 소집했고, 의기소침해 있던 동료들의 기분 전환을 위해 다소 과장된 노력도 서슴지 않았다. 그녀는 001호가 마음에 쏙 든다고도 했다. 그러면서 이글루가 떠나가라 큰소리로 웃어댔다.

이런 팀장이 머지않아 완전히 다른 사람이 되었다. 어느 날, 나는 이글루 입구에 서 있는 팀장을 보았다. 벽을 향해 선 그녀는 그저 물속 풍광을 감상하는 듯했다. 잠시 후 고개를 들자 팀장이 내 앞에 와 있었다. 흠칫 놀라지 않을 수 없었다. 여전히 벽을 향해 선 상태였다.

그날 팀장은 벽에 붙어 이글루를 몇 바퀴나 돌았다. 그녀가 무엇을 하는지 도무지 알 수가 없었다. 팀장은 명하니 밖을 응시하거나, 벽을 잡고 한참을 서 있거나, 큰 숨을 내쉬며 돌아서 절규에 가까운 몸부림을 치기도 했다. 그러면서 온몸으로 낯선 소리를 뿜어내곤 했는데, 그 소리를 무어라 설명하기는 어렵다. 말하자면 저 깊은 곳에서부터 끓어오르는 무언가를 뱉어내는 것 같은 아우성이랄까.

"으이익아이악. 쿠우어억. 쿠우억엑추바아악타아. 아푸치치고고고고……."

대략 이런 소리였다.

누군가 건물 밖에서 팀장의 모습을 보았다면 어땠을까? 유리성에 갇힌 딱한 지구인처럼 보였으려나.

한번은 함께 점심 메뉴를 고르는 자리에서 눈물을 흘린 일도 있다. 그때 우리는 대승적으로 중식에 합의를 이룬 상태였다.

"팀장, 지금 우는 거예요?"

배 선배가 물었다.

"어? 그러네. 난 볶음밥."

눈가를 훔친 팀장이 젖은 손가락 마디를 바라보며 남 말하듯 말했다. 그날 이후 팀장은 다시 울지 않았지만, 딱히 웃지도 않았다.

팀장을 정의하기란 불가능하다. 그녀는 모든 걸 드러내

비밀이라곤 없는 투명한 유리병 같다가도, 어느 순간 완전히 베일에 싸인 채 사방을 경계하는 외로운 맹금류처럼 보이기도 하니까. 그러고 보니 001호에서 팀장이 뱃멀미를 겪었는지, 겪었다면 언제 극복했는지조차 아는 사람이 아무도 없다.

확실한 것은 팀장은 누구보다 호기롭게 팀원을 이끌고 001호로 내려왔지만, 정작 적응에는 가장 오랜 시간이 걸렸다는 사실이다.

"공필연. 팀장은 활동가야. 아니, 활동가였지. 그것도 열혈 활동가."

"그런데요?"

"넌 우리가 하는 일이 활동적이라고 생각하니? 물속에서 자료를 정리하고 데이터나 수집하는 일이? 001호에서 벌어지는 가장 활동적인 사건이란, 이렇게 대단한 유리구슬을 타고 물 밑에서 순찰이나 하는 것뿐이야. 그나마도 매번 허탕이고. 어쩌다 민원다운 민원이라도 발생하면 서로 처리하겠다고 한바탕 난리가 나지."

그것은 사실이다.

"이상 없음. 복귀!"

오늘의 순찰 종료가 선언되었다. 나는 바이크의 핸들을 잡고 세빛섬을 돌아 부드럽게 물살을 타다가 빠르게 소류

했다.

"지구에 정착한 플라인들은 더는 말썽을 벌이지 않아. 지난 2년간 아무 일도 일어나지 않았어. 단 한 번의 특수 작전이나 긴급 소집도 없었지. 그런데 있지, 우리가 001호로 오기 전, 그러니까 그 이전 해에도 마찬가지였거든. 무려 3년 동안이나 아무 일도 일어나지 않았다는 거야."

"그게 나쁜 건가요?"

"물론 아니지. 하지만, 공! 활동가를 미치게 만드는 게 뭔지 알아?"

"그게 뭐죠?"

"부료함이야."

양태마당

외계인에 관한 사적인 정의는 경험에 따라 달라질 수 있겠지만, 그들은 대체로 이러하다. 때로 친절하고, 사교적이며, 지적이고, 범우주적인 감수성을 지니고 있다.

또한, 그들은 때로 매우 비도덕적이고, 지나치게 호기심이 강하며, 쉽게 흥분하고, 이성이라곤 존재하지 않는 작은 뇌를 가진 것이 아닌가 싶을 만큼 단순한 데다, 제멋대로이고, 심지어 괴팍하다.

말하자면 인간처럼.

한국우주난민
특별대책위원회

처음 플라인*의 존재를 알았을 때, 당신은 내가 얼마나 흥분했는지 상상하기 힘들 것이다. 이해한다. 이런 일에는 결코 비교 가능한 경험이 존재하지 않는다.

2020년 3월 2일, 서울 시청으로 첫 출근을 하던 날, 팀원들과 짧은 미팅을 마친 나는 신규 공무원 오리엔테이션에 참석하기 위해 다목적홀에서 대기했다. 다목적홀은 2층 구조의 극장식 강당이었다. 무대 아래로 촘촘히 놓인 좌석이 보였다.

실내는 비어 있었다. 커튼이 내려온 무대 위에 〈2020년 신규 임용 공무원 오리엔테이션 2월 28일~3월 2일, 오후 12시 30분〉이라는 문구가 걸려 있었다. 창밖으로 내려다보이는 광장에서는 겨우내 운영하던 스케이트장의 철거 작업이 한창이었다.

나는 무대가 정면으로 보이는 중앙 좌석에 자리를 잡았다. 오리엔테이션을 위해 약속된 시간이 다가오고 있었다. 그런데 여전히 실내에 대기자가 보이지 않았다.

2층에서 인기척이 들렸다. 나는 고개를 돌려 2층을 올려다보았다. 헛기침하던 누군가가 난간 가까이 다가와 1층의 상황을 확인하고는 조명을 끄고 퇴장했다.

---

* '플라 2.5' 행성에서 온 외계인. (a.k.a a)

"공필연 씨?"

한결 어둑해진 실내에 한 남자가 서 있었다. 그의 휴대 전화 조명이 내 얼굴 위로 쏟아졌다.

"네?"

"따라오세요."

서류 속 사진과 내 얼굴이 일치하는 것을 확인한 남자가 돌아섰다. 나는 영문도 모른 채 남자를 따라 텅 빈 좌석 사이를 빠져나갔다.

우리는 1층 로비를 지나 문서실로 표기된 여러 개의 방을 지나갔다. 북적이는 로비와 달리 문서실 주변은 고요했다. 실내는 대부분 비어 있었다. 좁은 창 안으로 이따금 작업 중인 직원의 모습이 보였다.

곡선으로 이어진 복도를 따라 크고 작은 7, 8개의 방을 지나자 복도 끝은 계단이었다. 상층에서 내려온 계단이 아치형의 비상구 앞에서 끝이 났다.

"어디로 가는 거죠?"

"조금 더 내려가야 해요."

남자가 터치 패드가 달린 벽면 앞에서 멈추었다. 노란빛이 도는 납작한 기계 위에 '그림에 따라 다섯 개의 손가락을 정확히 대시오.'라는 문구가 붙어 있었다. A5 용지에 서울남산체로 출력해 터치 패드 상단에 반듯하게 붙여놓은 한 줄의 문구가 이곳이 서울시 공무원의 메카라는 사실을 상기시켰다.

'친절하게 그려 넣은 손 모양 위에 정확히 손가락을 가져다 대는 것.' 이것이 110만 공무원이 살아가는 방식이며, 4,000만 민원인 모두에게 간절히 바라는 방식이기도 하다.

남자의 신원이 확인되자 터치 패드에 붉은빛이 돌며 '승인' 사인이 떴다. 이때, 계단 위로 깜박이는 유도등이 눈길을 끌었다. 비상 대피로임을 알리는 유도등이 세 차례 깜박이더니, 이내 완전히 소등되었다. 어색한 광경이었다. 이제껏 나는 유도등이 깜박이는 것을 보지 못했다.

'아니, 유도등이 꺼져서는 안 되잖아?'

생각이 여기에 미칠 즈음 복도 끝이 반으로 나뉘며 두 동강으로 갈라졌다. 정확히는 복도 끝에 설계된 계단이 절반으로 나뉘며 바닥에 감춰져 있던 지하의 입구가 드러났다.

놀란 내가 주변을 두리번거렸다. 곡선으로 위치한 복도로 인해 이곳에서는 중앙 로비의 모습이 보이지 않았다. 말하자면 건물의 구조가 만든 사각지대였다.

둥글게 뚫린 입구 앞에 다다르자 나선형의 계단으로 이어지는 바닥에 화살표가 그려져 있었다. 나는 남자를 따라 지하로 내려갔다. 머리 위로 닫히는 계단 사이로 다시 깜빡이는 유도등이 보였다.

폭 1.8m 이상의 나선형 계단은 성인 두 사람이 나란히 걷는데 무리가 없었다. 여기에 둘레를 따라 1m 높이의 난간벽이 설치되어 있었다. 나는 벽 사이로 지하의 상황을 확인하기 위해 애를 썼다. 좁은 틈 사이로 보이는 것이 별로 없었다. 인기척 또한 느껴지지 않았다.

잠시 후, 우리가 도착한 곳은 '양태마당'의 서쪽 입구였다. 양태마당은 한국우주난민대책위의 '서울 지부'이자 '본부'인 지하 기지의 이름이다. 기지의 모양이 갓을 뒤집어놓은 형태와 닮았다 하여 붙은 이름으로, 양태란 갓의 차양 부분을 말한다. 누군가는 기지가 두루마리 휴지를 닮았다고도 했다. 중앙이 빈 원기둥 모양의 건물이 지하 1층에서 지하 10층까지 이어져 있다.

나는 매끄러워 보이는 검은 바닥 위를 걸었다. 중앙 난간을 따라 백남준의 비디오아트를 연상시키는 TV 브라운관이 설치되어 있었다. 화면에서는 최근 서울시 홍보대사가 된 여성 스포츠 선수의 인터뷰 영상이 흘러나오고 있었는데, 어쩐지 다른 세계의 일처럼 낯설게 느껴졌다.

양태마당에서 단연 눈에 띄는 것은 '수정당'일 것이다. 검은 대리석이 깔린 지하 1층은 수정당을 위한 곳이라 해도 과언이 아니었다. 어느 위치에서나 수정당의 입구를 확인할 수 있었다. 처마와 단청, 창호문이 달린 넓은 입구에 한글 현판이 걸려 있다. 수정당은 경복궁 안의 수정전을 재현한 것으로 본부의 연구 개발소를 말한다.

지하로 내려오고 나서야 엘리베이터에 오를 수 있었다. 우리는 단번에 지하 10층까지 내려갔다.

엘리베이터에서 내리자마자 나는 의외의 개방된 공간과 마주했다. 그도 그럴 것이 이곳은 삼면이 유리 벽으로 둘러싸여 있었다. 한눈에도 이곳이 기지의 주요 시설이라는 것을 알 수 있었다.

한쪽 벽면 전체를 뒤덮고 있는 거대한 스크린은 대형 극장을 방불케 했다. 스크린의 좌우로 수십 개의 크고 작은 모니터가 연결되어 있었다. 스크린을 마주 보는 방식으로 설계된 계단식 좌석에는 책상마다 컴퓨터를 비롯해 용도를 알 수 없는 장비들이 즐비했다.

적어도 이삼백 명을 동시에 수용할 수 있을 법한 대규모 극장이다. 이 압도적인 공간은 현재 어스름 속에 잠겨 있었지만, 언제든 깨어나 용솟음칠 것만 같았다.

유리 벽 너머로 내내 고요하던 지하가 소란했다. 통로에서 작업 중인 직원들의 모습이 보였다. 출입문 교체를 위해 철거되는 자동문 위에서 '민원실'이라는 간판이 내려지고, 대신 묵직한 더블 도어 위에 '대회의실'이라는 새로운 간판이 걸리고 있었다.

북적이는 실내는 생각보다 넓었고, 생각과는 달랐다. 삼사십여 명의 인원 중 (아마도) 예닐곱 명만이 사람이다.

"신입 요원이에요! 마지막 충원이래요."

업무실 안으로 들어서자마자 남자가 양손으로 나를 가리키며 큰 소리로 외쳤다. 하지만 모두 눈코 뜰 새 없이 바빠 보였기 때문에 우리는 별 시선을 끌지 못했다.

인간이 아닌 자들은 키가 40cm에서 2m까지 다양했다. 매끈해 보이는 피부는 개체마다 다른 색을 띠었다. 몸에 비해 큰 얼굴은 대체로 둥근 모양이었지만, 누군가는 넓적하거나 길쭉하기도 했다. 두 팔과 다리는 길이에 차이가 없었다.

볼록한 얼굴 위로 두 개의 짙푸른 눈동자가 구슬처럼 빛났고, 커다란 입은 꼬리가 처져 다물고 있으면 다소 억울한 인상을 주었다. 머리 위로 솟은 나뭇잎 모양의 돌기는 소리에 반응하는 것으로 보아 귀인 듯했다. 불쾌한 소음이나 듣기 싫은 말에는 풀죽은 잎사귀가 머리 위에 들러붙어 소리를 차단하곤 했다.

안면에 코는 보이지 않았다. 호흡기는 겨드랑이 사이에 존재하는 것 같았다. 마치 아가미처럼.

"이게 다 뭐죠?"

**한국우주난민
특별대책위원회**

"앞으로 공필연 씨가 상대하게 될 민원인들입니다."

"아니, 이게 다 뭐냐고요?"

내 앞으로 키가 90cm쯤 되어 보이는 세 명의 '이것들'이 알아들을 수 없는 말을 주고받으며 정수기 쪽으로 걸어갔다.

"이봐, 젊은이. 듣자 하니 거북하군. 이거라니? 우리도 인격이 있어."

번호표를 쥐고 차례를 기다리던 누군가가 끼어들었다. 참외처럼 노란 피부의 민원인이, 역시 참외처럼 둥글고 긴 얼굴에 언짢은 기색을 잔뜩 담아 내 쪽으로 다가왔다.

"신입이라잖아."

옆에 있던 또다른 민원인은 긴 몸에 연두색 피부를 갖고 있었다. 그러니까, 오이처럼.

"요즘 신입 요원들은 개념이 없나?"

"이런 꼰대를 봤나?"

두 민원인이 서로를 향해 낄낄거렸다.

"저 실례지만……."

"실례할 것 없어. 우린 '이게' 아니라 '플라인'이야. 외계에서 왔지. 지구가 아닌 곳에서 왔지만, 지구에 정착했다면 그게 외계인이야, 지구인이야?"

"어디에서 오셨는데요?"

참외 말이 맞았다. 나는 뇌에서 개념이라는 게 모두 증발해버린 것 같았다. 그래서 일단 아무 말에나 대꾸했다. 눈에 보이는 광경이 도무지 정리되지 않았고, 어지러웠다. 이건 마치 청과시장에서 말하는 채소를 만난 기분이다. 외계인보다야 말하는 채소가 현실적인가?

"오, 그게 궁금하세요? 우린 목성의 위성인 '플라 2.5'라는 곳에서 왔어요. 인류는 아직 찾지 못한 곳이에요."

오이는 친절하다.

"이젠 영원히 찾지 못할 거야. 펑! 박살이 났거든."

'펑' 하는 소리에 놀란 내가 튕기듯 물러났다. 참외는 과격하다.

"박살이라고 하지 마."

"그럼 뭐라고 해?"

"좋은 표현들이 있지. 예를 들면, '빛 속으로 사라지다'라든가."

"참 좋은 표현이네."

"좋은 표현 감사합니다. 그럼 저는 이만 실례하도록 하겠습니다."

내가 출입구를 찾아 우왕좌왕하는 사이 대여섯 명의 민원인들이 등 뒤에서 밀려들었다. 나를 지하로 안내했던 남자가 흥분한 민원인들에게 둘러싸여 있었다.

**한국우주난민
특별대책위원회**

"신원 확인을 위해 반드시 탈피하셔야 해요."

가까운 창구에서 호소하는 목소리가 들렸다. 그러고 보니 창구마다 '신원 확인을 위해 탈피해주세요.'라는 문구가 붙어 있었다.

"부끄럽단 말이에요."

창구 앞의 남자가 얼굴을 붉히며 말했다. 그는 30대로 보이는 남성이었지만, 곧 본모습을 드러냈다.

탈피란 플라인이 착용하는 인간 형태의 특수 장치를 해제하고 본모습을 드러낸다는 뜻이었다. 탈피한 남자는 분홍색 피부에 큰 눈을 갖고 있었다. 유독 얼굴이 붉은 것은 정말 부끄러움 때문인지, 본래 그런 모습인지 알 길이 없었다. 그리고 나는 무척 어지러웠다.

나는 다시 출입구를 찾아 황급히 돌아섰다. 전방에서 뒤뚱뒤뚱 걸어오는 참외가 보였다. 무엇에 신이 나는지 장난기 가득한 얼굴이다. 나는 어지러운 와중에도 그 모습이 신기해 걷고 있는 참외를 넋 없이 바라보았다

"하지 마. 야! 하지 마."

오이가 참외를 향해 외치며 종종걸음으로 달려왔다.

플라인의 피부는 평소에는 빛이 돌 만큼 매끈하지만, 사실 수많은 촉수로 이루어져 있다. 플라인에게 촉수는 피부인 동시에 털이며 또한 근육이다. 플라인의 몸은 모두 대

나무만큼 홀쭉하다. 각각의 체형을 만드는 것은 사실상 촉수의 양이다. "빵!"하는 입소리와 함께 눈앞에서 참외의 촉수가 활짝 펼쳐지자, 나는 더이상 버티지 못하고 그대로 혼절하고 말았다.

"오래 버텼네. 들어올 때부터 약골이라고 생각했는데."

산발이 된 몸으로 참외가 중얼거렸다.

"화상아! 아직도 그 버릇 못 고쳤지? 응?"

참외를 나무라며 가장 먼저 오이가 달려왔다.

"신입이 아니면 누굴 놀릴 수 있겠어? 게다가 마지막 기회인 걸. 이건 못 참지."

"이봐요, 이봐요. 신입 요원! 눈 좀 떠봐요."

오이가 내 양 뺨을 번갈아 내리치는 바람에 겨우 눈을 떴다. 십여 명이 나를 에워싸고 있었다. 이들 중 지구인은 드물었다. 흐릿한 시야 사이로 보이는 것은 화려한 색깔의 채소, 아니 플라인들이었다. 나는 다시 눈을 감았다.

"공필연 씨! 공필연 씨!"

가까이서 내 이름을 부르는 소리가 들렸다. 동시에 절규와도 같은 창구의 외침이 귓가에 메아리쳤다.

"탈피하셔야 해요오오!"

'그림에 따라 다섯 개의 손가락을 정확히 가져다 대는 것.' 그것이 110만 공무원이 간절히 바라는 바이다.

볼륨을
낮춰요

001호의 업무는 보통 한 통의 전화로부터 시작된다. 용건은 단순 민원이거나 혹은 사고로 인한 신고 전화일 수 있다. 통화는 보통 직접 교신을 통해 이루어지지만, 때로 본부에서 입수한 음성 파일이 001호로 전달되기도 한다.

내가 일하는 곳은 본부의 '행정부'인 '외관요협(외계인 관리요원협회)' 산하의 '정보부', 그 안에서도 '특수 지원팀' 내 존재하는 '대민 행정 서비스국' 안의 '통신부', 쉽게 말해 '콜센터'다.

나는 매일 이곳에서 서너 통에서 많게는 대여섯 통의 전화를 받는다. 그리 많은 수는 아니다. 솔직히 매우 적은 숫자라 할 수 있다. 인구 밀도가 현저히 떨어지는 어느 산골 마을의 면사무소에도 이보다는 많은 전화가 걸려올 것이다.

심지어 이 중 일부는 일반인과의 통화이다. 이런 경우 대체로 잘못 걸린 전화이거나 무작위로 걸린 텔레마케팅. 또는 어딘가에서 혹은 누군가에게 번호를 받았는데 거기가 어디냐고 묻는다거나, 한 번은 너희의 존재를 알고 있으니 당장 자신의 계좌로 23억 8,243만 원을 송금하라는 전화였다.

이 협박범은 가락시장역 근방의 C편의점 앞에서 비치수영복 차림에 스포츠 샌들, 상어 모양의 아이스바를 입에 문 상태로 검거되었다. 통화 후 8분 만에 일이었다.

그는 전직 한우대 요원이었으며, 퇴직 후 시작한 이벤트 사업으로 큰 손해를 입자 범행을 계획한 것으로 알려졌다. 왜 하필 23억 8,243만 원이냐는 물음에는 지난주 복권 당첨금 정도에서 만족하려 했다고 진술했다.

콜센터 이용객 수는 계속해서 줄고 있다. 숫자를 확정할수는 없지만, 매년, 매달, 매주, 매일 꾸준히 줄고 있는 것만은 확실하다.

외계인관리요원협회 내 〉 정보부 내 〉 특수 지원팀 내 〉 대민 행정 서비스국, 다시 말해 001호는 지난날 지구에 난민 신청을 했던 190,249명의 '플라 2.5 행성인' 가운데 영구 거주 확정자 1,528명을 대상으로 한 민원실이다.

그랬다. 우리는 지난 35년여 동안 외계인과 교류해왔

다. 특히 1991년 11월 19일부터 2018년 8월 14일까지 26년 9개월 동안 이들은 실제로 한반도에 머물기도 했다. 그리고 이들 중 일부가 여전히 남아 우리 주변에 뒤섞여 살고 있다.

1,528명의 영구 거주자 가운데 현재 생존자는 1,393명. 민원이 줄어드는 이유는 단순하다. 민원인이 줄고 있기 때문이다.

지구에 남았던 1,528명의 플라인 중에는 일부 수감자도 포함되어 있었다. 플라인들이 지구를 떠날 당시 행성 간 범죄자 인도 협의문이 채택되지 못했기 때문이다.

당시 본부에서는 경범죄자들을 포함, 남은 형기가 6개월 미만인 수감자들을 석방해 대표자 회의에 인도했다. 하지만 그 이상의 범죄자들은 근거가 없었다. 때문에 이들은 동료들이 떠난 후에도 자의와 상관없이 지구에 남겨졌다.

놀랍게도 형기를 마친 플라인 대부분은 교화되었다. 때로 지나칠 정도로. 여기에는 종교적인 이유가 상당했다. 문제는 '플라인은 지구에서 종교를 가질 수 없다'는 조약이었다.

쌍방 간 체결된 조약에 따라 종교 활동을 하는 플라인들이 현장에서 검거되는 사건이 수차례 발생하자 이들은 분쟁위원회에 위헌법률심판을 요청했다. 자신들에게도 종교의 자유를 보장하라는 것이었다.

9개월에 걸친 심판에서 마침내 법원이 위헌 결정을 내리던 날, 법정에서는 살레루야, 나무사랑조화불, 얼렁뚱땅, 동자마마 만만세 등의 주문이 울려 퍼졌다고 한다.

나는 특별한 민원인을 상대하기 위해 580페이지에 달하는 매뉴얼을 외우다시피 했다. 낯선 용어와 기기 활용법이 상세히 기술된 이 기본서는 내게는 차라리 외래어에 가까웠지만, 『공무원 교육학개론』보다야 5만 배쯤 흥미로웠다.

기록에 따르면 지구에 도착한 플라인의 수는 190,249명, 이들 중 지구에서의 사망자 수는 1,783명, 새로 태어난 신생아 수는 1,457명, 실종자 수는 1명이다.

처음 001호에 콜센터가 열리던 날, 나는 책상을 말끔히 정돈한 뒤 심호흡을 하고 정좌한 채 전화가 걸려오기를 기다렸다. 어찌나 긴장되던지 숨 쉬는 것마저 어색할 지경이었다.

나는 지금도 첫 번째 민원인의 이름을 기억하고 있다. 서명실. 수신기가 반짝이더니 모니터가 열렸다. 상대는 머리가 희끗희끗한 노년의 플라인이었다.

서 씨는 새롭게 개편된 납세 정책을 이해하지 못해 애를 먹고 있다고 했다. 조직의 규모가 지속해서 줄어들면서 지난달 을지로 세무서가 철수를 마무리했다. 을지로 세무서는 1993년 1월 문을 연 최초의 플라인 전용 세무서이자 마지막 영업소였다.

나는 국세청의 자동화 시스템을 통해 소득세를 납부하는 방법과 시스템에 접속하는 데 필요한 몇 가지 절차에 관해 상세히 설명했다.

"설명을 듣고 보니 전자식 납부라는 것도 그리 끔찍한 일만은 아닌 것 같군요."

"물론입니다. 방법을 익혀두시면 방문 접수보다 훨씬 편하실 거예요."

"그렇군요. 정말 감사해요. 덕분에 한시름 놓았어요."

통화는 그렇게 끝이 났다. 인자한 미소를 머금은 서 씨의 잔영을 남기며 화면이 사라졌다.

"공필연 씨! 한우대에 온 걸 환영해요."

어느새 곁으로 다가온 팀장이 말했다. 동료들 모두 나의 첫 교신을 축하해주었다.

"감사합니다."

나는 나의 민원인을 사랑할 수 있을 것 같았다. 아니 이미 사랑했다. 이토록 완벽한 외계인이라니. 그들은 교양 있고, 다정하며, 지적으로 탁월한 고도의 문명인이었다. 시청에서의 첫 경험이 심어놓은 편견과 막연한 불안은 단지 선입견일 뿐이었다. 나는 잠시나마 편협했던 자신이 한 없이 부끄러웠다.

나는 마침내 비밀 요원이 되었다는 사실에 흥분했다. 긴장이 풀리면서 자신감이 솟구쳤다. 그렇게 2년의 시간이 흘렀다. 그리고 많은 것이 변했다.

2021년 5월 26일 오후 1시 13분, 콜센터로 오늘의 첫 번째 전화가 걸려왔다. 김포시에 사는 김성락(외계인 등록 번호(aID): 6811-0.2-49) 씨의 민원이었다. 두 달 전 아랫집으로 이사 온 자가 아무래도 지구인이 아닌 것 같다는 제보였다.

이웃에 플라인이 들어온다는 것은 이민자 합의문 중 주거지에 관한 법률 2조 6항 '99m 룰'*에 어긋난다는 것이 김 씨의 주장이었다.

"여보세요? 콜센터죠?"

"네, 말씀하세요."

상대는 화면 가까이 코를 박고 이야기했다. 어깨 너머로 배달 메뉴 여럿이 붙어 있는 냉장고와 정리되지 않은 싱크대가 보였다. 또 테니스공을 씌운 의자 다리 옆으로 뚜껑

---

* 플라인 간 거주지 간격이 최소 99m를 유지해야 한다는 규정.

열린 빈 페트병이 굴러다니는 것으로 보아 그는 자신의 주방 어디쯤 있는 것이 확실했지만, 행여 누가 듣기라도 할까 봐 신경이 쓰이는 모양이었다.

"아랫집에 플라인이 사는 것 같아요. 도철승이라는 자요. 아무래도 행정상 실수가 있었던 것 같습니다. 이러다가 또 들킬라. 이번에도 문제가 생기면 큰일이란 말이오. 다시는 직장을 옮기고 싶지 않단 말이지. 도철승은 치킨 체인점 사장인 것 같소. 아니, 확실히 치킨집 사장이요. 내가 확인했으니까. 아랫집으로 배달된 우편물 가운데 브랜드 본사에서 보낸 안내물이 섞여 있었소. 그 B 머시기 하는 치킨집 말이요."

"그러시군요."

나는 흥분한 김 씨를 안정시키기 위해 말을 끊지 않고 차분히 상대의 주장에 동조했다. 그러면서 자리에서 일어나 벽면 가득 플라인 거주지 현황을 불러들였다. 벽면 위로 빛이 반짝이고 있었다. 나는 수도권에서 경기도 일대로, 다시 김포시로 지역의 범위를 좁혀갔다.

김포에는 총 26세대의 플라인 가구가 존재했다. 그리고 이들 사이의 최소 거리는 1.8km였다.

"선생님, 걱정하실 필요 없습니다. 선생의 이웃은 플라인이 아니에요."

"확실합니까?"

"네. 이웃은 신분 조회가 되지 않아요. 신분 조회가 되지 않는다는 것은 플라인이 아니라는 뜻이죠. 확실합니다."

김 씨의 흥분은 다소 누그러졌으나, 의구심이 완전히 해소되지는 않는 모양이었다. 그는 몇 차례나 확인을 원했다.

"선생께서 이웃을 의심하시는 이유가 무엇입니까?"

내가 물었다.

"마주칠 때마다 그자는 플라 2.5의 유행가를 흥얼거렸소. 여러 번이요. 어제도 음식물 쓰레기봉투를 들고 내려가는데, 엘리베이터 안에서 그자와 마주쳤지. 그런데 또 그 노래를 흥얼거리잖소. 고향의 옛 유행가요. 분명 〈맬리, 맬무 전깃줄을 타고 흐르는 사랑〉이었다니까. 내가 가장 좋아하는 노래를 착각할 리 없지, 암."

"그 점뿐인가요?"

"뭐, 우선은."

"자주 듣는 음악인가요? 그러니까 그 맬리? 맬리……."

"아니, 아니. 〈맬리, 맬무 전깃줄을 타고 흐르는 사랑〉이라니까."

"네, 그 곡이요."

"당연하지. 내가 가장 좋아하는 노래라고 하지 않았소?"

"그러시군요. 그렇다면 혹 선생께서 평상시 음악을 너

무 크게 틀어놓은 것은 아니시고요?"

상대는 대답이 없었다.

"주변에서 통신 장애가 일어난 사실은 없었지요?"

"그렇소."

"그렇다면 앞으로는 볼륨을 좀 줄이세요."

"허허. 이것 참…… 이보시오. 어디서나 층간 소음이 문제란 말이오. 내 집에서 음악도 마음 놓고 들을 수 없는 지경이라니까. 건물이란 본디 이렇게 짓는 것이 아니오. 장흥에서 지낼 때는 암시롱도 안 했소. 내가 아파트에 들어오고 싶어서 들어온 줄 아시오? 수도권 안에 사람 살 데라곤 그저 아파트뿐이지 않소? 어디 작은 마당에 발 디디고 조용히 살고 싶어도 그게 어디 땅값이요? 금값이요? 애초에 벌통처럼 층층이 칸을 내놓고 사람들을 밀어 넣는다는 것부터가 말이 안 되지. 암…… 쯧, 쯧, 쯧."

김 씨가 혀를 찼다. 플라인 주거지에 관한 법률 위반 여부를 신고하기 위한 제보 전화는 층간 소음에 관한 성토로, 다시 주거 문화에 관한 힐난으로 이어졌다.

"그러시군요?"

"그렇소."

나는 제보 과정에서 김 씨가 직접 이웃의 우편함을 열어 보았다고 진술했기 때문에, 규정에 따라 다음과 같이 경고하지 않을 수 없었다.

"선생님. 말씀 잘 들었습니다. 하지만 허락 없이 타인의
우편물에 손을 대는 행위는 우편법위반죄나 비밀침해죄에
해당할 수 있기에 알려드립니다. 앞으로는 주의하십시오."

그러자 흥분한 김 씨가 이렇게 말했다.

"좆 까."

'뚜. 뚜. 뚜. 뚜.'

통화가 끊겼다.

빌어먹을 외계인 같으니라고.

정체성에
누가 되는 일

2021년 5월 7일 오후 2시 57분, 오늘 콜센터에는 아직 한 통의 전화도 걸려오지 않았다. 장난삼아 회의실 입구에 걸어두었던 타이머가 '무사고 58일째'에서 막 '59일째'로 넘어갔다. 001호가 건설 현장이나 운수업체가 아닌 이상 타이머의 숫자가 늘어나는 것이 반가울 사람은 아무도 없었다.

나는 혹여 001호의 통신 시스템에 문제가 있는 것은 아닌가 싶어 우선 전원을 살펴보았고(기본 중의 기본이다), 모니터의 수신 상태를 확인하였으며, 통신망의 흐름을 짚어보고, 결국 위성 상황까지 점검하였으나, 언제나 그렇듯 001호의 네트워크에는 아무런 문제가 없었다.

001호에서 울리지 않는 것은 콜센터의 수신기뿐이었

다. 지금 이 순간에도 전유숙 팀장은 이메일을 확인하고 있었고, 배하나 대리의 모니터는 한강 일대의 상황을 실시간으로 수신 중이었으며, 김재수 주임은 알래스카에 있는 쌍둥이 형제와 페이스타임을 갖고 있었으니까.

별일 없는 오후, 바로 이 시간이 001호가 가장 고요한 때이다. 오전 내내 뚫어져라 모니터를 응시하고, 언제든 가능한 출동 태세를 갖추었다가, 슬슬 기합이 풀리며 오늘도 무사고의 연장임을 받아들이는 시간. 나는 분무기를 들고 업무실 순회에 나섰다.

치직, 치직, 치지이익-.

경쾌한 소리와 함께 노즐에서 분사된 물방울이 미세한 입자가 되어 건강한 잎사귀 위에 내려앉았다.

어느덧 이글루 안에 크고 작은 화분이 40여 개에 이른다. 내가 처음 001호에 들여놓은 것은 작은 로즈메리였다. 어느 날 출근길에 꽃집 앞을 지나다 문득 구매한 것이었다.

다행히 로즈메리는 001호에서 잘 자랐다. 그날 이후 나는 작은 화분을 몇 개 더 들여놓았는데, 각별한 주의 속에 모두 별 탈 없이 성장했다. 그렇게 나는 뜻밖에 식물을 키우는 데 놀라운 소질이 있다는 사실을 알게 되었다.

초겨울 들여온 데이지가 4월에 꽃을 피우자 자신감은 극에 달했다. 나는 드라코, 해피트리, 고무나무와 같은 대형 식물을 들여놓을 만큼 과감해졌다. 관련 책자를 사들이고 구글링에 매달려 분갈이도 하고, 식물의 종류와 성질에 따라 적절한 인공조명도 설치했다. 그러는 사이 나는 어느새 홈 가드닝의 전문가가 다 되어갔다.

고비도 있었다. 출근길에 정체불명의 장비를 반입하는 일이 늘어나자 본부에서 감찰을 알리는 메일이 도착한 것이다. 첫 감찰 통보에 나는 제법 긴장한 것이 사실이다.

"공! 너 스파이였구나? 이야, 그렇게 안 봤는데. 우리 공이 스파이였네."

등 뒤에서 배하나 대리의 들뜬 목소리가 들렸다. 다분히 고소하다는 태도였다.

"스파이요?"

"그러고 보니, 화분이 수상한데? 아! 이 화분들이 전부 그랬던 거네."

배 선배가 주변의 화분을 노려보았다.

"필연 씨, 〈쉬리〉구나!"

어느새 등장한 김재수 주임이 심각한 표정으로 맞장구쳤다.

"네? 그게 뭔데요?"

"뭐? 쉬리를 몰라?"

그렇지 않아도 큰 눈을 부릅뜨며 배 선배가 돌진하듯 다가왔다.

"왜요? 알아야 하는 건가요?"

내가 몸을 빼며 물러났다.

"얘 봐라. 공, 너 애구나. 쉬리를 모르는 사람이 다 있다니. 그것도 조직원이 말이야. 희귀한 경우야, 안 그래?"

"정말 희귀한 스파이네요."

배하나 대리와 김재수 주임이 혀를 차며 멀어져갔다.

"저기요, 대리님! 잠시만요. 김 주임님!"

나는 몹시 혼란스러웠다.

그날 밤, 나는 쉬리를 보아야만 했다. 오랜만의 영화 감상이었다. 과연 '한국형 블록버스터의 시초'라는 홍보 문구가 과장이 아니었다. 그리고 한동안 '캐롤 키드'의 목소리에 심취해 지내야 했다. 배 선배는 이미 20년이나 늦은 유행이라며 놀려댔지만, 개의치 않았다.

그렇다면 주말 오후, 저녁 조깅을 마치고 귀가하던 내가 수족관 앞을 지나다 구매한 열대어는 무엇이겠는가?

사흘 후, 본부로부터 감찰 결과가 도착했다. 레드 돔은 지난 6개월 동안 나의 수중 생활이 담긴 CCTV 자료를 모

**한국우주난민
특별대책위원회**

조리 복사해 분석한 후, 경고장을 발송하는 것으로 감찰을 마무리했다.

입력번호 가-1067921.

시스템의 이상 소견에 따라 공필연 님의 행동 관찰을 시행한 결과, 다음과 같이 통보합니다.

본부의 운영 규정(개정 2011년 10월 5일) 중 가-1067921의 해당 조항은 다음과 같다.

- 지하 1층 이하의 업무실에서 구성원의 원예(농예) 활동을 제한적으로 허용할 수 있다. (114장 9조)
- 특수 환경의 경우, 114장 9조의 활동을 제한 혹은 권고할 수 있다. (별표 7)

이에 따라, 귀하의 원예지가 <1. 지하 1층 이하에 상응하지 않는 점. 2. 특수 환경에의 부합 여부가 불분명한 점>을 들어, 현재 제재 조항이 존재하지 않음을 알려드립니다.

그러나 이후 위법 사항이 있거나 운영 규정에 변화가 있을 시, 인지에 따른 가중처벌을 받을 수 있으니 유의하시기 바랍니다. 이상, 가-1067921의 감사를 마칩니다.

귀하의 원예(농예)에 발전을 기원합니다.

레드 돔의 최종 메시지였다.

레드 돔마저 응원하는 나의 원예 활동에 딴지를 건 사람은 사실상 배하나 대리뿐이었다. 몇 달째 꾸준히 늘어가는 화분을 못마땅한 눈길로 바라보던 배하나 대리는 어느 날 나의 정원을 둘러본 뒤 냉소하듯 이렇게 말했다.

"이건 뭐 물풀이니? 가뜩이나 어항에서 일하는 기분이 어떠냐고 놀려대는데, 이제는 어항을 꾸미기까지 하는구나. 좋니?"

그러면서도 선배는 출근 전 내가 책상 위에 놓아둔 사프란을 거절하지 않았다.

별일이 드문 001호에서 우리는 무엇이든 해야 했다. 나는 테이블 위에 볼펜을 세우거나, 볼펜 두 개를 세우거나, 업무실에 있는 볼펜을 모두 긁어모아 열여섯 개를 세워 박수를 받았다.

그러다 아예 이글루 바닥을 가득 채우는 대규모 도미노를 세우는 데 성공하기도 했다. 장장 8시간에 걸친 대작업이었다. 모양은 '둘리 일당을 향해 고함치는 고길동 씨'.

나는 이 작업에 김재수 주임이 건넨, 손가락 한 마디 크기에 푸른빛이 도는 도자기 재질의 물건을 사용하였는데, 나중에 이 물건이 연구비에만 2조 원이 든 '바이오 브릭스'라는 사실을 알고 뒤늦게 다리에 힘이 풀린 경험이 있다. (만약 기회가 된다면 당신은 이후 어느 시점에서 바이오 브릭스가 무엇인지 알게 되는 날을 맞이할 수도 있다. 그때가 되면 아마 나와 같은 경험을 하게 될지도 모르겠다.)

001호에서의 일상이란 이런 식이다. 신기에 가까운 물건이 오직 하찮은 용도로 활용된다. 한번은 이런 일도 있었다. 김재수 주임이 휴게실 안으로 들어왔다. 그의 손에 용도를 알 수 없는 용기가 들려 있었다. 나는 그것을 어린 아이가 빚은 작은 찻잔 정도로 생각했다.

김 주임의 시선이 손에 든 PC에 박혀 있었다. 'k9'였다. 지금까지 나는 김 주임이 k9를 놔두고 다섯 걸음 이상 움직이는 것을 본 기억이 없다. k9는 본부의 시스템을 집약해놓은 포터블 PC이다. 이것은 김재수 주임 본인이 필요에 따라 만든 물건으로, 간단히 말해 '손안의 레드 돔'과 같다.

김 주임이 냉장고 문을 열었다. 그리고 당근주스를 꺼내 용기에 따랐다.

"어어, 주임님."

자료에 신경 쓰느라 주스를 쏟을 것이 자명해 보였다. 용기는 너무 작았고, 주스는 빠르게 쏟아지고 있었다. 그러나 우려했던 일은 벌어지지 않았다. 나는 소리 없는 탄성을 질렀다.

어린아이 주먹만 했던 용기가 내용물의 양에 따라 크기와 두께를 달리하며 변화했다. 마치 빠르게 구축되는 건물처럼. 김 주임의 작은 용기는 족히 400mL는 되어 보이는 주스를 거뜬히 담아냈고, 크기는 처음보다 6배쯤 늘어나 있었다. 김 주임이 용기를 들고 휴게실을 나갔다. 그는 여전히 k9에서 시선을 떼지 못했다.

나는 이 놀라운 물건을 경외해 마지않았으나, 지금 그 안에는 클립과 인공눈물, 먹다 남은 아몬드 조각과 열쇠, 누군가의 단추, 야구공, 사용하지 않는 휴대전화, 오메가 3 같은 잡동사니가 잔뜩 담겨 있을 뿐이다. 용기는 현재 온갖 물건을 받아내느라 낮고 넓적하며 촛농처럼 축 처진 모양을 하고 있다.

언젠가는 '로사'로 달고나를 만든 적도 있었다. 팀장이 서랍 안에서 굴러다니던 로사를 발견하자 배 선배가 일을 벌였다.

로사는 야전 활동을 위해 고안한 물건으로 가로세로 3cm의 정육면체 위에 볼록하게 새겨진 'ㄹ'자를 안으로 힘 있게 누르면, 짧은 대기 시간을 거쳐 불을 사용할 수 있는 일종의 화기이다.

화력은 강하나 불길을 숨길 수 있으며, 대기에 영향을

받지 않는다는 점이 로사의 강점이다. 또한 최대 12시간
까지 연속 발화가 가능해 야외 취사나 취침 시 매우 유용
하다.

이날 로사를 이용해 만든 달고나는 대단히 성공적이었
다. 나는 한 개, 배 선배와 김 주임은 두 개의 달고나에 만
족했다. 반면 팀장은 세 개의 달고나를 야금야금 먹어 치
운 후에도 모두가 물러난 자리에 쪼그리고 앉아 마지막까
지 설탕을 녹였다.

오후 4시, 내가 새롭게 설치한 인공조명의 전구를 교체
할 때였다. 실내에 조명이 깜빡였다. 천장으로 향했던 동
료들의 시선이 고스란히 내게로 옮겨왔다.

"아닙니다, 저."

나는 양손을 내저었다.

최근 001호에서는 이 같은 현상이 빈번히 일어나고 있
었다. 접촉 불량인지 과부하인지, 전원이 완전히 나간 적
은 없으나, 3, 4일에 한 번씩은 이런 일이 생기다 보니 신
경이 쓰일 수밖에 없었다.

"저는 공 때문이라고 봅니다."

이튿날, 점심 테이블 앞에서 배하나 선배가 포문을 열
었다.

"아, 아닙니다."

다급한 나는 숟가락을 쥔 채 방어전에 나섰다.

"24시간 내내 실내에 인공조명을 켜놓는다니까요. 아무래도 전력 공급에 부담을 주지 않겠어요?"

배 선배가 고자질하듯 팀장의 귓가에 대고 속삭였다.

"아니에요. 이전에도 문제가 없었는걸요. 더구나 지금은 조명을 모두 LED로 교체했습니다. 팀장님! 9W의 LED 전구는 형광등에 비해 수명이 4배나 긴 데 비해 소비 전력은 절반에도 미치지 않아요. 전구 자체의 가격은 LED가 형광등보다 2.5배 정도 비싸기 때문에 초기 비용은 감수해야 하지만, 수명을 고려하면 결국 2배 이상 이익인 셈이라니까요. 물론 화분과 전구 모두 제 사비로 구입한 것이고요. 게다가 이곳은 볕이 들지 않잖아요. 반드시 보광이 필요합니다. 여기 있는 전구들은 그냥 전구가 아니에요. 식물을 살리는 생명의 빛인 셈이에요. 우리 녹색 친구들에게 생장을 위한 조명이 반드시 필요합니다."

나는 다소 격정에 휩싸인 채 최후 진술을 마쳤다. 배하나 선배의 얼굴이 한층 더 한심해졌다. 세 사람 중 오직 김재수 주임만이 나의 연설에 감동한 듯 고개를 끄덕였다.

"공, 너는 조직의 요원이니? 아니면 정원사니?"

배 선배가 물었다.

"네?"

"뭐야, 너?"

"그야……."

잔뜩 찡그린 얼굴로 배 선배가 혀를 찼다. 알았다. 배 선배가 왜 그토록 나의 원예 활동을 못마땅해하는지. 그녀는 늘어가는 화분이 자신의 정체성에 도전하고 있다고 느꼈던 모양이다.

"하나 씨, 누구나 집중할 수 있는 일이 필요해요. 그리고 공 요원, 더이상은 업무실에 풀을 늘리지 맙시다."

팀장의 판결이었다.

우리는 집중할 수 있는 무언가가 필요했다. 배 선배 역시 001호에서 몇 가지 취미를 갈아 치우는 중이었다.

처음은 바둑이었다. 하지만 그녀는 지는 게임에 흥미를 이어가지 못했다. 다음은 이미지 트레킹이었다. 여기에 사용한 장비는 (물론) 본부의 위성 '마카-1'과 마카-1 구축 당시 수정당의 엔지니어들이 몰래 고안해 즐겼다는 3D 고글이었다.

이미지 트레킹이야말로 한강 속에서 구현할 수 있는 최고급 취미였다. 마카-1에 접속하기만 하면 언제든 360도 방향으로 원하는 장소를 완벽히 재현할 수 있었다. 실시간 정보였다.

어느 날, 눈보라 치는 에베레스트를 오르던 배하나 대리는 마치 히말라야에서 막 돌아온 사람처럼 기진맥진한 상태로 등정 포기를 선언하며 탈진했다.

이후 선배는 파리의 밤거리, 이스탄불의 뒷골목, 아부다비, 페루의 정글, 우유니 사막을 두루 거쳐 결국 서울 시내, 그중에서도 종로와 시청 앞을 반복해 거닐다 지금은 뜨개질에 열중이다.

웬 아이 드림.☒ 이따금 20년 늦은 유행가를 흥얼거리며.

☒ 캐롤 키드, <When I Dream>

바야흐로
중2의 계절

순찰을 마친 배하나 대리는 자신의 자리로 돌아와 모니터를 확인했다. 버스 안에 앉아 있는 화영의 모습이 보였다. 마블의 여성 빌런이 그려진 티셔츠에 하늘색 스니커즈를 신은 화영이 비슷한 옷차림의 아이들과 수다를 떨고 있다.

버스가 멈추자 화영이 환한 미소로 손을 흔들었다. 친구들이 내리는 모양이었다. 익숙한 노선의 지선버스가 다시 출발을 알리며 움직였다.

화영이 헤드폰을 썼다. 화면 속 아이는 음악을 들으며 조용히 앉아 있는 것처럼 보였다. 버스가 흔들릴 때마다 모니터 속 화영의 몸도 좌우로 조금씩 흔들렸다.

서대문구 일대의 교통 상황은 원활했다. 버스는 막힘없이 달리다 정거장마다 멈추기를 반복했다. 내내 정면을 주시하던 화영이 창을 향해 돌아앉았다. 이때 창문에 무언가가 잡혔는데, 배하나 대리는 이를 전혀 눈치채지 못하고 있었다.

배 대리는 자신의 휴대전화로 들어온 화영의 메시지를 확인한 후에야 이상한 낌새를 감지한 듯 분주했다.

'안녕! 엄마.'

화영의 메시지였다.

배 대리가 모니터 가까이 의자를 끌어당겼다. 그리고 자신이 현재 구동 중인 마카-1의 실행 프로그램을 조정했다. 카메라의 시선이 피사체에서 급속히 물러나는가 싶더니 다시 접근을 시도했다. 팔레트 위의 물감처럼 흐트러지던 초점이 정확히 버스의 창가를 잡았다.

"오화영! 너 진짜!"

스크린을 가득 채운 것은 가운뎃손가락을 세운 화영의 왼손이었다. 아이가 말간 얼굴로 창밖을 향해 환하게 웃고 있다.

화영이 두 손을 흔들었다. 화창한 날, 마카-1의 해상도는 나무랄 데가 없었다. 알록달록한 화영의 짧은 손톱이 싱그러워 보였다. 손톱마다 글자가 새겨져 있었다. 차례로 읽어보니, F, U, C, K, O, F, F, 마, 카, 1이었다.

화영이 마카-1의 활동에 불만을 표현한 것은 이번이 처음이 아니었다. 2008년 10월, 갓 돌이 지난 화영을 보모에게 맡기고 현장으로 복귀한 배하나 대리는 종종 딸의 안녕을 확인하는데 마카-1을 활용했다. 그리고 2년 전, 001호로 자리를 옮기면서 종종은 일상이 되었다.

아무래도 본부에서는 눈치가 보였던 모양이지만, 무엇을 하든 하지 않든, 아무도 관심을 두지 않는 001호에서야 눈치 볼 것이 없었다. 지구를 박살 내지 않는 한 시청에서는 한강 속 민원실에 아무 관심이 없었으니까.

나는 이따금 자리를 비운 배하나 대리의 책상 앞을 지나다 모니터 한구석에 떠 있는 화영의 실시간 영상과 마주치곤 했다. 그래서 실제로는 단 한 차례도 만난 적 없는 화영의 근 몇 년 동안의 성장사를 조금은 알고 있다.

그러던 지난가을, 나는 어느 중학교 앞을 지나다 화면 속 아이가 아닌 실존하는 화영과 마주쳤다. 뜻밖의 만남에 나는 그만 반가운 마음을 온 얼굴에 담아 아이에게 다가갔던 모양이다.

민망한 상황이 되고 말았다. 그나마 화영의 이름이 입 밖으로 튀어나올 뻔한 일촉즉발의 위기를 넘긴 것은 다행이었다.

"누구야?"

화영의 친구가 경계하며 물었다. 머리를 양 갈래로 묶어 길게 늘어뜨린 아이가 유토로 보이는 흙덩어리를 양손으로 굴리고 있었다.

"몰라."

화영이 못마땅한 표정을 짓자 세 명의 여학생들이 세상에서 가장 꼴불견을 본다는 시선으로 나를 응시하며 다가왔다.

"저 아저씨 변태인가 봐."

목소리가 컸다.

나는 변태가 아니었지만, 적어도 아이들이 생각하는 그런 종류의 변태는 아니었지만, 어느새 허둥지둥 교문 앞을 벗어나 을지로를 향해 줄행랑치고 있었다. 주먹만 한 흙덩어리가 날아와 코앞에서 떨어지며 뭉개졌다.

아이들은 빠르게 성장한다. 배 대리는 마카-1의 활용을 육아의 연장으로 여기는 반면, 화영은 이를 명백한 사생활 침해로 느끼고 있었다.

화영은 이미 11살에 추적기가 달린 휴대전화를 학교 화장실 변기 속에 던져버렸지만, 그것은 선언일 뿐 탈출이 되지는 못했다. 아이들의 동선이야 뻔했다.

마카-1에 대응하는 화영의 방식은 나날이 진화했다. 화영은 짝꿍과 옷을 바꿔 입고 교문을 빠져나오는 방식으로 마카-1의 시선을 피했고, 친구를 통해 구매한 가발을 이용하기도 했다.

한번은 운동장 한가득 '꺼져'라는 글자를 새겨놓아 배 대리를 깜짝 놀라게 한 적도 있다.

"화영이 미술에 관심이 있다고 했나요?"

글자를 본 팀장이 물었다. 운동장을 채운 화려한 서체가 그래픽만큼이나 정교했다.

"이랬다, 저랬다 하죠, 뭐. 관심 사항도, 무시 사항도 수시로 바뀌니까."

"탁월한 재능인데."

사실이다.

퇴근 후 배 대리가 집에 도착했을 때, 화영은 소파 위에 앉아 있었다. 아이는 엄마에게 마지막 경고를 했다.

"더이상 내 위치 추적하지 마. 내가 어디 있는지 확인하지 마. 나 따라다니지 마. 그거 엄마 거 아니잖아. 왜 본부의 위성을 개인적인 용도로 사용해? 엄마 마음대로, 왜?"

"놀리면 뭐 하니? 기계란 자주 운행해줘야 잘 돌아."

"하지 마. 민원 넣을 거야."

"엄마가 일하는 곳이 민원실이야."

"엄마!"

화영이 빨갛게 달아오른 얼굴로 소리쳤다.

"……알았어. 얘는."

배 대리는 더이상의 반박이 아무 소용없다는 것을 알았다. 화영이 웃어넘길 생각이 없다는 것도. 화영이 소파 주변을 돌며 가방과 옷, 휴대전화를 챙겨 자신의 방으로 들어갔다.

그날 밤, 배 대리는 조금 허탈해져서 옛일을 떠올렸을지 모른다. 어린 화영은 이러지 않았는데. 엄마가 출근할 때마다 슬퍼했었지. 그러면 배하나 대리는 울고 있는 화영에게 이렇게 말했었다.

"화영아, 이리 와봐. 엄마가 비밀 이야기 해줄게."

"뭔데, 엄마?"

어린 화영이 눈물을 훔치며 엄마의 이야기에 관심을 보였다.

"엄마가 오늘 화영이랑 함께 소풍을 가지는 못하지만, 네가 무엇을 하는지 곁에서 꼭 지켜볼게."

"어떻게?"

"엄마가 뭐 하는 사람이지?"

"엔지니어."

"그래. 엄마가 저 하늘에 커다란 카메라를 숨겨놨거든, 사람들 몰래. 그 카메라로 화영이를 볼 수 있어."

"정말이야?"

화영의 까만 눈동자가 반짝였다.

"그렇다니까."

"어디 있는데?"

"사람들 눈에는 보이지 않아. 아주 높이 있거든. 그러니까 하늘에서 무언가가 반짝이거든 손을 흔들어. 엄마가 보고 있을게. 화영이랑 엄마만 아는 비밀이다. 쉿!"

"알았어, 엄마."

검지를 든 어린 화영이 야무진 얼굴로 고개를 끄덕였다.

배 대리는 화영의 성장 과정 중 많은 부분을 놓쳤다고 생각한다. 하지만 생각보다 더 많은 시간을 공유한 것도 사실이다. 배 대리는 스쿨버스 앞에서, 유치원 창가에서, 보모와 함께 간 소풍에서, 운동장에서 어린 화영이 하늘을 향해 손을 흔들던 모습을 떠올렸다.

그녀는 잠시 우울할 뻔했으나, 곧 정신이 번쩍 들었다. 화영의 방에서 데스메탈이 쾅쾅 울렸기 때문이다.

"이 지지배가. 오화영, 너 지금이 몇 시인 줄 알아?"

이번에는 배 대리의 데스메탈이 집 안을 울렸다. '아치 에너미'와 '배하나', 그리고 '오화영'. 그것은 차라리 메탈 매치였다.

올봄에도 여의도는 어김없이 벚꽃으로 뒤덮였다. 물속에서야 계절이 무슨 소용이겠냐마는 그래도 아침, 저녁으로 계절의 변화를 실감한다.

출근길, 001호의 진입로에 벚꽃 잎이 떨어져 있었다. 앞서 출근한 누군가의 몸에 붙어 들어온 것이 분명했다.

"웰컴. 공 서기. 어느새 봄이군."

신원 파악은 몇 초 만에 끝이 난다.

"기계는 봄을 어떻게 판단하지?"

"기온."

만두*의 대답이다.

"그렇겠지."

"그리고 발걸음."

배하나 대리는 일종의 금단현상을 겪고 있었다. 그녀는 화영과의 약속을 지키기 위해 지난 몇 주간 마카-1의 접속을 엄격히 금해왔다.

화영은 최근 조소를 배우러 다니는 모양으로, 이번에도 두 달 안에 때려치울 것이라던 배하나 대리의 예단과 달리 매주 세 번씩 꾸준히 출석해 어느새 석 달을 넘기고 있었다. 화영의 방에는 자신의 작품을 다각도에서 찍은 사진이 늘어갔다.

귀가 시간이 늦어지고 있다는 것이 마음에 걸렸지만, 어

---

* 001호의 입구에 설치된 센서의 별칭.

쩌면 정말 좋아하는 무언가를 찾은 것인지도 모른다는 기대가 공존했다.

이 세상 모든 금단현상의 마수는 마지막 실수를 초래한다는 것이 아닐까? 배하나 대리 역시 마수에 걸려들고 말았다. 어느 날, 모니터 앞에서 한참을 망설이던 배 대리가 그간의 인내를 물거품으로 만들며 마카-1에 접속했다.

종로에서 조소 학원의 위치를 찾기는 어려운 일이 아니었다. 신용카드 사용 내역에 화영의 흔적이 남아 있었다. 마카-1이 특정해낸 주소지가 모니터 위에서 반짝였다. 배 대리의 마우스가 빛을 향해 움직였다.

화면이 열렸다. 몇몇 학생이 학원 건물을 빠져나오는 모습이 스크린 위에 펼쳐졌다. 수강생 중에는 성인의 수도 상당해 보였다. 한참을 지켜보았으나 화영의 모습은 끝내 찾을 수 없었다. 이미 늦은 것인지도 몰랐다.

배 대리는 마카-1의 시선을 서대문 일대로 조정했다. D 아파트 7층에 인기척은 없었다. 화영은 아직 집에 도착하지 않았다.

배 대리가 프로그램을 중단하려던 순간, 아파트 단지 내 공원에서 시선을 끄는 무엇이 있었다. 화영이었다. 마블의 새로운 히로인이 새겨진 티셔츠에 노란색 스니커즈를 신은 화영이 또래로 보이는 소년과 함께 걸어왔다.

배 대리는 안심했다. 모니터 속에서 웃고 있는 화영은 익숙하면서도 낯선 얼굴을 하고 있다. 배 대리는 어느새 소녀가 된 아이를 바라보았다. 배 대리가 어떤 감정으로 가슴을 쓸어내릴 때, 흐드러지게 핀 꽃잎 사이로 아이들이 입을 맞추었다. 배 대리는 그대로 돌덩이처럼 굳어버렸다.

정신이 들기까지 시간이 걸렸다. 여전히 화영과 소년의 모습이 모니터를 한가득 채우고 있었다. 꽃보다 붉고 화사한 웃음이다. 아이들이 다시 서로의 볼에 가볍게 입을 맞추었다.

배 대리는 허둥지둥 프로그램을 종료했다. 손이 떨리는 바람에 초점을 잃은 화면이 하얗게 뭉개졌다. 몇 차례 키를 놓친 끝에 마침내 프로그램이 종료되었다. 배 대리는 멍하니 앉아 화면이 사라진 모니터를 바라보았다.

바야흐로 첫사랑의 시절이었다. 오롯이 사적이어야 마땅한 시간이다. 배 대리는 딸이 15살이 되었다는 사실을 실감했고, 오랜만에 뱃멀미를 느꼈다. 그것은 감격이었거나, 어쩌면 두려움이었을지도 모르겠다.

"다 괜찮을 거예요. 배하나 대리."

001호를 나서는 배하나 대리에게 만두가 말했다.

한강에서 지상으로 나오기까지 채 15초가 걸리지 않는다. 밖은 벚꽃이 한창이다.

애착이 아니어도
춤을

2021년 5월 20일, 001호에서 일어난 가장 중차대하고 긴급한 문제는 에스프레소 기계의 고장이었다. 이 에스프레소 기계는 본부에서 사용하던 물건을 옮겨온 것으로 차이가 있다면 10개월 전 김재수 주임이 기계에 다리를 달았다는 것이다.

다리에는 001호 안의 장소를 의미하는 여섯 개의 버튼이 달려 있다. 고로 커피를 선택하고 버튼을 누르면 에스프레소 기계가 원하는 위치로 배달해준다.

커피 추출에는 오랜 시간이 걸리지 않는다. 잠시 휴게실에서 대기하다 받아가면 그만이다. 하지만 김재수 주임은 굳이 에스프레소 기계에 배달 기능을 탑재해놓았다. 몇 개의 동선을 정해두고 움직이도록 설정해놓았을 뿐 복잡한 작업은 아니라고 했다.

001호에서는 애써 이런 일들을 한다. 그리고 이런 일이 있을 때마다 서로의 프로젝트가 심히 못마땅해 이렇게 묻곤 한다.

"굳이?"

김재수 주임이 밝힌 '커피 추출 및 배달 겸용 에스프레소 기계'의 장점은 이랬다.

- 이동하는 동안 커피가 적당히 식어 마시기에 좋다.
- 일명 DJ 기능을 추가해놓았기 때문에 커피 추출에서 배달 완료 시점까지 기계가 선곡한 음악을 들을 수 있다. (선곡은 무작위로 이루어지기 때문에 과연 어떤 곡이 나올지 기대하게 되는 것은 행복한 덤이다.)
- 에스프레소 기계의 움직임이 놀랍도록 귀엽다.

김 주임의 주장이 사실이든 아니든, 어쨌든 지난 10개월간 열심히 커피를 추출하고 나르던 에스프레소 기계가 오전 9시 40분경 돌연 멈추는 일이 발생했다. 회의실 앞을 지나던 기계가 (귀여운) 발걸음을 옮기던 중 천천히 무릎을 꿇고 고꾸라져서는 다시 일어나지 못했다.

이를 가장 먼저 눈치챈 사람은 김재수 주임이었다. 실내에 흐르던 아바의 노래 〈As Good As New〉가 급작스레 멈췄기 때문이다. 김 주임이 바닥에 쓰러진, 자신이 설계한 절반의 발명품을 끌어안았다.

그때 배하나 대리가 다가왔다. 그녀는 김 주임 앞에 쭈그리고 앉아 바닥에 떨어진 커피잔을 집었다. 배 대리는 엎질러진 카푸치노를 슬픈 눈으로 바라보다가 컵 안에 남아 있던 한 모금의 커피를 마셨다. 울상이 된 김 주임이 원망의 눈빛으로 배 대리를 쳐다보았다.

"왜?"

배하나 대리가 아쉬운 듯 입맛을 다셨다.

출근한 지 1시간여 만에 다시 지상으로 올라온 나는 한강변을 따라 분주히 발걸음을 옮겼다. 아직 이른 시간이었지만 다행히 카페 한 곳이 영업을 막 시작하려던 참이었다.

나는 카페의 열린 문 안으로 들어갔다. 그리고 동료들의 요구에 따라 아메리카노 두 잔과 카푸치노, 그리고 헤이즐넛 라테를 주문했다. 만물에서 활기가 느껴지는 전형적인 초여름 아침이었다.

"최근 날씨가 이렇게 좋았나요?"

커피를 추출하는 기계음 너머로 내가 물었다.

"네? 네, 그렇죠."

카페 직원이 잠시 의아한 표정을 지었다.

빈 유람선이 한강 위를 지나고 있었다. 정기 점검을 마치고 운항을 위해 복귀하는 것일 터였다. 나 역시 복귀를 위해 서둘러 카페를 나섰다.

"공, 어디?"

진성나루 앞에 다다르기 전, 휴대전화가 울렸다.

"아직 밖입니다. 돌아가는 중인데요."

"그래? 그럼 거기서 기다려. 외근이다."

"여기서요? 여보세요? 선배!"

전화가 끊겼다.

나는 그 자리에 붙박이듯 멈추었다. 강변을 따라 동호회 회원으로 보이는 어르신들의 자전거가 줄지어 지나갔다. 하나! 둘! 하나! 둘! 서로를 격려하는 힘찬 목소리가 마포대교 쪽으로 순식간에 멀어졌다. 그리고 한강에서는 막 여의나루를 떠난 수상택시가 속도를 내고 있다.

"공! 여기!"

어느새 지상으로 올라온 배 선배가 보도블록 위에 서 있었다.

"이건 어쩌죠?"

배달하지 못한 커피를 든 나는 난감했다.

"내 건 이리 주고, 네 것은 챙기고, 나머지는 여기에 둬."

배하나 선배가 발밑을 가리켰다. 나는 그 자리에 커피 두 잔을 얌전히 내려놓았다. 그곳은 정확히 오늘의 출입구 옆이었다. 조만간 지하에서 올라온 손이 적당히 식은 커피를 가져갈 것이다.

001호에 민원전화가 걸려온 것은 내가 자리를 비운 직후였다. 배 선배와 나는 함께 승용차에 올랐다. 이동하는 차 안에서 배 선배가 사건 현장이 담긴 CCTV 화면을 내밀었다.

화면에 찍힌 시간이 확실하다면, 오늘 아침 촬영된 영상이 맞다. 장소는 강동구의 Z의상실, 시간은 오전 4시 19분. 아직 날이 밝지 않은 새벽녘, 의상실 안은 고요했다. 규모가 꽤 큰, 그러나 여느 의상실과 다를 바 없는 평범한 곳이다.

의상실은 이미 한여름이었다. 옷가지는 물론 디스플레이도 완벽한 여름이다. 날이 밝지 않아 어두웠지만, 그 정도는 가늠할 수 있었다. 실내에 거울도 여럿 보였다. 그리고 의상실이라면 으레 있기 마련인 마네킹도 눈에 띄었다.

불쑥 쇼윈도 밖에서 하얀빛이 들어왔다. 손전등을 든 검은 그림자가 의상실 안을 들여다보고 있었다.

"민원인이야."

운전 중인 배 선배가 말했다.

창밖의 남자는 금세 사라졌으나 이번에는 실내에서 움직임이 느껴졌다. 꼭두새벽 의상실 안에 사람이 있을 리 없었다. 등골을 타고 소름이 돋았다.

귀신인가? 아니다. 도깨비인가? 어쩌면. 움직이는 무엇이 귀신인지 도깨비인지는 알 수 없지만, 패셔너블한 것만은 확실했다. 어쩌면 최근 죽은 원혼일 수도 있겠다. 머릿속이 복잡했다. 외계인도 모자라 귀신까지. 그래, 세상사가 다 그런 거지.

그때, 배하나 선배가 말했다.

"마네킹이야."

"그러니까요."

어쩐지 여름 신상을 온몸에 두르고 있더라니.

탈의실 주변에서 천천히 움직이던 마네킹이 어느새 로비까지 이동해 있었다. 걸음을 옮길 때마다 어색하게 뚝뚝 끊어지던 움직임이 점차 유연해지며 역동적으로 변해 갔다.

"지금 이게……, 춤을 추는 건가요?"

"응."

화면에 소리는 없었다. 새벽 의상실에 음악이 흐를 리

만무했다. 그런데도 마네킹은 춤을 췄다. 음악이 들리는 듯한 착각이 들 정도로 움직임이 현란했다.

"민원인 중에는 특정 물건에 애착을 보이는 경우가 있어. 추 여사의 경우 사람과 같은 형상에 애착을 느끼지. 인형이나 조각품, 마네킹 같은. 일단 애착이 생기면 시시때때로 물건 속에 드나드는데, 그러다 중독되면 아예 들러붙어 떨어지려 하지 않아. 특히 욕망이 투영되면 애착은 더욱 심해지지. 흔한 일은 아니지만, 보다시피 없는 일은 아니야."

민원인이란 물론 플라인을 말한다.

"신고를 한 건 누구였죠?"

"남편이야. 사흘 전, 쇼핑을 한다며 외출한 아내가 돌아오지 않자 남편은 평소 단골 상점으로 아내를 찾아 나섰어. 그중에는 Z의상실도 있었지. 하지만 아내를 찾지는 못했어. 그런데 어제 오후 작은 소동이 벌어졌어."

남편은 아내를 찾지 못한 채 귀가 중이었다. 그러던 중 Z의상실 앞을 지나다 상점 안에서 벌어진 놀랄 만한 사건을 목격하게 된다.

"마네킹 안에서 잠이 들었던 추 여사가 눈을 떴어. 그런데 자신이 애착 중이라는 사실을 까맣게 잊은 거야. 멀쩡하던 마네킹이 걸어 나오자 직원들이 얼마나 놀랐겠니?

당시 의상실 안에는 세 명의 직원과 일곱 명의 손님이 있었어. 이들 모두 기겁하고 말았지. 사람들이 기겁하자 추 여사도 기겁했고, 순식간에 난리가 난 거지. 이 아줌마가 아주 꿀잠을 잔 거야."

"아는 분이세요?"

"추 여사? 알지, 아주 잘 알지."

CCTV 화면 속 추 여사는 여전히 춤을 추고 있었다. 심상치 않은 몸놀림에 감탄이 절로 나왔다.

Z의상실에 도착한 우리는 곧장 안으로 들어갔다. 의상실 앞에서 추 여사의 남편이 기다리고 있었다. 어제의 소동 때문인지 문제의 마네킹은 가발이 벗겨진 채 의상실 구석에 방치되어 있었다.

"여기 이대로 입어보고 싶은데, 괜찮죠?"

배 선배가 마네킹을 안고 말했다.

"아니, 그게……."

직원들이 머뭇거리는 사이, 배 선배가 마네킹을 짊어지고 탈의실 안으로 들어갔다.

"추 여사님, 나오세요."

배하나 선배가 어르듯 말했다.

나는 탈의실 밖에서 대기했다. 들여다보고 싶은 마음이

굴뚝같았지만, 장소가 장소인지라 그럴 수 없어 답답했다.

"얼른 나오지. 나 바빠."

배 선배가 삐딱하게 서서 마네킹의 이마를 두드렸다.

"추 여사!"

"……안 바쁜 거 알아. 몸이 근질근질하지?"

마침내 추 여사의 목소리다.

"잘 아시네. 오늘도 굳이 팀장이 오겠다는 걸 겨우 주저앉히고 내가 나왔잖아. 이거 봐봐요. 이두박근. 나 요즘 퇴근하고 2시간씩 운동하잖아. 안 그러면 잠이 안 와요."

"오! 장난 아니네."

"자, 이제 그만하고 나와요."

배 선배가 다시 단호하게 재촉했다.

"하나 씨. 나 몇 시간만 더 있으면 안 될까?"

"안 됩니다."

"그럼 1시간만."

"아, 나와!"

인내심의 종말이다. 대포알 같은 배 선배의 목소리가 의상실 안을 쩌렁쩌렁 울렸다.

잠시 후, 한 사람이 들어갔던 탈의실에서 두 명의 여자가 나왔지만, 이를 눈치챈 사람은 없었다. 그리고 마네킹의 의상을 구입한 사람이 배 선배가 아닌 추 여사의 남편이라는 사실에 주목한 사람도 없었다.

의상실 밖으로 나온 배 선배가 추 여사의 팔뚝에 '애착 방지용 패치'를 부착했다. 이 패치가 추 여사의 욕망을 조절해줄 것이다. 얼마나 갈지는 모르겠지만, 어쨌든 당분간은.

"이거 떼버리면 어찌 되는지 아시죠?"

"……알아요."

시무룩해진 추 여사가 겨우 대답했다.

이틀 후, 나는 출근하자마자 자료실로 내려갔다. 그리고 애착에 관한 자료를 검색하기 시작했다. 배 선배의 말대로 사례가 많지 않았다. 그러나 몇 가지 기록 가운데 단연 눈에 띄는 것이 있었다. 추 여사였다.

2011년 7월 16일, 0시 34분. 화면이 열리자 그곳은 벌판이었다. 한밤중 야외에서 촬영한 영상이었지만, 달빛이 밝아 사물을 구별하는 데 무리가 없었다. 농로 위를 달려가는 사람이 보였다. 체구가 작고 재빠르게 움직이는 요원, 배하나 선배였다.

배 선배는 지금보다 훨씬 젊고, 놀랍도록 재빨랐다. 그녀가 쫓는 것은 허수아비였다. 볏단을 묶은 각목 위에 색동마고자를 걸친 허수아비가 하나의 다리로 맹렬히 줄행랑치고 있었다.

어느 순간 배 선배 앞으로 보드가 날아왔다. 선배가 보드 위로 뛰어올랐다. 본격적인 추격이 시작되었다. 선배와 보드는 효율적으로 결합과 해체를 반복하며 한 팀으로 움직였다.

잡힐 듯 잡히지 않고 한참 동안 계속된 달빛 아래 레이스는 20여 분 동안 작은 마을을 몇 바퀴씩 돈 후에야 결국 배 선배의 승리로 끝이 났다.

"괜찮은 승부였어."

배 선배가 말했다. 화면에 소리는 없었지만, 그렇게 보였다.

진흙으로 범벅이 된 채 쓰러진 배하나 선배 앞에서 이제 막 허수아비에서 분리된 추 여사가 춤을 추었다.

배 선배의 얼굴에 미소가 보였다. 논두렁 가까이 있던 보드가 잘게 부서지며 하늘로 날아올랐다. 춤추는 추 여사의 머리 위로 달빛을 받은 금속 조각이 하얗게 피어났다.

자료실을 나온 나는 업무실로 복귀했다. 플라스틱 쟁반 위에 '테스트'라는 안내문이 붙은 다리가 계단을 오르고 있었다. 김재수 주임이 새로운 배달부를 고안 중인 모양이었다. 나는 이전보다 빠르고 유연하게 움직이는 다리를 지나 경외의 눈으로 배하나 선배를 바라보았다.

"왜?"

"아닙니다."

배 선배는 싱겁다는 듯 내 옆을 비껴가며 아직 무엇이 되지 않은 발명품을 큰 소리로 놀려댔다.

"굳이?"

그날 오후, 배하나 대리 앞으로 한 통의 메시지가 도착했다. 메시지에는 추 여사와 그녀의 남편이 댄스 교습소에서 찍은 사진이 첨부되어 있었다.

"올레."

배 선배가 중얼거렸다.

아내를 댄스 학원으로 이끈 것은 남편이었다. 추 여사가 촬영한 것으로 보이는 사진 속에 반짝이는 박스 셔츠에 모자를 맞춰 쓴 중년 부부가 치아를 드러낸 채 환하게 웃고 있었다. 남색 모자에 나란히 새겨 넣은 금색 자수가 눈길을 끌었다. '춤추는 외계인'. 카메라를 향해 뻗은 추 여사의 팔에 애착 방지용 패치가 붙어 있었다.

플라인과 사물 간의 애착이 오래 지속되면 분리하는 것이 무척 어려워지거나, 최악의 경우 불가능해질 수도 있다고 한다. 그러므로 움직여서는 안 되는 물건이 자유자재로 움직인다면, 지체 없이 신고해주시기 바란다. 신고 전화는 003-300-3001~2번이다.

스케일 작게 놀다
- 싸움의 역사

1.

아침부터 팀장실 안이 시끌벅적했다. 팀장과 본부장이 스크린을 통해 대화를 나누었다. 상대를 확인하지 않아도 스크린 속 인물이 본부장이라는 것을 알 수 있었다. 팀장의 역동적인 움직임이 근거였다.

유리 벽 안으로 보이는 팀장은 마치 홈런 타자 같았다. 성난 오소리처럼도 보였다. 그러다 돌연 도널드 덕처럼 웃어댔다. 운동 감지 기능을 탑재한 공중 스크린이 팀장의 동작에 따라 부산히 움직이고 있었다. 오늘은 깃을 세운 셔츠에 턱시도 차림 때문인지 분노한 마에스트로 같다는 데 의견이 모였다.

"다투셨어요?"

휴게실 안에서 배하나 선배가 물었다.

"내가요? 누구랑?"

"누군 누구예요? 본부장님이죠. 보니까 또 한바탕하시는 것 같던데……."

"어머, 내가 걔랑 왜 싸워요?"

라고는 하지만, 싸운다. 그것도 맹렬히. 최선을 다해. 두 사람의 싸움은 누가 말린다고 되는 일이 아니다. 아이들의 싸움은 이성적이지 않으니까.

2020년 3월 2일 오후 4시 46분, 내가 처음이자 마지막으로 서울 시청으로 출근했던 날, 우리는 서빙고 기지를 떠난 지 12분 만에 001호에 도착했다. 동료들의 손에 크고 작은 짐가방이 들려 있었다. 특히 김재수 주임의 짐이 많아 보였다. 반면 나는 출근할 때 메고 온 백팩이 전부였다.

사실상 빈손이었던 나는 동료들의 짐을 옮기는 데 힘을 보태고자 했지만, 결과적으로 별 도움이 되지는 못했다. 김 주임도 힘을 쓰지 않았다. 대신 두 개의 트위스트 핸들이 달린 컨트롤러를 사용했다. 가방은 김 주임의 명령에 따라 정확히 움직였다.

우리는 빌딩만 한 가방을 앞세우고 시청을 떠났다. 본부의 직원들이 모세의 기적을 몸소 실천하며 비운의 유배자들을 배웅해주었다.

계획에 따르면 001호는 지난해 12월 초 공사를 마무리 지었어야 했다. 하지만 조직이 불안정한 개편을 거치면서 일정은 조금씩 미뤄졌고, 스위퍼 조직이 으레 그렇듯 예산 집행에서도 후순위로 밀리는 등 많은 우여곡절을 겪은 탓에 완공은 계속해서 늦어지고 있었다.

결국 리프트 설비가 마무리되지 않은 상태에서 이전이 결정되었다. 우리는 우선 서빙고 기지로 나가 잠수정을 타고 직접 이글루까지 이동해야 했다. 당분간은 출퇴근길도 이런 식이어야만 한다.

온종일 희한한 일들과 비상식적인 사건들의 연속이었지만, 서빙고 기지 안에서 멀쩡해 보이던 승합차가 물속으로 들어가자 나는 다시 정신줄을 잡고 있기 어려워졌다. 다행히 어지럽지는 않았다. 거듭 혼절할 수는 없다. 정신줄의 고삐를 당겨야 한다. 하루에 두 번씩이나 혼절하는 것은 꼴사나운 일이 될 것이다.

그렇다고 뭘 물을 수도 없었다. 승합차가 잠수하는데도 놀란 사람은 나 하나였을뿐더러, 불과 너덧 시간 전 처음 만난 동료들은 갑작스러운 부서 이전으로 기분이 썩 좋아 보이지 않았다.

팀장의 휴대전화는 쉴 틈 없이 울려댔고, 김재수 선배는 온종일 손에 쥔 PC에서 눈을 떼지 못했다. 화면 위로 얼핏 보이는 빽빽한 글자는 아마 커다란 가방 안에 챙겨온 물건과 그렇지 못한 물건의 목록인 듯했다. 그리고 배하나 선배는 잠이라도 자려는지 아예 눈을 감아버렸다.

"'오디세이*'는? 챙겼어?"

여전히 눈을 감은 채 배 선배가 물었다.

"네."

"패스워드는? J6은?"

"J6은 뭐 하시게요?"

"안 챙겼어?"

배 선배가 눈을 뜨고 몸을 일으켰다. 통화 중이던 팀장 역시 돌아보는 것으로 보아 중요한 물건인 듯했다.

"챙겼습니다."

김 주임의 확답에 팀장과 배 선배의 몸이 이전 상태로 돌아갔다.

자동차 형태로 입수한 잠수정에서 바퀴가 사라졌다. 대신 그 자리에 새로운 장치가 드러났다. 게 다리처럼도 보이고, 노처럼도 보이는 네 쌍의 장치가 전후좌우로 움직이

---

* 외부에서 레드 돔에 접속할 수 있는 휴대용 장치.

며 잠수정에 동력을 만든다.

나는 고개를 빼고 운전석 안을 들여다보았다. 운전자 배석 없이 운항 중인 무인 잠수정의 계기판 위로 의미를 알 수 없는 수치가 기록되고 있었다.

물속에서 잠수정은 점차 투명하게 변화했다. 눈앞의 경관이 또렷해지고 있었다. 속도를 가늠하기는 어려웠다. 잠수정은 꽤 큰 규모에도 불구하고 흔들림 없이 조용히 움직였다. 적어도 실내에서는 그렇게 느껴졌다.

잠수정은 빛을 내며 움직이고 있었고, 가시거리는 대략 25m쯤 되어 보였다. 나는 6인 좌석이 완비된 잠수정 안에 편안히 앉아 물속 풍경을 감상할 수 있었다.

지붕 위로 학꽁치 떼가 지나갔다. 발밑으로 보이는 모랫바닥에서 정체를 알 수 없는 무엇이 꿈틀거렸다. 거북의 등을 타고 용궁으로 가는 기분이란 이런 것일까? 그렇다면 얼마든지 용왕에게 간을 내줄 수 있을 것 같았다. 나는 비어져 나오는 웃음을 참느라 턱관절에 경련이 일 지경이었다.

짧은 여행이 마무리되고 있었다. 잠수정이 도착을 알릴 때는 나도 모르게 아쉬운 탄식이 흘러나왔다. 서서히 속도를 줄이며 잠수정이 이글루에 도킹을 시도했다. 나는 시청의 지하에서, 서빙고로 이동하던 자동차 안에서, 그리고 잠수정에서도 각오를 다졌으나 막상 물속 기지에 발을 디디자 긴장이 되었다.

운송을 마친 잠수정이 출입구의 폐쇄를 알리며 분리되었다. 동력을 상실한 기계가 물속으로 침잠하는 모습이 보였다. 서서히 바닥으로 내려앉던 기계에서 빛이 사라졌다. 동시에 거대한 잠수정이 시야에서 사라졌다.

우리는 유리관을 따라갔다. 가방과 김재수 주임, 팀장과 배하나 대리, 그리고 나의 순서였다. 마침내 001호의 입구가 열렸다. 밝은 조명 속 탁 트인 공간 안에 인부들이 분주히 움직이고 있었다.

처음에 우리는 아무 일도 하지 않았다. 아니 할 수 없었다. 업무실에 설비 이상을 알리는 경고음이 끊이지 않았다. 수도시설 불량으로 물 공급에 문제가 생겼고, 천장에서 마감재가 붕괴하는 사고도 발생했다. 벽에서 괴음이 울리는가 하면 실내에 원인 모를 안개가 끼기도 했다. 때로 발밑으로 미세한 진동이 지나갔다.

김 주임의 낡은 실내화 속에서 청개구리가 등장하거나, 휴게실의 캐비닛 손잡이가 뽑혀 나간 일, 회의실이나 기계실에 출입했다가 신원 불명으로 격리되는 일 등은 아주 사소한 문제였다. 우리는 천장에서 물이 똑똑 떨어지는 테이블에 둘러앉아 점심을 먹었다.

종로에서 "자네가 가라"는 말을 들었을 때, 팀장은 한 강 속 업무실이 최소한 일할 준비는 갖춘 것으로 이해했던 모양이다. 하긴 우리 모두 그랬다. 팀장은 업무실이 이미 100% 사용 준비를 마쳤으며, 한 가지 문제가 있다면 리프트가 정상 운행하기까지 단 며칠, 여분의 시간이 필요할 뿐이라고 믿었다. 본부장이 그렇게 말했으니까. 생각해보면 그렇게 얼버무렸다는 것이 옳겠지만.

팀장과 본부장은 모니터를 앞에 두고 실전처럼 싸워댔다. 001호에는 매일 본부에 항의하는 팀장의 분노한 목소리가 끊이지 않았다. 처음 며칠 동안 본부장은 멋쩍은 얼굴로 미안한 시늉을 해주었지만, 시간이 지날수록 배 째라는 식이 되어갔다.

"전 팀장. 익숙한 곳을 떠나 낯선 곳으로 옮겨가다 보면 마음에 들지 않는 점이 있게 마련입니다. 새로 입주한 건물에 이런저런 자잘한 문제가 생기는 것은 당연해요. 무릇 제대로 된 리더라면 바뀐 환경에 대원들이 적응할 수 있도록 안정적으로 조직을 이끌어야지, 매사 감정적으로 대응하는 것은 심각한 자질 부족 아닙니까?"

본부장이 기름진 말투로 훈계를 이어갔다. 그는 굳이 자리에서 일어나 자신의 크고 지나치게 화려한 새 업무실을 공개하는 데 공을 들였다.

지난 주말 본부장은 정보부 부부장 시절부터 사용하던 지하 5층의 아담한 업무실을 떠나 비서실과 방문자 대기실이 딸린 간부실로 자리를 옮겼다.

조직의 규모가 급속도로 줄어들면서 본부에서는 빈방을 대상으로 임대업을 해도 되겠다는 우스갯소리가 있었다. 본부장이 고급 장식장 위에 올려둔 어항에 먹이를 넣어주자 열대어들이 몰려들었다.

당시 스크린으로 대면하는 본부장의 태도는 대체로 이러했다. 그는 소형 드론으로 서류를 받거나, 새로 산 하와이안 셔츠를 입거나, 실내에서 전동휠을 타고 요란하게 등장했다. 언젠가는 책상 위에 올려둔 '멜버른에서 휴가 중'이라는 문구만으로 스크린에 등장한 적도 있다. 팀장이 건 전화가 아니었다. 본부장의 발신 전화였다.

팀장을 대하는 본부장의 태도가 너무나 즐거워 보였기 때문에 001호에 새로운 문제가 생기기를 기다리고 있던 것은 아닌지 의구심이 들 정도였다.

업무실 이전 14일째, 우리는 함께 출근하던 중 이글루 안에서 번쩍이는 경고등을 보았다. 이번에는 화장실이었다. 하수도에서 물이 역류하고 있었다. 화장실 바닥은 물론 변기와 세면대에서도 강물이 올라왔다. 닫힌 배수구 뚜껑 위로 어디로 들어온 것인지 알 수 없는 참붕어도 보였다. 역류하는 하수도와 함께 팀장의 인내심도 폭발했다.

"권혁남!"

스크린이 채 열리기도 전에 팀장이 소리쳤다.

"권혁남이라니. 전 팀장, 업무 시간입니다. 공과 사를 구별하세요. 자네는 이 번호를 설비실로 착각하고 있는 모양인데, 아닙니다. 이 번호는 본부장실이에요. 내 방! 알겠어요? 설비실 내선 번호는 117번입니다. 아차! 거기에서는 내선이 아니겠군요. 그렇다면 번호는 안내실에 문의하도록 하세요."

본부장이 귀찮다는 듯 손사래를 쳤다.

"내선 맞거든요."

끓어오르는 감정을 억누르며 팀장이 말했다.

"정말? 굳이? 왜 그 먼 곳에까지. 본부에서 과하게 신경을 썼군. 그렇다면 당장 117번으로 문의하면 되겠네요."

"설비실에 연결이 되지 않으니 문제죠."

"이거야 원. 그래, 이번엔 또 무슨 일인가요?"

본부장이 신경질적으로 대꾸했다.

"화장실 배수구마다 강물이 흘러넘칩니다. 까딱했다가 업무실까지 침수될 뻔했다고요."

"그렇다면 화장실을 사용할 수 없겠군요?"

"가능할 거라고 보십니까?"

"그것 참 큰일이네. 본부에도 일이 생겨 당장 수리가 어려울 텐데. 전 팀장, 우선은 야외 화장실을 이용하도록 하세요. 한강공원에 화장실이야 많지 않습니까?"

"뭐라고요? 아니 리프트가 완공도 되지 않았는데 공원엔 어떻게 나갑니까? 화장실에 갈 때마다 매번 잠수정이라도 타란 말입니까?"

"방법 있습니까?"

방법, 없었다. 우리는 볼일을 보기 위해 하루에도 몇 번씩 잠수정을 타야 했다.

"야, 이 사기꾼아!"

참다못한 팀장이 소리쳤다. 이에, 역시 참다못한 배하나 대리의 웃음보가 터졌다.

"사기꾼이라니?"

본부장이 발끈하며 일어났다.

"100% 사용 준비를 마쳐? 100%? 너 여기 한 번이라도 내려와본 적 있어? 없지? 그랬으면 네가 아무리 사기꾼이라도 그런 말 못 하지."

"그러니까 여러분이 개척자인 겁니다."

"뭐? 정말 내려와보지 않은 거야? 그런데도 우릴 이리로 보냈어? 그러고도 네가 직속 상사냐?"

팀장은 기가 막혔다.

"거기 내려가본 사람이 시청 안에 누가 있냐?"

"권혁남, 너!"

"권혁남, 너? 본부장이라고 부르라니까."

"싫다, 어쩔래? 당장 설비실 직원 보내!"

"본부에 문제가 생겨서 어렵다니까."

"그러길래 누가 설비실을 반토막 내래?"

"내가 냈냐? 그 반토막?"

"당장 보내!"

"못 보내!"

두 사람은 또다시 스크린을 매개로 실전처럼 싸웠다.

2.

이틀이 지나도록 본부에서는 소식이 없었다. 매시간 설
비실 일정을 확인했지만, 001호의 작업 처리 순서는 3순
위에서 도무지 바뀌지 않고 있었다. 매번 더 시급한 문제
가 발생했다.

상수도 시설 점검, 엘리베이터 긴급 수리, 주차장 전기

설비 등은 그렇다 하더라도, 야외 시설의 도어락 변경이 왜 그리 다급한 문제인지 이해할 수가 없다.

그날 정오 무렵, 본부에서 물건이 도착했다. 본부장이 보낸 것이었다. 이번에는 본부장이 먼저 전화를 걸어왔다.

"물건은 잘 받았지요?"

본부장이 에스프레소를 마시며 물었다.

"지금 해보자는 거죠?"

권혁남은 이렇다 할 대꾸 없이 장난스러운 미소를 지었다.

본부장이 보낸 물건은 비데였다. 사용할 수도 없는 화장실로 비데를 보낸 것이다. 그것은 선전 포고였다. 동시에 본부장의 작은 승리였다. 찻잔을 든 본부장은 말이 없었지만, 팀장은 패배를 맛보았다. 상대가 승리감을 느끼는 것, 그것이야말로 패배의 징후였다.

팀장은 화를 꾹꾹 눌러가며 최대한 이성적으로 대처하려 애썼다. 분노를 드러내는 것은 상대에게 더 큰 승리감을 안길뿐이다. 팀장은 그럴 생각이 없었다. 그녀는 애써 감정을 다스리며 통화를 마무리한 후에야,

"권혁남! 너 이 새끼 가만 안 둬!"

를 외쳤다.

2020년 3월 30일 오전 8시 48분, 권혁남의 바이크가 본

부의 서쪽 입구에 도착했다. 빨간색 몸체에 꽤 날렵해 보이는 이 바이크는 대충 쓸 만한 쿼터급으로 보이겠지만, 실은 수정당에서 몰래 개조한 상당한 물건이다.

헬멧을 든 권혁남이 건물 안으로 들어오는 모습을 보면서 팀장은 언젠가 이 사실을 폭로하고 말겠노라 다짐했다.

권혁남이 로비를 지나 지하로 내려갔다. 그는 출근하는 직원들과 인자한 얼굴로 인사를 나누었다. 팀장이 아니꼬운 눈으로 그 모습을 지켜보았다.

본부장실에 도착한 권혁남은 문을 닫고 돌아서 잠시 심호흡을 했다. 그러고는 조용히 창문에 블라인드를 드리웠다. 조금 진 출근길과 달리 다소 긴장한 모습이다. 그는 라이더재킷을 벗고 미리 준비해둔 양복으로 갈아입었다. 그러다 다시 양복을 벗어 거울 앞에 얌전히 걸어두었다.

안이 들여다보이지 않는 업무실에서 셔츠 차림의 권혁남이 종종걸음으로 실내를 몇 바퀴씩 돌았다. 손목과 어깨를 방정맞게 털어댔다. 허리가 늘어져라 스트레칭도 했다. 다트 던지기, 제자리 뛰기, 팔굽혀펴기…… 그러다 양발을 벌려 새도복싱을 하는 모습에서는 어떤 비장미마저 느껴졌다.

단시간에 많은 것을 한 권혁남이 벽시계를 확인했다. 9시 13분. 그는 벽시계의 시간이 믿기지 않는지 자신의 스마트워치를 재차 확인했다. 아날로그와 디지털 사이에 시차는 없었다.

결국 그는 책상 앞에 앉아 한동안 허공을 노려보다가 벽시계의 분침이 9시 40분을 넘기자마자 자리에서 일어나 업무실을 나섰다.

오전 9시 42분, 권혁남이 본부의 남쪽 엘리베이터에 올랐다. 그는 곧장 지하 10층 대회의실로 향했다. 깃이 좁고 몸에 밀착되는 상의, 상의와 색상이 다르면서 조금 짧은 듯한 하의는 올봄 새로 맞춘 양복이 분명했다.

손질한 지 얼마 되지 않은 것으로 보이는 구두는 조명 아래에서 반짝일 정도였지만, 새 신은 아니었다. 양복과 구두 모두 신경 쓰는 것은 본인이 생각해도 지나치다고 판단했을 것이다.

엘리베이터 안에서 권혁남이 휘파람을 불었다. 기분이 무척이나 좋아 보였다. 그는 거울을 보며 자신의 과도한 자부심이자, 나이에 비해 젊어 보이는 데 크게 기여하는, 숱 많은 머리카락을 손질했다. 그러는 사이 엘리베이터가 부드럽게 정지하며 지하 10층에 도착을 알렸다.

대회의실 안은 아직 고요했다. 회의를 위한 세팅이 마무리되고 있었다. 권혁남으로서는 처음 참석하는 시정 회의였다.

　한국우주난민
특별대책위원회

"수고하십니다."

권혁남이 회의실 안으로 들어섰다.

한우대에 있어 최근 3년은 해체의 시간이었다. 조직은 깨지고, 다시 쪼개지고, 최소한의 정비와 봉합이 이뤄지기도 전에 완전히 와해되었다.

지난 30년간 한국우주난민대책위는 시청 안의 외부 조직으로 독립된 기관이었으나, 지난 회기 마지막 조직 개편이 이루어지면서 시청의 하부 기관으로 편입이 최종 가결되었다.

2022년 여름, 조직은 특별해졌다. '한국우주난민특별대책위원회'. 새로운 타이틀과 함께 시장이 위원장에 올랐다.

권혁남은 잠시 여분의 좌석에 앉아 대기하다가 회의실 세팅이 끝나자마자 자신의 직함이 새겨진 테이블 앞에 착석했다. 약속된 시간이 가까워지고 있었다. 참석자들이 속속 회의실 안으로 들어왔다. 권혁남은 자리에서 일어나 일일이 인사하며 이들을 맞이했다.

오전 10시 정각, 시장이 참석해 개회를 선언했다. 권혁남은 테이블 좌측 끝에 앉아 있었다. 새롭게 합류한 권혁남을 향한 시장의 짧은 환영 인사가 있었다.

곧 본격적인 회의가 시작되었다. 1분기 예산 집행의 성과, 도심 개발 시행사 부도로 인한 사후 조치, 문화재 안전

관리 대책 등이 차례로 의제에 올랐다.

시정에 관한 심도 있는 논의가 진행 중이었다. 그때 조용히 앉아 의견을 경청하던 권혁남의 몸이 움찔거리며 들썩였다. 회의 시작 후 40여 분을 넘긴 시점이었다. 권혁남은 자리를 고쳐 앉았다.

다시 몸이 들썩였다. 이번에는 움직임이 컸다. 이로 인해 가까이 앉아 있던 참석자들의 시선을 샀다. 권혁남의 면구스러운 미소도 잠시, 곧 그의 몸이 공중으로 서서히 떠오르기 시작했다. 당황한 권혁남은 어떻게든 버텨보려 했지만 허사였다.

그는 본능적으로 옆자리에 앉아 있던 재무부장의 어깨를 붙잡았다. 그러나 성인 남성 한 사람의 무게로 버틸 수 있는 힘이 아니었다. 자연스레 재무부장도 함께 공중으로 떠올랐다. 그러자 이번에 권혁남은 당황한 재무부장을 놓아주고 재빨리 다리를 뻗어 대형 탁자 모퉁이에 양발을 걸었다.

회의실 탁자가 들썩이자 놀란 참석자들이 몸을 빼며 물러났다. 이제 회의실 안의 모든 시선이 테이블 끝, 오늘의 새로운 참석자에게 집중되었다.

"이게 대체 무슨 일이……?"

시장은 말을 잇지 못했다.

"죄송합니다. 죄송합니다. 정말 죄송합니다."

권혁남이 허공에서 고개를 조아렸다.

권혁남과 함께 테이블 왼편에 앉아 있던 참석자들이 차례로 뛰어올라 공중에 뜬 권혁남을 잡아보려 했다. 그 모습이 마치 튕겨 오르는 음계를 연상케 했다. 처음에는 도레, 도레미로 시작해, 미솔도, 레미솔로 움직이다가, 권혁남이 점차 테이블 앞쪽으로 이동함에 따라 인간 음계도 덩달아 솔라, 파시시라, 솔시라시시로 변해갔다. 빠르기는 안단테로 시작해 알레그로, 프레스토로 다급해졌다.

마지막까지 권혁남의 다리에 매달려 있던 '시ti'는 정무부시장으로 1.5m 높이에서 바닥으로 떨어지는 바람에 무릎에 경미한 타박상을 입기도 했다.

시장은 이상한 부서의 발칙한 신고식에 언짢은 기색이 역력했다. 하지만 이런 시장의 기분과는 별개로 상황이 상황인지라 표정 관리에 실패한 몇몇 인사들이 쿡쿡 터지는 웃음을 참지 못해 애를 먹고 있었다.

모두가 포기를 선언하고 물러나자 출입구 앞에 앉아 있던 직원이 회의실 문을 열어주었다. 권혁남은 수치심과 굴욕감으로 고개를 들지 못했다. 그는 아마 그때 문을 열어준 직원의 친절에 깊이 감사했을 것이다.

대회의실에서 올라올 때, 권혁남은 엘리베이터를 타지

않아도 되었다. 그는 중앙이 빈 구조의 건물을 따라 그대로 지상까지 올라왔다.

"어디 가십니까?"

지하 5층을 지날 때였던가, 누군가 허공에 둥둥 떠가는 권혁남을 향해 소리쳤다.

비데 사건 이후, 김재수 주임은 업무실에 문제가 생길 때마다 영상 통화 화면에서 캡처한 본부장의 우스꽝스러운 얼굴을 고장 난 물건 위에 붙이기 시작했다. 이런 작업은 약간의 통쾌함을 주었으나 단점도 있었으니, 한동안 업무실 내 어디에서나 본부장이 지켜보고 있다는 기분을 느껴야 했다는 것이다.

얼마 지나지 않아 001호 안이 온통 본부장의 얼굴로 뒤덮였다. 이 얼굴들은 시간이 흐르면서 자연스럽게 떨어지거나 누군가 떼어냈지만, 지금까지도 어딘가에 남아 있다가 불쑥 나타날 때가 있다.

"김재수 주임, 혹시 '플라이3' 가져온 게 있나요?"

일주일 전, 팀장이 물었다.

"아니요."

"그래도 운영은 할 수 있죠?"

"그거야……."

어쩐지 팀장은 활기차 보였다.

팀장은 본부의 스케줄을 확인했다. 우선 본부장이 참석하는 행사를 검색한 뒤, 규모나 취지에 상관없이 본부장 개인에게 가장 큰 타격을 줄 수 있는 이벤트를 골랐다. 그것이 본부장의 첫 시정 회의였다.

김재수 주임은 애초 두 사람의 싸움에 끼어들고 싶은 생각이 없었다. 그러나 사흘 전 큰 사고를 겪은 후, 생각이 바뀌었다.

그날은 센서 오작동으로 김재수 주임의 입장이 3시간 가까이 지체된 날이었다. 팀장은 열이 오를 대로 올랐다. 센서의 문제가 처음이 아니었기 때문이다. 각각 시간에 차이는 있었으나, 팀원 모두 한 번씩은 유리관 안에 갇힌 경험이 있었다. 그중에서도 김재수 주임의 경우는 최악이었다.

배하나 선배가 애쓰고 있었지만, 먹통이 된 시스템 안에서 할 수 있는 일은 지극히 제한적이었다. 그녀는 결국 리부팅을 선택했다. 최후의 수단이었다. 김재수 주임은 서울시 절반이 2초간 정전을 겪은 후에야 겨우 유리관에서 탈출할 수 있었다.

"감사해요."

유리관 속에 앉아 있던 김재수 주임은 넋이 절반은 나간 모습이었다. 이해할 만하다. 조명은 꺼지고 끊임없이 경고음이 울려대는 유리관 안에 갇혀 있는 것은 악몽과도 같다.

"나에게 길고 긴 경위서가 필요할 거야. 그치?"

유리관 안으로 달려 들어온 배 선배가 말했다.

"네. 죄송해요."

김 주임은 배 선배가 내민 손을 잡고 일어났다.

그날 이후, 팀장과 김재수 주임은 머리를 맞대고 사전 준비에 착수했다. 이번 작전에 사용된 플라이3은 본부의 수정당 내 마구역, 다-11 캐비닛 안에 보관되어 있었다. 간단히 말해 접근이 쉽지 않다는 얘기다.

수정당의 출입구는 삼중 보안 시스템을 갖추고 있다. 내부의 캐비닛은 주기적으로 비밀번호를 변경한다. 그러나 이 정도는 김 주임에게 문제가 되지 않았다. 그는 4분 만에 플라이3을 캐비닛에서 꺼내 수정당 안에 띄웠다.

지금까지 확인한 바에 따르면, 본부에서 운용하는 스파이 기기에는 어김없이 '플라이'라는 용어가 붙어 있다. 모두 그런 것은 아니고, 날개 달린 소규모 물건에만 이 용어를 사용한다.

플라이3은 플라이1에서 두 차례 업그레이드된 기종으로, 하루살이만큼 작고 매우 민감한 보호색을 갖추었다. 또한 극도로 작은 체형에 비해 강한 힘을 낸다는 것이 이

기기의 강력한 장점이었다.

김 주임은 플라이3을 본부장의 새 집무실이 있는 지하 2층 입구에 대기시켰다가, 본부장이 출근하자 그의 몸에 차례로 부착했다. 본부장이 눈치채지 못하도록 한 번에 4, 5기씩 시차를 두고 진행했다.

우리는 본부 안에 설치된 초고해상도 CCTV 카메라에 접속해 상황을 지켜보았다. 김 주임이 원격 조정하는 플라이3이 본부장의 몸에 정확히 내려앉을 때마다 짜릿한 전율을 느꼈다. 이런 작업은 본부장이 대회의실로 입장한 이후에도 계속되었다.

어느 시점에서 본부장은 자신의 몸이 조금 무겁게 느껴졌을 것이다. 어쩌면 그는 이런 무게를 첫 시정 회의의 부담감으로 치부했을지 모른다.

만약 그가 예민한 귀를 가졌다면, 플라이3의 날갯짓을 감지했을 수도 있겠다. 하지만 본부장은 이 미세한 소리를 바이크를 이용해 출근할 때면 흔히 겪는 가벼운 이명으로 판단했다. 치명적인 실수였다.

그리고 오전 10시 43분, 마침내 목표물 표면에 납작하게 붙어 적당한 때를 기다리던 플라이3이 팀장의 명령에 따라 일제히 날아올랐다.

지하 10층에서 지상까지 날아온 본부장은 시청 야외 마당에 설치된 유인원 형상의 조형물 위에서 구조되었다. 본부장이 구조를 요청하며 설비실로 전화를 걸었다는 사실은 팀장을 더욱 기쁘게 했다. 내선이 아닌 휴대전화를 이용한 구조 요청이었다.

"나, 여기 좀. 빨리 도와줘."

팀장의 완벽한 승리였다.

3.

001호에 관한 본부의 매뉴얼은 완벽했다. 나는 해당 매뉴얼을 작성한 필자의 친절한 문체와 꼼꼼한 기술에 감탄한 나머지 마지막 장을 덮을 때는 감사의 인사라도 전하고 싶은 심정이었다. 필자에 관한 정보가 있었다면, 분명 그렇게 했을 것이다. 그러나 아쉽게도 매뉴얼에는 본부의 출판부가 발행처로 표기되어 있을 뿐, 필자의 정보는 기록되어 있지 않았다.

물속 기지에 단 하나, 기능을 알 수 없는 장치가 있기는 했다. 지하 조정실 내 수납장 안에 달린 스위치가 그랬다. 이 노란색 스위치는 주거지나 사무실에 형광등을 켜거나 끌 때 사용하거나, 혹은 가전제품에 흔히 설계된 동작 버튼과 별반 다르지 않았다.

세면대에 쓰인 고무 패킹의 제품 번호까지 기술되어 있는 친절한 매뉴얼에도 조정실 수납장 내부에 달린 스위치의 정보만은 존재하지 않았다. 설계도에도 마찬가지였다.

나는 여러 차례 스위치를 올리거나 내려가며 쓰임새를 확인하고자 했다. 전자 지도를 들고 업무실이 있는 1층과 지하를 수십 번씩 오르내렸다. 그러나 아무리 스위치를 조정해도 이글루 안 어딘가에 불이 들어오거나 배수가 되지 않았다. 환기 장치도 아니었다. 티포트의 뚜껑이 열리지도, 001호가 날아오르지도, 유령이 출몰하지도 않았다.

나는 지도를 확대해 일일이 살펴보고, 몇 차례씩 같은 장소에 찾아가 스위치의 쓰임을 확인했다. 수수께끼가 등장하자 오기가 생겼다.

당시 업무실은 정상이 아니었다. 하수도가 역류하는 화장실은 며칠째 출입이 금지된 채 방치 중이었고, 센서에도 문제가 생겼다. 크고 작은 문제가 산적해 있다 보니, 전자 지도에는 온통 설비 이상을 알리는 녹색불이 반짝이고 있었다.

스위치를 발견한 지 사흘째, 나는 포기를 선언했다. 어쩌면 그것은 아무것도 아닐지 모른다. 조정실 출입구의 개폐용 장치로 설계했다가, 이후 용도가 변경되어 기능 없이 방치된 것인지도 모르겠다. 어쩌면 매표소 단계에서 이미 버려진 무엇일 수도 있다.

사흘 내내 스위치의 용도를 찾아다닌 나로서는 '쓰임 없음'이라는 결과가 아쉬울 수밖에 없었지만, 그것이 현실임을 받아들여야 했다. 나는 전자 지도에 물음표를 표시한 뒤 조정실에서 물러났다.

본부의 설비실에서 직원이 다녀갔지만, 여전히 미봉책일 뿐이었다. 우선 유리관은 사람이 갇히는 일이 없도록 잠금장치를 해제했다. 이 말인즉슨 그냥 열어뒀다는 뜻이다. 화장실은 아직 손도 대지 못했다.

지난 며칠 조용하던 센서가 아침부터 말썽이었다. 출근할 때부터 '잘못되었습니다', '이상이 있습니다'라는 말을 반복해대는 통에 동료들 모두 신경이 곤두선 상태였다. 문장이 완전하다면 그나마 낫겠지만, '감지 이상 확인이 있습니다'라느니, '아닌 wrong 보고 있다' 등의 말을 듣고 있자니 나 또한 머릿속이 혼미해지는 느낌이었다.

"김재수 주임. 제발 저것 좀 어떻게 해줄 수 없을까?"

두 손 들고 나온 팀장은 김 주임이 뭐라도 해주길 바랐다.

제아무리 김 주임이라도 상비용 공구만으로 할 수 있는 일은 별로 없어 보였다. 그래도 그는 뭐라도 해보기 위해 센서가 있는 유리관으로 이동했다.

"김! 해결 안 되면 소리라도 줄여줘. 아예 스피커를 박살 내버리든가."

배 선배가 입구를 향해 소리쳤다.

"제가 뭐라도 도와드릴까요?"

내가 엉거주춤 일어났다. 김 주임은 말없이 업무실을 나섰다. 본부장에게서 전화가 걸려온 것은 그때였다.

"오, 루저! 어쩐 일이신가?"

최악의 상황에서도 팀장은 승자의 허세를 잊지 않았다.

"고생 많은 우리 민원실 직원들 안부가 궁금해서 그러지. 그런데 어째 세 사람뿐이야?"

고개를 빼고 스크린 속 민원실을 둘러보던 본부장이 말했다.

"용건이 뭐야?"

팀장이 자리에 앉음으로써 스크린의 시선을 차단했다.

"잠깐 기다려봐. 이거 되게 재미있거든."

본부장의 모습이 사라졌다. 대신 스크린은 어디론가 이동 중인 카메라의 시선을 받았다. 카메라가 빠르게 복도를 지나갔다. 본부장의 꿍꿍이가 무엇인지 감이 잡히지 않았다.

잠시 어두워졌던 화면이 밝아오자 드넓은 방이었다. 거

칠게 흔들리던 초점이 잡히고, 높이 쌓인 금속 캐비닛 사이로 시선이 이동하자 그곳에 낯익은 얼굴이 보였다. 김재수 주임이었다.

"왜? 아니……, 어째서 김 주임이 거기……."

팀장은 혼란스러웠다. 그녀는 유리관 안을 확인했다. 센서를 수리하는 김 주임의 모습이 보였다.

"김재수 주임, 팀장이에요. 연결되었으니 이야기해보세요."

화면 너머에서 본부장의 목소리가 흘러나왔다.

"아, 팀장님! 아침에 요청하신 건으로 지금 본부에 와 있는데요. 팻 조절에는 별문제 없는 것 같습니다. 아마 새벽에 들어온 신고는 허위였거나 장난 전화가 아니었나 싶습니다."

김 주임이 카메라를 향해 돌아서서 말했다.

"저기, 내가 아침에 어떤 부탁을 했었죠?"

팀장은 목이 잠겨 헛기침을 해야 했다.

"새벽에 'a슈트'의 팻 조절 건으로 신고가 접수되었으니, 본부에 나가 확인해보라고 하셨잖아요. 문제는 없어 보입니다. 모두 정상 신호예요. 어쨌든 기지가 정비되는 대로 001호에서도 슈트의 신호를 받을 수 있도록 정보 공유 요청을 서둘러야 할 것 같습니다. 아, 그리고 레드 돔의 기록도 확인했는데, 그 시간에 신고 목록이 존재하지 않았어요. 아무래도 본부로 들어온 신고가 팀장님께 전달된 것이 아니라 누군가 팀장님의 휴대전화로 거짓 신고를 넣은 것 같습니다."

"난 신고 기록을 받은 적이 없는데……."

"네?"

김 주임이 어리둥절한 표정으로 카메라를 응시했다.

"레드 돔을 거치지 않고, 김 주임에게 연락한 사람은 누구일까요? 그리고…… 쟨 누굴까?"

유리관으로 향했던 팀장의 시선이 스크린으로 돌아와 김 주임과 마주쳤다.

지하로 연결된 문이 폐쇄되고 있었다. 유리관으로 나갔던 또다른 김 주임이 업무실 안으로 돌아왔다. 출근길 잠수정에서부터 줄곧 말이 없던 김 주임. 출근과 함께 센서가 오작동한 이유. 저것은 김 주임이 아니었다. 슈트였다.

"행운을 빌어."

본부장의 마지막 음성과 함께 전화가 끊기자 업무실 안의 슈트가 팽창하기 시작했다. 손에 든 공구 상자가 바닥으로 떨어졌다. 동시에 김 주임을 닮은 몸이 순식간에 부풀어 올랐다.

지구에 거주하는 플라인들은 위장을 위해 완전한 인간

형태의 특수 장치를 착용한다. 이것의 공식 명칭은 'a슈트', 보통 우리는 그냥 슈트라고 부른다.

엔지니어들은 살이 찌거나 빠지는 경우를 대비해 a슈트를 팽창 또는 수축하도록 설계했다. 지난겨울 본부에서는 팻 조절을 무한대로 설정하는 실험을 계획하였으나, 조직이 와해되면서 일정은 중단되었다.

당시 실험을 위해 준비했던 다섯 벌의 슈트는 본부의 '3시험실' 안에 그대로 방치되었다. 그 중, 오늘 아침 5번 슈트가 사라졌다. 그리고 사라진 5번이 지금 001호 안에서 맹렬히 팽창 중이다.

슈트가 출입문 앞에서 팽창을 시작했기 때문에 원천적으로 탈출이 불가능했다. 타이밍을 완벽히 놓친 것이다. 모든 도주로를 차단당한 우리는 그야말로 독 안에 든 쥐 신세였다.

본부의 무한 팽창 실험은 꽤 성공적이었던 모양이다. 팽창의 속도는 빨랐고, 이제 슈트는 실질적인 위협이 되어 눈앞까지 다가왔다. 우리는 뒷걸음질 외에 달리할 수 있는 일이 없었다.

결국 우리는 팽창한 슈트에, 그러니까 엄청나게 늘어난 김 주임의 몸에 눌려 벽 쪽으로 밀려났다. 피부를 닮은 슈트의 재질에 탄력이 있어 숨 쉬는 데는 문제가 없었지만,

엄청난 압력을 받으며 슈트와 벽 사이에 낀 관계로 모두가 말린 오징어 꼴이 되었다는 것만은 사실이다.

"배하나 대리! 공필연 씨! 모두 무사합니까?"

업무실 안 어딘가에서 팀장의 목소리가 들렸다.

"네. 무사해요."

"저도 괜찮습니다."

배 선배와 내가 연이어 대답했다. 서로의 위치를 확인할 수는 없었지만, 세 사람 모두 무사했다.

다행히 업무실을 꽉 채울 정도로 부풀어 오른 슈트가 팽창을 멈추었다. 나는 이를 본부장의 조작으로 판단했으나, 팽창하던 슈트가 공간을 가득 채운 후에는 자동으로 멈추도록 설계되었다는 사실을 나중에 알았다. 만약 그렇지 않았다면 이글루는 이미 산산조각이 났을지 모른다.

"이제 어떻게 해야 할까요?"

내가 겨우 말했다.

"주변에서 날카로운 물건을 찾아 셀을 터트리도록 하세요."

팀장의 목소리였다.

"셀이요?"

"슈트의 세포 단위를 말합니다. 평상시에는 확인이 어렵지만 지금은 극도로 팽창한 상태이기 때문에 자세히 살펴보면 구별이 될 겁니다. 셀의 중앙을 타격하면 터트리는 것은 그리 어렵지 않을 거예요.”

등이 벽에 닿아 있어 뒤로 움직이는 것은 불가능했다. 나는 얼굴을 압박하는 슈트를 최대한 밀어내며 셀을 구분하려 애썼다. 질끈 감았던 눈을 떴다. 초점이 모인다.

‘보인다……, 셀.’

우선 날카로운 물건을 찾아야 했다. 운이 좋았다. 이런 상황에서 운을 따지는 것이 우스울지 모르지만, 사실이다. 나는 운 좋게 휴게실 근처에 있었다. 조심스레 발을 떼보았다. 극도로 팽창한, 그러나 터지지 않는 풍선이 나를 압박했다. 그래도 조금씩 움직일 수 있었다.

단 몇 미터 이동하는 일이 장거리 경주만큼이나 힘겨웠다. 나는 겨우 휴게실 안으로 들어가 2단 트롤리 위에 있던 포크를 집었다. 아주 날카로운 물건은 아니었기 때문에 셀을 터트리기가 쉽지 않았다. 그래도 정중앙을 힘 있게 타격하자 빵, 하는 소리와 함께 셀이 터졌다.

기뻤다. 단순히 너무나도 기뻤다. 나는 우선 손목 주변을 집중적으로 타격해 손을 쓰기 쉽게 했다.

“팻 조절 장치는 슈트의 오른쪽 복숭아뼈 안에 있어. 그러니까, 물론 구분이 잘되지는 않겠지만, 어쨌든 우선 다리를 찾고, 발을 찾아. 복숭아뼈를 목표로 움직이도록 해.”

배하나 선배였다. 이전보다 또렷한 목소리다. 선배도 날카로운 무언가를 찾은 것이 분명했다.

"네! 알겠습니다."

내가 희망찬 목소리로 화답했다.

우리는 각자의 위치에서 최선을 다해 움직였다. 셸이 터지는 가벼운 소리가 들릴 때마다 진한 동료애를 느끼는 이상한 경험이었다.

얼마나 지났을까, 몇 겹의 셸 너머로 누군가의 모습이 비쳤다. 배 선배였다. 서로를 발견한 우리는 더욱 열심히 셸을 터트리며 접근해 어느 순간 마주했다. 비릿한 물 냄새가 나는 것이 화장실 주변 어디쯤인 듯했다.

서로가 지나온 길은 마치 두더지가 파놓은 비좁은 동굴 같았다. 배 선배와 나는 잠시 재회의 기쁨을 나눈 뒤, 복숭아뼈를 찾아 다시 길을 나섰다.

이번에 나는 유리관이 보이는 벽면에 도착했다. 물속으로 스며든 빛으로 보아 어느새 한낮인 모양이다. 그때 땡, 하는 소리가 울렸다. 오후 12시와 6시, 하루 두 차례 울리도록 설정해둔 벽시계의 알람이었다. 위에서 반응이 왔다. 점심시간이 된 것이다.

머리 위로 슈트가 팽창하며 찢긴 옷이 보였다. 나는 벽을 따라 길을 내기 시작했다. 저 옷이 하의라면 복숭아뼈가 근방에 있을지 모른다.

대화가 끊긴 지 오래였다. 업무실에는 오직 셀 터지는 소리만이 울렸다. 그렇게 또 얼마의 시간이 흘렀을까, 멀리 물속에 시선을 끄는 무엇이 있었다. 햇볕이 아닌 불빛, 잠수정이었다.

"선배예요! 김 선배가 와요!"

내가 소리쳤다.

복숭아뼈를 발견한 사람은 지하에서 올라오던 김재수 주임이었다. 복숭아뼈는 지하로 이어진 계단에 있었다. 팽창할 때와 마찬가지로 슈트는 너덜너덜해진 상태로 급속히 쪼그라들었다.

슈트가 수축을 시작하자, 나는 김 주임이 해제 장치를 들고 돌아온 줄만 알았다. 그런데 아니었다. 김 주임은 업무실로 올라오던 길목에서 우연히 복숭아뼈를 발견했을 뿐, 해제 장치 없이 기지로 보내졌다는 것이다. 우리는 본부장의 치졸함에 치를 떨었다.

땀에 젖은 팀원들의 몸은 끈적한 셀 찌꺼기로 뒤덮여 있었다. 5시간여 만에 마침내 네 사람이 만났다. 우리는 서로를 부둥켜안았다.

업무실은 엉망이 되었다. 쓰러지고 휘어진 스크린마다

한국우주난민
특별대책위원회

본부장의 우스꽝스러운 얼굴 위로 백기가 휘날렸다. 뼈아픈 팀장의 패배였다. 아니, 우리 모두의 패배였다.

잠시 후, 스크린에서 본부장의 얼굴이 사라졌다. 배하나 선배가 쥐고 있던 군용 칼이 정확히 수신기에 날아가 꽂혔다.

"나이스 샷."

내가 말했다. 우리는 다시 서로에게 의지하듯 어깨를 끌어안았다.

팀장은 오늘의 패배를 잊지 않았다. 오랜 시간이 흐른 후에도. 승자조차 자신의 승리를 까맣게 잊은 후까지도. 그리고 팀장은 최후의 승리에서 이렇게 말했던 것 같다.

"그는 알고 있었어."

내 기억이 정확하다면.

더블러Doubler

1.

2022년 5월 11일 오후 2시 23분, 배하나 선배와 나는 순찰을 위해 수중 바이크에 탑승했다. 출입구가 열리자 기지를 빠져나온 바이크가 조금씩 속력을 내며 앞으로 나아갔다.

여느 때와 다름없는 평범한 날이었다. 그날도 우리는 별일 없는 오전을 보내고, 별일 없을 오후를 맞이하고 있었다. 점심을 급하게 먹었는지 아랫배가 조금 불편할 뿐 모든 것이 평온했다. 그러니까 나는 그날의 익숙한 평온이 순찰과 함께 깨지리라고는 상상하지 못했다.

"오늘은 원효대교부터 가보자."

배 선배가 말했다. 그녀는 서브 조종석에 거의 눕다시피 앉아 있었다. 선배의 지시에 따라 나는 원효대교로 바이크를 몰았다. 교각 사이로 오후의 빛이 소나기처럼 비껴들었다.

플라인들은 물놀이를 사랑한다. 그리고 이들에게 한강은 이제 눈 감고도 다닐 수 있을 만큼 익숙한 장소이다. 그래도 혹시 모를 사고에 대비하는 것이 순찰의 목적이다.

사고는 보통 교각 밑이나 유속이 느린 곳에서 발생한다. 이물질이 쌓이는 곳이기 때문이다. 순찰의 주요 경유지가 다리 밑일 수밖에 없는 이유가 여기에 있다. 원효대교 밑으로 특기할 만한 사항은 보이지 않았다.

"오케이, 이동. 다음은 철교!"

나는 핸들을 잡고 1시 방향에 서 있는 기둥 사이로 비스듬히 수중 바이크를 몰았다. 물속에 그물이 보였다. 정확히 말해 어업용 그물은 아니었고, 공사 현장에서 흘러든 안전망인 것 같았다.

"있다."

배하나 선배가 몸을 일으켰다.

"있어요?"

나는 고글을 쓰고 안전망 쪽으로 좀더 가까이 바이크를 붙였다. 원통형 콘크리트 기둥 사이에서 엷은 빛이 반짝이고 있었다. 누군가 그물망에 걸린 것이 분명했다.

나는 움직이는 헤드라이트 아래 잠겨 있던 부채꼴 모양의 입구를 열어 재빨리 '림'을 방출했다. 조정 레버를 잡고 림의 끝에 달린 손가락 모양의 집게를 민감하게 움직여보았지만, 얼기설기 얽힌 그물을 풀기가 쉽지 않았다. 그물이 강둑과 교각 사이에 난 좁은 틈에 걸려 있어 시야 확보에도 어려움을 겪었다.

림은 얇은 사슬 모양의 조직이 섬세하게 엉켜 있는, 말하자면 수중 바이크의 팔다리라 할 수 있다. 상체 림의 경우 최대 36m, 하체 림의 경우 33m까지 방출이 가능하다.

림에 사용된 합금은 뛰어난 탄성과 강도를 지닌 신물질이다. 보통 림은 수중에서 물건을 수송하는 데 쓰이지만 때에 따라 닻으로도 쓰이고, 지금처럼 손발이 필요한 모든 경우에 활용할 수 있다.

배 선배가 플라인의 신분 조회를 마쳤다. 이슬기(aID: 0954-나2-90). 확성기를 켠 선배가 그물에 걸린 플라인에게 말했다.

"이슬기 씨. 내 말 들려요? 한우대예요. 움직일 수 있겠어요? 그물망이 어디에 걸려 있나요? 바위나 철근 사이에 걸린 곳이 있는지 확인해줄 수 있어요?"

배 선배의 요구에 따라 플라인은 정신을 가다듬고 발밑

을 살피려 애썼지만, 여의치 않아 보였다.

"안 되겠다. 걸어가자."

"네?"

배 선배의 말에 나는 당황했다.

"왜? 문제 있어?"

배 선배가 해제했던 안전벨트를 조이며 물었다. 열 감지 고글의 시야로 흥분한 불덩이가 가까이 다가왔다가 물러났다.

"아뇨. 문제는 바이크가 아니라, 저한테 있죠."

"시뮬레이션 마쳤잖아?"

"하지만……."

"다리 내려, 당장!"

호령이 떨어졌다.

"알겠습니다."

나는 수중 바이크의 하체 림을 방출했다. 림의 끝에 달린 4개의 집게가 반듯하게 펼쳐지며 강바닥을 향해 하강했다. 림이 바닥에 닿자 기체가 휘청, 하고 흔들렸다. 미동은 잠시뿐이었다. 수중 바이크, 즉 M500GB는 재빨리 균형을 회복했다.

실전은 시뮬레이션과 다르다. 물론 본부의 시뮬레이션은 현실을 능가한다는 평가를 받는다. 교육을 받은 자라면 누구나 인정하는 사실이다.

시뮬레이션 참가자들은 프로그램이 구현한 가상현실의 수준에 혀를 내둘렀다. 나 역시 마찬가지였다. 단 한 차례 중복 경험도 없이 수시로 변하는 돌발 상황에 대처하며 프로그램을 마감할 때는 이것이 현실이 아니라는 사실이 놀라울 정도였다.

나는 총 51회에 걸쳐 193시간 동안 107가지 실전 상황에 대비한 시뮬레이션 프로그램을 경험했다. 결과는 나쁘지 않았다. 하지만 실전은 다르다. 수중에 이렇다 할 장애물 하나 보이지 않았지만, 어쨌든 다르다.

나는 핸들을 돌려 '워킹 모드용 호른'을 잡았다. 동시에 핸들을 강하게 밀어 기체에 고정했다.

"5번 호른의 잠금이 해제되었습니다."

잠금 해제 선언과 함께 눈앞의 호른이 빛을 냈다. 나는 오른손으로 5번 호른의 손잡이를 잡았다. 손끝에서 느껴지는 낯선 감각에 긴장이 되었다.

"다가가."

나는 천천히 M500GB의 발걸음을 뗄 뿐이었다. 그럼에도 머리카락이 서고 손바닥에서 땀이 났다.

M500GB가 강바닥을 디디고 강둑 가까이 접근했다. 바닥에서 진흙이 일었다. 이 때문에 시야 확보에 어려움이

생겼다. 헤드라이트가 바삐 움직이고 있었지만, 불빛이 매번 교각에 걸리며 도움이 되지 못했다. 나는 림의 집게 끝에 달린 조명을 밝혔다.

상체 림의 말단은 지름이 겨우 2cm일 정도로 가늘어 강둑과 교각 사이의 좁은 틈 사이에서도 자유롭게 움직일 수 있었다. 나는 열 감지 고글을 젖히고 맨눈으로 모니터를 확인했다.

"대기하자."

우리는 잠시 대기했다. 서서히 진흙이 가라앉으면서 한결 밝아진 시야를 확인할 수 있었다. 나는 림을 안전망 사이로 밀어 넣었다. 거친 질감의 그물이 림과 맞닿으며 빠드득, 빠드득 소리를 냈다.

안전망이 걸린 곳은 교각 아래 박힌 철근이었다. 나는 일단 교각을 돌아 나와 바이크를 플라인의 등 뒤로 이동시켰다. 그리고 림을 콘크리트 기둥 아래로 길게 뻗은 다음 다시 작업을 시도했다. 접근에 용이한 위치를 확보하자 이전보다 유연하게 림의 움직임을 조정할 수 있었다.

안전망의 그물은 생각보다 질겼다. 나는 몇 차례 안전망을 빼내보려 시도한 끝에 절단을 선택했다. 림이 철근 사이에 얼기설기 얽힌 그물을 끊어냈다. 마침내 안전망이 철근에서 떨어졌다. 강둑과 교각 사이에 공간이 확보되자 플라인이 미끄러지듯 안전망을 빠져나왔다.

플라인의 몸에 희미하게 남아 있던 빛이 사라졌다. 그녀는 완전히 기력을 소진한 듯 보였다.

"뭐 해? 안 구할 거야?"

교각 옆에 멍하니 바이크를 세워두고 대기하던 나는 재빨리 림을 이용해 플라인을 안았다. 그리고 드문드문 자란 수초 사이를 지나 서너 걸음 이동한 뒤 플라인을 강바닥에 내려놓았다.

"강 위로 옮겨야 할까요?"

내가 물었다.

"아니야. 그녀는 괜찮아."

플라인을 주시하던 배 선배가 말했다.

잠시 엎드린 채 기력을 회복하던 플라인이 몸을 일으켰다. 그녀는 바이크 주변을 돌며 몇 번이나 고맙다고 인사한 후, 서서히 수면 위로 올라갔다. 이 움직임으로 수중에 얇은 빛이 일자 치어 떼가 따라갔다.

나는 남은 안전망을 철근에서 완전히 떼어냈다. 뜯긴 안전망을 물속에 방치했다가는 또다른 사고의 원인이 될 수 있기 때문이다. 그러고는 하체 림을 길게 늘여 바이크를 바로 수면 밑까지 붙여놓았다.

수중 바이크의 이마가 수면에 닿을 듯 가까이 있었다.

기체 위로 잔물결이 찰랑거렸다. 배 선배가 모니터를 확인했다.

"괜찮겠어."

나는 수면 위로 수중 바이크의 고개를 빼꼼히 내민 다음 안전망을 공사 현장으로 옮겨놓은 뒤 자리를 떴다.

"공! 잘했다. 수고했어."

마침내 우리는 교각에서 물러났다. 나는 하체 림의 길이를 2m 미만으로 줄이고 상체 림을 거둬들였다. 그리고 기체를 돌려 좀더 깊은 수심으로 걸어갔다. 그때 림의 끝에 딱딱한 무언가가 닿았다.

"뭐야?"

강바닥에 박힌 바위라고 생각했는데 미세하게 느낌이 달랐다. 물론 시뮬레이션에서 경험하지 못한 성질의 암석일 수도 있다. 나는 바닥에서 진흙이 가라앉길 기다렸다. 배하나 선배가 네 개의 모니터를 번갈아 살피고 있었다.

"발 떼."

열화상 카메라를 주시하던 배 선배가 말했다.

"네?"

"플라인이야. 떼!"

당황한 내가 힘 조절에 실패하면서 기체가 어정쩡하게 뒷걸음질 쳤다.

"갑각류화야."

"갑각류화요?"

"그래, 처음 보니?"

"네."

수중 바이크가 뒷걸음질 칠 때, 바닥에 있던 플라인이 몸을 틀며 움직이는 통에 하마터면 균형을 잃을 뻔했다. 하지만 수중 바이크의 평형감각은 나보다 우수했다. 기체가 30도 이상 휘청거렸음에도 금세 균형을 회복했다.

눈앞에서 갑각류화를 보기는 처음이다. 사진이나 영상을 통해 몇 차례 접하기는 했지만, 역시 실전은 다르다. 가까이에서 본 갑각류화의 몸은 모니터를 통해 확인한 그것보다 훨씬 더 섬세하고 단단해 보였다.

플라인이 꿈틀거리며 천천히 움직였다. 마치 오랜 잠에서 깬 거북처럼.

"갑각류화가 왜 강물 속에 들어와 있는 거죠?"

"그런 애들이 있어. 플라인들은 기본적으로 물을 좋아하거든. 일종의 피서 같은 거야. 갑각류로 변이한 후 계곡이나 강물 속으로 들어와 며칠씩 지내다 나가곤 하지."

이론에 의하면 갑각류화는 평온을 얻기 위한 방식이다. 이들은 어떤 방해도 없이 시간을 보내고자 할 때, 도시에서 벗어나 여행을 떠난다. 그리고 며칠씩 꼼짝하지 않고 자신만의 휴지기를 즐기는 것이다.

보통은 사람의 발길이 닿지 않는 깊은 숲속이나 계곡이 일반적이나 일부 지붕 위나 화단, 논바닥 또는 우물 속으로 들어갔다는 기록을 본 적이 있다. 강바닥 위에 무늬를 만들며 천천히 움직이던 플라인이 멈추었다.

"왜 저러지? 다친 건가?"

우리는 상대의 행동에 주목하고 있었다. 나는 다시 림을 방출했다. 상체 림이 바닥의 플라인을 향해 다가갔다. 만약 몸에 이상이 있다면 즉시 이송해야 했다.

림이 바닥에 닿기 전, 플라인의 몸이 급작스레 움직였다. 거북의 등처럼 딱딱해 보이던 몸에서 엷은 빛이 새어 나왔다. 놀란 내가 움찔하자 수중에 림 역시 멈칫하며 물러났다.

"젠장, 뭐야?"

"왜요? 선배?"

"더블러야……?"

배 선배가 조용히 읊조렸다. 처음 듣는 말이었다.

모래 둔덕 위에서 움찔거리던 플라인의 몸이 점점 더 밝은 빛으로 뒤덮이는가 싶더니 순식간에 바닥을 치고 달아났다. 그러니까, 물 친화형의 방식으로.

"공! 밟아."

나는 허둥대고 있었다. 방향을 상실한 림이 수중에서 출렁였다.

"어서! 밟으라니까, 뭐 해?"

"미치겠네."

나는 출렁이는 상체 림을 거둬들였다. 이 과정에서 림이 기체에 닿으며 거칠게 요동쳤다.

"말도 안 돼. 더블러라니."

흥분한 배 선배가 소리쳤다.

나는 고글을 썼다. 그리고 하체 림을 이용해 강바닥을 디디며 달려 나갔다. 더블러를 향한 질주가 시작되었다.

2.

두 쌍의 림을 모두 거둬들인 후, 완벽한 달걀형의 모습을 회복한 수중 바이크가 점차 속도를 높여 추격에 나섰다.

"선배! 더블러가 뭔데요?"

내가 핸들을 잡고 소리쳤다.

"기본적으로 플라인은 한 가지 변이를 해. 그런데 가끔 두 가지 변이를 일으키는 애들이 있어. 전체 플라인 가운데 이런 경우가 대략 0.8% 정도 되는데, 더블러란 이런 애들을 말해."

배 선배 역시 소리쳤다.

본부는 더블러의 수를 정확히 파악하지 못한 것으로 보고 있다. 변이의 종류를 신고하는 과정에서 일부 더블러들이 한 가지 유형만 신고했을 가능성이 있다고 보기 때문이다. 본부에서는 더블러의 비율이 0.8%를 넘어 1.5~3%에 이를 수 있다고 예상하고 있다.

물론 더블러 자체가 문제가 되는 것은 아니다. 다만 이들 중 일부가 자신의 신체 변화를 악용해 범죄를 저지르는 경우가 있었다는 것이 문제다. 그러니까 아무 일도 일어나지 않은 지난 3년, 그 이전에.

지금의 더블러는 수중 바이크가 신원 파악을 시도하자마자 줄행랑치기 시작했다. 본능적으로 이상을 감지한 배 선배가 즉각 추격에 나섰다.

"공!"

"네, 선배!"

"놓치면 죽는다."

나는 다시 머리카락이 쭈뼛 서는 것을 느꼈다. 핸들을 잡은 손에 힘이 들어갔다.

속도계가 시속 150km를 알리고 있었다. 잘못 본 것이 아닌가 싶어 재차 확인했는데, 150km가 확실했다. 아니다. 속도계의 숫자는 여기에서 멈추지 않고 계속해서 최고치를 경신해 나갔다.

나는 이제껏 수중 바이크를 운행하면서 시속 20km 이상의 속도를 경험한 적이 없다. 엄밀히 말해 20km는 복귀할 때나 가능한 것으로 평상시 속도는 오리배의 그것과 별반 차이가 없다.

나는 거추장스러울 뿐인 고글을 벗었다. 상대는 도주자였다. 단순한 물놀이객이 아니다. 동에 번쩍 서에 번쩍 종잡을 수 없이 움직이는 저 플라인은 빨랐고, 빠를수록 온몸으로 빛을 냈다.

시속 160km에 육박하는 속도로 움직이는 물 친화형 플라인, 아니 더블러는 남들보다 무딘 내 맨눈으로도 식별이 가능했다.

"움직임을 쫓지 말고, 앞으로만 달려."

배 선배가 차분히 지시를 내렸다.

"알겠어요."

핸들이 양손에 착 감기는 것을 느낀다. 낯설고 동시에 짜릿하다. M500GB의 세밀한 움직임이 고스란히 손끝을 통해 전해졌다. 나는 배 선배를 힐끗 쳐다보았다. 전방을 꿰뚫는 눈빛이 벨 듯 날카로웠다. 동시에 입가에는 미소가 번져 있었다. 배 선배는 분명 이 상황을 즐기고 있었다.

한 가지 난제는 있었다. 도주자의 신원 파악이 여전히 여의치 않았다. 상대는 엄청난 반사 신경으로 스캐너의 조준을 잘도 비껴갔다. 얄미울 정도였다. 배 선배는 약이 오를 대로 올랐다. 스캐너가 간발의 차이로 상대를 놓칠 때마다 격정적으로 앓는 소리를 냈다.

"우으그크크으으."

마른 몸 어딘가에 굶주린 야수라도 들어앉은 모양인지 성대를 긁으며 내뿜는 소리가 자못 생소했다.

수면 가까이로 솟구치듯 움직이던 플라인이 가파르게 하강하며 4시 방향으로 깊숙이 침잠할 때였다. 잠수 시간 2시간 경과를 알리는 경고음이 울렸다. 수중 바이크가 막 방화대교를 지나 행주산성으로 접근 중이었다.

"어? 어!"

"왜?"

스캐너의 각도를 조정하던 배 선배가 돌아보았다.

"곧 수중보예요, 선배."

"뭐?"

배 선배가 코앞까지 모니터를 끌어당겼다. 언제나 그곳에 있었지만 까맣게 잊고 있던 콘크리트 절벽이 길이 1,007m, 높이 14m의 위용을 뽐내며 위풍당당하게 서 있었다.

"젠장."

"어쩌죠?"

"뭘 어째? 그 전에 잡아야지."

배 선배는 이렇게 말하며 모니터를 밀쳤다.

김포대교 아래에 있는 수중보까지 약 5km. 수중 바이크는 속도를 줄이지 않고 수중보를 향해 내달렸다. 플라인 역시 마찬가지였다. 지금까지 얼마나 오랫동안 갑각류 상태로 강바닥에 머물렀는지는 몰라도 움직임에 제약은 전혀 없는 것 같았다. 상대는 놀랄만한 속도로 바이크의 추격을 따돌리고 있었다.

이제 수중보까지 600m 남짓. 마침내 육중한 절벽이 시야에 들어오자 플라인이 주춤하는 것을 느꼈다. 그사이 나는 수중 바이크의 속도를 최고치까지 몰아붙이며 플라인과의 거리를 단숨에 좁혔다.

나는 플라인이 다시 속도를 붙이며 강줄기 중앙으로 움직일 때를 기다렸다가 림을 방출했다. 모든 것이 분명했고 명확했다. 그렇게 느꼈다. 림이 플라인의 가슴 쪽으로 빠르게 접근했다. 나는 상대의 움직임을 읽고 있었고, 림은 예상대로 정확히 움직였다.

'Gotcha!'

잡았다고 생각했다. 그런데 그 순간 플라인이 수직으로

솟구쳤다. 나는 멍하니 상대의 움직임을 바라보았다. 절대 틀릴 수 없는 수학 문제를 틀린 것 같은 기분이다. 이해가 가지 않았다. 수면 위에서 빛이 떨어졌고, 림은 수중을 갈랐다.

내가 이성을 찾은 것은 배 선배의 고함 때문이었다. 정신이 들었을 때는 이미 눈앞에 수중보가 있었다. 나는 힘껏 핸들을 꺾었다. 수중 바이크가 급격한 커브를 그리며 회전했다. 바이크의 좌현이 콘크리트 벽에 거칠게 닿는 것을 느꼈다.

순간 기체가 휠 정도의 마찰이 있었지만, 그것이 통제를 벗어나 제멋대로 움직이는 수중 바이크의 속도를 줄이지는 못했다. 수중 바이크는 이후 엄청난 원심력으로 소용돌이를 만들며 거칠게 표류했다.

나는 브레이크를 건 채 핸들을 꽉 잡고 있을 뿐이었다. 달리 손 쓸 방도가 없었다. 크게 요동치던 수중 바이크는 강바닥에 처박힌 후에도 한동안이나 회전하며 강력한 물보라를 일으켰다.

기체가 강바닥에 충돌하자 몸이 출렁하고 들썩였다. 이어 수초밭을 통과하며 길게 미끄러졌다. 속수무책이었다. 기체는 200m 이상 밀려났다. 크고 작은 암초에 부딪히던 기체가 눈앞의 교각을 향해 돌진할 때, 나는 양손으로 얼굴을 감쌌다.

"나와."

배 선배가 고함쳤다.

"네?"

"나오라고. 이 자식아!"

눈을 떠보니 다행히 기체는 교각 사이로 미끄러지고 있었다. 나는 안전벨트를 풀었다. 그제야 참고 있던 숨을 내쉴 수 있었다. 강바닥에 곤두박질친 바이크는 속력을 거의 잃은 상태였지만, 여전히 땅속을 파고들며 둥글게 움직였다.

"빨리빨리 안 움직여?"

이미 좌석을 반쯤 넘어온 배 선배가 재촉했다.

나는 엉거주춤 몸을 일으켰다. 그런데 도저히 운전석을 넘을 수가 없었다. 나는 잔뜩 몸을 수그린 채 수중 바이크의 내벽에 등을 대고 서서 꼼짝하지 않는 오른 다리를 빼내려고 안간힘을 썼다.

"선배……, 좀 도와주세요."

"못 말리겠군."

"죄송해요."

배 선배는 운전석을 밀어 계기판 사이에 걸린 내 오른 다리를 빼내서는 짐짝처럼 좌석 너머로 내던졌다. 나는 그대로 보조석에 엉덩방아를 찧듯 주저앉았다. 균형을 잃은 상체가 우현 쪽으로 떨어지며 강한 충격을 받았다.

마침내 회전하던 기체가 완전히 멈추었다. 물 밖으로 누군가의 실루엣이 보였다. 플라인이었다. 상대가 보 위에 서서 물속을 내려다보고 있었다.

그때, 001호에서 화면이 들어왔다.

"나 지금 뭐 보고 있게요?"

김 주임의 발랄한 목소리가 기체 안을 울렸다.

김 주임이 화면 가까이 얼굴을 들이밀었다. 나는 옆으로 눕듯이 쓰러진 바이크 안에서 90도로 뒤틀린 모니터를 바라보았다. 기분 탓인지 김 주임의 동그랗고 뽀얀 얼굴이 은혜로워 보였다. 울고 싶은 심정이다.

"우리 지금 바쁘거든. 이따 얘기하자."

배 선배가 안전벨트를 착용하며 대꾸했다.

"알아요. 저도 엄청 바쁘거든요."

김 주임은 이렇게 말하고는 웃음을 터트렸다. 001호에서 바쁘다는 것은 서로 실없이 내뱉는 농담에 불과했다.

"아니, 그게 아니라. 지금 비상 상황이라고. 진짜, 진짜 바쁘단 말이야."

"알아요, 알아. 진짜, 진짜."

배 선배는 그대로 화면을 꺼버렸다. 그녀는 빠르게 기체 상태를 확인하고 핸들을 조정했다.

"됐어."

배하나 선배가 강바닥에 처박힌 바이크의 몸을 틀었다. 그제야 나는 자리를 고쳐 앉을 수 있었다. 상대가 보 위를 가로질러 걸어갔다.

"물 밖으로 나갔으니 이제 야외로 움직이겠죠?"

나는 충격을 받은 어깨를 감싸듯 끌어안았다.

"아니, 녀석은 다시 물속으로 들어올 거야."

"어째서요?"

"내가 지금 신고하면 녀석이 순찰대에 잡히는 건 시간 문제야."

배 선배의 말이 맞다. 현재 2km 반경 안에서 감지되는 경찰 인력만 세 팀이다.

"그렇군요."

"그래. 게다가 녀석은 갑각류화이자 물 친화형이지 라이트 버그가 아니란 말씀이야. 이 말인즉슨 물 밖에서는 물속에서처럼 빠르게 움직일 수 없단 뜻이지."

배 선배가 기체의 균형을 잡으려고 상체 림을 이용해 바닥을 짚었다. 동시에 하체 림을 세워 단단히 고정했다. 수중 바이크가 마치 영장류처럼 림에 의한 탄력으로 뒤뚱거리며 일어났다.

바닥은 매끈한 자갈밭인 듯했다. 미끈거리는 바닥에서 하체 림이 뒤로 밀려나는 바람에 기체가 잠시 여러 방향으로 흔들렸다. 배 선배는 림의 끝으로 바닥을 파고들며 모래를 움켜쥐듯 기체를 고정했다.

계기판 재설정을 위해 강바닥을 디디고 서 있던 바이크가 우현의 림을 기체 후미 방향으로 빼는가 싶더니, 어느 순간 땅을 박차고 달리기 시작했다. 나의 몸이 관성으로 밀려났다.

"선배, 어떻게 하시려고요?"

"공필연. 잘 봐둬."

꿰뚫는 눈빛에 미소. 배하나 선배가 운행하는 M500GB가 점차 속도를 높이며 달려가다가 수중보 앞에서 도움닫기를 하듯 힘차게 뛰어올랐다. 이때, 선배는 림을 재빨리 기체 안으로 거둬들였다.

"뭐야?"

내가 상황 파악을 했을 때는 이미 달걀 모양의 수중 바이크가 물 밖으로 튕겨 나와 허공에서 360도 회전하며 수중보를 넘고 있었다.

도무지 믿기지가 않았다. 이런 방식은 너무나 원초적이었기에 오히려 비현실적이었다. 당황한 나의 시야에 러시아워에 접어든 자유로와 보 위의 플라인이 차례로 들어왔다, 사라졌다. 찰나였다. 수중보를 가볍게 뛰어넘은 M500GB가 미끄러지듯 다시 물속으로 떨어졌다.

"유후~"

배 선배가 소리쳤다. 이토록 완벽한 입수라니. 기체보다 먼저 물속으로 뛰어든 플라인이 저만치 앞서가고 있었다. 그렇게 플라인과 M500GB의 2차 추격이 시작되었다.

오후 5시 38분, M500GB에서는 잠수 시간 3시간 10분 경과를 알리는 경고음이 울렸다. 지난 2년 이래 가장 긴 순찰이다.

순찰은 늘 2시간이면 족했다. 최첨단 기기를 별일 없이 사용하면서 배 선배는 탐사용도 전술용도 아닌 순찰용 유닛의 활동 시간으로 4시간이면 차고 넘친다고 자조하듯 말했었다. 그런 M500GB가 오랜만에 본연의 임무를 수행 중이다. 그리고 임무 완수를 위해 남은 시간이 별로 없었다.

"이제 돌아가긴 글렀네요."

나는 한 손으로는 안전벨트를, 다른 손으로는 좌석 아래 달린 손잡이를 움켜쥐었다. 속도계의 전자 바늘이 190km를 넘어섰다.

3.

같은 시각, 김재수 주임은 언제나처럼 커피잔을 들고 우주에서 들어오는 화면을 주시하고 있었다. 그의 주요 업무는 우주선에서 전송한 화면을 받아 저장하고 기록하는 것이다.

지구를 떠난 지 1,367일째인 이날, '잠들지 않는 플라 2.5호'에서는 엄한용(aID: 1184-호1-21) 옹의 생일 파티가 막 시작되려는 참이었다.

주방장과 가족들이 서빙용 왜건 위에 3단 케이크를 싣고 식당으로 나왔다. 이렇다 할 장식 없이 크림을 발라 쌓아 올린 케이크 꼭대기에 엄 옹의 나이를 의미하는 122라는 숫자가 덩그러니 놓여 있었다. 주황색 크림을 바른 케이크가 주방으로 통하는 연두색 미닫이문을 빠고 나와 테이블 사이를 지날 때, 플라인들은 기꺼이 식사를 미루고 박수를 쳤다.

매일 아침 식당에서 벌어지는 일상적인 광경을 목격하고야 말겠다는 아이들의 일념은 대단했다. 멀리 있는 아이들은 의자 위로 기어오르거나, 어른의 목말을 탔다. 그리고 가까이 있는 아이들은 줄지어 주방장의 뒤를 따라가며 박수를 치거나 춤을 추었다. 아이들의 웃는 얼굴에서 이제막 자라기 시작한 촉수가 제멋대로 하늘거렸다.

동료들이 엄 옹을 위한 노래를 시작했다. 노래는 순식간에 식당 전체로 번졌다. 김 주임은 스피커 너머에서 들려오는 노래를 따라 흥얼거리다 엄 옹이 일어나 촛불을 끌 때, 이가 나간 커피잔을 들어 축배에 동참했다. 2시간 17분. 김 주임의 모니터 하단에는 서울과 우주선의 시차를 의미하는 숫자가 선명했다.

"공! 지금 어디야?"

배 선배가 다그치듯 물었다.

배 선배의 과격한 운전 덕에 나는 몸을 일으켰다가 다시 자빠지기를 반복해야 했다. 배 선배는 수면 바로 밑으로 수중 바이크를 몰았다. 고개를 들지 않아도 물 밖의 파란 하늘이 시야에 들어왔다. 거칠게 물살을 타던 바이크의 천장이 이따금 수면 위로 솟구치곤 했지만, 선배는 신경 쓰지 않았다.

"공! 어디냐니까?"

다시 배 선배가 소리쳤다. 나는 겨우 몸을 일으켜 계기판 위에서 흔들리고 있는 스크린을 끌어당겼다. 순식간에 이동식 스크린이 코앞까지 다가왔다.

"월곶면을 지나고 있어요. 곧 강화도예요."

내 말이 끝나기도 전에 배 선배가 스크린을 잡아챘다. 그러고는 재빨리 무언가를 확인했다.

"만조야. 괜찮겠어."

배 선배는 이렇게 말하고는 스크린을 밀쳤다. 여전히 최고 속도를 경신 중인 M500GB 안에서 스크린이 반원을 그리며 내 머리 위를 비껴갔다.

"선배, 설마 바다로 나가실 건 아니죠?"

"나갈 건데. 왜?"

배 선배가 내 쪽을 힐끗 쳐다보았다.

"맙소사."

나는 조용히 읊조리며 의자에 더욱 깊숙이 몸을 묻었다.

오늘의 배하나는 어제의 배하나가 아니었다. 배하나 대리는 지금까지 순찰을 귀찮은 일과쯤으로 여겨왔다. 그녀는 순찰을 일컬어 아무도 법규를 위반하지 않는 완벽한 도로 위의 교통순경이 되는 것만큼이나 따분하고 의미 없는 일이라고 잘라 말했다.

내가 수중 바이크를 몰고 한강으로 나가는 선배의 모습을 거의 숭배의 눈으로 바라볼 때도, 배 선배는 즐거운 물놀이도 하루이틀이라며 언제나 시큰둥했다.

수습 기간을 마친 나는 일주일에 두 차례씩 시청으로 나가 본부의 시뮬레이션 프로그램에 참여했다. 내게 부여된 프로그램은 '실전! 바이크(M500GB), 기초에서 응용까지'와 '수중 탐사의 정석1'이었다.

나는 수중 탐사에서 더욱 고전했다. 기체가 깊이 하강하면 할수록 강한 심리적 압박을 느꼈다. 두 번의 보류 끝에 다행히 11개월 만에 수료증을 들고 기지로 돌아오자, 배 선배는 아예 나를 운전기사처럼 끌고 다녔다. 나는 기본 이수까지 1년을 넘기지 않은 것에 안도했다.

한때는 주식에 재미를 붙여 순찰 내내 시황에 몰두하기도 했다. 선배는 특히 제약주에 관심이 많았다. 초등학교 동문회에 나갔다가 얻었다는 정보 때문이었다. 그러다가 두 달 만에 원금의 25%만이라도 건져야겠다며 갖고 있던 주식을 일시에 처분했다.

갱년기 치료제 개발로 배 선배를 들뜨게 했던 A제약사의 주식 처분은 노들섬 아래에서 긴박하게 이루어졌다. 뒤늦게 개미 대열에 발을 들였던 배 선배는 단기간에 뜨겁게 타올랐고, 화끈하게 포기했다.

나는 수중 관찰이 좋았다. 물속을 유영하는 플라인들의 모습을 지켜보는 것도 좋았다. 처음 6개월은 단순히 물속으로 나간다는 사실에 흥분했다. 기계를 조작한다는 것은 말할 것도 없다. 그러다 반복되는 일과에서 감격은 점차 희미해졌고, 이제는 아무 일도 일어나지 않는 일상이 너무나 익숙하다.

그러니까 배 선배는 지금 정확히 1년 만에 수중 바이크의 핸들을 잡은 것이다. 핸들을 잡고 있기나 하다면 말이다. 계기판을 조작하는 배 선배의 손은 너무 빨라 보이지 않을 정도였다. 적어도 손이 네 개는 되는 듯했다.

그녀는 핸들을 잡고 운전을 하면서 동시에 원하는 정보를 찾아냈고, 김 주임과 짧은 영상 통화를 마쳤으며, 정신 줄을 놓으려는 내 가슴을 내려쳐 이성의 회로를 되돌려놓기까지 했다.

배 선배는 핸들을 과격하게 다루면서도 자신이 원하는 종류의 호른을 정확히 잡아냈다. 조작은 빠르고 오차 없이 이루어졌다. 바이크의 핸들이 배 선배의 일부처럼 느껴졌다.

임진강 근방에서 급작스레 낮아진 수면 위로 유람선이 등장하면서 자칫 선수와 충돌할 뻔한 상황은 긴박했다. 배 선배는 기지 있게 수중 바이크의 높이를 낮추는 방식으로 기체 변형을 시도해 위기를 모면했다. 그랬다. 그날 나는 매뉴얼에만 존재하던 '운행 중 기체 변형'을 경험했다.

연속 조작이 이루어지고 있어 계기판의 스피커에서는 호른의 잠금이 해제되었다거나, 잠금을 확인했다는 알림이 끊임없이 이어졌다. 배 선배의 기계 조작이 알림보다 빨랐기 때문에 기체 안에는 '해제'와 '잠금'이 연속해 혼재했다.

예상대로 우리는 강화도에 도착했다. 눈앞은 이제 바다였다. 그리고 기체 밖으로 보이는 이종은 아마 돔인가 보다. 멀지 않은 곳에 축구공만 한 해파리도 보였다. 수중 바이크가 급작스레 빠른 속도로 솟구쳤다. 이번에는 두족류로 보이는 해산물이 눈앞에서 아른거렸다. 나는 생각했다.

'저것은 주꾸미려나……'

부디 상대가 먼저 지쳐주길 바랐지만, 상대도 배 선배도 물러설 기미가 없었다. 오히려 바다로 나오자 더욱 신이 난 모양이다. 하강을 지속하던 수심이 어느덧 150m에 이르고 있었다.

심해에서 보는 플라인은 마치 하나의 별 같았다. 자유롭게 유영하는 빛을 보고 있자니 우리가 상대를 쫓는 것인지, 상대가 우리를 쫓는 것인지 분간이 가지 않았다.

나는 겨우 정신을 추슬러 지도를 확인했다. 주변에 보이는 것이 별로 없었다. 그나마 가장 가까이 보이는 것이 울도였는데, 우리는 이미 울도에서도 한참이나 남쪽으로 내려와 있었다.

이제는 될 대로 되라는 심정이었다. 더 놀랄 일도 없을 것 같았다. 나는 기체 밖으로 멀리 검은 실루엣이 움직이고 있는 것을 보았다. 저곳은 깊은 수심인가? 만조에 겪는 물살의 이동인가?

한국우주난민
특별대책위원회

그런데 이 실루엣이 점차 가까이 다가왔다. 실루엣의 접근 속도가 예상을 초월하더니 순식간에 검은 대상이 거대한 몸집을 드러냈다. 처음에는 잠수함인가도 생각했다. 아니다. 검은 실루엣은 물살도 잠수함도 아니다. 그것은 살아 있는 범고래였다.

범고래가 내 왼뺨 가까이 있었다. 나는 천천히 고개를 돌려 배 선배를 바라보았다. 상대를 꿰뚫는 눈빛에 귀에 걸린 미소. 이 여자는 미쳤구나, 싶었다. 배 선배의 표정은 흡사 가장 좋아하는 놀잇감을 손에 쥔 어린아이 같았다.

바닷속에서 빠르게 움직이는 불빛에 범고래가 흥미를 보였다. 플라인이 온몸으로 내는 불빛이 곡예하듯 움직일 때, M500GB는 조금씩 반경을 좁히며 상대에게 접근했다. 바이크와 플라인, 그리고 범고래가 앙상블을 이루며 움직이는 모습이 자못 성스러워 보이기까지 했다.

흥을 깬 것은 M500GB였다. 방전 5분 전, 경고음이 울리며 기체 안의 붉은 경고등이 요란하게 번쩍였다.

"안 돼!"

당황한 배 선배가 외쳤다.

우리는 마지막까지 플라인을 쫓았지만, 시간이 부족했다. 방전 2분 전, 배 선배의 신들린 기체 조작에도 불구하고 M500GB는 '심해 미아 방지 시스템'에 의거, 완전히 멈줘버리고 말았다.

"안 돼! 안 돼! 안 돼!"

절망한 배 선배의 탄식이 기체 안에서 침잠했다.

바로 눈앞에 도주자가 있었다. 하지만 이제 배 선배가 할 수 있는 일은 아무것도 없었다. 매뉴얼에 따라 수중 바이크가 수면 위로 떠오르기 시작했다. 이 같은 원리를 알고 있었던 듯 플라인이 곡예를 멈추고 바이크가 상승하는 모습을 지켜보았다.

그것은 방심한 상대의 실수였다. 그 순간 오직 자동 제어 장치에 의해 작동하던 M500GB가 운전자의 마지막 명령에 따라 플라인의 신원을 스캔해냈다. 오주선(aID: 3892-휴2-13). 크게 절망하는 듯 보였던 배하나 선배가 자리를 고쳐 앉으며 만족스러운 미소를 지었다.

우리가 떠오른 곳은 망망대해였다. 지도는 이곳이 만리포 근방임을 알리고 있었다. 배하나 선배가 천장을 열고 기체 밖으로 나갔다. 그녀는 바다 위에 떠 있는 M500GB 위에 올라 하늘을 향해 손을 흔들었다. '클라우디아'를 향한 손짓이었다.

본부에서는 한때 요원들의 편의와 주변 정보 수집을 위한 정찰용 기구로 새로운 인공위성을 구상하였으나, 주변

국의 눈에 띌 것을 염려해 아홉 대의 무인비행체계를 완성
했다. 그것이 바로 클라우디아이며, 클라우디아란 기구가
구름 속을 찾아다닌다 하여 붙은 별칭이다.

평소 클라우디아는 구름 속에 있어 눈에 띄지 않지만,
구름 없이 화창한 날이면 때로 일반인의 눈길을 끌기도 한
다. 흔치 않은 경우로 가끔 저도 비행 하던 클라우디아가
촬영되어 UFO로 오인된 사례도 있다.

"왜 반응이 없는 거야?"

기체 위에 주저앉아 있던 배하나 선배가 이해할 수 없다
는 듯 중얼거렸다. 그녀는 호출기를 찬 손목을 흔들었다.

그 시각, 001호에서는 김재수 주임이 휴게실 인으로 들
어와 냉장고 문을 열었다. 냉장실 선반 위에 언제나처럼
여러 종류의 디저트가 반듯하게 쌓여 있었다.

김 주임은 망고 크림 케이크를 접시에 담아 테이블에
자리를 잡았다. 우주선 안에서는 매일 누군가 생일을 맞
이하고, 001호에서는 매일 김재수 주임이 오후의 간식으
로 케이크를 먹는다.

"당이 떨어지지 않도록 하는 것은 언제나 중요하죠."

애늙은이 같은 말투로 김 주임은 이렇게 말하곤 했다.

001호의 네트워크는 마카-1의 신호를 수신 중이었다.
마카-1의 활동을 감지한 팀장이 업무실을 둘러보았다. 순

찰에 나선 두 명의 요원은 아직 복귀하지 않았고, 김재수 주임이 홀로 휴게실에 앉아 티타임을 갖고 있었다.

팀장이 유리 벽을 돌아 배하나 대리의 책상 앞으로 걸어왔다. 배 대리의 컴퓨터가 마카-1의 자료를 수신 중이었다. 수십 장의 사진이 모니터를 빼곡히 채우고 있었다. 대부분 강을 찍은 사진이었다. 수중보를 넘던 순간 바이크의 모습을 담은 사진도 보였다.

팀장이 사진 한 장을 확대해 모니터 위에 펼쳤다. 바다 위에 떠 있는 수중 바이크가 보였다. 배하나 대리가 기체 위에 서서 손을 흔들고 있었다. 팀장이 위치를 확인했다. 뜻밖에 그곳은 서해였다.

"서해라고?"

팀장은 믿기지 않는지 재차 위치를 확인했다.

"아니, 지금 두 사람이 태안반도 연안에서 뭘 하고 있는 거예요?"

티타임을 마친 김재수 주임이 휴게실을 나서다 황당한 얼굴로 말했다.

필은커녕

2022년 5월 11일 오후 7시 25분, 배 선배와 나는 여전히 바다 위에 떠 있었다. 해가 진 이후로 급격히 기온이 떨어지고 있었지만, 기체 안은 오히려 조금 더운 느낌이다.

망망대해였다. 짙어가는 어둠 속에 보이는 것이라곤 점차 밝아오는 먼 섬마을의 인공 불빛과 하늘을 수놓은 별빛뿐이었다.

배 선배는 휴대전화의 신호를 잡기 위해 애쓰고 있었다. 부재중 전화를 확인한 이후로 줄곧 신호 잡기에 열중이다. 그녀는 있는 힘껏 팔을 추켜올린 채 먹통이 된 기계를 흔들었다. 마치 별의 기운이 보조금 없이 구입한 자신의 값비싼 최신 기기에 신호를 배달해주기라도 할 것처럼.

나는 바닥에 떨어진 휴대전화를 집었다. 언제 떨어졌는

지 알 수 없지만, 지난 몇 시간을 생각하면 어딘가 부딪혀 박살이 나지 않은 것만으로도 다행이라는 생각이 들었다.

휴대전화의 액정이 단호하게 수신 불가 지역임을 알리고 있었다. 바다 위에 기지국이 있을 리 만무했다. 상황이 이러함에도 배 선배는 1시간 가까이 신호를 잡으려는 끈질긴 시도를 멈추지 않았다.

"젠장, 스마트폰은 얼어 죽을. 신호도 못 잡는 멍청한 게."

마침내 포기 선언이었다.

"머지않아 필이 올 거야."

배 선배가 멍청한 스마트폰을 내던지고는 이렇게 말했다.

"필이요?"

"그래."

물론 나는 필에 대해 알고 있다. 필에 관한 자료라면 빠짐없이 모두 읽었으니까. 필은 하늘 위의 위장선을 의미한다. 나는 필의 소재로 '필툴라'라는 광물이 사용되었다는 것 또한 알고 있다. 이 광물은 지구로 임시 이주할 당시 플라인들이 이용한 우주선의 주요 소재이기도 했다.

필은 '귀신선', '하늘 위의 바지선' 혹은 '모선'으로 불리며 필요할 경우 비행체의 이착륙을 돕는 항공 모선이다. 필의 공식적인 임무는 구조이지만, 동시에 자체 방어력과 공격력을 갖춘 전투기이기도 하다. 다만 필이 갖춘 전투력은 극비 조항으로, 그 정도에 관해서는 알려진 바 없다.

필툴라는 외계 행성에서 반입되어 지구의 역사에서는 찾을 수 없는 신소재였다. 강도에 비해 매우 부드러워 보이는 특징이 있으며, 단순한 가공만으로 다양한 질감을 표현할 수도 있다. 특히 주변 환경에 따라 위장색을 띠도록 설계가 가능해 본부의 주목을 받았다.

실제로 플라인이 이용한 우주선의 경우, 기체 외부에서는 배경색을 띠어 착륙 시 지구에서의 논란을 최소화하였고, 내부는 일부 투명 설계로 플라인들이 우주선 안에서 자신들의 여정을 모두 관찰할 수 있도록 하였다.

나는 마침내 필을 볼 수 있을 것이라는 기대에 부풀어 있었다. 그러면서 한편으로는 필이 가까이 온 것을 어떻게 알 수 있을지 걱정이 되었다. 어둠 속에 모습을 감춘 비행선의 접근을 알 방법이 있을까?

어쩌면 필은 해수면 가까이 접근하지 않고 허공에서 수중 바이크를 집어 올릴지도 모르겠다. 림과 같은 원리의 거대한 집게로 기체를 감싼 후, 그대로 들어 올리는 것이다. 아니면 특별한 공간 이동 장치를 이용해 기체를 비행선 안으로 끌어당길 수도 있겠다.

만약 필이 생각보다 가까이 접근한다면 소음이나 동력에 의한 물살의 변화로 필의 존재를 인지할 수 있을지도 모른다. 보이지 않는 물체가 내는 소리라니 굉장하지 않은 가? 과연 귀신선이라 불릴 만하다.

어떤 방식이 되든 놀라지 않을 방법은 없을 것 같았다. 나는 마치 전설 속의 존재를 기다리는 심정으로 어둠을 응시했다.

필이라면 숨 막히는 추격전을 겪으며 여기까지 올 만한 가치가 있다. 물론, 몇 차례 죽을 고비를 넘기긴 했지만. 비록, 대책 없이 망망대해에 떠 있는 신세이긴 해도. 이제는, 방향을 감지하는 것조차 불가능할 만큼 사방이 암흑 속이기는 한데. 그리하여, 오금이 저릴 만큼 공포에 사로잡혀 있는 것도 사실이지만. 그래도. 그래도, 필이라면.

내가 이런 생각을 할 때, 어둠 속에서 타원형의 물체가 곡선을 그리며 수면 위로 떠올랐다. 그리 멀지 않은 곳이었다.

나는 최대한 기체에서 몸을 떼고 숨죽인 채 어둠 속을 응시했다. 이윽고 다시 등장한 타원형의 물체가 수면 위에 물결무늬를 만들며 움직였다. 범고래였다. 거대한 몸집의 범고래는 지난 놀이가 아쉬웠는지 M500GB 곁에서 한동안 곡예를 넘다 먼바다로 사라졌다.

통, 통, 통, 통.

우선은 소리였다. 나는 고개를 빼고 하늘을 올려다보았

다. 구름 속에 모습을 감춘 상현달과 별빛 외에 보이는 것이 없었다.

통, 통, 통, 통.

다시 소리였다. 이 소리는 점점 더 가까이서 들렸다. 잠시 후, 기체 후면으로 빛이 쏟아졌다. 나는 고개를 돌렸다. 정면으로 쏟아지는 강한 불빛에 눈을 제대로 뜨기 어려웠다.

"보입니다. 여기예요."

누군가 소리쳤다. 이 소리에 잠이 들었던 배하나 선배가 입가를 문지르며 눈을 떴다. 바이크 안으로 빛이 쏟아졌고, 무언가 가까이서 움직이는 통에 동력을 잃은 수중 바이크가 일렁이는 물살에 자꾸만 밀려났다.

"하나 대리! 공필연 씨!"

이번 소리는 팀장이 확실했다. 확성기를 통한 소리였다.

"선장님, 조명 좀 꺼주세요."

불빛 너머에서 팀장이 누군가에게 소리쳤다.

불빛이 사라지자 잔잔했던 해수면에 파고를 일으키고 있는 무엇의 정체가 시야에 들어왔다. 연두호. 그것은 어업용 배였다. 오징어잡이 배인지 선체 위에 조명이 잔뜩 달려 있었다.

"배 대리님, 이 손 잡으세요."

김재수 주임이 배 밖으로 고개를 내밀고 손짓했다.

"이런 젠장."

사태를 파악한 배 선배가 툴툴거리며 안전벨트를 풀고 일어났다. 바이크의 천장이 열렸다. 나 역시 안전벨트를 풀고 엉거주춤 몸을 일으켰다. 우리는 차례로 기체를 빠져나와 김재수 주임이 내민 손을 잡고 배 위에 올랐다.

갑판에서는 팀장과 선장이 수중 바이크의 견인 방법을 두고 심각한 논의 중이었다. 먼저 갑판으로 올라온 배 선배는 알아들을 수 없는 몇 마디 욕설을 대차게 내뱉더니 휴대전화를 들고 신호를 찾아 뱃머리로 이동했다. 하늘을 향해 뻗은 팔이 내려오지 않는 것으로 보아 여전히 신호가 잡히지 않는 모양이다.

오늘 아침 001호에서와 마찬가지로 팀장은 검은 셔츠에 트렌치코트, 하늘색 크록스를 신은 모습 그대로 갑판 위에 서 있었다. 비록 필에 의한 스펙터클한 구조는 아니었지만, 팀장과 김 주임은 위기에 직면한 대원들을 무사히 구조하는 데 성공했다.

문제는 동력을 상실한 바이크를 어떻게 뭍으로 옮기느냐였다. M500GB의 매끈한 외부에는 밧줄이나 체인을 걸 만한 마땅한 장치가 존재하지 않았다. 선장은 그물로 에워싸는 방법을 제안했다. 그러나 이런 방법으로는 기체의 안전을 보장할 수 없다는 것이 팀장과 김 주임의 결론이었다.

논의 끝에 팀장은 바이크의 림을 배에 걸기로 결정했다. 나는 다시 바이크로 내려갔다. 그리고 적당히 방출한 두 개의 림을 뱃전에 얹었다. 림을 걸고 보니 달걀형의 기체가 물속에 몸을 반쯤 담근 채 배에 얹은 양팔에 의지해 끌려가는 모양새가 되었다.

준비가 끝나자 선장이 귀항을 알렸다. 우리는 갑판 위에 마주 섰다. 환하게 불을 밝힌 어선이 검은 물살을 가르며 이동을 시작했다.

"필은요? 왜 필을 보내지 않은 거예요? 예산 때문이래요? 네?"

╀시넝거리듯 면서 입을 연 것은 배하나 대리였다.

"명확히 말해 그런 건 아니에요."

표현과 달리 팀장의 대답은 명확하지 않았다.

"요청을 하긴 했어요? 아무리 끗발 없는 조직이라지만, 비밀 요원의 구조 작업에 민간인을 끌어들이는 경우가 대체 어디 있대요?"

'비밀 요원'을 말할 때, 배 선배는 목소리를 낮추고 대원들 가까이 몸을 기울였다.

"필을 요청했어요."

"그런데요?"

"불가."

팀장이 잘라 말했다.

"지원 나갔대요? 어디로요? 비공식 훈련에 동원됐답니까?"

"아뇨. 없답니다."

"그게 대체 무슨 말이에요? 없다니. 그 큰 걸. 어디 숨길 수도 없는 걸. 소분이라도 해서 팔아먹기라도 했대요?"

흥분한 배 선배의 말에 팀장이 고개를 저었다. 비밀이라는 뜻이다. 지나치게 밝은 집어등 아래로 팀장의 얼굴이 차분했다.

팀장이 필을 요청한 것은 사실이다. 팀장은 우선 레드돔에 상황을 알리고 본부의 대응을 기다렸다. 10여 분 만에 본부로부터 연락이 왔다. 001호의 해당 요청에 응할 수 없다는 내용이었다. 팀장은 실망했다.

다시 전화벨이 울렸다. 이번에는 본부장이었다. 수신과 함께 스크린 가득 본부장의 얼굴이 드러났다.

"내 팀원들이 지금 밖에 있어. 네 승인이 필요해. 필을 내줘."

팀장은 본부장이 이미 001호의 상황을 파악하고 있다는 것을 알았다.

"필은 없어."

평소와 달리 차분한 목소리로 본부장이 말했다.

**한국우주난민
특별대책위원회**

"뭐? 감추기엔 너무 큰 거 아니야?"

"필은 더이상 존재하지 않아."

"무슨 말이야? 존재하지 않는다니?"

팀장은 본부장의 평계가 너무나 어처구니없는 나머지 웃음이 날 지경이었다.

"전유숙 팀장, 내 말 잘 들어. 필은 없어. 네 팀원은 네가 가서 구해야 해. 지금 당장."

스크린 속 팀장의 눈을 응시하며 본부장이 천천히 고개를 저었다.

"클라우디아는요?"

"예산."

"잠깐만요. 그럼 지금 저 위에 필도, 클라우디아도, 아무것도 없단 말이에요?"

배 선배의 손가락이 하늘을 가리켰다.

"단 한 기도."

"미치겠네, 정말."

흔들리는 배 위에서 더이상의 대화는 오가지 않았다. 그도 그럴 것이 가여운 배 선배는 이후 극심한 뱃멀미에 시달려야 했다. 김 주임은 선미로 이동해 반신욕 상태로 끌려오는 수중 바이크의 상황을 지켜보았다. 나는 배 선배를 부축해 조타실 안으로 들어갔다.

좁은 조타실 안에 생각보다 많은 물건이 촘촘히 들어차 있었다. 복잡해 보이는 계기판도 눈길을 끌었다. 그곳에서 나는 연두호의 선장님으로부터 어선의 내부 구조에 관한 몇 가지 이야기를 들을 수 있었다. 창밖으로 갑판 위에 어둠을 응시한 채 서 있는 팀장의 뒷모습이 보였다.

멀리 별빛처럼 아스라이 보이던 마을의 불빛이 점차 선명해지고 있었다. 그리고 마침내 신호가 잡혔는지 배하나 대리의 휴대전화가 울렸다. 배 선배는 겨우 휴대전화를 집었다. 그토록 원하던 통화였지만, 그녀는 겨우 몇 마디 말을 전했을 뿐이다.

"아직 학교야? 저녁은? 다연이는 먼저 갔고, 그런데 넌 여태 거기서 뭘 하고 있어? 알았어. 엄마가 조금 있다가 다시 전화할게. 그래, 알아. 너 애 아닌 거. 이봐요, 학생. 늦었으니까 얼른 정리하고 집에 가시라고."

배 선배의 손에서 방전 직전의 휴대전화가 미끄러졌다.

연두호는 이후로도 한참을 달려 배 선배의 얼굴이 하얗다 못해 콘크리트처럼 잿빛으로 질렸을 때쯤 군산항에 닿았다.

한국우주난민
특별대책위원회

사라진
조직

2020년 3월 2일, 인생에서 가장 긴 하루를 보내고 퇴근한 나는 이상한 나라에서 막 돌아온 기분이었다. 약간의 흥분이 있었고, 약간은 어지러웠으며, 많은 부정이 있었다.

내가 아는 세상에는 외계인, 지하 본부, 비밀 조직이 어울릴 만한 현실이란 존재하지 않았고, 그렇다면 오늘 하루는 단지 긴 꿈일지도 모른다는 생각이 들었다.

"말도 안 돼. 말이 안 돼. 그렇잖아? 꿈인가? 그래, 꿈일 거야. 악몽이야. 아니, 악몽까지는 아니지만. 그게 꽤나 흥미롭긴 했잖아? 잠깐! 잠깐만. 내가 시험을 보기는 한 거야? 설마? 오늘이 며칠이지?"

진짜 악몽은 시험에서 거듭 떨어지는 것이었다. 나는 달력을 확인했고 오늘은 3월 2일이 확실했지만, 모든 것이 꿈이라면 날짜는 아무런 의미가 없었다.

그날 나는 일찍 잠자리에 들었다. 그래야 이 악몽 아닌 악몽에서 빨리 깰 수 있을 테니까. 그러나 이튿날 아침 도착한 문자는 지난 29년과 같은 일상이 아닌 이상한 나라로의 초대장이었다.

'필연 씨. 8시 50분까지 서빙고 기지로 오세요.'

"젠장."

김재수 주임이 문자를 보낸 이유는 카풀 때문이었다. 정확히는 잠수정풀이 맞겠지만. 8시 50분. 누구도 늦지 않았고, 우리는 함께 물속 기지로 향했다.

"그래, 어제가 첫 출근이었다는 건가?"

001호의 설계도를 살피던 배하나 대리가 물었다. 그녀의 시선은 손에 든 PC 속 설계도에 머물러 있었지만, 잠수정 안에서 바로 어제 정식 공무원이 된 사람은 한 사람뿐이었으므로 내게 묻는 것이 확실했다.

"네."

"스위퍼 조직에는 왜 지원한 거지? 대충 때우면서 진급해 새로운 부서에서 편하게 일하고 싶었던 건가? 신입 공무원치고는 꽤 정치적인데. 아님, 나태하거나. 미안. 비난하려는 것은 아니야. 누구든 자신의 방식이 있는 거니까. 혹시 호기심이 과했나?"

"제가 원한 것이 아니에요."

나는 억울했다.

"그럼 누가 원한 거야?"

"모르겠습니다."

"그렇다면 운이 없었던 게로구나. 삼백오십 명 중 단 한 명이 차출되었는데, 하필."

배하나 대리가 고개를 들고 나를 바라보았다. 그녀의 눈빛은 동정이거나 탐색이었다. 잠수정이 도착을 알리며 도킹을 위한 회전을 시작했다.

입주 40일째, 바흐의 클래식이 흐르는 001호에서 활기가 느껴졌다. 마침내 업무실이 정리되었다. 전자 지도에서 녹색불이 모두 사라졌다. 더 이상 설비 이상은 없다. 경고음도 없다. 배하나 선배가 신경 쓰고 있는 위성과의 통신이나, 본부의 슈퍼컴퓨터와의 교신에도 무리가 없었다. 휴게실의 비품도 모두 채워졌다.

"공필연 요원이시죠?"

콜센터의 세팅을 마친 시청 직원이 물었다.

"네."

"됐습니다. 사용 준비를 마쳤어요."

테이블에 새겨진 공필연이라는 이름이 낯설게 느껴졌다.

콜센터를 ㄴ자 형태로 둘러싼 두 개의 투명한 벽면은 일종의 스크린이었다. 일단 전국 지도를 불러들이자 수도권 일대가 환하게 빛났다. 지도를 확대하자 불빛이 간격을 벌리며 흩어졌다.

나는 지도를 최대한 확대해보았다. 그러자 불빛의 움직임까지 확인할 수 있었다. 광명시의 한 플라인이 육교를 건너 한의원 쪽으로 이동 중이다.

"a슈트에서 들어오는 신호예요. 플라인들의 위치를 알수 있죠. 이들 가운데 누군가 도움이 필요하면 당신에게 전화를 할 겁니다."

"감사합니다."

시현을 마친 직원이 벽에서 물러났다.

서울시 9급 공무원이 된 나에게는 많은 계획이 있었다. 주 5일 시청으로 출근하고, 정시가 되면 퇴근한다. 열심히 일을 배워 업무에 익숙해지면 운동을 해볼 생각이었다. 일단 복싱을 염두에 두고 있었는데, 구상을 늘리다 보면 종목은 바뀔 수도 있다고 생각했다.

급여에서 일정 금액씩 학자금 대출금을 갚아 나가고, 청약 통장도 만든다. 그렇게 살면서 좋은 연애를 하고 다가오는 삶을 담담히 맞이한다.

사실상 해체 절차에 돌입한 비밀 조직에 어째서 내가 배

정되었는지는 모른다. 처음에는 외계인이니 한강 속 기지니 하는 것에 당황했다. 그러나 지금은 무엇보다 이제껏 나와 다른 방식으로 살아왔을, 매우 특별해 보이는 사람들과 내가 무엇을 함께할 수 있을지 난감할 따름이다.

지금 이 순간 팀장은 스크린 속 누군가와 알 수 없는 언어로 대화를 나누고 있다. 나는 팀장이 통화 중인 상대가 누구인지 알고 싶지 않다.

"내가 지금 그걸 몰라서 하는 말 같아? 내가 설계한 걸 왜 몰라?"

그리고 휴게실 앞에서는 배하나 대리와 김재수 주임이 자신들이 설계했다는 무엇에 관해 논쟁을 벌이고 있었다.

나는 책상 앞에 앉아 샤파 KI-90X를 부드럽게 돌려가며 연필을 깎았다. 반 다스의 연필을 깎아 말끔히 정리하자 마음이 한결 안정되는 것을 느꼈다.

"공필연 씨."

등 뒤에서 팀장의 목소리가 들렸다.

"네. 팀장님."

나는 자리에서 일어났다.

"어때요? 정신없죠?"

"실은, 그렇습니다."

"당연해요. 필연 씨에게 적응의 시간이 필요할 거예요.

누구나 그렇죠, 처음에는. 이 꿈같은 일을 현실로 받아들이는 데만도 시간이 걸리니까. 여전히 출근길이 악몽처럼 느껴지나요? 기대했던 일은 아닐 거예요. 그렇겠죠. 상상력을 요하는 작업이 될 수도 있어요. 가끔 과격해지기도 할 거고요. 그래도 걱정할 건 없어요. 운 좋게도 우리 팀원들은 본부에서도 매우 특출한 능력을 갖춘 정예 요원들이거든요. 앞으로 큰 도움이 될 겁니다."

팀장이 다소간의 자긍심을 내보이며 기지를 둘러보았다. 회의실 안에서 배하나 대리가 손가락에 동전을 붙이고 있었다. 그리고 휴게실에서는 김재수 주임이 오늘 도착한 양문형 냉장고에 간식을 채우고 있다.

"노력해보겠습니다."

"그래요. 난 필연 씨가 잘 해낼 거라고 믿어요."

팀장이 손을 내밀었다. 나는 그 손을 잡았다.

"곧 본부에서 하드 디스크가 도착할 거예요. 레드 돔의 기록실을 복제한 카피본입니다. 한우대의 도서관 같은 거라고 보시면 될 거예요. 모두에게 필요할 테지만, 결국 공필연 씨를 위한 물건이 될 거예요. 그러니 일단은 자료실을 맡아주세요."

"네, 알겠습니다."

실제로 그랬다. 나에게는 데이터베이스가 필요했다. 당

시 나는 팀원들이 나누는 이야기의 절반은 제대로 알아듣지 못했다. 내가 완벽히 이해하는 것은 그날의 점심 메뉴 정도랄까. 그러므로 나는 팀장의 난감함을 이해한다.

팀장이 격려와 우려를 표하고 돌아서자 나는 다시 마음이 복잡해졌다. 그래서 우선은 자리에 앉아 남은 반 다스의 연필을 깎았다.

공문서는 형식적이다. 그럼에도 재미있다. 자료실이 정리된 후로 나는 대부분의 시간을 지하에서 보내고 있다. 낯선 별에서 좌충우돌하는 외계인들과 이들이 일으키는 돌발 사태를 통제하며 지구의 일상을 지키려는 요원들의 모험담이 어찌 흥미롭지 않을 수 있겠는가. 나는 매일 001호의 지하로 출근해 과거로 항해했다.

본부에서는 기록에 상당한 공을 들인 것으로 보인다. 과거의 요원들은 첫 교신 이후의 매 순간을 낱낱이 기록했다. 강박에 가까운 이들의 노력은 후대로 이어져 한우대의 마지막 요원이 된 나에게까지 전해졌다.

지하에서 내가 자료를 파고드는 동안 업무실에서는 여러 가지가 떠다녔다. 아침부터 컨디션이 좋지 않았던 배하나 대리가 김재수 주임을 붙잡고 애원했다.

"김! 지금 나에게 필요한 게 바로 저거야."

"뭔데요?"

"무중력."

"네?"

배 대리가 모니터 속 우주를 가리켰다.

"나를 무중력 상태로 만들어줘. 날 허공에 띄워 달라고. 그것만이 나를 자유롭게 할 수 있어. 알아들어?"

완력이라곤 없는 배 선배의 손이 김 주임의 옷자락을 할퀴듯 움켜쥐었다. 오랜 뱃멀미로 고생 중인 그녀는 절박했다.

"하지만 어떻게요?"

"어떻게든 해봐."

물속 기지 안에 무중력 상태를 구현할 방법은 없었다. 대신 김 주임은 바이오 브릭스를 생각했다. 바이오 브릭스는 필툴라를 가공한 물질로 본부에서는 필툴라의 연구에 지대한 관심을 쏟았다.

김 주임이 레고 상자 안에 챙겨온 바이오 브릭스는 수정당에서 실험용으로 사용하던 샘플의 일부였다. 그는 조각난 바이오 브릭스를 엮어 업무실에 띄웠다. 테이블만 한 크기의 보드가 김 주임의 조작에 따라 서서히 허공으로 떠올랐다. 문제는 이 보드 역시 일정한 속도로 움직인다는 것이었다.

"어떠세요?"

"아니야. 이건 아니야."

보드 위에 누워 있던 배하나 선배가 몸을 일으켰다.

"버블 건은 어때?"

배 선배가 물었다.

"버블 건은 챙겨오지 못했어요. 우선 목록도 아니었고요. 총기는 반입이 까다롭거든요."

"버블 건이 무슨 총기야?"

배 선배가 기막힌 표정으로 김 주임을 바라보았다.

"그래도 총기는 총기죠."

김 주임이 보드와 함께 업무실 중앙으로 움직였다.

"그럼 팀장은 어떻게 된 거야?"

"네?"

김 주임이 팀장실을 향해 돌아섰다. 컬링 입문서를 탐독하던 팀장이 서랍 안에서 꺼낸, 흡사 물총을 닮은, 소형 총기를 집어 순식간에 검정파리 두 마리를 포획했다.

오전 내내 신경 쓰이는 소리를 내며 업무실 안을 날아다니던 두 마리의 파리가 물방울처럼 보이는 투명한 포위망에 갇힌 채 허공에 나란히 떠 있었다.

"규칙 위반이에요."

"김. 네가 언제부터 그렇게 규칙을 중요시하는 애였니?"

김 주임은 배 대리의 발언을 외면했다.

"어차피 버블도 허공에서 떠다니기는 마찬가지예요."

이번에 김 주임은 에스프레소 기계에서 다리를 분리했다. 지난주 내내 제작에 몰두하던 '커피 추출 및 배달 겸용 기계'였다. 그리고 똑같은 다리를 재차 제작한 다음 총 네 개의 다리 위에 보드를 고정했다.

김 주임의 새로운 다리가 이전과 다른 점이 있다면 관절 사이에 충격을 흡수할 완화 장치를 부착했다는 것이다. 이로 인해 배 대리는 허공에 떠 있지 않으면서, 001호의 미세한 움직임으로부터 완벽히 차단될 수 있었다.

게다가, 아시다시피, 이 기계에는 여섯 개의 번호가 설계되어 있었다. 덕분에 배하나 대리는 다리 위에 앉아 원하는 위치로 이동할 수도 있었다.

"이번에는 어떠세요? 좀 편안하신가요?"

"김! 넌 천재야."

다리 위에 앉아 있던 배 선배가 김 주임을 엉거주춤 끌어안았다.

"다행이네요."

"이제 나도 이글루 안에서 밥 먹을 수 있다!"

감격한 배 선배가 울부짖듯 외쳤다.

기록에도 DNA가 존재한다. 자료를 읽다 보면 작성자의 개성이 드러난다. 고영미 요원의 문장은 건조하다. 오직 사실만 나열한다. 사건을 바라보는 작성자의 시선을 완전히 배제한다.

서정도 요원의 문장은 신랄하다. 누구도 자신의 실패한 작전이 서 요원에 의해 기록되길 원하지 않았을 것 같다. 물론 해당 문서를 작성한 사람이 이들이 맞기나 하다면 말이다.

"본부의 기록 중에는 실명을 사용하지 않은 경우가 더 많아요."

자료실 테이블에 마주 앉아 있던 김재수 주임이 말했다.

"실명을 사용한 경우도 있기는 하고요?"

"네, 가끔. 하지만 실명과 가명이 뒤섞여 있기 때문에 어느 것이 진짜이고, 어느 것이 가짜인지 가려낼 방법은 없어요."

"세 분은 알고 계시나요? 그러니까 팀장님이나 대리님에 관한 기록이 어떤 것인지 주임님은 알고 계세요?"

"일부는 알고 일부는 모르죠. 함께 일한 프로젝트가 있으니 당연히 그 부분은 서로 알고 있고, 소문이란 게 있어서 들은 게 있기는 합니다. 하지만 일단 레드 돔에 기록이 되면 검색만으로 누가 누구인지 알기는 어려워져요. 경력이 길면 길수록 인물을 특정하기란 더욱 복잡해지고요. 왜냐하면 레드 돔이 기록물의 순서를 재배열하거든요. 명단을 수시로 바꾸기도 하고요. 물론 짐작하는 부분이 있긴 하지만요."

"그렇다면 익명과 다를 바 없잖아요?"

"그게 본부의 본질입니다."

"그럼 영원히, 아무도 알 수 없는 건가요?"

나는 조금 허망해졌다.

"아니요. 그렇지는 않아요. 현재 본부의 기록물은 2031년까지 봉인을 확정했고, 이후 공개 여부를 지정하도록 약정되어 있어요. 비밀을 연장할지, 봉인을 해제하게 될지는 그때 다시 결정할 수 있겠죠."

"그렇군요. 그때까지 서정도 요원이 누구인지는 본인만이 알겠네요."

나는 001호의 지하실에 앉아 진짜인지 가짜인지 알 수 없는 수많은 이름을 만난다. 이들이 남긴 생생한 기록을 경험한다. 그렇게 나는 매일 사라진 조직에 관해 조금씩 알아가고 있다.

"레드 돔에 제 기록도 있나요?"

나는 문득 궁금해졌다.

"낫 옛. 아직은요."

김재수 주임이 슈퍼컴퓨터의 검색 결과를 내밀었다.

검색어 : 마지막 요원.

검색 결과 : not yet.

경계경보Yellow alert

1.

2021년 6월 22일, 민원실로 한 통의 음성 파일이 전해졌다.

"이보시오. 나 횡계리 회장인디요."

"누구시라고요?"

"나 횡계리 마을 회장인디요."

"네. 말씀하세요."

"여기 다급한 일이 생겼습니다. 이게 멧돼지인데, 허벌나게 커. 여기 새벽녘에 목장 가는 길을 갔다가 완전히 쑥대밭으로 만들어놨다니까요. 누가 해결을 좀 해줘야지, 가만 놔뒀다가는 큰일이 나게 생겨버렸어요. 아주 난리요,

한국우주난민
특별대책위원회

난리."

"회장님, 멧돼지는 확실합니까? 보셨어요?"

"보지는 못했지마는 멧돼지가 아니면 뭐겠소? 도깨비
겠소? 호랑이겠소? 어쨌든 사람은 아니오. 사람은 못해.
산속에서 술 처먹고 생난리를 부려도, 이렇게는 못해."

녹음은 여기까지였다.

"이건 사인이야. 대관령에서 전해진 사인."

배하나 대리가 읊조리듯 말했다.

"무슨 사인이요?"

나는 알 수 없는 두려움을 느꼈다.

"밖으로 나오라는 사인."

순식간에 등 뒤에 서 있던 세 사람이 분연히 흩어졌다.

"필연 씨, 뭐 해요?"

짐을 싸던 김재수 주임이 멍하니 서 있는 나를 다그쳤다.

"공! 대관령까지 가려면 서둘러야 해. 엄마야, 벌써 12
시가 넘었잖아?"

"김 주임, 그물 챙기는 거 잊지 마요. 수면 유도용으로.
혹시 모르니까."

팀장이 외쳤다.

"네, 알겠습니다."

"와우, 와일드한 하루가 되겠는걸."

배 대리가 흥분으로 몸을 부르르 떨었다.

"빨리빨리."

나를 제외한 모두가 빨리빨리 움직이고 있었다. 나는 대체 무엇을, 왜 챙겨야 하는지 알지 못했다. 그래서 엊그제 새로 장만한 반짝이는 서류 가방 안에, 눈에 보이는 대로, 손이 가는 대로 물건을 집어넣었다.

"다 됐습니다."

어느새 김 주임이 출입구 앞에 서 있었다.

"아! 기대돼."

배낭을 짊어진 배하나 대리가 선글라스를 쓰고 있다.

"저도 얼추 준비된 것 같습니다."

나는 잠글 때 찰칵, 경쾌한 소리가 나는 서류 가방을 들고 입구로 향했다.

001호의 수신기에 들어오는 호출은 크게 세 가지로 나뉜다.

첫째, 블루. 파란색 불은 직접 민원을 의미한다. 플라인들이 지구 생활에서 겪는 행정적 또는 일상적인 애로 사항을 통신상으로 문의하여, 해결을 꾀하는 경우가 여기에 해당한다. 001호에 접수되는 호출은 대부분 블루, 플라인의 직접 민원이다.

둘째, 레드. 빨간색 불은 레드 돔의 호출을 의미한다. 본부의 시스템이 판단한 절대적이고 시급한 문제가 발생했을 시 레드, 즉 적색경보가 울린다. 이 경우 요원들은 즉시 긴급 출동에 나서야 한다. 아직 001호의 수신기에 빨간색 불이 들어오는 일은 발생하지 않았다.

마지막은 옐로우. 노란색 불은 경계를 의미한다. 일반적으로 경찰서나 소방서, 또는 행정 기관으로 접수된 의견 가운데 예외성을 띠고 있어 해결이 지연되는 경우, 플라인과의 연관성을 파악하기 위해 본부에서 보내는 확인 메시지이다. 오늘 접수된 호출이 바로 여기에 속한다.

서울역에서 출발한 기차가 강원도 평창군 진부역에 도착한 시간은 오후 4시 40분경이었다. 역사를 빠져나온 우리는 곧장 두 대의 택시에 나누어 타고 456번 지방도에 속한 접선 장소로 이동했다.

나는 김재수 주임과 동승했다. 당찬 표정의 올림픽 마스코트가 빛나는 대시보드 위에 앉아 열심히 손을 흔들고 있었다.

"보이 스카우트에서 오셨나 봐요?"

룸미러를 통해 택시 기사가 말을 걸어왔다.

"비슷합니다."

비슷한 것은 옷차림뿐이다.

"이맘때 많이들 오시더라고요."

"캠핑하기 좋은 때지요."

김 주임이 호응했다.

"해가 지면 추울 텐데요."

"그런가요?"

택시 기사는 더는 무엇도 묻지 않았다. 그녀는 주파수가 맞지 않는지 연이어 잡음이 흘러나오는 라디오 채널을 몇 차례 조정하려다 그만두었다.

김재수 주임이 창밖으로 시선을 던졌다. 가까이에서, 그리고 저 멀리에서도 끊임없이 산줄기가 이어졌다. 김 주임은 무릎 위로 커다란 가방을 안고 있었다. 각지고 단단해 보이는 가방은 배낭이라기보다 짊어질 수 있는 여행용 캐리어에 가까웠다.

그런 그의 가방 안에서 무언가가 움직였다. 처음에 나는 가로수의 그림자가 만드는 음영인 줄 알았다. 그런데 볼링 공처럼 둥근 무엇이 다시 불룩한 곡선을 만들며 움직이자 놀라지 않을 수 없었다.

"선배, 가방 안에 뭔가 들어간 것 같아요."

나는 최대한 평정심을 유지하려 애쓰며 복화술이라도 하듯 조심스럽게 입을 열었다.

"필연 씨, 뭐라고 했어요?"

"가방 안에서 뭔가가 움직여요. 지금이요."

나는 김 주임의 어깨 쪽으로 몸을 기울이며 가능한 한 자연스럽게 다급한 상황을 알리고자 애썼다. 불룩한 무엇이 김 주임의 가슴 쪽으로 움직이고 있었기 때문이다.

"아, 괜찮아요. '너비'예요. 오랑우탄이요."

"네?"

복화술은 끝났다. 히스테리에 가까운 파열음에 택시 기사가 나를 힐끔 쳐다보았다.

차례로 도착했던 택시가 다시 차례로 떠나고 아무것도 없는 지방도로 위에 네 사람이 남았다. 우리가 서 있는 곳은 대관령면으로 이어지는 산줄기 어디쯤인 것 같았다. 개발이 예정되어 있는지 길 건너 마주 보이는 둔덕 위로 비스듬히 박힌 채 펄럭이고 있는 깃발이 보였다.

이곳에서 우리는 약속한 대로 강원 지부에서 나온다는 보조 인력을 기다렸다. 위치가 애매한 면이 없지 않았지만, 김재수 주임이 여러 차례 확인한 바에 따르면 이곳이 확실했다.

10여 분쯤 대기하자 멀리 도로를 따라 달려오는 자동차가 보였다. 택시가 다녀간 후로 처음 보는 차량이다. 붉은 루프를 제외한 차량 전체에 알록달록한 색으로 치장한 소형차가 천천히 달려오더니 우리 앞에서 멈추었다.

"서울에서 오셨죠?"

키가 작고 땅땅한 몸매의 남자가 운전석에서 내려 성큼
성큼 다가왔다. 반달가슴곰 모양의 마스코트가 랩핑된 차
량에 '강원도청 소속, 업무 수행 중'이라는 문구가 붙어있
었다.

팀장은 잠시 당황한 듯 보였으나, 이내 가볍게 인사를
건넸다.

"한우대 전유숙이에요."

"처음 뵙겠습니다. 한우대 조원구입니다."

성인 다섯 사람이 소형차에 오르는 것보다 힘든 일은 소
형차 안에 성인 다섯 사람과 이들이 짊어지고 온 짐까지
모두 싣는 것이다. 트렁크는 물론 각자의 무릎 위, 발아래,
콘솔박스 위, C필러의 뒷공간까지 모두 짐으로 채워졌다.

"지부는 어떻게 운영되고 있는 거죠?"

팀장이 물었다.

"운영이랄 것도 없지요. 수도권에는 아직 몇 군데 지부
가 유지되고 있는 모양이지만, 지방은 대대적인 정리 절차
에 들어간 지 오랩니다. 작년에 양양 지부가 철수하면서
도내에는 이제 강릉 지부만 남게 되었어요."

"강원도 전체를 통틀어서요?"

믿기지 않는다는 듯 배하나 선배가 되물었다.

"네. 남은 플라인들의 거주지가 수도권으로 한정되다 보니 어쩔 수 없지요."

플라인들이 지구를 떠난 뒤, 본부에서는 행정상의 편의를 위해 남은 플라인들의 주거지를 수도권으로 한정했다.

"거주지야 그렇다지만, 그래도 이동이 있는데 어떻게…… 인원은요?"

"저뿐입니다."

잠시 침묵이 흘렀다. 한동안 물속에서 지내면서 잊고 있던 본부의 현실을 체감하는 순간이었다.

창밖은 눈부시게 아름다웠다. 대관령에 가까워질수록 차창 밖으로 펼쳐지는 풍광은 거의 비현실적일 정도였다. 등산과 거리가 먼 나로서는 처음 보는 광경이다.

"여기서부터는 걸어서 이동해야 해요."

승용차는 '한우 연구소'가 내려다보이는 어느 산기슭 입구에서 멈추었다. 소형차가 비포장도로를 따라 더 들어가는 것은 불가능했다. 나는 우선 서류 가방을 챙겼고, 이후에는 누구의 것인지 알 수 없는 짐들을 주섬주섬 챙기기 시작했다.

"공, 짐은 그게 전부야?"

내 서류 가방을 본 배 선배가 물었다.

"네."

"뭐가 들었는데?"

"별거 없어요. 그냥 이것저것."

배 선배가 잠시 반짝이는 서류 가방을 바라보았다.

"점심은 든든히 드셨나요? 이제 입산하면 저녁 식사도 못 하실 텐데. 그래서 제가 오는 길에 장에서 조금 준비해온 것이 있거든요. 식기 전에 근방에서 얼른 들고 가시지요."

조원구 지부장이 가까이 있는 바위 위에 바리바리 싸 들고 온 음식들을 펼쳤다. 강원도 장터에서 볼 수 있는 메밀전병과 수수부꾸미, 감자떡 그리고 옹심이 조림과 식혜였다.

윤기 흐르는 음식들을 보자 군침이 돌았다. 우리는 널찍한 바위 위에 둘러앉아 조 지부장이 챙겨온 음식을 나누어 먹었다.

"어차피 녀석은 해가 져야 나올 겁니다."

조 지부장이 말했다.

"멧돼지는 확실한가요?"

주변을 둘러보던 팀장이 물었다. 이따금 멀리서 새소리가 들릴 뿐 사방이 고요했다.

"멧돼지가 아니면 불가능할 정도의 힘인 것은 맞습니다."

조 지부장이 휴대전화로 찍은 사진을 보여주었다. 그가 직접 촬영했다는 사진 속에 현장의 모습이 고스란히 담겨 있었다. 축대는 10m 이상 박살이 났고, 주변의 나무는 차례로 들이받혔는지 기둥이 파이거나 아예 뿌리가 드러난 채 쓰러져 있었다.

"처참하네요. 가축이 공격당하지 않은 것이 다행이에요."

"그렇죠. 목장 관리자와 만나 이야기를 나눠봤는데, 이런 일이 처음이 아닌데다가 사건 당일 밤 이렇다 할 소리도 듣지 못했다고 하더군요. 비슷한 사고가 있을 때마다 축대를 복구하곤 했는데, 이번에는 문제가 컸던 거죠. 사고는 한밤중에만 일어났고요."

"그렇다면 마땅히 멧돼지를 이용한 철부지 난봉꾼의 장난일 수도 있겠군요?"

배하나 선배는 흥분을 감추지 않았다.

"아니면 두 난봉꾼이거나요."

김재수 주임이 거들었다.

"두 명의 외계인이라면, 두 배로 흥미진진한 밤이 되겠는걸."

다시 배하나 선배였다.

팀장이 재차 사진을 확인했다. 나는 그때 점차 짙어지는 풀벌레 울음 사이로 팀장의 짧은 허밍을 들었던 것 같다.

해가 졌다. 우리는 길을 나설 채비를 마쳤다. 배하나 선배가 주변 경계를 위한 드론을 띄웠다. 숲속은 급속히 어두워졌지만, 각자 착용한 특수경으로 드론이 보는 것을 우리도 볼 수 있었다.

"너비를 데려왔어?"

배하나 대리가 김 주임의 어깨 위로 올라온 오랑우탄을 언짢은 눈으로 바라보았다.

물론 너비는 살아 있는 오랑우탄은 아니었고, 말하자면 일정한 크기의 자기장 안에 도열해 있는 수많은 금속 조각들이 오랑우탄의 모습으로 형상화한 인공 지능 로봇이다.

핀처럼 얇은 황동색 금속이 촘촘히 늘어선 너비의 몸은 가벼워 보였고, 관절의 움직임은 실제 오랑우탄만큼이나 자연스러웠다. 너비의 몸을 이루는 작은 금속들은 김재수 주임이 움직일 때마다 벌어졌다 가까워지기를 반복하며 체형을 유지했다.

믿기지 않는 장면이었다. 나는 외부의 자극에 따라 너비의 몸이 달라지는 모습을 한참이나 지켜보았다. 이는 언제든 흩어질 모래알처럼 보이는 동시에, 느슨한 틈 사이에서도 절대 와해되지 않는 강력한 인력이 공존하는 신비한 광경이었다. 마치 작은 중력이 너비의 몸 안에서 작용하는 것 같았다.

너비는 키가 겨우 40cm 정도에 불과한 소형 로봇이다.

그럼에도 김재수 주임의 어깨를 딛고 선 모습이 무척 고고해 보였다.

"너비라니, 정말 너비야. 김! 오바라고 생각하지 않니?"

보다 못한 배 선배가 발끈했다.

"저도 대리님이 오디세이 챙기는 거 봤거든요. 그거야말로 지나친 것 아닐까요? 아예 장비실을 통째로 들고 오지 그러셨어요?"

"할 수만 있다면 했지."

"저도 그래요."

특수경을 쓴 두 사람이 마주 보며 웃음을 터트렸다.

"출발!"

앞장선 팀장의 신호였다. 우리는 문제의 멧돼지를 찾아 숲으로 향했다.

2.

1985년 5월 26일, 동해의 하늘은 티 없이 맑았다. 강원도 고성에서 별을 관찰하던 노영아 박사는 대기가 매일 이렇다면 얼마나 좋을까 생각했다.

노 박사의 라디오 채널에 낯선 소리가 감지된 것은 자정

무렵이었다. 소리는 6시간 19분 동안 계속되었다. 처음에 노 박사는 이를 단순한 주파수 혼선으로 생각했다. 하지만 채널을 바꾸어도 소리는 멈추지 않았다.

때는 봄이었고, 혼선은 흔한 일이었다. 전리층에 돌발 변수가 잦을 때면, 때로 중국이나 러시아 방송이 잡히기도 했다.

채널은 방치되었다. 밤이 깊도록 별의 움직임을 관찰하던 노 박사는 어느 순간 소리가 중국이나 몽골, 러시아의 언어와 다르다는 것과 만약 이것이 낯선 말로 이루어진 문장이라면 같은 말이 반복되고 있다는 것을 알았다. 소리가 단순한 잡음이 아닐 수도 있겠다는 판단은 순전히 노 박사의 직감이었다. 그녀는 녹음을 시작했다.

천문학자였던 노영아는 학계의 이단아였다. 그녀는 별을 쫓듯 외계인의 흔적을 추적해왔다. 전국을 돌며 목격담과 입소문을 수집했고, 해외 민간단체와도 끊임없이 소통했다. 이런 활동은 학계의 환영을 받지 못했다. 이는 학술이 아닌 것이었고, 노 박사의 행위는 저급할 뿐만 아니라 학문의 훼손으로 간주되었다.

소리의 위치를 추적하던 노 박사는 뜻밖의 결론에 도달한다. 그녀는 이 소리를 자신의 친구이자 언어학의 권위자인 고진형 박사에게 전달한다. 노 박사가 전면에 나서지 않은 이유는 간단하다. 어쩌면 중요한 무엇일지 모를 미지의 소리가 터무니없는 사료로 치부될 것을 우려했기 때문이다.

언어학자들이 모여 소리를 분석한 결과 이는 어떤 신호였다. 그리고 이 신호 안에는 태양계 안에 좌표를 의미하는 것으로 보이는 32개의 숫자와 낯익은 인사말이 담겨 있었다. 간단히 말해 '좌표'와 '안녕하세요'의 반복이었다.

일부 자료에는 이 소리의 최초 보고자가 강원도에 거주하는 노학자로 알려졌으나, 나의 조사에 따르면 그녀는 노년의 학자가 아닌 노 씨 성을 가진 중년의 천문학자인 것으로 안다. 그리고 그녀의 판단은 이후 한우대의 시초가 되었다.

그날은 이상한 밤이었다. 우리는 커다랗게 차오른 보름달과 맞선 방향으로 움직이고 있었다. 나는 가까이서 배 선배의 뒤를 따르며 앞선 팀장의 머리 위에서 비행 중인 드론을 바라보았다.

드론은 조용히 움직였다. 주의를 끌 만한 소음이라곤 없었다. 위치 확인을 위해 켜둔 삼각 대열의 불빛이 아니면 어둠 속에서 누구도 존재를 알지 못할 것 같았다.

"아까 저 구상나무를 본 것 같은데."

팀장이 걸음을 멈췄다.

"언제요?"

"2시간 전쯤. 그리고 30분 전에도."

"그럴 리 없잖아요. 구상나무야 다 비슷하니까."

"하지만 저게 맞아."

팀장의 확신이 어디에서 비롯된 것인지는 알 수 없지만 꽤 단정적이었다.

"나무 옆에서 산타를 본 게 아니라면 말도 안 돼요, 팀장. 우리는 3시간 가까이 움직였다고요."

배 선배의 주장은 타당했다.

"우리가 지금 어디에 있나요?"

팀장이 물었다.

어둠 속에서 대답하는 사람이 아무도 없었다. 나는 가방을 열어 나침반을 꺼냈다. 그리고 반짝이는 서류 가방 위에 지도를 펼친 다음 현재의 위치를 가늠해보았다. 우리는 안개자니 계곡에서 150m쯤 떨어진 곳에 있었다. 처음 출발 지점에서 불과 300m 이동한 거리였다.

"우리는 지금 계곡에서 북동쪽으로 150m 지점에 있어요."

"어떤 계곡? 처음에 지나왔던 그 계곡을 말하는 거야?"

"네. 선배."

"설마?"

배하나 선배가 지도 위에 고정했던 플래시를 거두고 일어났다. 내 계산이 틀리지 않았다.

지나온 길을 생각하자니 목이 탔다. 나는 우리가 처음 지나왔던 바로 그 안개자니 계곡에서 담아온 물을 꺼내 목을 축였다.

모두가 돌아가며 물을 마셨다. 며칠 전 여의도 한강공원에서 벌어진 모 통신사의 여름 행사에서 받아온 큼지막한 보랭병은 휴대하기에 좀 버거운 감이 있었지만, 길을 잃은 숲에서는 꽤 유용했다.

그날은 이상하고도 이상한 밤이었다. 이제 우리는 나침반을 앞세우고 해발 850m의 능선을 따라 움직였다. 내가 선두에서 일행을 이끌었다. 조원구 지부장이 '여기'라고 말하기 전까지 이동은 계속되었다.

"여기 좀 보세요."

조 지부장이 가리키는 자리에 무언가가 보였다. 선명한 동물의 발자국, 멧돼지였다. 이틀 전 빗길에 찍힌 후 그대로 말라붙은 것이 분명했다. 우리가 찾던 멧돼지의 이동 경로였다.

"여기에 짐을 풀죠."

팀장이 제안했다.

한낮 기온이 무색했다. 택시 기사의 말이 맞았다. 6월이라 해도 산에서 보내는 밤은 녹록지 않았다.

다행히 팀장의 가방에서 로사가 나왔다. 우리는 맷돌만한 바위 위에 로사를 피우고 둥글게 둘러앉아 온기를 취했다. 이곳이 오늘 밤 우리의 베이스캠프인 셈이었다.

김재수 주임이 자리를 잡자 너비가 내려왔다. 그는, 어쩌면 그녀는, 아니 그것은 자연스럽게 김 주임의 팔을 타고 내려와 내 옆에 양발을 맞대고 주저앉았다.

"생각할 줄 아나요?"

너비가 나를 쳐다보았다. 내 말의 의도를 꿰뚫어보고자 하는 듯한 표정이 섬세했다.

"데이터에 의한 판단이에요. 너비는 사냥꾼이기에 목표물의 위치를 파악하고, 잡기 위한 최선의 판단을 하죠. 하지만 필연 씨가 잘생겼다거나, 오늘 밤 분위기가 좋다거나 하는 생각은 할 수 없어요."

너비가 자리에서 일어났다. 날렵하게 움직이는 이 금속 오랑우탄은 반쯤 열려 있던 김재수 주임의 가방으로 다가가, 역시 반쯤 열린 마시멜로 봉지를 들고 제자리로 돌아왔다.

"너비가 지금은 마시멜로를 구워야 할 때라고 판단한 것 같은데."

배하나 선배가 사랑스러운 눈빛으로 너비를 바라보았다. 처음 보는 선배의 얼굴이다.

모든 것은 마시멜로 때문인지도 모르겠다. 마시멜로란 초코파이 속에 든 무엇일 때 가치가 있는 것인 줄만 알았는데, 구워 먹자니 자꾸만 손이 갔다. 나는 연달아 마시멜로를 굽다 로사의 온기 속에 잠이 들었던 것 같다.

눈을 떴을 때는 아직 해가 뜨기 전이었다. 언덕 위에서 경계를 서고 있는 팀장이 보였다. 나는 자리에서 일어나 팀장에게 다가갔다. 멀리 어스름 속에 대관령의 모습이 보였다.

"팀장님."

"필연 씨, 일어났어요? 같이 한 바퀴 돌아볼까요?"

나는 팀장과 함께 길을 나섰다. 잠든 김 주임의 팔에 안겨 있던 너비가 어느새 우리를 따라왔다.

멀지 않은 곳에 야영장이 있었다. 산마루에 막혀 보이지 않았던 숲속 캠프였다. 야영장 안으로 걸스카우트의 엠블럼이 새겨진 수십 개의 텐트가 펼쳐져 있었다. 우리는 야영장을 둘러싼 전나무를 따라 조금 더 동쪽까지 이동해보기로 했다.

어느덧 날이 밝고 있었다. 가벼운 산책을 마친 우리는

서둘러 베이스캠프로 복귀했다. 굴곡 없이 이어진 마지막 오르막에서는 제법 숨이 찼다.

동료들은 아직 기상하지 않았다. 침낭 속에서 배하나 선배가 몸을 뒤척일 때, 발밑에서 진동이 느껴졌다.

쿵.

바닥이 울렸다. 다시,

쿵, 쿵, 쿵.

진동은 점차 가까워지며 강하게 울렸다. 내가 불길한 예감 속에 돌아설 때, 커다란 멧돼지가 이미 언덕을 넘고 있었다.

"일어나!"

팀장이 외쳤다.

언덕 위로 태양과 함께 멧돼지가 솟아올랐다. 붉은 후광을 받으며 솟구친 멧돼지가 베이스캠프를 향해 돌진했다. 비몽사몽간에 눈을 뜬 동료들이 허겁지겁 물러났다.

언덕 위에서 뜻밖의 사람들과 마주친 멧돼지는 당황한 듯 보였다. 녀석은 내리막길에서 속도를 이기지 못한 채 그대로 미끄러지며 로사를 박살 낸 후, 거대한 몸을 단번에 일으키지 못해 한바탕 소동을 일으켰다. 이런 와중에도 쿵쿵거리며 무언가를 찾고 있었다. 냄새를 맡고 올라온 것이 분명했다.

**한국우주난민
특별대책위원회**

모두가 꼼짝 않고 서서 멧돼지의 소동을 바라만 보았다. 우리 중 가장 먼저 반응한 것은 너비였다. 김 주임의 배낭 꼭대기에 웅크리고 앉아 기회를 엿보던 너비가 멧돼지를 향해 달려들었다. 그때부터 멧돼지를 향한 5인의 추격전이 시작되었다.

온몸으로 베이스캠프를 휩쓴 멧돼지가 마시멜로를 입에 물고 다시 언덕을 넘었다. 너비가 잽싸게 나무를 타고 따라갔다. 긴 팔로 연이어 나뭇가지에 매달릴 때마다 놀란 새들이 한꺼번에 날아올랐다. 고요했던 숲속이 순식간에 요란해졌다.

시야에서 멧돼지가 사라진 지 오래였다. 나는 공중에서 나무를 타는 너비를 따라 길이 없는 산속을 정신없이 달려갔다.

얼마나 달렸을까. 너비마저 사라진 자리에 목장이 펼쳐졌다. 압도적으로 아름답고 드넓은 벌판 위에서 흥분한 멧돼지 한 마리가 날뛰고 있었다.

"고약한 것이 들러붙은 모양이야."

배하나 선배가 다가오며 혀를 찼다. 동시에 어디에선가 '부-' 하는 관악기 소리가 울렸다.

"오, 안 돼."

조 지부장이 망연자실한 모습으로 머리를 감싸 쥐었다.

잠시 후, 지축을 울리는 소리와 함께 언덕에서 소 떼가 달려왔다. 방목이었다.

우리는 일제히 멧돼지 쪽으로 달려갔다. 목장으로 달려오는 수백 마리의 소 떼와 놀란 멧돼지 사이에서 우리는 쫓는 것인지 쫓기는 것인지 알 수 없는 형태로 한동안 목장 안을 이리저리 뛰어다녔다.

"안 돼!"

이번에는 팀장이 소리쳤다. 소 떼에 쫓긴 멧돼지가 정확히 동쪽으로 움직이고 있었다. 그곳은 캠핑장이 있는 곳이었다.

캠핑장에서는 아침을 맞은 걸스카우트 대원들이 삼삼오오 모여 텐트를 정리하고 있었다. 우리는 멧돼지의 뒤를 쫓으며 당장 비키라고 소리쳤지만, 체조 음악이 울리는 캠핑장에 이 소리가 들릴 리 만무했다.

나는 그 자리에 멈춰 서서 있는 힘껏 호루라기를 불었다. 숲에서 울린 경고음에 캠핑장의 아이들이 어리둥절한 모습으로 주변을 돌아보았다.

새벽 경주에 지친 멧돼지가 코를 흔들며 캠핑장 안으로 돌진할 때, 기겁한 아이들이 온몸으로 비명을 질렀다. 동시에 너비가 김 주임의 어깨를 딛고 힘차게 날아올랐다. 순식간에 너비의 몸이 허공에서 흩어지며 수십 마리의 작은 오랑우탄이 되어 멧돼지의 몸 위로 뛰어들었다.

거대한 몸집의 멧돼지가 캠핑장 안에서 쓰러지자 아이들이 워, 하는 놀란 소리를 내며 물러났다. 그 순간 멧돼지 위로 그물이 쏟아졌고, 아이들은 뒤이어 도착한 우리를 박수로 맞이했다.

"우와, 대박."

아이들이 달려왔다. 캠핑장 바닥에 그물을 뒤집어쓴 채 곤히 잠든 멧돼지가 쓰러져 있었다.

우리는 멧돼지를 천막 안으로 옮겨 수색을 시작했다. 금세 아이들이 모여들어 천막을 에워쌌다.

"생태복원센터? 뭐 그런 데서 나오신 거예요?"

입구 가까이 서 있던 내게 한 아이가 물었다.

"네?"

"읽어본 적 있어요. 지리산 반달곰."

"아……, 비슷해요."

나는 긍정도 부정도 아닌 방식으로 고개를 이리저리 흔들었다.

"이과예요?"

"네?"

"수의사가 되면 지원할 수 있냐고요?"

"아……, 그게 더이상 고용은 없는 것으로 알아요."

나는 침착하게 대응했다.

"예? 정말이에요? 말도 안 돼. 지금 아저씨 맘대로 막 자연을 다 포기하시는 거예요? 네?"

아이가 원망을 담아 나를 쏘아보았다.

"아니, 아닌데요. 그게 아니라……."

"국립공원공단."

작업대 앞에 있던 조원구 지부장이 뒷걸음으로 다가왔다.

"어디요?"

"관심 있으면 국립공원공단에 관해 알아봐요. 환경부 산하에 있는 기관이니까."

"네. 감사합니다."

아이가 원망을 거두고 물러났다.

"감사해요."

노련한 조 지부장이 나를 구제해주었다.

"깨끗해요."

배 선배가 돌아섰다.

멧돼지는 플라인의 놀잇감이 아니었다. 몸속 어디에서도 행동유도장치나 신경조절장치와 같은 도구는 발견되지 않았다. 결코 기대했던 결과가 아니었다.

"애착의 흔적은요?"

팀장의 물음에 배 선배가 고개를 저었다.

"멧돼지예요. 그냥."

첨단 장비를 동원해 조사에 나섰지만, 단지 멧돼지였다.

우리는 그물에 든 멧돼지를 앞세우고 허탈한 걸음으로 하산해야 했다. 세 대의 드론이 멧돼지를 날랐다. 한밤중 출몰해 축산 농가를 놀라게 했던 멧돼지는 마을로 내려와 빈 축사에서 잠이 든 상태로 대기하다가 강원도청에 인계되었다.

그날 오후, 횡계리 마을회장은 주요 민원을 해결한 대가로 001호의 요원들과 조원구 지부장에게 감사패를 전달했다. 이 소식은 지역 신문에도 실렸다. '축대를 축낸 멧돼지를 소탕한 보이스카우트!' 1면에 실린 머리기사였다.

"이놈은 뭐래요?"

촬영을 위해 나온 사진 기자 앞에서 마을회장이 물었다.

"너비예요."

김 주임이 대답했다.

"아, 너비! 꼭 오랑우탄 같네."

2021년 6월 23일, 강원도 평창군 대관령면 횡계리 마을 회관 앞에서 촬영한 보도용 사진을 지금껏 간직하고 있는 사람은 아마 횡계리 마을회장 최 모 옹과 서울 시청에 근무하는 권혁남이 유일할 것이다.

권혁남 본부장은 지하 2층 자신의 집무실 안에서 해당 기사를 스크랩한 후, 껄껄 웃으며 이렇게 중얼거렸다.

"이런 레드들*."

서울로 돌아오는 고속열차 안에서 우리는 횡계리 주민들이 싸준 구운 달걀과 옥수수를 나누어 먹었다.

나는 풀잎과 나뭇가지에 턱과 손가락을 베어 고생 중인 배하나 선배에게 일회용 밴드를, 모기에게 이마와 정강이를 여덟 군데나 물린 김재수 주임에게 물파스를 건넸다.

반짝이던 서류 가방은 지난 24시간 동안 산속에서 이리저리 치이는 바람에 빛을 잃었다. 가방 안에는 나침반과 지도, 물통과 호루라기, 휴대용 손전등, 무릎 담요, 지난 시즌 고척돔 앞에서 산 판초형 우비, 그리고 일회용 밴드와 물파스가 가지런했다.

"공! 어떻게 이런 걸 다 챙겼어?"

배 선배가 한결 편해진 손으로 찰옥수수를 집으며 물었다.

"산에 간다고 하셨잖아요?"

내가 양손에 쥔 달걀을 깨며 말했다. 잘 익은 달걀을 보

---

* 한국우주난민대책위의 요원들을 지칭하는 은어이다. 한우대의 상징색인 빨간색에서 차용했다.

자 군침이 돌았다. 산에 오길 잘했다.

"여기 사이다 좀 주세요."

어디에선가 팀장의 목소리가 들렸다. 여기도 사이다가 필요하다. 다급해진 나는 객석 사이로 고개를 내밀었다. 객차 안으로 들어온 간식 카트가 좀처럼 이동하지 않고 있다.

그린맨의
정체

    지난해, 김재수 주임이 001호에서 이룬 최대 업적은 업무실 안에 게이트볼장을 만든 것이었다. 어느 날 아침 김재수 주임은 우리가 함께 가꾼 정원 앞에서 무언가를 측정 중이었다. 나는 그가 새로이 모종이라도 하려는 줄 알았다.

    "팀장님께서 더이상 모종은 안 된다고 하셨어요."

    내가 안타까움을 담아 이야기했다.

    "아닙니다. 필연 씨."

    김재수 주임은 001호 안에서 나의 취미를 반긴 유일한 사람이었다. 이제껏 식물을 키워본 적 없다던 그는 특유의 부끄러운 미소를 지으며 나의 원예 활동에 관심을 보였다.

    내가 분무기를 들고 이글루 안을 순회하는 오후가 되면

   한국우주난민
특별대책위원회

어느새 김 주임이 내 곁으로 다가와 콧노래를 부르며 작업을 돕곤 했다. 결과적으로 이글루의 마지막 반입 화분이 된 보라색 크로커스가 꽃을 피웠을 때는 나보다도 더 기뻐했다.

김 주임이 굳이 업무실 안을 배회하며 몇 가지 계산과 설치 작업을 하는 내내 동료들의 시선은 무심했다. 나 역시 그가 무엇을 하려는지 짐작조차 가지 않았다.

그날 오후, 조용하던 실내에 '딱', 하는 경쾌한 소리가 울렸다. 모두의 시선이 김 주임에게 집중되었다. 크로커스 앞에서 친 공이 사각의 경기장 안에 세워둔 작은 게이트 앞에서 멈추있다.

"뭐 하는 거야?"

배하나 대리가 다가오며 물었다.

"스포츠죠."

김 주임이 대답했다.

"김. 이런 건 스포츠라고 하지 않아."

배 대리가 약간의 비웃음을 담아 코끝을 찡그렸다.

"스포츠 맞습니다."

스틱을 든 김 주임이 반박했다.

스포츠건 스포츠가 아니건, 그날 이후 우리는 무료한 오후 게이트볼을 치며 시간을 보낼 수 있었다. 그리고 나는 첫 게임에서부터 나의 동료들이 대단한 승부욕을 지니고 있다는 것을 알았다.

특히 팀장과 배 선배의 경우 지는 것을 극도로 혐오했다. 팀을 나눠 진행하는 게임에서 우리는 누군가와 반드시 한 팀이 되어야만 했다. 팀장과 배 선배는 자신의 파트너가 완벽하길 바랐고, 파트너의 실수가 패배의 원인이 되는 것을 견디지 못했다. 이는 두 사람이 한 팀이 되어서도 마찬가지였다.

"하나 씨! 지금 이기겠다는 거예요, 말겠다는 거예요?"

골폴 앞에 놓인 내 공을 쳐내려던 배 선배의 공이 한참을 비켜 2게이트 앞까지 굴러갔다. 어이없는 실수에 팀장이 당장 불편한 심기를 드러냈다.

"이기겠다는 건데요."

배하나 선배가 허리를 세우며 대답했다. 큰 실수에도 불구하고 여유 있는 모습이다.

"이래서야 어떻게 이긴답니까?"

무리한 열정이 부른 분열이었다. 상대의 완벽한 기세에 눌려 내리 세 게임을 진 김 주임과 나는 마침내 1승을 거머쥘 수 있을 것이라는 기대로 서로의 손을 맞잡았다.

"아무튼 이깁니다."

배 선배는 확신에 차 있었다.

"어떻게요?"

"그야 저쪽이 질 테니까요."

단순하고 명료했다.

아쉽게도 배 선배의 말은 사실이 되어갔다. 회심의 공마다 게이트에 미치지 못하거나 상대의 공을 놓쳤다. 그때 전화벨이 울리지 않았더라면, 우리 팀은 또다시 참담한 스코어를 받아들여야 했을 것이다.

"여보세요. 네, 민원실입니다. 말씀하세요."

그 주에 걸려온 첫 번째 전화였다.

화면이 열렸음에도 민원인의 모습이 보이지 않았다. 당황하고 황급한 목소리만이 들릴 뿐이었다. 상대는 에써 자신의 모습을 감추고 있는 것처럼 보였다. 어두운 화면 위로 어깨나 가슴 어디쯤으로 보이는 검은 실루엣이 움찔거렸다.

"저기요. 제가 녹색으로 변하고 있어요. 아니, 그러니까 제가 아니라 슈트가요."

"슈트가요?"

"네. 처음에는 옆구리에 동전만 한 반점이 생겼거든요. 이게 점점 커지면서 올라오더니, 지금은 얼굴까지 얼룩덜룩해져서 외출을 할 수가 없어요."

민원인은 소년이 확실했다. 일단 목소리가 그랬고, 슈트의 녹화 현상에 대해 무지하다는 점이 그랬다.

"걱정하실 것 없어요."

"네?"

나의 말에 민원인이 처음으로 화면을 응시했다. 역시 앳된 얼굴의 소년이었다. 전동완(aID: 9051-누5-33), 19세, 여수 태생. 앞서 소년이 설명했듯 녹색 반점이 턱까지 올라온 상태였다. 한여름에 터틀넥 스웨터를 입은 모습이 안쓰러워 보였다.

"걱정하실 것 없습니다. 지금 계신 곳이 어디인가요?"

"기숙사예요. 몸이 좋지 않다고 둘러대고 출석하지 않았거든요."

"혹시 7, 8분간 방해받지 않을 곳으로 이동할 수 있나요? 야외는 피하시되 창문이 있거나 환풍기가 설치되어 있으면 좋아요."

"……화장실이면 괜찮을 것 같아요."

적당한 장소를 찾느라 잠시 말이 없던 아이가 대답했다.

"좋아요. 그럼 화장실로 들어가서 오른쪽 귀를 들여다보세요. 귓바퀴 안으로 작은 녹색 점이 보일 겁니다. 그곳을 5초 이상 지그시 눌러보세요. 그러고 나면 몸의 변화를 느낄 수 있을 텐데, 그리 보기 좋은 모습은 아닐 거예요. 학생의 몸이 마른 감자처럼 쪼글쪼글해질 거거든요."

**한국우주난민
특별대책위원회**

"해볼게요."

귀 안에서 녹색 점을 찾기는 어려운 일이 아니었다. 19년간 착용한 슈트지만, 이제까지 존재를 알지 못했던 비밀스러운 장치였다. 거울 앞에서 심호흡한 소년이 귓바퀴 안의 점을 지그시 눌렀다.

"슈트가 수축하는데 3, 4분, 다시 팽창하는 데 같은 시간이 필요합니다. 수축이 끝나면 이번에는 왼쪽 귀 안에 숨겨진 빨간색 버튼을 눌러 회복할 수 있어요. 작업이 끝나면 냄새가 좀 나긴 할 겁니다. 이제껏 묵은 오염물질을 몸 안에서, 아니 슈트에서 빼낸다고 생각하세요. 녹화 현상이 일어나지 않더라도 정기적으로 이런 작업을 해준다면 앞으로 더욱 쾌적하게 슈트를 사용하실 수 있을 거예요."

"아아악!"

내 말이 끝나기 전에 울린 비명이었다. 작업을 실행한 지 3분여가 지난 시점이었다. 수축한 슈트의 모습은 누가 보더라도 충격적이긴 하다. 몇 번을 봐도 도무지 익숙해지지 않는다.

한동안 말이 아닌 소리의 나열이 이어졌다. 녹화 현상을 해결하는 일은 시간순에 따라 시각적 충격, 후각적 충격, 시각적 회복, 심리적 회복, 후각적 회복 순으로 진행된다.

작업 말미에 누군가 화장실 문을 두드리는 소리가 들렸

다. 룸메이트가 돌아온 것이다.

"잠깐만 기다려."

전동완은 침착하게 작업을 마무리했다.

녹화 현상의 해결은 첫 충격과 달리 의외로 쉽게 이루어
진다. 다급하게 화장실 안으로 달려 들어갔던 룸메이트가
냄새에 놀라 뛰쳐나온 것을 제외하면, 이번에도 마찬가지
였다.

"전동완! 너 대체 화장실에서 무슨 짓을 한 거야? 이건
인간의 배설물에서 날 수 있는 냄새가 아니야. 너 정말 어
디가 많이 안 좋은 거 아냐?"

룸메이트의 몸서리치는 토로에는 친구의 건강에 대한
우려가 일부 담겨 있었다.

"이제 괜찮아. 훨씬 좋아졌어."

동완이 말했다.

"그래? 그렇다면 다행이고. 어디 보자. 그러고 보니 얼
굴도 좋아 보이네. 아침에는 누렇게 떴더니. 역시 사람은
장이 편해야 한다."

만고의 진리다.

"고마워."

플라인 소년의 녹화 현상은 지독했던 냄새와 달리 훈훈
하게 마무리되었다. 문제는 001호였다. 팀장은 오랜만에

**한국우주난민
특별대책위원회**

접수된 민원이 허무하게 해결되자 기분이 몹시 상한 모양이었다.

"끝이야? 이렇게 끝이라고? 아니, 녹화 현상 정도는 우리가 출동해줘야 하는 거 아니야? 그렇잖아. 대체 누가 새 슈트를 설계한 거야?"

공격적인 말투였다.

"전데요."

스틱을 들고 1게이트 앞에 서 있던 배하나 선배가 불쑥 대답했다.

"뭐예요? 하나 씨였어요? 왜 그랬대, 정말? 시스템을 완벽하게 구축해놓을 필요가 있었을까? 이렇게까지?"

팀장의 아쉬움은 격정적이었다.

"너무하셨네요."

김 주임까지 거들고 나서자 배 선배는 화를 삭이려는 듯 어금니를 앙다문 채 질끈 눈을 감았다. 나는 눈치를 살피며 이들 사이에 서 있었다. 금방이라도 무슨 일이 터질 것만 같았다. 그런데 눈을 뜬 배 선배의 말이 의외였다.

"아, 과거의 나를 꾸짖고 싶다."

2006년 10월 14일, 수락산에 그린맨이 출몰한다는 신고가 접수되었다. 남양주시 별내면 파출소에 최초 접수된 본 사건은 일반적인 지방 경찰청의 별건이었으나, 이후 목격자들의 증언이 이어지며 본부의 시선을 끌었다. 당시 a슈트의 녹화 현상에 관한 기록은 '본부의 일기'에 고스란히 남아 있다.

파주시에 거주하는 송원당(aID: 0067-수1-59)은 4주 전 금촌역 버스 정류장에서 불안한 모습으로 목격된 후, 행방이 묘연한 상태였다. 그는 '외계인 안전보장지구[*]' 밖으로 도주, 또는 사고의 혐의를 받고 있었다. 그런데 일명 그린맨의 인상착의가 실종된 송원당과 일치했다.

송 씨는 10월 25일 등산객들의 하산이 모두 마무리된 이후 시작된 수락산 수색 작업에서 3시간여 만에 마당바위 근방에서 발견되었다. 당시 송 씨는 온몸이 녹색으로 변한 상태였다. 그는 실제 자신의 피부색이 녹색에 가까웠기 때문에 정체가 들통날 것을 염려해 산속으로 숨어들었다고 진술했다.

'수락산의 그린맨 사건'이 있기 전까지 본부에서는 a슈트의 녹화 현상에 관해 인지하지 못했다. 이는 a슈트 착용이 15년 이상 지속되면서 드러난 일종의 부작용이었다.

송 씨와 달리 녹화 현상에 대범하게 대처한 경우도 있

---

[*] 본부에서 지정한 플라인 구조 가능 지역을 말한다. 플라인이 이 구역을 벗어나 벽지로 이동할 경우, 즉각적인 안전을 보장받을 수 없다.

다. 포천의 양조장에서 일하던 이선광 씨는 피부가 서서히 연두색으로 변해가는 와중에도 정상적으로 출근해 평소처럼 근무했다. 선광 씨와 그녀의 동료들은 녹화 현상을 희귀한 피부병 정도로 치부했다.

본부에서는 플라인과 현장의 요원들을 대상으로 a슈트의 녹화 현상에 관한 대대적인 선전을 실시했다. 당시 녹화 현상을 해결하는 유일한 방법은 슈트를 교체하는 것뿐이었다. 이를 위해서는 직접 가까운 지부에 방문하거나, 신고 후 요원들의 방문을 기다려야만 했다. 수습은 더딜 수밖에 없었다.

시간이 흐르면서 신고자 수는 기하급수적으로 늘어났다. 이는 어느새 예방이 불가능한, 당장 많은 인력을 투입해 해결해야만 하는, 중차대한 문제가 되었다. 특히 대기오염이 심한 지역의 거주자일수록 녹화 현상은 빠르게 진행되었다.

이 문제를 해결한 신입 엔지니어가 다름 아닌 배하나 요원이었다. 그녀는 녹화 현상을 진단하고 새로운 슈트를 설계했다. 이것이 바로 '말쑥이'라 불리는 스스로 세정 가능한 슈트이다.

새 슈트가 보급되면서 혼란했던 조직은 안정을 되찾았다. 요원들은 너나없이 슈트를 들고 외출하는 대신 본업에 충실할 수 있게 되었고, 플라인들은 더이상 녹화 현상으로 인한 불편을 겪지 않아도 되었다.

포천의 이선광 씨는 1,932번째로 새 슈트를 수령했다. 슈트를 교체한 후 그녀는 동료들로부터 완치 축하를 받은 것으로 안다. 나흘 후, 경기 동두천 지부로 다섯 상자의 막걸리가 도착했다.

아쉽게도 게이트볼 역시 오후의 무료함을 달래주지는 못했다. 더이상 누구도 경기를 제안하거나 연습을 위해 스틱을 잡지 않는다.

"좋은 생각이 있어요."

텅 빈 경기장을 바라보던 팀장이 말했다.

팀장은 본부에 수중 탐사복을 요청했다. 본부장의 일상적인 딴지 걸기가 있었지만, 너는 시청 안에 있고 나는 한강 속에 있다는 팀장의 주장을 반박할 근거는 아무래도 빈약했다. 결국, 001호로 수중 탐사복을 보내라는 승인이 떨어졌다.

이제 우리는 물속에서 게이트볼을 친다. 새롭게 알게 된 사실은 내가 수중 게이트볼에 상당한 소질이 있다는 것이다. 더이상 나는 패배를 부르는 파트너가 아니다.

우리는 때로 플라인들과도 어울린다. 게이트볼은 여럿

이 함께 칠 때 더욱 흥미진진한 게임이 된다. 플라인들은 뛰어난 순발력과 유연함을 지녔지만, 제대로 공을 다루지 못한다면 팀장과 배하나 대리의 호출을 받기 십상이다. 승부의 세계에서 그들도 예외는 아니다.

힘 조절에 실패한 몇몇 선수들 때문에 몇 개의 공이 물 밖으로 사라졌다. 만약 한강 변을 지나다 나무를 깎아 만든 것으로 보이는 작은 공에 화살표가 새겨져 있는 것을 발견할 경우, 진성나루 앞 물품 수거함에 넣어주시면 감사하겠다.

이 공은 나무처럼 보이지만 나무는 아니다. 그리고 이 나무가 아닌 공은 절대 당신을 해치지 않는다.

레츠 고,
디스코

"D.I.S.C.O 미친 듯이 춤추고, 네 멋대로 Do the disco.

D.I.S.C.O 모두 같이 뛰놀고, 제멋대로 Let's go disco."🗷

   지구를 떠난 지 1,421일째, '잠들지 않는 플라 2.5호'에서는 한바탕 춤판이 벌어졌다. 이 모습을 확인한 김재수 주임이 실내에 스피커를 켰다. 삐-, 하는 짧고 높은 소음이 공간을 휘감으며 빠르게 공명했다. 우주선에서 흐르는 음악이 001호의 서라운드 음향 시스템을 통해 볼륨 있게 흘러나왔다.

   플라인이 춤을 추는 광경은 낯선 것이 아니다. 춤과 음

🗷 엄정화, <D.I.S.C.O>

악을 향한 플라인들의 열정은 전 우주를 초월할 정도였다. 이들은 자주 집단으로, 서너 명이 함께, 혹은 홀로 춤을 춘다. 주체할 수도, 주체할 필요도 없다. 플라인들의 흥은 타고난 것이다.

그럼에도 오늘은 조금 특별하다. 최근 '잠들지 않는 플라 2.5호'는 소암석 지대를 지나느라 27일간(지구 시간) 저속 운행 하며 혹시 모를 비상 상황에 대비해야 했다. 플라인들은 물론 김재수 주임도 긴장을 늦추지 못했다. 김 주임이 그토록 긴장하는 모습을 보기는 처음이었다.

우주선에 문제가 발생한다고 해도 지구에서 할 수 있는 일은 없었다. 204일 전까지는 적어도 우주선과의 교신이 가능했지만, 지금은 그마저도 불가능한 상황이다. 사고나 예측 불가의 사건이 아니었다. 통신 두절은 지구와 우주선의 거리가 멀어짐에 따라 자연스레 예정된 수순이었다.

이제 지구에서 할 수 있는 일은 우주선에서 보내는 화면을 전송받아 분석하고 저장하는 것뿐이다. 김재수 주임은 자신의 임무를 목격자가 되는 것이라고 했다.

"목격자요?"

목격자보다야 엔지니어 쪽이 훨씬 멋들어진 일 아닌가?

"때로는 목격과 기록이 전부일 수 있어요."

과연 그럴까?

우주선과 지구 사이에는 56분의 시간 차이가 존재한다. 고로 현재 001호에서 울리고 있는 음악은 실은 56분 전 우주선의 상황이다. 통신 두절 이후 시차는 계속해서 벌어지고 있다. 그리고 앞으로 점점 더 늘어날 예정이다.

"우리는 플라인들이 새로운 별에 도착하는 장면을 정확히 21일이 지난 후, 이 자리에서 목격하게 될 거예요."

김재수 주임이 마치 크리스마스 선물을 기다리는 아이처럼 붉어진 얼굴로 말했다.

지난 4주 동안 김재수 주임은 001호가 아닌 '잠들지 않는 플라 2.5호' 안에서 지냈다고 해도 과언이 아니다. 특히 우주선이 수백만 개의 작은 암석(평균 크기가 사람의 주먹 정도로 작은 짱돌) 비가 내리는 구간을 관통하던 일주일 전 93시간은 최대 고비였다.

모두가 우주선의 상황을 우려하고 있었지만, 그중에서도 김 주임은 각별했다. 화면을 지켜보던 그는 애가 타고 몸이 마를 정도였다.

김재수 요원이 일상과 업무 사이에서 균형을 잃었다고 판단한 팀장은 그에게 연차 사용을 적극 제안했다. 하지만 소용없는 일이었다. 김 주임은 매일 아침 가장 먼저 출근했고, 등이 떠밀려서야 겨우 퇴근했다.

실제로 지난 주말, 나는 그가 살이 좀 빠졌다고 느꼈는

데, 단지 조금이 아니라 7kg이나 빠졌다는 사실을 오늘 아침 만두의 말을 듣고서야 알았다.

"김 주임에게 메디컬 테스트가 필요한 게 아닐까?"

"김 주임님이? 어째서?"

"한 달 동안 7kg의 체중 소실이 있었다는 건 평범한 일이 아니야."

그러므로 오늘의 춤판은 플라인들로서도 김재수 주임으로서도 충분히 즐길만하다.

오늘의 이벤트는 '잠들지 않는 플라 2.5호'에서 벌어진 아흔아홉 번째 '빅 파티'이자, 위험 지대에서 무사히 벗어난 것을 기념하는 자축의 장이기도 하다. 한동안 잠잠했던 플라인들의 집단 흥이 익숙한 리듬과 함께 폭발한다.

"Baby one more time. Let me blow your mind.

Only fantasy 시작하겠어. 널 위한 Show time.

달콤한 초콜릿처럼 녹아든 내게 빠져와."☒

김재수 주임은 생각보다 훌륭한 댄서였다. 나는 그가 골반을 흔들며 양팔을 머리 위로 들어 올려 가볍게 흔드는

☒ 쥬얼리, <One More Time>

모습을 지켜보았다.

"김 주임님 춤 말이에요. 귀엽지 않아요?"

괜한 말이 아니었다.

"공. 저 몸부림이 귀여울 수 있는 경우는 큰 것에서부터 사소한 것에 이르기까지 세상에 존재하는 귀여움이 모조리 죽은 후에나 가능한 최후의 것일 거야."

배하나 요원의 평가는 냉정했다.

그래도 선배는 김 주임의 축제를 방해하지 않았다. 고막을 유혹하는 자극적인 소란에도 불구하고, 배 선배는 휴게실에 앉아 차를 마시거나, 뉴스 포털 서비스의 머리기사를 일독하는 등 소일했다.

오늘의 운세는 여느 날과 마찬가지로 신중한 결정의 당부와 유쾌한 하루를 약속하고 있었다. 그리고 마침 001호에는 새로운 노래가 흘러나왔다.

"어쩔 수 없군."

결국, 배 선배도 자리를 정리하고 일어났다. 더는 어쩔 수 없었다. 그녀는 곧장 모니터 앞으로 다가가더니, 김 주임 곁에서 서서히 리듬을 타기 시작해 어느새 56분 전의 플라인들과 마찬가지로 신나게 몸을 흔들었다.

"Girl girl hey U go girl

De le de le that that that girl

Girl girl hey U go girl

Baby baby baby baby girl."⊠

14년 전 메들리가 001호 안에서 쟁쟁하게 울려 퍼졌다.

"어째서죠? 어째서 2008년이에요?"

나는 문득 궁금했다.

"2008년은 플라인들이 그들이 토착할 새로운 행성을 발견한 해예요. 그때부터 본격적인 이주 계획이 시작되었어요. 본부에 정말 많은 일들이 있었고요. 그러니까 그들로서는 행운의 선곡인 셈입니다."

어느새 무대 중앙을 차지하고 본격적으로 춤을 추는 배하나 선배 뒤에서 김 주임이 내게 말했다.

"뭐 해? 쉬기 있어? 들어와. 들어와."

배 선배가 독촉하며 손짓했다.

"내가 미쳤어. 정말 미쳤어. 너무 미워서 떠나버렸어.

너무 쉽게 끝난 사랑 다시 돌아오지 않는단 걸 알면서도

미쳤어. 내가 미쳤어. 그땐 미처 널 잡지 못했어."⊠

⊠ 이효리, <U-Go-Girl>
⊠ 손담비, <미쳤어>

우리는 멀리 떨어진, 그러니까 태양계의 곱절만큼이나 떨어진, 플라인들과 함께 춤판을 이어갔다. 2008년 본부에 어떤 일들이 있었는지는 모르겠지만, 가요계가 어땠는지는 확실하다. 홀리 몰리.

그 시각, 시내에서는 팀장이 탑승한 7호선 열차가 어린이대공원역을 지나 건대입구역에 다다르고 있었다. 팀장은 이미 지난 역에서 하차해야 했지만, 그러지 못했다.

이날 712X기 열차의 5호 칸 승객들은 어딘가 불편한 기색이 역력했다. 에어컨에 문제가 생겼는지 찬바람이 나오지 않아 열차 안은 더운 느낌이었다. 전동차 앞쪽에 앉아 있던 승객들은 부채질을 하거나, 민감한 이들은 아예 찬바람을 찾아 옆 칸으로 이동하기도 했다.

팀장이 열차 안에 문제가 있다고 느낀 것은 5호 칸에서 넘어온 젊은 승객들이 나누던 대화 때문이다.

"저 사람 입 봤어?"

"왜? 어땠는데?"

검은색 젤리슈즈를 신은 여성이 겁에 질린 표정으로 불길한 예감을 드러냈다.

"몰라. 너무 끔찍해. 무슨 양서류 같았어. 게다가 입속이

한국우주난민
특별대책위원회

하늘색이야."

"설마. 뭘 먹었겠지."

"아, 너무 싫다. 소리는 왜 또 그렇게 내는 건데?"

"그러게."

두 명의 젊은 여성들이 몸서리치며 빠르게 3호 칸 쪽으로 걸어갔다. 무엇을 하는 자인지는 모르겠으나, 양서류 같은 입으로 이상한 소리를 내는 누군가로부터 되도록 멀리 떨어지고 싶은 모양이었다.

5호 칸을 벗어나려는 승객들이 계속해서 중간 문을 넘고 있었다. 하나같이 표정이 좋지 않았다.

팀장이 흐름을 거슬러 5호 칸 안으로 들어갔다. 그곳에 얼마 남지 않은 승객들이 앉아 있었다. 이들은 게임을 하거나, 잠을 자거나, 이어폰을 통해 흘러나오는 소리에 집중하느라 대부분 전동차 안의 상황을 눈치채지 못한 듯했다. 다만 연두색 등산복 차림의 어르신 한 분이 가까이에서 문제의 인물을 관찰 중이었다.

5호 칸 안으로 들어서자마자 팀장은 전동차 후미에서 벌어지고 있는 일이 무엇인지 대충 짐작할 수 있었다. 누군가 에어컨 아래에서 바람을 빨아들이고 있었다. 상대가 입을 벌려 주변의 공기를 빨아들일 때마다 얇은 입술 안으로 드러난 연청색 잇몸이 부르르 떨렸다. 그리고 그때마다 곤란한 소리가 났다.

이런 일을 벌일 만한 자는 플라인뿐이다. 물론 매우 큰 입과 특별한 폐활량을 가진 지구인 중 누군가가 이런 일을 벌이지 못하리란 법은 없겠으나, 커다란 입속으로 드러난 잇몸과 콧구멍 안으로 언뜻 보이는 내피, 그리고 무엇보다 팀장이 재빨리 파악한 aID 반응으로 보아 플라인이 분명했다.

"헤이."

팀장이 찬바람을 먹는 플라인 앞에 섰다.

"이봐, 바람돌이."

바람을 빨아들이는데 정신을 빼앗긴 플라인은 코앞에서 자신을 부르는 소리를 듣지 못했다. 쉬지 않고 찬 공기를 빨아들이느라 얼굴은 붉어지고, 목에는 굵은 핏대가 섰다.

"퓨와도왕새밍찡."(번역: 퓨와도왕, 작작 해.)

자신의 이름을 부르는 소리에 플라인이 하던 일을 멈추었다. 차가운 바람이 객실 바닥으로 쏟아졌다. 곤란한 소리도 멈추었다. 그제야 승객들은 열차 안에 에어컨이 작동 중이라는 사실을 알았다.

마침 열차가 뚝섬유원지역에 도착했고, 문이 열렸다. 하얀 햇살이 팀장과 퓨와도왕의 사이를 가르며 객실 안으로 떨어졌다.

"퉁왕." (번역: 죄송해요.)

퓨와도왕이 짧은 한마디를 남기고 뛰쳐나갔다.

팀장은 즉시 001호로 호출을 시도했다. 문제는 호출에
응답한 사람이 아무도 없었다는 것이다. 왜냐하면 그때 우
리는 모두,

"I want nobody nobody but you.

I want nobody nobody but you.

난 다른 사람은 싫어. 니가 아니면 싫어.

I want nobody nobody nobody nobody."⊠

이랬기 때문이다.

우리가 팀장의 위치를 확인한 시점은 실내에 흐르던 음
악이 그친 직후였다. 갑작스레 음악이 끊기고, 대신 모니
터를 통해 어느 공원의 전경이 들어왔다.

"뭐야?"

우리는 동시에 화면 가까이 다가갔다.

"팀장?"

마카-1이 팀장의 위치를 쫓고 있었다.

⊠ 원더걸스, <Nobody>

"지금 팀장님이 저기서 뭘 하고 계신 거죠?"

잔디 위에서 팀장이 양발을 번갈아 치켜들며 주변을 빙빙 돌고 있었다. 뛰는 것도 아니요, 그렇다고 걷는 것도 아니었다.

"토끼춤이라도 추는 거야?"

배 선배가 말했다.

"무언가 찾고 있는 것 같은데요."

"뭘?"

"……스캐버스?"

"호출기 아닐까요?"

아니다. 팀장이 찾고 있는 것은 호출기나 애완 쥐가 아니었다. 탈피한 플라인이었다.

뚝섬유원지역을 다급히 빠져나온 퓨와도왕은 곧장 인근 공원으로 들어갔다. 찬바람을 마실 때는 즐거웠을지 모르지만, 차갑게 식은 몸으로 레이스를 시작하려니 식은땀이 나고 어지러웠다. 그는 제대로 뛸 수가 없었다.

금세 뒤따라온 팀장에게 꼼짝없이 잡힐 위기에 처하자 퓨와도왕은 그만 이성을 잃고 폭주하고 만다.

얼마 지나지 않아 팀장은 전망대 아래에서 현기증으로 흐느적거리고 있던 퓨와도왕을 검거했다. 주변을 지나다 호출을 받은 경찰차 두 대가 진로를 변경해 공원 안으로 들어왔다. 팀장은 이 중 먼저 현장에 도착한 순찰차를 타고 시청으로 향했다.

*아래 대화는 플라 2.5 행성의 언어로 이루어졌음을 밝힌다.

"반장님. 제가 얼마나 있게 될까요?"

퓨와도왕은 감금형을 피할 수 없다는 것을 알았다.

"공공질서 혼란 1단계, 72시간. 탈피, 29일. 총 32일."

"그렇게나요? 안 돼! 가게는 어쩌고요?"

"이렇게 금방 징징댈 일을 왜 벌였을까? 탈피까지 할 때는 각오를 했어야지. 가게는 아내가 알아서 할 거야. 안 그래? 에어컨에서 멈췄어야지. 대체 무슨 생각을 한 거야? 날씨가 더워지니 생각도 더워지디? 거기다 배짱도 좋다. 내친김에 슈트 파손까지? 기물 파손은 3배 이상의 벌금이야. 알지? 최근 90일 이내에 일으킨 어떠한 문제도 없어야 할 거야. 아무리 사소한 문제라도. 오호! 가중처벌에는 기한 한정이 없거든."

팀장이 말했다.

"지금 되게 신나 보이는 거 알아요?"

"그랬나?"

"네."

운전하던 순경이 룸미러를 힐끔거렸다. 분명 한 사람을

태워 시청으로 이송하라는 임무를 받았을 뿐이다. 멀쩡해 보이는 여자가 무엇에 신이 났는지 잔뜩 상기된 얼굴로 금속상자(a박스*)에 든 무엇을 향해 알 수 없는 말을 떠들어 댔다.

"제정신이 아니구나."

남산1호터널 안에서 경광등을 켠 순경이 중얼거렸다.

---

* 본부에서 사용하는 다용도 상자이다. 크기가 작아 소지하기 쉽다. 평소에는 4x4cm의 큐브 형태이나, 사용 목적에 따라 크기를 조절할 수 있다.

조력자들

2022년 5월 25일 오후 4시 30분, 배하나 대리와 나는 서울시 종로구 세운상가 앞에 도착했다. 좁은 입구를 지나 미로처럼 얽힌 골목 안으로 들어서자 얼기설기 걸린 간판들 사이에 '이센터'라는 표기가 보였다. 페인트로 적은 글자 아래로 붉은 화살표가 그려져 있었다.

나는 배 선배를 따라 어느 건물 안으로 들어갔다. 한때 하늘색이었던 것으로 보이는 건물은 2층 규모로 높지 않았지만, 건물을 둘러싸고 여러 노포가 운집해 있어 정확한 크기를 짐작하기는 어려웠다.

지하로 이어진 계단은 모양만 남아 있을 뿐이었다. 몇몇 상점이 문을 열었을 뿐 대부분 빈 상가였다. 닫힌 미닫이 문 안으로 보이는 철제 선반 위에 아직 팔지 못한 물건이 남아 있었다.

복도 끝에 다다르자 잿빛 바닥에 '이센터'라는 문구가 보였다. 바닥이 낡을 대로 낡아 겨우 글자를 가늠할 수 있었다. 배 선배가 묵직하게 내려온 전동 셔터를 열고 안으로 들어갔다.

'이센터'는 본부에서 운영하는 수리소를 말한다. 본부에서는 시청에서 그리 멀지 않은 곳에 '일센터'와 '이센터' 두 곳의 수리소를 두고 있다. 이 중 규모가 큰 '일센터'는 운영을 중단했고, 현재 '이센터'만 남아 간간이 본부의 업무를 수행 중이다.

내부는 깔끔했다. 넓은 바닥에 작업대로 보이는 세 개의 틀이 있다. 이 중 1번 작업대가 불을 밝혔다. 천장에서 내려온 원형 레일 아래 수중 바이크가 보였다. 레일을 따라 움직이는 양팔 모양의 로봇이 바이크를 수리 중이다.

"배하나!"

전망대처럼 보이는 기계실 안에서 작업 중이던 장현우 요원이 방문자를 확인하고 내려왔다.

"장현우!"

두 사람이 얼싸안고 인사를 나누었다.

"여기는 공필연. 조직의 마지막 투사랄까."

배 선배가 오랜 동료에게 나를 소개했다.

"아, 바이크를 구겨놓은 분이시로구나."

장 요원의 손이 다급히 다가와 머뭇거리는 내 손을 맞잡았다.

바이크의 상태는 물속에서 볼 때보다 훨씬 더 심각했다. 헤드라이트는 물론 선수에서부터 좌현 쪽이 완전히 구겨졌다. 내 몸이 그날의 일을 기억하고 있었다. 기체 내벽까지 깊숙이 휘어진 바이크를 보자 강바닥에서 회전하던 지난 순찰이 떠올라 목덜미가 서늘해졌다.

"오늘 팀장도 다녀갔는데."

장 요원이 생수를 내놓으며 말했다. 그는 수리소에는 어쩌다 한 번씩 내려오는지라 갖춘 것이 별로 없다며 양해를 구했다.

"팀장님이? 아니, 그럴 거면 같이 오시지. 언제 다녀가셨는데?"

"아니, 전이 아니라 권 말이야. 점심시간에 오셨더라고. 수리소가 열리는 날이면 가끔 내려와. 빅맥 세트 사 들고. 지난주에도 왔었고."

"와서 뭘 하는데?"

"그냥 앉았다가 가."

"별일이네. 근데 넌 권 팀장이 본부장 된 지가 언젠데 아직도 팀장이야?"

"입에 붙어 그렇지 뭐. 그나저나 한강에서 무슨 일이 있었던 거야? 바이크가 저 지경이 되도록."

"더블러였어."

"뭐?"

배 선배의 한마디에 장 요원이 마시던 물을 내뿜을 뻔했다.

레드 돔은 5월 11일 수중 바이크의 순찰 과정을 낱낱이 기록해 두었다. 오주선(aID: 3892-휴2-13). 이날 마카-1과 M500GB로부터 입수된 3시간여의 기록은 한강에서 서해까지 이동하는 동안 오주선의 동선을 따른 것이었다.

이튿날 오후, 김재수 주임은 기록을 확인해야겠다는 팀장의 요청에 따라 레드 돔에 접속했다. 해당 자료에 '1'이라는 표기가 보였다. 누군가 앞서 그날의 기록을 찾아보았다.

그리고 오늘 아침, 우리는 회의실에 모여 오주선의 최종 위치를 확인했다. 레드 돔의 기록을 바탕으로 브리핑에 나선 것은 김재수 주임이었다.

"인천 앞바다에서 신원 확인이 이뤄진 후, 오주선이 사흘 만에 모습을 드러낸 곳은 아산호였어요."

5월 14일 오전 7시경, 아산호에서 포착된 오주선의 모습이 담긴 CCTV 화면 앞에서 김 주임이 말했다. 그는 지난 사흘간 추적기의 신호를 근거로 구성한 오주선의 이동 경로도 함께 공개했다. 오주선은 48시간 이상을 표류하듯 바다에서 머물렀다.

"경기도 평택시 현덕면 덕목리. 자전거 길에서 공원 방향으로 설치된 CCTV 카메라에 잡힌 오주선의 모습입니다. 오전 7시 3분, 처음 카메라에 포착된 이후 오주선이 산책로를 따라 이동하며 10여 분간 평택대교 근방에서 머물렀다는 것을 확인할 수 있습니다. 추적기의 신호가 끊긴 시점도 이즈음이었기 때문에 오주선의 사후 도주로 역시 이 근방일 것으로 보입니다."

간략한 브리핑을 마치고 김 주임이 돌아섰다.

"아니에요."

아산호 주변의 지형을 살피던 팀장이 말했다.

"안개 때문에 화질이 좋진 않지만, 오주선이 맞습니다. 추적기의 위치와도 일치하고요."

김 주임이 CCTV에 포착된 오주선의 얼굴을 확대했다.

"아니, 내 말은 오주선이 마지막으로 포착된 곳은 아산호가 아니라는 말입니다. 오주선이 14일 아침 아산호에 모습을 드러낸 것은 맞아요. 의도가 있었겠죠. 이동 경로에 혼란을 주고 싶었을 겁니다. 바다에서 그녀는 아마 많은 생각을 했을 거예요. 사흘은 긴 시간입니다. 하지만 신원이 노출된 이상 할 수 있는 게 별로 없다는 걸 누구보다도 잘 알았을 거예요. 결국 뭍으로 나온 오주선은 계획에 따라 아산호에서 카메라에 포착된 후, 무려 아흐레에 걸쳐 신갈저수지까지 올라왔어요."

"물길로만요?"

나는 믿기지가 않았다.

"물론. 대단한 인내심이죠? 아산호 등장 이후 9일 만인 5월 23일, 오주선이 마지막으로 발견된 곳은 바로 이곳! 기흥 레스피아였어요."

팀장이 지도 위에 한 곳을 지목했다.

오주선은 아산호를 거치며 추적기를 분리했을 것으로 보인다. 아마도 물속에서. 이것이 오주선의 마지막 기록이 레드 돔에 남지 않은 이유이다.

팀장은 아산호에서 이어지는 물길 주변에 설치된 CCTV의 전수 조사를 이미 마친 모양이었다. 팀장은 두 가지 경우에 주목했다. 하나는 안성을 지나 금광호수로 이어지는 동쪽 길, 다른 하나는 평택에서 서울로 올라오는 서쪽 길이었다.

서쪽에서 올라오는 물길은 머지않아 여러 갈래로 나뉘게 된다. 게다가 오주선이 재등장하기까지 결과적으로 9

일이 걸렸기 때문에 CCTV 자료를 모두 검토하기까지 상당한 시간이 필요했을 것이다. 오주선 만큼이나 팀장의 인내심도 대단했다.

"오주선이라니. 오주선이 더블러였다니. 하나야, 있잖아. 나는 이게 어떤 전조처럼 느껴진다."

흥분한 장현우 요원이 바닥의 컨트롤러를 건드리는 바람에 3번 작업대의 로봇이 레일을 따라 갑작스레 회전했다.

"그래? 그럼 지금 우리에게 당장 필요한 건 뭘까?"

"그게 뭔데?"

"바이크의 빠른 수리겠지. 팀장이 너 닦달하고 오래. 다음 주에라도 당장 쓸 수 있게."

이것이 오늘 외근의 이유였다.

"이보세요. 이건 나 하나 닦달한다고 될 일이 아니네요. 군산에서 이거 하나 끌고 올라오는 데만 열흘이 걸렸어. 장장 열흘! 그것도 이삿짐 트럭으로 옮겼다더라. 말이 되니? 도료는 요청한 지가 언젠데, 지금까지 만 48시간이 넘도록 발주조차 안 되고 있고. 알잖아? 인력이 없는데. 아무런 체계가 없다니까."

"그래서 안 돼?"

"안 된다고는, 내가 안 했지."

"그러니까."

"가만있어 보자. 그래, 내가 다음 주 주말까지는 어떻게든 해볼게."

"목요일!"

"야!"

"가능하잖아. 우리 장현우 요원이 누구시냐? 필 위에서 클라우디아 2호기를 40분 만에 재조립하신 전설적인 인물인데."

"39분! 정확히는 38분 52초였지. 내가 생각해도 그날 신들린 손놀림이긴 했어."

장 요원이 그날을 상기하다 빙그레 웃었다.

"대단했지."

"그래도 '타르*'를 설계하신 분이 하실 말씀은 아니지."

전설적인 인물이 겸양까지 갖추었다.

"어허, 왜 이러실까? '슈트 온**'의 소형화를 이루신 분께서."

"슈트의 완성은 말쑥이지."

두 요원이 서로의 업적을 치켜세우는 동안, 나는 이해를

---

* 제한된 범위 안에서 작용하는 자기장이다. 너비의 몸이 유지되는 원리이기도 하다.
** 플라인들이 슈트를 활성화하기 위해 손목에 착용하는 장치.

위해 인트라넷에 접속했다. 여전히 낯선 용어가 존재한다.

이후로도 두 사람은 한동안이나 대치했다. 배 선배는 바이크의 복귀 시점으로 여전히 목요일을 주장했고, 장 요원은 도료가 마르지 않는 이상 절대 입수 불가라는 입장을 고수했다. 내가 보기에 차이는 미미했다. 어쨌든 바이크는 다음 주 주말을 넘기기 전, 001호 앞에 도착할 것이다.

"공 요원, 만나서 반가웠어요. 그리고 사고 좀 자주 내줘요. 시청에만 있으면 재미없어."

장현우 요원이 이센터를 나서는 내게 말했다.

2022년 5월 27일 오후 6시 16분, 팀장의 은색 세단이 샛강역을 지나 여의교로 진입했다. 그녀는 평소처럼 한강을 건너 퇴근하는 대신 여의도를 가로질러 강의 이남으로 향했다.

대방역 부근에서 여의대방로를 따라 이동하던 팀장이 주택가로 이어지는 어느 골목 입구에서 멈추었다. 반가운 간판을 내건 낯선 건물이 보였다. 화덕 앞에서 도우를 빚던 양종민이 팀장을 반갑게 맞이했다.

"어서 와, 전 팀장."

상점을 나온 양종민이 팀장을 뒷마당으로 안내했다.

"가게는 갑자기 왜 옮기신 거예요? 장사 잘됐잖아?"

"임대료 때문이지 뭐. 작은 동네가 갑자기 명소가 되는 바람에. 그 일대 상인들이 싹 다 밀려나게 생겼으니까. 아무리 두드려봐도 계산이 안 서더라니까."

"그래도 거기서 5년간 일군 게 있는데."

"내 말이. 처음에는 세상 억울했다. 밤에 잠도 안 오고, 끊었던 담배 생각도 나고, 살도 좀 빠지고. 그러다가 이전하기로 결정하고 나니까 마음 편해지더라고. 애가 재수도 하고, 아내 직장도 여기서 더 가깝고, 민원실도 가까이 있고. 좋은 쪽으로 생각하려고."

"입소문 나면 금방 괜찮을 거예요. 피자야 원체 맛있으니까."

팀장이 양종민을 위로했다.

"그럼 이따 전단 좀 돌리다 갈래? 한, 1시간만."

"얼마 줄 건데요?"

"피자 줄게. 원체 맛있잖아?"

평범한 주택가 안에 양종민의 실험실이 있다. 그의 새로운 실험실은 자신의 가게 뒷마당에 있는 창고를 개조해 꾸려졌다. 4평 남짓한 창고 안에 그의 실험체는 물론 바질과 시금치, 양송이가 풍성하게 자라고 있다. 식물은 종민보다 빠르게 변화에 적응 중이다.

양종민은 전직 한우대 요원으로 팀장과는 동기였다. 양

244　　한국우주난민
　　　　특별대책위원회

요원은 팀장과 달리 방위대원으로 본부에 입성한 것은 아니었으나, 함께 참여한 오리엔테이션에서 두 사람의 친분이 시작되었다. 본부의 여러 업무 중에서도 유독 양종민의 그것이 팀장의 관심을 끈 이유는 그가 드물게 식물을 관장하고 있었기 때문이다.

행성 파괴 이전, 플라 2.5에서 자생하던 식물의 수는 총 107종이었다. 플라 2.5의 과학자들은 이 중 남부에서부터 괴사하기 시작한 '럼팔'이라는 식물을 연구하던 도중 처음 행성의 이상 징후를 포착했다고 한다.

본부에서는 럼팔에 주목하지 않을 수 없었다. 본부 내 식물원에는 양 요원을 비롯해 세 명의 전문가가 배치되었다. 이들의 임무는 플라 2.5로부터 건너온 외계 식물을 배양해 자유롭게 연구하고 기록하는 것이었다.

본부에서 근무한 16년 동안 양 요원은 아무도 주목하지 않는 4권의 책과 10편의 논문을 발표했다. 이는 본부의 자산으로 일반에 공개되지 않은 채, 레드 돔에 남아 있다.

조직이 해체될 당시 양 요원과 팀장은 럼팔의 관찰이 지속되길 바랐다. 하지만 본부 안에 효율성 제로의 식물원이 유지될 확률은 조직의 완전한 보전 가능성만큼이나 전무했다. 예산도 장소도 인력도 1순위로 배제되었다.

결국 두 사람은 폐쇄된 식물원에서 폐기를 기다리던 일

부 샘플을 재활용 수거함에 담아 외부로 반출했다. 적법한 절차는 아니었다. 그럼에도 두 사람의 판단을 지지하는 내부자들의 도움이 있었다. 그렇게 해서 22년째 여전히 럼팔의 관찰을 진행 중이다.

"스트레스가 있었지만, 정확히는 나의 스트레스였지. 럼팔은 문제없어."

각기 다른 환경의 시험관마다 럼팔이 뿌리를 내렸다. 럼팔은 두해살이 식물로 시험관 일부에서 꽃을 볼 수 있었다. 럼팔의 꽃은 분홍색으로 개화해 보라색으로 만개하고 갈색으로 진다.

"야외에는요? 거긴 아직인가요?"

스물아홉 개의 특별한 시험관을 내려다보던 팀장이 물었다.

"아니야. 이미 야외에도 심어놨어."

양종민이 모니터를 공개했다. 야외에 심어둔 럼팔의 실시간 영상이었다. 어느새 해가 기울어 화면은 어두웠다. 그래도 우산처럼 펼쳐진 특유의 잎 모양을 확인할 수 있었다.

"어디예요?"

"용마산이야. 근방이라 편하고 좋아."

"용마산이면, 이전 장소보다 너무 낮은 것 아니에요?"

"그렇지 않아. 저기가 해발 82m 지점이야. 어차피 행성에서 가장 높은 산이 3000빠메[*] 정도였으니까, 사실 높이는 별 의미가 없어. 지난번 안산도 산은 높았지만, 럼팔의 재배지는 해발 100m를 넘지 않았어."

"그렇군요."

"그나저나, 전 팀장."

"네."

"그래서 오주선이 지금 어디에 있다는 거야?"

양 요원은 001호의 근황을 들어 알고 있었다.

"서울 시내에 있겠죠."

"전수 조사를 했단 말이지? 그 많은 CCTV를 전부 다? 와! 나라면 진작에 포기했어. 자네 정말 여전하구나. 대단해, 전 팀장."

"진심이세요?"

"그렇다니까."

칭찬은 나를 향하는 법이 별로 없다. 생각해보면 이상한 일이다. 때로 우리는 자신의 매진이 일상이 되었다는 이유로 스스로의 노력을 너무 가벼이 치부하곤 한다. 팀장이 믿기지 않는 얼굴로 양 요원이 20년 이상 지켜온 실험실을 둘러보다가 빙긋이 웃었다.

---

[*] 약 220m.

"왜?"

"칭찬해요. 양 사장님."

"뭐?"

양 요원이 황당한 얼굴로 팀장을 힐끗 쳐다보았다.

두 사람은 뒷마당에서 양송이 재배에 관해 이야기를 나누다 가게 안으로 들어갔다. 포장을 원하는 남학생이 세 종류의 피자와 병에 든 수제 피클을 주문했다.

골목 안이 북적이고 있었다. 그날 팀장은 토마토 모양의 모자를 쓰고 '피자 행성' 앞에서 1시간을 더 머물다 갓 구운 하와이안 피자를 들고 귀가했다. 양종민은 팀장의 기호를 기억하고 있었다.

청파동
긴급 출동

2022년 7월 28일 오후 4시 52분, 001호로 한 통의 전화가 걸려왔다.

"여보세요. 지금 여기가 청파로47나길 h마트 앞이거든요."

"네, 말씀하세요."

"a*가 사고를 친 것 같습니다. 갈월동 지하차도를 지나 서울역 방향으로 쭉 올라오시면, 교회 맞은편 골목 안이에요. 잠시만요."

신고자로부터 사진 한 장이 전송되었다.

"보이시나요?"

* 플라인.

"네. 보입니다."

사진은 근거리에서 강한 빛을 촬영한 것으로 상황을 정확히 가늠하기는 어려웠다. 다만 마트 앞에 세워둔 트럭 위로 벼락이라도 친 듯 새하얀 빛이 떨어져 사방으로 튀고 있다는 것과 현장에 최소 대여섯 명의 주민이 있다는 것은 확인할 수 있었다.

장소가 특정되었기 때문에 실시간 확인은 어렵지 않았다. 배하나 선배는 즉시 마카-1에 접속해 현장의 모습을 불러들였다.

인근 전선에서 흘러나온 것으로 보이는 빛 덩어리가 1톤 트럭 위로 떨어지며 강한 스파크가 일었다.

"후워어."

모니터가 열리자 김재수 주임이 본능적으로 몸을 빼며 물러났다.

"약간 볼쇼이 같지 않아요?"

빛은 여러 갈래로 나뉘어 마치 물줄기처럼 트럭 위로 흘러내렸다. 포물선을 그리며 떨어지는 빛의 줄기가 한 방향으로 기울어진 발레리나의 군무 같았다. 김 주임이 나를 따라 15도 방향으로 몸을 기울이고서 고개를 끄덕였다.

발레는 금세 끝이 났다. 대신 빛의 줄기가 하나둘 모이면서 커다란 원이 되어갔다. 화려한 빛의 향연이었다. 빛은 합쳐졌다가 분리되기를 반복하며 점차 점성을 가진 무엇이 되었다.

지름 2m가량의 안정화된 원 앞으로 주민들이 모여들었다. 001호 안의 네 사람도 모니터 앞으로 다가갔다. 빛으로 빚어진 원이 지상으로 내려온 소행성만큼이나 영롱했다.

"오……."

모두가 황홀한 눈으로 빛을 바라보았다.

잠시 후, 001호에 적색경보가 울렸다. 놀란 내가 한 걸음 물러섰다. 수신기에 붉은빛이 들어오더니 경보음과 함께 실내의 모든 조명이 6초간 붉게 빛났다. 매뉴얼에서 본 그대로였다.

이어 천장에서 네 개의 밀폐된 캡슐이 내려왔다. 글로 배운 적색경보 대응 시스템이 눈앞에서 펼쳐지자, 나는 정신이 하나도 없었다.

원통형 캡슐 안에 각기 다른 사이즈의 작업복이 전시되어 있었다. 곧 무채색 작업복 위로 색상이 도포되기 시작했고, 등과 가슴에 특정한 마크까지 새겨지면서 어디선가 본 적 있는 작업복이 완성되자 캡슐의 문이 열렸다.

요원들은 각자 자신의 작업복을 챙겨 탈의실로 향했다. 150평 규모의 001호 안에서 우리는 왜인지 자꾸만 부딪했다.

"진정합시다. 이번에도 아무것도 아닐 수 있어요."

탈의실 서편에서 심호흡에 이은 팀장의 목소리가 들렸다.

"그래. 아마 아무것도 아닐 거야. 마른하늘에서 날벼락이라도 떨어졌겠지."

배하나 선배는 빈약한 논리로 자신을 설득하려 했다.

2년 전, 내가 한강으로 출근한 지 일주일이 되던 날, 본부에서 공문이 도착했다. 이튿날 아침 시청으로 출근하라는 지시였다. 그날 나는 지하 1층 구석에 위치한 작은 방으로 안내되었다. 문 앞에 '재단실'이라는 간판이 걸려 있었다. 그곳에서 나는 맞춤옷이라도 구하듯 몸의 치수를 꼼꼼히 측정했다.

"앞으로 살을 뺄 생각이에요, 찌울 생각이에요?"

작업을 마친 재단사가 물었다.

"네? 유지할 생각입니다."

내가 거울을 힐끗 쳐다보며 대꾸했다.

"잘 생각했어요. 만약 계획대로 안 되면 개인 정보를 변경하세요."

재단사가 실타래 사이에서 찾은 명함을 내밀었다. 빛바랜 사각의 종이 위에 재단실의 위치와 전화번호, 인트라넷을 통해 개인 정보를 변경하는 방법이 명기되어 있었다. 그러고는 나보다 먼저 재단실을 떠났다.

그날 이후, 나는 시청에 방문할 일이 있을 때마다 지하 1층 -116호를 찾아 재단실 안을 들여다보곤 했다. 그러나 작은 방은 '외출 중'이라는 문구를 내건 채 언제나 비어 있었다.

우리는 이촌 나루로 이동하기 위해 잠수정에 올랐다. 어쩐지 김재수 주임의 움직임이 불편해 보였다. 김 주임이 잠수정 안에 착석하자 그의 발목 위로 바짓단이 한 뼘이나 올라왔다.

"아무래도 키가 계속 자라는 것 같아요."

멋쩍은 표정으로 김 주임이 말했다.

김재수 주임의 경우와 달리 배하나 대리의 작업복은 몸집에 비해 지나치게 커 보였다. 그녀는 품이 큰 상의를 허리띠로 고정했고, 통이 넓은 바지는 양말 안으로 구겨 넣어 나름대로 자신의 작업복을 정리했다.

"내가 마지막으로 개인 정보를 수정한 게 임신 8개월 차였거든."

요원들 모두 착석하자 001호에서 분리된 잠수정이 회전을 시작했다.

"잠깐만, 언제라고요? 두 사람 모두 업데이트 좀 합시다. 아무리 그래도 15년 전은 너무한 것 아닙니까?"

팀장이 이렇게 말했지만, 이후로도 배하나 선배는 개인 정보를 수정하지 않았다. 그녀는 큰 옷이 편하다고 했다.

예상과 달리 현장은 고요했다. 아니 고요하다기보다 즐거움이 넘쳤다. 빛 주변으로 아이들이 모여 있었다. 빛은 땅에서 대략 20cm쯤 뜬 상태로 정지해 있었다. 가까이서 보니 더욱 크고 신비로운 느낌이었다.

아이 중 누군가 빛을 건드리자 잠시 출렁이던 원에서 말랑말랑해 뵈는 빛이 분리되었다. 작은 빛 덩어리가 아이의 어깨 위로 튕겨 올랐다. 놀란 아이가 얼음처럼 굳어버렸다. 빛은 아이의 어깨에서 머리 위로, 아이의 머리에서 다른 아이의 머리로 옮겨갔다.

아이들이 너나없이 빛을 건드렸다. 금세 예닐곱 개의 빛 덩어리가 골목 안을 떠다녔다. 아이들이 빛을 쫓아 이리저리 뛰어다녔다. 골목 안은 어느새 구경 나온 주민들로 가득 찼다.

"오셨어요?"

h마트 앞에서 아이들이 노는 모습을 촬영하던 한 주민이 다가왔다. 신고자였다.

"아니, 지금 저게……, 진짜 라이트 버그야? 마른하늘에 날벼락이 아니고?"

안경을 고쳐 쓴 배 선배가 상황을 흥미롭게 바라보았다.

라이트 버그란 플라인 변이의 일종이다. 변이의 종류는 물 친화형, 갑각류화, 라이트 버그 순으로 일반적이며, 그 외에는 윈드 버그, 급격한 퇴행, 기억 상실, 감각의 증폭, 사유의 팽창, 미끄러운 발, 소화 불량, 힘의 배양 등 그 종류를 헤아리기 어렵다.

변이는 18세가 되면 발현하게 되므로 플라인들 사이에서는 '성인식'으로도 불린다. 이는 플라 2.5 행성인들의 독특한 유전적 발현으로, 본부에서는 변이에 큰 관심을 갖고 연구에 공을 들였으나, 그 원인은 물론 정확한 집계와 종류조차 파악하지 못한 채 연구는 사실상 종료되었다.

현재 청파동 a의 경우 라이트 버그가 확실했다. 현장에서 만난 신고자 서 씨는 한때 본부의 사내 식당에 근무하던 급식업체 직원으로, 현재는 근방에서 아이스크림 상점을 운영 중이었다.

서 씨의 진술에 따르면 오후 4시 50분경, 가게 안의 냉동고가 잠시 멈추었다가 재가동되는 일이 발생했다. 조명이나 에어컨과 같은 전자기기도 마찬가지였다. 서 씨는 전기 공급이 원활하지 못하다고 느꼈다. 그리고 얼마 지나지 않아 야외에서 이는 강한 스파크를 보았다.

밖으로 나온 서 씨가 골목 안에서 마주한 것은 1t 트럭 위로 떨어지는 강력한 빛이었다. 그는 이를 a의 사고로 확신했고, 즉시 001호에 신고한다.

"어? 어! 어?"

"뭐 해요, 팀장? 라이트 버그라고요!"

현장을 둘러보던 팀장이 알 수 없는 외마디를 되풀이하자 흥분한 배하나 선배가 소리쳤다.

"김 주임, 오늘 날씨가 어떻다죠?"

"아, 그게, 잠시만요. 그러니까 서울 시내에는 오늘 오후 벼락을 동반한 소나기가……, 예정되어 있다는데요?"

일기 예보를 확인하던 김 주임의 목소리에 불길함이 배어들었다.

서울역 부근에서 먹구름이 이동하고 있었다. 금방이라도 비를 쏟아낼 것 같은 검은 먹구름이 빠른 속도로 몰려왔다.

"젠장."

"비켜주십시오. 시청에서 나왔습니다. 실례합니다. 비켜주십시오."

팀장을 필두로 우리는 주민들 사이를 파고들었다. 어떻게든 저 빛을 수거해야만 한다. 운 좋게 빛은 현재 안정화되었지만, 벼락이라도 만난다면 어찌 될지 뻔한 노릇이다.

한국우주난민
특별대책위원회

드디어 빗방울이 떨어졌다. 채집기를 든 팀장이 빛을 향해 천천히 다가갔다. 아이들의 머리 위에서 튕겨 오르던 빛이 불현듯 멈추었다. 빗방울이 떨어질 때마다 빛 덩어리에서 작은 스파크가 일었다.

"착하지. 가자."

팀장은 에너지 흡수 장치가 설계된 채집기를 조심스레 바닥에 내려놓았다.

빛은 더 놀고 싶은 모양이었다. 하지만 아이들이 굵어지는 비를 피해 처마 밑으로 뛰어들자 도리가 없었다. 빛은 순순히 원으로 돌아갔다. 우리는 비교적 온순한 성질의 a 를 만난 것에 안도했다. 이제 빛을 채집기에 담아 복귀하기만 하면 될 일이었다.

팀장이 채집기를 열 때였다. 그림처럼 하늘에서 벼락이 떨어졌다. 급격히 어두워진 하늘을 완벽히 가르는 벼락이었다. 그 바람에 청파동 일대가 일제히 정전되었다. 동시에 빛으로 빚어진 원이 강력한 스파크를 일으키며 흩어졌다. 순식간에 빛은 수십 개의 작은 불빛이 되어 허공을 날았다. 빗줄기가 쏟아지는 어두운 골목 안에서 다시금 빛의 향연이 펼쳐졌다.

우리는 빛을 쫓아 사방으로 날뛰었다. 이 과정에서 주민들은 또 한 번의 벼락이 골목 안으로 떨어졌다고 생각했겠지만, 벼락이 아니었다. 실은 배하나 선배가 a를 향해 정조준한 자력이 바닥을 쳤다. 강력한 자력에 정전기를 빼앗긴 a가 도로 위로 떨어졌다. 골목 안의 불빛이 일제히 사라졌다.

"슈트는 어쨌어?"

당황한 팀장이 달려들었다. 도로 위의 a는 원초적인 플라인의 모습 그대로였다.

"난 감전 사고를 당했어. 슈트가 남아났겠어?"

a가 겨우 고개를 들고 대답했다. 그는 오구락(aID: 3845-가9-02) 씨로 장충동에 거주하는 플라인이었다.

"감전 사고는 왜 당했는데?"

"날이 원체 후텁지근해야. 난 그저 옥상에 나와 물놀이 중이었어. 옥탑에서 지낼 때 좋은 점이 그거지. 그때, 문득 변이 생각이 나더라고. 그래서 오랜만에 변이를 시도하는 와중에 다리가 전선에 닿았지 뭐야. 순식간에 전깃줄을 타고 미끄러지는데 스릴이 장난 아니야."

"뭐? 장충동에서 여기까지 왔단 말이야?"

바닥에 뻗어 있는 오구락의 얼굴에 대고 팀장이 소리쳤다.

"응. 순식간이었어."

팀장의 젖은 얼굴에서 빗방울이 떨어지자 오구락이 몸

**한국우주난민
특별대책위원회**

을 비틀었다.

먹구름이 지나가면서 빗줄기는 빠르게 잦아들었다. 팀장이 오구락을 들어 올렸다. 50cm가량의 키에 자주색 피부, 오동통한 몸집의 오구락은 크게 다친 곳은 없었지만, 활기를 완전히 잃은 상태였다. 축 처진 오구락의 몸이 팀장의 손목 위에서 늘어졌다.

"고양이인가요?"

비에 젖은 채 골목 안으로 들어오던 자전거 부대가 멈추었다. 4, 5학년으로 보이는 아이들이었다.

"음…… 아마? 그래 보이니?"

"많이 다쳤나 봐요."

걱정 어린 눈으로 아이들이 다가오자, 팀장은 김 주임이 내민 수건을 받아 재빨리 a의 몸을 감쌌다. 오구락의 다리가 팀장의 손목에서 미끄러졌다. 내가 슬며시 다가가 그의 왼발을 수건 안으로 밀어 넣었다.

"그래. 많이 다쳤어. 그래서 말인데, 당장 병원으로 데려가야 할 것 같거든. 혹시 자전거 좀 빌릴 수 있을까?"

"그러세요."

다아노스의 볼캡을 쓴 아이가 불쑥 대답했다.

"정말?"

함께 온 아이들은 당황한 듯 보였지만, 친구가 기꺼이

자전거를 내주자 엉거주춤 안장에서 내려왔다.

"고마워, 얘들아. 자전거는 오늘 안으로 h마트 앞에 가져다 놓을게."

"걱정하지 마세요."

아이들이 손을 흔들었다. 이들 중 몇몇은 여전히 당황스러운 얼굴로 h마트 앞을 서성이고 있었다.

우리는 아이들이 내준 자전거를 타고 골목을 빠져나왔다. 용산역을 지나 이촌나루를 향해 달릴 때, 오구락이 수건 사이로 손가락을 내밀었다.

"홈home."

"못 말려."

우리는 못 말리는 a, 오구락과 함께 짙은 노을이 내린 강변을 달렸다.

2022년 7월 28일 오후 6시 15분, 청파동 현장에 한국전력공사의 직원들이 도착했다.

"어째 다시 나왔소? 정전 때문에 나왔는가?"

h마트 사장이 직원들을 향해 물었다.

"다시요? 첫 출동인데요."

"좀 아까 왔었잖애."

"네?"

"아, 아까 왔던 양반들이랑은 다른 분들인가? 진작에 한전에서 직원들이 나와갖고 커다란 정전기를 해결하고 고양이를 구해갔어요."

"그랬군요. 어르신, 안전을 위해 잠시 물러나주십시오. 작업을 시작하겠습니다."

전기 복구 작업이 시작되었다. 당일 저녁 6시 53분, 다행히 h마트 주변을 비롯한 정전지대에 전기 보급이 재개되어 주민들은 그날의 열대야를 극복할 수 있었다.

청파동의 어느 골목 안에서 빛과 노는 아이들을 촬영한 주민은 여럿이었다. 하지만 어디선가 본 적 있는 작업복을 입고 등장한 네 명의 시청 직원들의 모습에 주목한 사람은 별로 없었다.

그날, 일찌감치 현장에 도착해 커다란 정전기를 해결하고 고양이를 구해간 시청 직원들의 작업복에는 'KEPCO'가 아닌 'ICEPCO'라는 글자가 새겨져 있었으며, 이를 발견한 사람은 골목 안에서 아이스크림 상점을 운영하는 서 씨뿐이었다.

"아이스크림 전력 공사라……."

서 씨는 이참에 자신의 영업장 간판을 바꿔보는 게 어떨까 진지하게 고민하고 있었다.

달려라,
음슈갱

2020년 6월 26일 오후 3시 40분, 우리는 전남 보성군의 어느 녹차밭 입구에 도착했다. 이곳은 '여름 휴지기'라는 안내 문구를 내건 채 출입이 제한된 상태였다. 팀장이 도착을 알리자 지배인이 나와 우리를 차밭 안에 위치한 다원으로 안내했다.

다원의 지배인으로 일하고 있는 홍채랑(aID: 1502-고3-11)은 오래전 시인이었다. 그녀는 자신의 모행성을 떠나기 전까지 그곳에서 많은 시를 썼다. '샹탈벤티자'의 96번째 수상자이기도 한 홍채랑(본명: 씨스코빙)은 행성 현대 문학사의 주요 인물 중 하나였다.

샹탈벤티자는 4년에 한 번씩 플라 2.5에서 가장 놀라운 성취를 이룬 문학인에게 수여하는 상으로 '우리의 위대한 재산'이라는 뜻을 갖고 있다.

왜 더는 시를 쓰지 않느냐는 질문에 홍채랑은 '내 영감의 원천인 붉은 흙과 물, 지나간 시절과 절개꽃*, 푸른 별의 무덤이라 불리던 밤하늘과 미래가 죽었기 때문'이라고 말한 바 있다.

홍채랑은 행성을 떠날 당시 자신의 영광스러운 트로피를 챙기지 않았다. 그녀의 샹탈벤티자는 붉은 흙 위에서 별과 운명을 함께했을 것이다.

"한우대죠? 주거지 이탈 건으로 자진신고 하려는데요."

오선 9시 10분, 001호로 걸려온 진화는 자신이 규정 위반자임을 자백하는 신고였다. 신고자가 자신을 보성군에 위치한 '△△다원'의 직원이라고 진술했기 때문에 우리는 즉시 보성읍 봉산리로 향했다.

"홍채랑 씨 되시나요?"

팀장이 다원 앞으로 나온 직원에게 물었다.

"그렇습니다. 어서 오세요. 홍채랑이에요. 먼 길까지 오시게 해 송구스럽게 생각합니다."

조금 지친 듯 보이는 중년의 여인이 민망한 얼굴로 서

---

* 여름이면 행성을 뒤덮는 노란색과 파란색 꽃. 플라 2.5에는 두 계절이 존재하는데 절개꽃이 피는 시기를 여름, 지는 시기를 겨울로 본다.

있었다. 잠시 후, 우리는 홍 씨가 내준 찻잔을 두고 마주 앉았다.

"쿨링이 닷새째 밖에 있어요. 낮에는 위치를 가늠하기도 어려워요. 밤이면 가까이서 소리가 들리곤 하는데, 저로서는 도저히 잠을 재간이 없네요."

홍채랑은 이렇게 말하며 창밖으로 펼쳐진 드넓은 녹차밭을 응시했다.

쿨링이란 홍채랑의 반려동물인 음슈갱을 말한다. 음슈갱은 말하자면 행성의 개로, 충성심이 강하고 활발한 성격의 포유류이다. 생김새는 삽살개와 유사하나 몸집이 작고 꼬리가 짧으며, 작고 날카로운 28개의 이빨과 붉은 코를 갖고 있다.

짧은 다리와 통통한 몸 때문에 친칠라와 유사하다고 보는 견해도 있으나, 성장하면서 길게 자라 얼굴을 덮는 은회색 털을 보고 있자면 삽살개를 떠올리지 않을 수 없다.

"쿨링은 작고 귀엽지만 성질이 있어요. 이빨도 날카로운 편이고요. 좀 까칠하달까. 물론 평소에도 그렇다는 건 아니에요. 평소에 쿨링은 지구의 여느 사랑받는 반려동물과 다르지 않아요. 달리는 것을 무척 좋아하고요. 하지만 이런 일이 또 생길 줄은 몰랐네요. 이제 쿨링도 나이가 들어서 다시 이런 일은 없을 줄 알았는데……."

홍채랑이 사진을 내밀었다. 녹차밭을 배경으로 홍 씨와 쿨링이 함께 찍은 사진이었다. 외계에서 온 플라인과 음슈갱 모두 행복해 보였다.

"쿨링이 왜 집을 나간 거죠?"

"아무래도 치통 때문인 것 같아요. 예전에도 같은 일을 겪은 적이 있거든요. 12년 전에. 그때는 전남 지부에서 해결해주셨어요. 온종일 녹차밭을 뛰어다니느라 지쳤는지, 밤이 되자 추웠는지 덖음실 안에 들어와 있더라고요. 잡고 보니 어금니가 많이 상해 있어 발치를 했어요. 아마 달릴수록 고통이 줄어드는 모양이에요."

"서주시를 이탈해 생활하신 지는 얼마나 되셨죠?"

팀장의 본격적인 취조가 시작되었다.

"1년……."

"1년?"

"……하고, 6개월쯤 돼요."

"네?"

홍채랑은 영구 거주자 명단에 이름을 올린 후, 부천으로 자리를 옮겨 △△다원의 수도권 유통사에서 근무하였으나, 1년 6개월 전 다시 다원으로 내려왔다.

"법규 위반이라는 건 알고 계셨죠?"

"인지하고 있습니다. 하지만 전 이 일이 좋아요. 쿨링도 이곳을 좋아하고요."

"그럼 주말마다 보성까지 내려오신 건가요? 여행자처럼?"

"아니요. 주말마다 부천으로 올라갔어요."

"예? 아니 어떻게?"

방법은 간단했다. 홍채랑은 자신의 슈트에 내장된 추적기를 분리해 유통사에서 사용하는 스쿠터에 부착했다.

처음에는 설마 했으나, 한 달이 가고, 반년이 가고, 1년이 지나도록 별일은 일어나지 않았다. 스쿠터는 주 5일 부천과 인천 일대를 누비며 홍 씨의 동선을 대리했다. 그리고 금요일 저녁 부천으로 올라온 홍 씨가 추적기를 수거해 귀가하는 식이었다.

"죄송합니다."

홍채랑이 고개를 숙였다.

가까이에서 느껴지는 것은 차나무의 향기뿐이다. 나는 고개를 빼고 주변을 살폈다. 멀지 않은 곳에서 움직이는 벙거지가 보였다. 김재수 주임이다. 배 선배는 더욱 멀리 있다. 팀장은 아마 내 생각보다 더 서쪽에 있는 모양이다. 팀장의 무전에서 거리감이 느껴졌다.

드넓은 녹차밭에서 움직이는 음슈갱을 찾는 것은 어려

운 일이었다. 차밭의 특성상 추격자는 오직 앞뒤로 움직일
수 있을 뿐이고 도망자에게는 사방이 열려 있으니, 게임은
불공정한 것이 되었다.

다행인 것은 쿨링이 아직 녹차밭 안에 있다는 사실이다.
음슈갱은 자신의 본거지로부터 1km 이상 홀로 이동하지
않는다. 이는 쿨링이 녹차밭을 벗어나 다른 곳으로 옮겨갔
을 확률은 거의 없다는 뜻이다.

"있다!"

김 주임의 외마디가 들리더니 갑작스레 차밭이 소란스
러워졌다. 다원에서 남쪽으로 200여 미터 떨어진 곳에서
수색 중이던 나는 김 주임의 외침에 따라 이리지리 움직여
보려 했지만, 어디로 갈 수도 가지 않을 수도 없었다.

몸을 일으켜도 보이는 것은 없었다. 숙여도 마찬가지였
다. 어린아이 같은 비명과 함께 김 주임이 달려가는 모습
이 보였다. 차나무 사이를 비집는 것은 불가능하다. 이랑
을 뛰어넘을 수도 없다. 나는 거리를 좁히지 못하면서 몇
겹의 차나무를 사이에 두고 김 주임과 평행으로 내달렸다.

"올라간다."

올라간다는 것은 확실히 쿨링과 나와의 거리가 이전보
다 가까워지고 있다는 의미였다. 김 주임의 시선이 내 등
뒤에 있었기 때문에 나는 방향을 바꿔 무작정 달리기 시작

했다.

그러나 그뿐이었다. 쿨링은 차나무 사이에서 다시 자취를 감췄다.

"이런 식으로는 대책 없어요. 팀장."

배 선배의 목소리가 무전을 통해 전해졌다.

나는 허리를 펴고 일어났다. 녹차밭 곳곳에서 팀원들이 차례로 몸을 일으켰다. 우리는 다시 찻잔 앞에 마주 앉았다.

기록에 따르면 행성의 한 수학자는 지구에 도착해 처음 우주선 밖으로 발을 내딛는 순간 피부에 와 닿는 바람을 느끼고는, '쉥그라지하노지(번: 이것이 그것(바람)이로구나)'라고 읊조린 후, 그대로 바람이 되어 날아갔다고 한다.

"그건 단지 소문인가요?"

나는 차가운 녹차에 레몬을 띄우며 언젠가 읽은 적 있는 이야기를 꺼냈다.

"아니요. 그건 사실이에요. 안정호. 그가 본부에 보고된 첫 번째 변이었어요. 목격자가 많았거든요. 사흘 후, 그가 발견된 곳은 용인시의 어느 신문 보급소 앞이었어요. 안정호는 스스로 본부로 돌아오기 위해 갖은 애를 썼대요. 낯선 행성에서 첫 변이를 겪고, 미아까지 된 처지라 많은 우여곡절을 겪은 것으로 알아요."

팀장이 말했다.

"플라 2.5에는 바람이 불지 않는군요?"

새롭게 알게 된 사실이었다.

"플라 2.5에는 바람의 개념이 없어요. 플라인이라면 누구라도 지구의 바람에 매료되지 않은 자가 없을 거예요. 그들이 찾은 새로운 별에도 바람이 있으면 좋겠네요."

홍채랑이 찻잔을 들고 무심하게 말했다.

"쿨링이 좋아하는 것에는 어떤 것들이 있나요? 냄새가 나는 것이면 좋겠는데."

한동안 조용하던 김 주임이 물었다.

"쿨링은 팥을 좋아해요. 특히 양갱이라면 사족을 못 쓰죠."

"양갱이라…… 팀장님, 이렇게 해보죠. 우선 양갱으로 쿨링을 유인한 후 P.C*를 띄우는 거예요."

"P.C를 챙겨왔나요?"

"아니요. 하지만 구할 수 있어요."

김 주임이 테이블 위에 k9를 펼쳤다. 본부의 비품이 비치된 '포켓'이 근방에 있었다. 위치는 다원에서 4.7km 떨

---

* Parachute의 줄임말로 낙하산 모양의 소형 기구.

어진 도로변이었다.

"시간은?"

"해가 지면 바로 진행할 수 있어요."

"좋아요. 근방에 슈퍼가 어디 있죠?"

배 선배는 슈퍼로, 김 주임과 나는 포켓으로 향했다. 그 사이 팀장과 홍채랑은 함께 케이지를 준비했다. 준비해온 물품으로 모두 여섯 개의 금속 케이지를 만들 수 있었다.

해가 기울자 우리는 작전에 나섰다. 여섯 개의 케이지에 각각 바둑알만 한 P.C를 매달고, 으깬 양갱을 넉넉히 넣었다. 그리고 이것을 녹차밭 곳곳에 배치했다.

"이제 기다리면 돼요."

이번에 우리는 녹차 밥을 사이에 두고 마주 앉았다. 찻잎과 버섯을 넣어 지은 밥에 나물 몇 가지와 양념장, 백김치가 전부인 식탁이었다. 다원에서 먹는 별미에 나는 그만 치통을 앓고 있는 외계 행성의 개를 구조하기 위해 이곳에 왔다는 사실을 잠시 잊을 뻔했다.

"와! 이건 금요일 낮에 열 일 제치고 달려 나와 하행선 열차를 탈 만한 가치가 있네요."

배 선배가 호박고지나물을 집으며 황홀한 표정을 지었다.

"직접 말리신 건가요?"

"그럼요, 많이 드세요. 얼마든지 있어요."

우리는 홍 씨의 일상이 담긴 음식을 넉넉히 나누었다.

"한 그릇 더!"

"저도요."

홍채랑을 제외한 모두가 평소보다 많은 양의 식사를 마쳤다.

"쿨링을 찾게 되면 즉시 본부로 이송되실 거예요."

차밭이 내려다보이는 전망대 아래에서 팀장이 말했다.

"알고 있습니다."

홍채랑은 이미 각오한 일이었다.

"다시 시를 써보는 건 어때요?"

팀장의 서재에는 낯선 언어로 쓰인 몇 권의 책이 있다. 그중 한 권의 저자가 씨스코빙이다.

"글쎄요. 저는 온 생에 걸쳐 모든 문장을 찾았다가 일시에 잃어버린 기분을 느낀 적이 있어요. 다시 시를 쓰지는 못할 것 같습니다."

궁극의 상실감은 홍채랑의 내면 깊숙이 드리워 돌이킬 수 없는 상처를 남기고 무겁게 가라앉았다. 누구도 그녀의 심정을 예단할 수 없었기에, 우리는 말없이 달빛이 내리는 다원을 바라보았다.

달이 중천에 떴을 무렵, 녹차밭 한가운데서 P.C가 떠올랐다. 쿨링도 배가 고팠는지 생각보다 빠르게 양갱을 찾왔다.

P.C는 보통 야외에서 소규모 물품을 근거리로 띄워 보내거나, 혹은 오늘처럼 땅 위의 목표물을 포획한 후 위치 파악을 위해 떠오르도록 설계한 소형 기구이다.

허공으로 떠오른 P.C가 어둠 속에서 빛을 내고 있었다. 이 순간을 기대하며 녹차밭을 주시하던 김재수 주임이 쿨링을 구조했다. 지친 쿨링은 도망갈 생각을 포기한 채 금속 케이지 안에 얌전히 누워 있었다.

"쿨링."

김 주임이 쿨링이 든 케이지를 홍채랑에게 넘겨주었다. 고통을 이기기 위해 쉼 없이 뛰어다니느라 며칠 만에 눈에 띄게 야윈 쿨링을 홍채랑은 측은한 눈으로 바라보았다.

완전한 파괴를 앞둔 시한부 행성을 떠나 우주 난민이 된 플라 2.5 행성인들은 지구와의 교신이 이루어지기까지 19년간 우주에서 떠돌았다.

우여곡절 끝에 지구에 도착하긴 했지만, 이후에도 이들은 지배종이 없는 새로운 토착 행성을 찾으려는 노력을 포기하지 않았다. 그리고 마침내 완벽한 별을 발견한 플라 2.5 행성인들은 과감히 지구를 떠나 새로운 역사를 위한 대장정에 올랐다.

"팀장님. 플라 2.5 행성은 어째서 파멸의 위기에 놓인 건가요?"

첫 열차를 기다리는 플랫폼에서 내가 물었다.

"생명이 다한 것이겠죠. 살아 있는 모든 것은 생명이 다하고 나면 사라지기 마련이니까. 그것이 행성이라 해도 말이에요."

"만약 지구가 사라진다면, 저는 아마 그 사실을 알게 된 순간부터 무기력에 빠져 아무것도 할 수 없을 것 같아요."

"상상하기 힘든 일이죠. 하지만 그들은 포기하지 않았고, 지금도 저 위에 있어요."

팀장이 밝아오는 하늘을 가리켰다.

본부로 옮겨진 쿨링은 잇몸에 박힌 가시를 제거하고 봉합하는 수술을 받았다. 고통을 이겨낸 쿨링은 금세 활기를 되찾았다.

홍채랑은 자진신고에도 불구하고 구금형을 피하지 못했다. 그녀는 주거지 이탈 건으로 징역 6개월을 선고받았다.

"쿨링을 잘 부탁드립니다. 이제 제법 나이가 들었는데도, 쿨링은 여전히 말괄량이예요"

구치소 안에서 만난 홍채랑이 말했다.

"걱정하지 마세요. 만만치 않은 말괄량이를 만나 열심히 뛰어다니고 있으니까."

팀장의 위로였다.

쿨링을 화영에게 맡기기로 한 본부의 결정은 옳은 것이었다.

"오화영! 임무다. 얘를 6개월만 맡아봐."

팀장이 화영에게 말했다.

"뭔데요?"

본부로 불려온 화영은 불편하고 불안한 기색이 역력했다.

"개."

"개? 그냥 개 아니잖아. 그치?"

화영이 엄마를 바라보았다. 배 요원은 말이 없었다. 내내 경계하던 화영의 눈동자가 쿨링을 보자 흔들렸다.

"이름이 뭔데요?"

"쿨링."

"나 진짜 바쁘고, 할 것도 엄청 많고, 정말 귀찮은데, 어쩔 수 없이 맡아주는 거예요. 알죠? 지구를 위해."

"그럼 알지."

팀장은 화영이 마음껏 생색내도록 내버려둔다.

"용돈 올려줘야 돼. 애 먹일라믄. 알았지? 그냥 맡길 생각 하지 마. 그냥 맡길 생각 하지 마세요."

화영이 요원들 사이를 돌며 경고하듯 말했다.

"그리고 핸드폰 필요해요. 새로 사주세요."

화영이 이 기회를 놓칠 리 없다.

"근데 얘는 뭘 먹어요?"

"사료. 그리고 양갱은 하루에 반 개씩만."

"양갱? 너 완전 파파구나? 그랜드 파파."

화영이 쿨링을 어루만지자, 쿨링이 주둥이를 들어 화영의 손바닥을 핥았다.

"귀여워."

"고맙다. 오화영."

팀장이 본부의 처치실을 나서며 말했다.

화영의 스케치북이 쿨링으로 채워지고 있다. 지구의 소녀와 플라 2.5의 음슈갱이 우정을 나눈다. 어쩌면 바로 당신의 이웃에서. 오늘도 행성을 초월한 이 말괄량이 파트너는 서로의 얼굴이 새겨진 티셔츠를 입고 서대문구 일대를 열심히 뛰어다니고 있다.

달려라, 오화영. 달려라, 음슈갱.

언젠가는

1.

P.C가 아니다. 낙하산이다. 2020년 10월 6일 0시, 팀장과 지혜원 요원은 제주시 조천읍 산굼부리 상공에서 스카이다이빙을 시도했다. 민간인 조종사 고주석 파일럿이 항공기를 운항 중이었다.

"2,000m!"

고도계를 확인한 주석이 외쳤다.

"2,200m⋯⋯, 2,400m⋯⋯."

"고!"

나는 지상에서 팀원들과 함께 두 사람의 낙하를 지켜보았다. 육안으로 확인이 불가능한 작은 점이 빠르게 하강 중이었다. 숨죽여 모니터를 지켜보던 나는 마침내 1,200m 상공에서 낙하산이 펼쳐지자 붙잡았던 숨을 내쉴 수 있었다.

10시간 전 제주공항에 도착했을 때, 나는 지금과 같은 상황이 오리라고는 상상하지 못했다. 지혜원 요원이 지나친 환대로 우리를 반겼다.

"혼저옵서예. 지혜원이우다. 옵데강, 반갑수다."

"반가워요. 전유숙이에요."

하루 평균 5만여 명이 이용한다는 제주공항에서 지 요원은 마치 무인도에 방문한 위문단을 맞이하듯 감격했다. 노래를 부르듯 요란한 환영 인사를 받으며, 우리는 적도에서 온 여행객처럼 서먹한 기운으로 제주공항을 빠져나왔다. 목에는 귤과 돌하르방을 엮어 만든 목걸이를 건 상태였다.

"당신이군요? 그렇죠?"

조수석에 앉은 내게 지 요원이 물었다.

"예?"

"350대 1."

"저를 아세요?"

"당연하죠. 모두가 알 걸요. 아마? 당신은 조직의 마지막 요원이잖아요."

나도 그녀를 안다. 비단 한우대 요원뿐만 아니라 플라인들도 모두 그녀를 알고 있을 것이다. 지혜원 요원은 '디틀부통'에서 우승한 유일한 지구인이다.

디틀부통이란 '움직이는 발'이라는 뜻으로 플라인들의 춤 경연 대회를 말한다. 플라 2.5에서는 매년 여름 파종이 마무리되는 시점에 경연을 열어 가장 오랫동안 지치지 않고 춤을 추는 자를 선발해왔다.

2,500년 전통의 농경문화인 디틀부통은 행성의 가장 큰 연례행사 중 하나였다. 특히 방송 서비스가 시작된 지난 2세기 이후로는 전국 각지에서 동시에 시작된 행사가 행성 전역으로 생중계되어 언제나 최고의 시청률을 자랑했다.

지혜원 요원은 2009년 디틀부통에 참가해 14시간 11분 동안 춤을 추었다. 이미 27분 전 마지막 경쟁자의 발이 멈추었으나, 지 요원은 최후의 스텝이 정지하는 순간까지 최선을 다해 춤을 추었다.

그해 디틀부통은 지구에서 진행된 경연 가운데 두 번째로 높은 시청률을 기록했다.

인천시 연수구 동춘지구대에 김함덕(aID: 0914-거1-99)의 실종 신고가 접수되었다. 근면하던 김 씨가 일주일 전 휴가차 제주도에 방문한다는 말을 남긴 채 아직 돌아오지 않

**한국우주난민
특별대책위원회**

았다는 것이 신고의 요지였다.

최초 신고자는 김함덕 소유의 떡집 근방에서 프랜차이즈 분식점을 운영하는 유해영이다. 유 씨는 김 씨가 그간 누누이 이야기했던 4박 5일의 여행 일정이 모두 마무리되었음에도 아직 돌아오지 않았을뿐더러, 휴대전화의 연락마저 끊기자 일찍 장사를 접고 경찰서로 나와 이 같은 사실을 알린다.

제주시 애월읍 XX빌딩 3층에 위치한 한국우주난민대책위 제주 지부에는 지혜원 요원이 2년째 홀로 근무 중이다. 벽에 걸린 스크린에 펼쳐진 제주 지역 지도 위에 플라인 관광객의 위치를 의미하는 검은 점이 시그재그로 늘어서 있었다. 지 요원은 이들 중 '움직이지 않는 점' 하나에 주목했다.

"커피? 좋지. 우유 어때? 크림? 아니, 블랙!"

〈커피 한 잔〉이 흐르는 실내에서 지혜원은 평소처럼 혼잣말이라도 하면서 업무실을 지키고 있었다. 그녀는 리듬을 타고 가볍게 몸을 흔들며, 정수기에서 물을 받아, 전기포트에 물을 끓여, 오늘의 모닝커피를 완성했다.

어제 오후부터 시선을 끌던 점 하나가 여전히 제자리였다. 지 요원은 해당 데이터를 확대해 멈춰 있는 점의 위치가 숙박 시설이 아니며, 마지막 움직임이 감지된 시점으로부터 37시간이 경과했다는 사실을 확인한다. 그녀는 홀연히 머그잔을 내려놓고 현장으로 향했다.

제주 시내는 언제나처럼 공항으로 가려는 차량들로 혼잡했다. 시내를 빠져나온 자동차가 추적기가 위치한 1112번 도로로 접근하자, 지 요원은 속도를 줄여 비자나무 숲길로 들어섰다.

숲길을 따라 2km쯤 이동했을 때, 도로 위에 노루가 보였다. 뿔에 가지가 없고, 도로 위에서 움직일 생각도 별로 없는 것으로 보아 방향을 잃은 어린 수컷이 분명했다. 지 요원은 멀찌감치 자동차를 세워두고 노루가 길을 건너 숲으로 들어설 때까지 대기했다.

'움직이지 않는 점'이 가까이 있었다. 목표물의 위치가 10m 이내로 좁혀지자, 지 요원은 갓길에 차를 대고 주변 수색에 나섰다. 목표물이 조금씩 가까워졌다 멀어지기를 반복하며 위치를 알리고 있었다.

추적기는 굽은 도로를 알리는 표지판과 비자나무 숲 사이에서 발견되었다. 지 요원은 이를 수거한 뒤, 즉각 본부에 플라인 이탈을 보고한다.

"일주일 전, 제주공항에 도착한 김함덕은 서귀포로 이동해 이미 두 달 전 예약한 펜션에 투숙했어요. 2시간쯤 후

**한국우주난민
특별대책위원회**

에는 숙소를 나와 잠수함을 탔고요."

현장으로 이동하는 승합차 안에서 지 요원이 사건에 관한 간략한 브리핑을 시작했다.

"이튿날에는 아침부터 해녀체험에 나섰고, 직접 따온 수산물로 식사도 해요. 최근 인기를 끌고 있는 테이블 대여 방식인데, 해녀체험 이후 필수 코스라 할 수 있죠."

김 주임이 나란히 앉아 있던 배 선배에게 k9를 건넸다. 스크린 위에 제주 지도가 펼쳐져 있었다. 배 선배는 지 요원의 브리핑에 따라 김 씨의 여행 경로를 차례로 체크했다.

"김함덕은 여행 전 사전 준비를 꼼꼼히 한 것으로 보여요. 효율적으로 동선을 짠 덕분에 충분히 물놀이를 즐기면서 최대한 많은 곳에 방문할 수 있었어요. 오후에는 레일바이크를 타고, 밤에는 다시 바다에 나와 수영을 해요. 마지막 날, 김함덕은 아침 일찍 섭지코지와 일출봉에 방문한 후 우도에서 목격되었고, 1112번 도로에서 사라집니다. 추적기는 오늘 오전 10시경 1112번 도로 북동쪽 3.6km 지점에서 수거했어요."

현장은 한적한 숲속 도로였다. 검푸른 숲이 수분을 흠뻑 머금고 있었다. 오전 내내 안개비가 내렸다는 이야기를 들었다. 젖은 도로 위로 이따금 전기차가 지나다니곤 했다.

"김함덕이 고의로 추적기를 제거하고 도주했을 가능성

이 있다고 보시나요?"

굽은 도로 표지판 앞에서 팀장이 물었다.

"물론입니다."

"어째서 그렇죠?"

"어떤 경우에도 최악의 상황을 염두에 두어야 하니까요."

지혜원은 담담했다.

나는 김함덕이 1112번 도로로 들어서기 직전의 동선을 파악 중이다. 김함덕은 여행 중 렌터카를 이용하지 않았다. 렌터카 업체에 김 씨의 흔적은 없었다. 그는 지난 나흘 동안 대중교통을 이용해 움직이거나, 둘레길을 걸었다. 1112번 도로로 진입할 때는 택시를 이용했을 가능성이 있다.

만약 김함덕이 이곳에서부터 도주를 결심했다면, 그에게는 모든 길이 열려 있다. 하지만 추적기를 잃은 것이 우연한 사고라면, 김함덕은 계획대로 여행을 계속하고 있었다면, 이 길을 지나 그의 다음 목적지는 아마,

"산굼부리예요."

산굼부리다.

"네? 어째서요?"

팀장과 지 요원이 배 선배가 있는 승합차로 돌아왔다.

"김함덕에게는 이번 제주 방문이 숙박을 포함하는 드

문 여행이었던 듯해요. 최근 5년간 이틀 이상 가게를 비운 적이 없거든요. 혜원 씨 말대로 김함덕은 여행을 위해 오랜 시간 많은 준비를 했어요. 평소에도 제주에 관한 소식을 관심 있게 지켜보았고, 특히 여행을 결정하기 두 달 전부터는 집중적으로 제주에 관한 정보를 수집해요. 손님이 없는 여유 시간이나 퇴근 후에 김함덕은 여행 책자나 블로그, 소셜 네트워크 등을 활용해 4박 5일의 여행 일정을 꼼꼼히 정리했어요. 관광객들의 후기를 참고해 방문하고 싶은 장소의 우선순위를 정하고, 미리 동선을 확인했기 때문에 제주에 입도한 순간부터 계획대로 움직일 수 있었어요."

배하나 선배는 IP를 통해 김함덕이 남긴 디지털 발자취를 추적했다.

"그래서 산굼부리가 확실해요?"

"70%쯤."

배 선배가 제주 여행을 테마로 분석한 빅데이터를 내밀었다.

간간이 빗방울이 떨어졌다. 출입 제한 시간을 1시간여 앞둔 산굼부리 주변은 고요했다. 우리는 산굼부리를 관리하는 공원의 설비실을 찾아가 지난 48시간 분량의 CCTV

녹화본을 요청했다.

김재수 주임이 빠르게 영상을 확인하고 있었지만, 여행객들이 주로 모자나 선글라스, 때로 우산을 쓰고 있어 김함덕을 특정하기가 쉽지 않았다.

"최근 산굼부리에 평소와 다른 일은 없었나요?"

설비실장에게 팀장이 물었다.

"그다지 별일은 없었던 것 같습니다."

그녀는 다소 어리둥절한 표정이었다.

"사건이나 사고는요?"

"방문객들 사이에서 불미스러운 사고는 없었습니다."

"그렇군요. 눈길을 끌 만한 일은 없었던 거로군요?"

"그게……, 산굼부리 내부에 다른 문제가 있긴 합니다. 이런 것도 포함해서 물으시는 거라면 말이에요. 어제부터 설비실 기계에 평소와 다른 소리가 잡히기는 해요."

"소리요?"

"네. 보시다시피 산굼부리 안으로 관광객의 출입은 철저하게 금지되어 있습니다. 관광객뿐만 아니라 그 누구라도 불가능해요. 사람의 발길이 완전히 끊긴 산굼부리는 현재 천혜 자연 상태라고 보시면 됩니다. 생태원에서는 오래전 산굼부리 안에 일정한 간격으로 기계를 설치했어요. 말하자면 마이크 같은 것이에요. 생태계에 어떤 변화가 생기는지 알 수 있도록요. 조류나 포유류의 울음소리로 개체의 수나 종류를 파악할 수 있거든요. 그런데 어제부터 기계에서 낯선 소리가 나는데, 이게 바람도 아니고 그렇다고 새도 아니야. 어쩌면 기계에 문제가 생긴 것일 수도 있어요. 고장이 났다든가, 바람에 떨어져 나갔다든가. 원체 바람이 많은 동네니까요."

'낯선 소리'라는 말에 우리는 불현듯 떠오르는 생각이 있었다.

"혹시 그 소리를 들어볼 수 있을까요?"

팀장이 요청했다.

"설비실에서 소리를 따로 녹음하지는 않습니다. 일정 시간마다 자동으로 녹음된 샘플이 생태원으로 보내질 뿐이에요. 예외적인 경우 녹음을 할 수도 있지만, 그런 경우에 해당하지는 않았어요. 기다려보면 또 날 수도 있어요. 비가 오기 전에도 잠깐 소리가 났거든요."

퇴근 시간이 가까워지자 직원들의 표정이 난감해졌다. 늦지 않게 직원들을 내보낸 설비실장이 기계실 문을 폐쇄할 때였다. 스피커를 통해 낮은 소리가 흘러나왔다.

"포레구망."

본부의 요원이라면 가장 먼저 숙지하는 기초적인 행성어였다. '도와주세요.'

"지금 또 들렸죠?"

설비실장이 황급히 달려왔다.

"그러네요."

"뭐예요? 새입니까?"

"새는 아닙니다."

팀장이 자리에서 일어났다.

"그렇지요? 아닌 줄 알았다니까."

관람 시간이 끝나고 직원들까지 모두 퇴근하면서 공원은 폐쇄되었다. 승합차 안에서 대기하던 팀장이 밖으로 나와 주변의 지형을 둘러보았다. 다시 가랑비가 떨어졌다. 우리는 승합차를 타고 가까운 식당으로 이동했다.

"자, 이제 우리에게 필요한 건 비행기, 파일럿, 낙하산이야."

갈치구이를 선택한 팀장이 말했다.

"팀장, 그런 얘기를 무슨 갈치구이 주문하듯 해요?"

가슴이 답답해진 배하나 대리가 찬물을 들이켰다. 배 선배는 끔찍한 표정으로 본부에 장비 요청을 하기 위해 휴대전화를 들었다.

"제가 구할 수 있을 것 같아요. 영암에서 경비행기 조종 교육을 하는 교관을 알거든요. 본부의 절차보다 빠르게 작전을 진행할 수 있을 거예요."

뜻밖에 지혜원 요원이 거들었다.

"봐요. 구할 수 있다잖아."

"어디 뭐 공군 출신이세요?"

배 선배가 당황하여 물었다.

"네, 한때는 비행이 일상일 때가 있었네요."

지 요원은 전복 정식을 선택했다.

"밤에 비 소식은 없나요?"

"있기는 한데 소량이에요. 낮과 같은 안개비가 될 것 같아요."

"비가 적당히 내려주면 좋아요. 사고 당시 슈트에 문제가 생겼을 확률도 있고. 상대는 물 친화형이니까."

작전이 빠르게 구축되고 있었다. 팀장은 실패를 염두에 두지 않는 것처럼 보였다. 확신의 근거는 강하에 필요한 장비와 날씨였다. 이런 것이 과연 근거가 될 수 있을까? 나는 불안한 마음에 창밖을 내다보았다. 식당 앞에 서 있는 돌하르방이 어둠이 내린 산굼부리를 응시하고 있었다.

"여기 갈치구이 둘, 전복 정식 셋이요."

손을 번쩍 든 지 요원이 주방을 향해 외쳤다.

2.

2007년 7월 10일 0시, 지혜원은 동료들과 함께 10,000m
상공에서 고공 강하를 준비 중이었다. 멀리 치열했던 도시
가 암흑 속에 박힌 보석처럼 반짝이고 있었다.

"다이아몬드 같지 않아?"

곁에서 하강을 준비하던 고주석이 외치듯 말했다.

"프러포즈야?"

지혜원이 헬멧 속의 눈동자를 반짝이며 웃었다.

산소 호스를 입에 물고 대기하던 대원들이 출구 앞으로
모여들었다. 주변에는 동료와 암흑뿐이었다. 지혜원은 숨
막히는 최후의 순간을 뒤로하고 다이아몬드처럼 빛나는
도시를 향해 뛰어들었다.

그해 여름, 지혜원의 목표는 명확했다. 목표가 명확해지
자 의식 또한 명료해졌다. 일상의 막연한 불안을 걷어내고
현재에 온전히 집중할 수 있었다는 점에서 그해 경쟁은 혜
원에게 숨통이 트이는 경험이었다.

세계군인대회를 앞두고 공군사관학교에서는 대회에 참
가할 장교 선발을 위한 오픈 트레이닝을 실시했다. 고주석
은 공군의 주장으로 스물한 명의 예비자 가운데 열다섯 명
을 선발해 대회에 참가할 예정이었다.

종목은 편대비행, 고공 강하, 생존 게임, 탈출 등 네 가지로, 실전에 비견될 만한 가상 상황을 제시하고 가장 뛰어난 팀워크로 높은 점수를 획득한 팀에 메달과 우승컵을 수여한다.

두 달간의 오픈 트레이닝이 마무리된 후 공개된 대표 선수 명단에 혜원의 이름은 보이지 않았다. 주석은 결정권자는 아니었으나, 혜원에 대해 다소 막연하다는 의견을 낸 것으로 안다.

"지혜원 유감이다. 서운할 거라는 거 알아."

출국을 앞두고 주석이 혜원을 찾았다.

"무슨 말이야? 당신이 내 성과를 부풀리기라도 했어야 한다는 거야? 왜? 우리가 연인이라서? 설마 정말 그렇게 생각하는 건 아니지? 당신이 공과 사도 구분할 줄 모르는 사람이었다면, 그거야말로 유감이었을 거야."

"걱정했어. 그런데 역시 지혜원은 지혜원이네."

주석은 낯없이 웃었다. 혜원이 주석을 안았다.

"잘 다녀와. 응원한다는 말은 못 해."

"응원한다는 거 알아."

"그래도 입 밖으로는 못 해."

고주석을 포함한 열여섯 명의 대표 선수들이 대회가 열리는 오스트리아로 떠나고, 지혜원은 일상 훈련으로 복귀했다. 명확했던 목표가 사라지고 새롭게 맞이한 가을이었다. 지혜원은 상공에서 뛰어난 역량을 보였으나, 지상에서 펼쳐진 가상 작전에서 동료를 모두 잃는 실수를 범하기도 했다.

오스트리아에서는 연일 선전 소식이 전해졌다. 일반 장교들은 물론 오픈 트레이닝에 함께 참여했던 동료들도 흥분을 감추지 못했다. 혜원에게는 지난여름이 아주 오래전 일처럼 느껴졌다.

대표팀이 돌아왔다는 소식에 지혜원은 누구보다 먼저 무용관으로 달려갔다. 동료들의 목에 은메달이 걸려 있었다. 지혜원은 이들에게 진심 어린 축하를 건넸다.

"제군들! 나는 정말이지 제군들이 자랑스럽다."

애써 흥분을 다스린 지혜원이 힘주어 말했다.

"고맙다."

"야, 은메달이 다 뭐야? 무슨 짓을 한 거야? 완전 멋있잖아, 니들."

물론 흥분은 쉽게 다스려지지 않는다.

"새 학기 훈련은 어때?"

"말도 마, 죽을 맛이야."

지혜원의 한마디에 한숨이 쏟아졌다. 메달을 목에 건 영웅들도 이제 현실로 복귀할 때가 온 것이다.

"다시 돌아가고 싶다."

동료들 사이에서 다소 과장된 엄살이 오가는 가운데, 실내에 문이 열리고 고주석이 안으로 들어왔다. 지혜원은 애써 미소를 걷어냈다.

"맞아요. 난 목표도 이상도 불분명했어요. 그래도 축하는 못 해드려요."

"축하하는 거 알아요."

"네. 물론 그렇긴 하지만, 입 밖으로는 못 해요."

"어련하실까. 그래도 뒤풀이에는 올 거죠?"

"당연하죠."

검게 그을린 고주석의 얼굴에 미소가 번졌다.

"그 전에 우리 잠깐 볼 수 있는 건가?"

주석이 혜원의 귓가에 대고 물었다.

"전화해요. 그리고 썩 나가요."

혜원이 주석을 밀쳤다. 뒤돌아 나가는 고주석의 등 뒤로 장난스러운 야유가 쏟아졌다.

"조용! 또 이상한 배경음악 깔기 없기다. 제발 유치하게 굴지 말자, 오늘 같은 날에. 목에 건 메달이 아깝잖아?"

고주석이 무용관을 나서며 경고했다.

그러거나 말거나, 실내에는 이미 〈Take My Breath Away〉의 전주가 묵묵히 흐르고 있었다. 누군가 노래를 부르기 시작했고, 어느새 혼잡한 합창이 되었다.

"이러기야? 정말 못 말려. 톰 크루즈는 해군이야!"

지혜원이 몸서리치며 달아나 고주석과 함께 무용관을 빠져나왔다. 톰 크루즈가 해군이거나 말거나, 두 사람의 뒤로 합창이 고조되고 있었다.

지혜원이 군을 떠나기로 결심했을 때, 고주석은 놀라지 않았다. 그는 다만 아쉬워했을 뿐이다.

"도전하고 싶은 다른 일이 생겼어."

지혜원은 한우대의 스카우트 제의를 받아들였다.

"넌 정말 예측 불가구나."

고주석이 동료이자, 한때 연인이었던 혜원의 얼굴을 바라보았다.

"그래도 행운을 빌어줄 거지?"

"물론. 지혜원 장교, 언제나 행운을 빈다."

제주해협을 건너며 고주석은 오래전 간절했던 꿈과 열정을 떠올렸다. 결코 정리되지 않았던 사유와 불안을 기억해냈다. 시절과 함께 흘러간 줄만 알았던 낯선 감회였다.

돌이킬 수 없는, 돌이키고 싶지 않던, 시간에 대한 반추는 그리 길지 않았다. 멀리 어둠 속에 관제탑의 불빛이 보였다.

"선배, 와주셔서 감사해요."

지혜원은 구세주를 만난 듯 안도했다. 우리 모두 그랬다. 본부에 요청할 경우 지원은 이루어지겠으나, 시간과 절차상의 문제를 해결하려면 최장 24시간을 더 버텨야 할지 모른다.

"제가 무엇을 어떻게 도와드리면 되는 거죠?"

다급한 부탁에 여기까지 오긴 했지만, 고주석은 당황한 기색이 역력했다.

"우리 두 사람을 저 위로 데려다주시면 돼요."

팀장이 말했다. 곁에서 혜원이 아득한 밤하늘을 가리켰다.

자정이 가까워지자 다시 빗방울이 떨어졌다. 비행팀이 이륙을 준비하는 동안 나는 배하나 대리, 김재수 주임과 함께 산굼부리가 있는 공원 안으로 진입을 모색했다. 우리는 승합차 안에 모여 CCTV의 시선을 조정하고, 공원의 후문을 넘어 미리 확보해둔 사각지대 안에 자리를 잡았다.

기다리던 순간이 다가오자 긴장하지 않을 수 없었다. 나는 야간 투시경을 통해 비행장의 상황을 주시했다. 고주석의 경비행기가 이륙을 위해 서서히 이동하고 있었다.

우리는 혹여 눈에 띄는 일이 없도록 짙은 녹색 우비와 장화를 착용했다. 그리고 잔디밭에 엎드린 채 머리를 맞대고 모니터를 통해 전달되는 두 개의 화면을 지켜보았다.

팀장과 지 요원이 가까이에서 마주 보며 이야기를 나누고 있다. 각각 헬멧에 부착한 카메라의 시선이 모니터 가득 상대의 얼굴을 채운다.

"곧 2,500m야."

배 선배가 말했다. 활주로를 떠난 경비행기가 2,500m 상공에 도착하는 데, 대략 13분이 걸렸다.

"고!"

팀장의 목소리였다.

거친 바람 소리가 들리더니 화면이 심하게 흔들렸다. 흔들리는 화면과 함께 내 심장이 요동쳤다. 화면 속에서 알아볼 수 있는 게 아무것도 없었다.

20여 초의 자유낙하 끝에 마침내 화면이 조금씩 안정을 되찾았다. 두 개의 모니터에 팀장과 지 요원의 얼굴이 차례로 나타났다. 팀장의 시선이 사선으로 움직였다. 화면 속으로 멀리 선명한 빛이 보였다. 제주시였다.

1,200m 상공에서 낙하산이 펼쳐지자 다시금 화면이 급격히 요동쳤다. 나는 모니터에서 눈을 떼고 일어났다. 잔디밭에 무릎을 꿇고 앉아 어둠뿐인 밤하늘을 주시했다. 아직 팀장과 지 요원의 모습은 보이지 않았다. 두 사람을 태웠던 경비행기가 산굼부리 상공을 배회하다 활주로 방향으로 선회했다.

하강의 목표 지점은 김함덕의 위치였다. 문제는 김함덕이 어디에 있는지 알지 못한다는 것이다. 열 감지 고글을 착용한 팀장과 지 요원이 발밑으로 보이는 산굼부리 안을 주시하고 있었다.

숲이 된 분화구 안으로 엷은 빛이 보였다. 그것이 김함덕인지 아닌지는 알 수 없었으나, 현재 산굼부리 안으로 보이는 유일한 빛이었다.

팀장과 지 요원이 특정한 방향으로 움직이고 있었다. 우리는 화면 속 제주시의 위치가 점차 변하는 것을 지켜보았다.

"뭔가 찾은 모양인데."

배하나 선배의 말은 고무적이었다.

이틀 전, 여행 일정의 마지막 방문지인 산굼부리에 도착한 김함덕은 시간과 자연이 만든 분화구의 모습에 압도되는 느낌을 받았다. 눈앞에 펼쳐진 지름 600m의 분화구는 그동안 수없이 보았던 사진이나 영상에 비할 수가 없었다.

그는 좀 더 가까이서 산굼부리를 보고 싶었다. 초행에 빗길이었다. 주변에 관광객은 보이지 않았다. 김함덕이 구릉 위로 다가설 때, 바람이 불었다. 강하게 들이친 바람에 우비가 뒤집힐 듯 휘날렸고, 휘청거리던 김함덕이 젖은 돌무더기를 밟으며 순식간에 균형을 잃고 넘어졌다.

놀란 김함덕은 눈을 감았다. 자신의 몸이 끊임없이 미끄러지고 있었다. 그는 스스로 감당하기 힘든 사고가 발생했다는 것을 알았다. 슈트에 문제가 생겼다는 걸 안 것은 다음 일이다.

"임무 완수했습니다."

고요하던 모니터에서 지 요원의 음성이 흘러나왔다.

우리는 즉시 네 대의 탈출용 드론을 띄웠다. 위치는 산굼부리 내 남서쪽으로 깊이 96m 지점이었다. 팀장과 지요원은 움푹 파인 숲속에서 낙하산을 정리하고 드론을 기다렸다가 김함덕과 함께 지상으로 복귀했다.

작전은 무사히 완수되었다. 김 주임과 나는 재빨리 장비를 정리하고 김 씨를 부축해 후문을 넘었다. 승합차로 복귀한 김 주임이 CCTV의 위치를 재조정했다. 그사이 배 선배가 가까운 파출소에 신고 전화를 걸었다.

나는 승합차 안에서 조정된 CCTV 화면을 통해 경찰관 세 명이 산굼부리 안으로 달려 들어가는 모습을 지켜보았다.

2020년 10월 6일 오전 11시 10분, 제주공항 안으로 여섯 명의 사람이 들어섰다. 그중 네 사람은 귤과 돌하르방을 엮어 만든 목걸이를 걸고 있었다.

"함께 일할 수 있어서 영광이었습니다."

배웅 나온 지혜원 요원이 손을 내밀었다.

"저희도 그래요."

우리는 지 요원과 악수로 인사했다.

"고생 많으셨죠? 즐거운 여행이 되어야 했는데."

지 요원이 김함덕을 위로했다.

"아닙니다. 평생 잊지 못할 여행이 되었습니다. 송구스럽고, 감사합니다.

김함덕이 고개를 숙였다.

발권을 마친 우리는 탑승 수속을 위해 2층으로 향했다. 사고로 다리를 다친 김함덕은 요원들의 도움을 받아야 했다. 다행히 큰 부상은 아니었다. 슈트가 그의 몸을 보호했다.

"제가 잘하고 있는 건지 모르겠어요. 혼자 일하다 보니 그림이 보이질 않아요. 이미 일어난 사고를 쫓아다니느라 급급할 뿐이네요. 가끔은 이게 내가 좋아하던 그 일이 맞는 건가 싶기도 하고, 무엇보다 고립감을 느낄 때가 많아요."

간밤의 작전에서 입은 상처에 간단한 드레싱을 한 지 요원이 담담한 얼굴로 말했다.

"지 요원은 아주 잘하고 있어요. 문제가 생기면 혼자 고민하지 말고 민원실과 언제든지 교류해요. 우리는 한강에 있어요."

팀장이 지 요원의 어깨를 안았다.

"감사해요."

팀장에게 안긴 채 지 요원이 말했다.

"잘 지내요."

"잘 갑서양. 또시 옵서양."

지 요원이 발꿈치를 들고 탑승구를 향해 손을 흔들었다.

"또 봐요, 혜원 씨."

우리도 지 요원을 향해 힘껏 손을 흔들었다.

지혜원은 공항이 내다보이는 식당에서 고주석과 함께 보말국으로 늦은 아침 식사를 했다. 보도 채널에서 지역 뉴스가 흘러나왔다. 야간 패러글라이딩을 하다 산굼부리 주변으로 추락한 두 명의 여행객이 신고 전화를 받고 출동한 경찰에 의해 무사히 구조되었다는 내용이었다.

화면에서 구조된 두 여행객은 전유숙 팀장과 지혜원 요원이었다. 카메라를 등지고 돌아서는 두 사람의 얼굴 위로 동그란 모자이크가 떠 있었다.

"누군가를 구조한 게 아니라, 구조되었다는 거야? 네가?"

황당해하는 주석의 반응에 혜원이 어깨를 들썩였다.

"설명해주지 않을 거지? 그렇지?"

혜원이 고개를 저었다.

"넌 언제나 수수께끼 같았어. 혜원아……, 언젠가 얘기해줄래?"

조용히 보말국을 뜨던 주석이 물었다.

"언젠가 선배. 언젠가는 이야기할 날이 올 거야."

지혜원이 고주석을 보며 환하게 웃었다.

호출

권혁남은 스스로 권위를 부여할 줄 아는 진정한 남자였다. 그는 늘 자신의 업무실에 의기양양한 태도로 권위 있게 앉아 있었다.

전유숙은 진정한 권위와 스스로 부여한 권위를 구분할 줄 아는 여느 여자였다. 전유숙은 늘 수많은 권위에 둘러싸여 있었지만, 그녀를 감동시키는 것은 오직 진정한 권위였다.

2022년 8월 5일 오후 5시 10분, 전유숙이 본부장실 안으로 들어서자 권위 있는 권혁남이 조용히 서류 한 장을 내밀었다.

"징계라니? 대체 무엇에 관한 징계란 말이에요?"

팀장이 서류를 내려놓았다. 그러자 이번에 본부장은 책

상 위에 봉투를 집어 다시 팀장에게 건넸다. 검은 봉투 안에서 수십 장의 사진이 쏟아졌다. 지난주 청파동 긴급 출동 당시 현장의 모습을 담은 스냅 사진이었다.

"이건 레드 돔의 호출을 받고 출동한 정식 활동이었어요. 현장에서 규정 위반은 단 한 건도 없었고요. 그리고 아시겠지만, 무엇보다 새로운 001호에서도 긴급 출동 시 본부의 매뉴얼이 제대로 작동한다는 걸 확인할 수 있었던 드문 기회이기도 했잖아요? 그건 본부에서도 만족할 만한 일인 것 같은데. 대체 징계 사유가 뭐죠?"

"너무 많은 노출."

본부장의 말이 끝나자 팀장이 웃음을 터트렸다. 본부장도 따라 웃기 시작했다. 이후 한동안 큰소리가 오갔고, 그에 버금가는 실소가 이어졌다. 권위는 사라졌다. 더이상의 존칭어는 불필요한 수단일 뿐이다.

팀장과 본부장이 대면하는 동안 배하나 대리는 홍차를 마시며 대기했다. 아까부터 본부장실 안에서 큰소리가 오가는 데도 그녀는 통 관심이 없었다. 배 선배는 새 본부장실에 딸린, 지나치게 넓고 격조 있는, 대기실에 앉아 『격월 요원』을 뒤적였다.

이 잡지는 2005년부터 2013년까지 본부의 출판부에서 9년간 발행한 연속 간행물로, 처음 7년간은 격월지로 최후의 2년간은 계간지로 출판된 바 있다.

"오, 내가 가장 좋아하는 호야."

배 선배가 낡고 해진 『격월 요원』 41호를 집어 들며 반가운 비명을 질렀다. 잡지는 계간지로 전환되기 직전 발행한 마지막 격월지가 분명했다. 누군가 테이프로 붙여놓은 책의 앞뒤 표지에 다음과 같은 문구가 새겨져 있었다.

알립니다. 그동안 관심과 사랑을 받아온 『격월 요원』이 내년(2012년)부터는 『계간 요원』으로 새롭게 개편될 예정입니다. 앞으로도 많은 관심과 성원을 부탁드립니다. 본지는 외부로 유출할 수 없으며, 이를 위반할 경우 처벌받을 수 있습니다.

"대체 두 분이 뭘 하고 계신지 모르겠어요."

한동안 험한 말이 오가던 본부장실이 쥐 죽은 듯 고요했다.

"이해하려고 하지 마. 저 두 사람은 살아 움직이며 떠드는 모순들이니까."

"선배. 혹시 두 분이, 그러니까 두 분이……."

"응? 뭐라고?"

『격월 요원』은 관점에 따라 누군가에게는 재미있다.

"아닙니다."

"싱겁기는. 아, 41호! 역시 41호야. 외울 정도로 봤는데도, 좀체 질리질 않는다니까."

"아니, 그러니까 제 말은 두 분이, 두 분이 혹시 예전에 서로……."

"공! 하고 싶은 말이 뭐야?"

"두 분이 혹시 예전에 사귀셨냐고요."

"아……! 아니."

"하지만 서로 격의 없고, 또 언뜻 보면 잘 어울리는 것도 같고. 아직 두 분 다 결혼은 안 하신 것 같은데, 뭔가 있지 않고서야 어떻게 저렇게 끊임없이 싸울 수 있죠?"

"모순. 얘기했잖아. 팀장은 관심이 없고, 본부장은 할 수 없었어. 결혼 말이야. 게다가 두 사람은 서로 취향이 아니야. 전혀."

2000년 5월 8일, 방위대의 첫 공식 트레이닝은 시작부터 뜨겁게 달아올랐다. 한국우주난민대책위는 그간 축적한 경험을 바탕으로 활동의 효율성을 높이기 위한 조직 개편을 단행하였다. 말하자면 2기 한우대의 새로운 출발이었다.

개편의 목표는 각 부서의 전문화, 조직의 유기성과 자율성 확립이었다. 이 과정에서 방위대가 신설되었고, 외부에 존재하던 분쟁위원회가 조직의 일부로 재편되었다. 조직은 더욱 크고 방대해졌다. 한우대 정식 출범 이후 10년 만의 일이다.

방위대로 편입된 젊은 요원들의 사기는 대단했다. 본부 내 훈련소인 '이그잼 1' 안으로 서른두 명의 방위대원들이 모여들었다. 3개 조로 나뉘어 첫 훈련을 시작한 이그잼 1에는 신입 연수생들의 열기와 호기심, 긴장과 경계심 그리고 뜨거운 경쟁심이 가득했다.

방위대의 목표는 분명했다. 플라인들이 일으키는 돌발 사태에 신속하게 대처하고, 평범한 시민의 일상을 지키는 것이다.

이제껏 본부에서는 플라인 관련 사건 사고에 외부 인력을 동원해왔다. 지휘자만 조직원인 상황에서는 그 어떤 효율성도 기대하기 어려웠다. 소통의 한계가 가장 큰 문제였다. 수습은 늘 꼬이고 더딜 수밖에 없었다.

"필드 요원이 겨우 이 정도라니 믿기지 않는데?"

첫 대련에서 전유숙이 균형을 잃고 넘어지자 권혁남이 말했다.

"닥치시지."

두 번째 대련은 쉽게 끝나지 않았다. 스물셋의 전유숙은 유연하고 민첩하며 영특했다. 그리고 스물넷의 권혁남은 굳건한 하체를 바탕으로 강하고 간략하게 움직이는 법을 알았다.

길고 팽팽했던 대련은 순간 집중력을 잃은 권혁남이 목덜미를 내주며 끝이 났다. 무릎을 꿇은 권혁남이 매트 위에 주저앉았다. 상대를 제압한 전유숙도 마찬가지였다. 두 사람은 등을 맞대고 앉아 숨 고르기에 여념이 없었다.

첫 훈련은 세 가지 섹션에 걸쳐 4시간 반 동안 진행되었다. 팀 훈련에서 일찌감치 패한 1팀은 마지막 섹션이 종료될 때까지 23분간 버블에 갇혀 허공에 떠 있어야 했다. 이들은 17.5m 높이에서 동료들이 훈련하는 모습을 지켜보았다.

이그잼 1이 위치한 지하 8층에서 곡소리가 흘러나왔다. 훈련 종료를 알리는 종소리가 울릴 때는 처음과 달리 곳곳에서 비명과 한숨이 이어졌다.

"어디서 왔어?"

퇴근길, 출구에서 전유숙과 마주치자 권혁남이 물었다.

"서울지방경찰청 기동대. 그쪽은?"

"대전. 유성 소방서."

"잠깐만, 유성이라고? 대관람차 꼭대기에 2시간 15분 동안 갇혀 있던 승객 열네 명을 맨손으로 구조했다는 게 너야? 이번에 방위대로 차출됐다는 소문을 들었는데, 설마 그쪽?"

"전설적인 소문에는 과장이 있기 마련이지. 그런데 내 경우는 아니야. 그래, 그게 바로 이 몸이올시다."

전유숙에게 있어서는 유일하게 권혁남이 진정한 권위를 풍기던 순간이었다.

"와우!"

"와우."

"한잔하지 않을래? 을지로에 왔으면 골뱅이 정도는 해 줘야지. 특히 첫 훈련에서부터 사기가 곤두박질칠 때는 말이야."

시청을 빠져나온 전유숙이 제안했다. 아직 열기가 남아 있는 도시의 공기와 귓가를 울리는 소음에 현실로 돌아온 기분이 들었다.

"좋아. 그런데 미리 말해두지만, 넌 내 취향은 아니다."

"그래. 명심할게."

앞서가던 전유숙이 횡단보도를 건너고 있었다.

"전 요원? 저기요, 같이 갑시다."

본부에 도착한 이후로 보이지 않던 김 주임이 대기실 안으로 들어왔다. 그는 상기된 얼굴로 배 선배와 나 사이에 자리를 잡았다.

"뭔데?"

배 선배가 『격월 요원』을 내려놓았다.

"클라우디아는 예산 문제로 철수한 것이 맞대요. 아홉 기 모두 곳간*에 있는 것도 확인했고요."

"그래?"

"네."

"필은?"

"필에 대해서는 말이 없어요. 아무도 모르고, 아무 말도 돌지 않는대요. 확실한 건 대리님이 걱정하시는 것처럼 팔아버린 건 아니래요. 왜냐하면……."

"흔적이 없구나."

"네. 어디에도."

"그렇다면 다행이고. 뭐 또 별다른 일은 없고?"

배 선배가 만족한 듯 입가를 움찔거리며 물러앉았다.

"있어요. 시청 뒤뜰 화단에 싱크홀이 생겼는데, 몇 달째 처리하지 않고 방치 중이래요."

"뭐? 싱크홀이라고? 크기는? 제정신이야? 큰일 나려고!"

김 주임이 직접 찍어온 사진을 내밀었다. 화단 안에 곱게 핀 베고니아 옆으로 어린아이 주먹만 한 구멍이 보였다.

---

* 경기도 모처에 위치한 본부의 비밀 창고.

"이게 싱크홀이래?"

"네."

"그냥 두더지 구멍 아닐까?"

"다들 싱크홀이라고 부르던데요."

"그래? 이게 싱크홀이라고?"

"네."

"내가 볼 때는, 우리 김 주임이 당한 것 같은데."

"아니에요. 싱크홀이라고 다들……."

"그래, 잘 생각해봐. 김 주임아."

"아……! 나쁜 사람들."

곰곰이 시간을 되짚어보던 김 주임이 조용히 중얼거렸다.

2001년 12월 24일 오후 11시 40분, 본부의 방위대원 일곱 명은 아직 귀가하지 않았다. 퇴근 후 삼십여 명의 요원들이 명동으로 몰려갔다. 시간이 흐르고 장소가 바뀌면서 일부는 가정으로, 또 일부는 연인에게 돌아갔지만, 일부는 남아 여전히 지치지 않는 혈기로 눈앞에 다가온 크리스마스를 길 위에서 맞이하려는 참이었다.

가까운 성당으로 사람들이 모여들었다. 언덕 위에 있던 젊은 요원들은 여느 젊은이들과 마찬가지로 무엇을 할지 정하지 않은 채 단지 분위기에 들떠 있었다.

그때, 일제히 호출기가 울렸다. 남산타워에서부터 케이블카를 따라 신나게 줄불놀이를 하며 내려온 플라인 열두 명이 명동으로 이동 중이라는 경계 메시지였다.

"어? 지금 남산에서 사고 친 a들이 명동으로 접근 중이라는데."

"그러니까 열두 명이 200m 근방까지 왔다는데."

이들은 혀가 반쯤 꼬이는 와중에도 호출기의 내용을 정확히 읽어냈다.

"어디로 모인다는 거야?"

발갛게 달아오른 얼굴로 호출기를 들여다보던 전유숙이 언덕 밑으로 명동 거리를 내려다보았다. 화사한 조명과 대형 트리, 거리를 울리는 캐럴, 건물 지붕 위에 앉아 골목 안을 들여다보고 있는 커다란 천사 인형들까지. 플라인들이 파티를 벌일 만한 최적의 조건이 눈앞에 펼쳐져 있었다.

"말도 안 돼."

"어디야?"

"저기야!"

"전! 어디?"

전유숙이 달리자 모두가 달리기 시작했다. 저녁에 눈이 내린 탓에 언덕은 미끄러웠다. 술기운이 남은 요원들은 비탈길을 달리며 균형을 잡기가 쉽지 않았다. 이들은 눈길 위에서 엉키고 넘어지는 서로를 일으켜 세우며 간신히 명동 거리를 내달렸다.

성당에서 자정을 알리는 종소리가 울렸다. 수백 개의 조명이 내걸린 거리는 대낮보다도 밝은 느낌이었다. 전유숙이 멈추었다. 뒤따라오던 요원들도 차례로 멈추었다. 호출기가 알리는 a의 위치와 요원들의 위치가 일치했다.

전유숙은 재빨리 주변을 돌아보았다. 오색 전구로 장식한 트리에서 화려한 불빛이 반짝거렸다. 거리를 오가는 수많은 시민들 사이에서 누가 플라인인지 알 길이 없었다. 곧 거리에 새로운 캐럴이 울리자, 지붕 위에 앉아 있던 천사들이 땅으로 내려와 춤을 추기 시작했다.

시민들의 발걸음이 멈추었다. 점점 더 많은 사람들이 트리 앞으로 모여들었다. 큰 키에 종이로 빚은 말간 얼굴을 한 천사들이 하늘거리는 옷을 두른 채 가벼운 몸놀림으로 춤을 추었다. 군중 사이에 탄성이 터졌다.

"젠장."

"어쩌지?"

"추자."

"뭐?"

"춤추자고."

전유숙은 이렇게 말하며 가까이 있는 천사, 그러니까 플라인의 팔을 잡았다. 그리고 함께 춤을 추기 시작했다.

"에라 모르겠다."

젊은이들이 하나둘 천사가 내민 손을 잡았다. 그리고 미뉴에트를 추듯 파트너의 리드에 따라 천천히 움직였다. 젊은이들이 춤을 추자, 시민들도 용기를 내었다. 몇몇 시민들이 천사의 손을 잡았다.

천사가 아니어도 좋았다. 어느새 거리에는 많은 사람들이 어울려 춤을 추고 있었다. 음악에 따라 스텝에 따라 파트너를 바꿔가며 추는 흥겨운 춤이었다.

10여 분간 지속된 춤곡이 끝날 즈음 푸른색 옷을 입은 천사가 전유숙의 귀에 대고 속삭였다.

"메리 크리스마스."

순간 명동 거리의 조명이 모두 꺼지더니 천사들이 제자리로 돌아갔다. 다시 조명이 들어오자 시민들은 환호했다. 크리스마스에 벌어진 마법 같은 이벤트에 모두가 즐거운 모습이었다.

"너무 많은 노출이요?"

"징계위는요? 오늘 열린대요?"

배 선배와 김 주임이 연이어 물었다.

"아뇨. 훈계 조치, 끝."

"훈계? 그게 다예요? 아니, 그럼 우리는 왜 전부 불러들였대요?"

본부장의 조치에 모두가 황당함을 감추지 못했다.

"난 이거 때문인 줄 알았는데."

배하나 선배가 한강에서 보를 넘던 당시 수중 바이크의 모습이 담긴 마카-1의 영상을 공개했다.

"저는 너비 때문인 줄 알았습니다."

횡계리에서, 한강 변에서, 김재수 주임이 너비와 함께 찍은 사진이 여럿이었다.

"이런 건 다 언제 찍으셨어요?"

나는 사진과 김 주임을 번갈아 바라보았다.

"꼼짝 마."

집무실 문틈 사이로 본부장이 고개를 내밀었다.

"앗, 깜짝이야."

본부장실을 등지고 서 있던 배 선배가 크게 놀랐다.

"기다려. 아무도, 아무 데도 가지 마. 공필연 씨, 이 사람들 잘 지켜요. 얘들은 못 믿어."

나는 본부장이 내 이름을 알고 있는 줄 몰랐다.

"을지로에 왔으면 골뱅이는 먹고 가야지."

권혁남이 권위 있게 웃으며 돌아섰다.

"이거 때문에 부른 거 아냐?"

배하나 선배가 이럴 줄 알았다는 듯 혀를 찼다. 그래도 선배는 징계를 피한 것에 만족하는 것 같았다.

본부장실에서 콧노래가 흘러나왔다. 잠시 후, 권위를 내던진 권혁남이 본부장실을 나섰다.

"자, 다들 가지."

오후 6시 정각, 칼퇴근이다.

9호 작물의
재배일지

1.

2020년 8월 12일 오후 3시 28분, 001호로 걸려온 전화는 조금 특별했다. 민원인이 플라인이 아닌 강원도 태백시의 농민이었기 때문이다.

"여보세요? 도청에서 그리로 전화를 해보라고 하여서요. 감자 때문에 그러는데요."

"감자 말씀입니까?"

"네. 감자가 너무 커요. 파도 파도 끝이 없어서 도청에서 조사를 나왔는데, 며칠을 해결을 못 하다가, 우리 밭에 사람 여럿이 다녀갔거든요. 도청에서도 오고, 경찰에서도 오고, 보건소에서도 오고. 농업과에서 과장이 나와서 보고는 일단 놔두라고 해서 이도 저도 못하고 기다렸는데, 결국에는 해결을 못 했어요. 함부로 건드렸다가 낭패가 날 수도 있다고 그래 가지고, 그냥 놔뒀는데……."

"그러니까 선생님 밭에서 커다란 감자가 나와서 일단 도청에 문의했는데, 거기서도 해결을 못 하겠으니 이쪽으로 문의해보라고 했단 말씀이시죠?"

"예. 맞습니다."

답답해 보이는 상황과 달리 민원인의 음성은 담담했다.

"감자밭인가요?"

"아니요. 옥수수밭이요."

"옥수수밭에서 감자가 나왔다는 말씀인가요?"

"네, 그렇습니다."

"감자가 얼마나 큰가요?"

"저, 전화 받는 양반은 키가 어찌 되시나요?"

"저요?"

"네."

"저는 182cm입니다만."

"요원님보다 작지는 않을 겁니다. 길이가."

"감자가요?"

"아까부터 감자 얘기 하는 거 아닙니까?"

"그렇지요. 그러니까, 그게 감자는 확실한가요?"

"감자는 맞아요. 우리가 먹어봤거든요. 이게 일반 감자처럼 예쁘지가 않아 가지고, 처음에는 뚱딴지인가 싶었는데. 모양은 비슷해요, 뚱딴지랑. 근데 맛이 달라. 단맛이 좀 있고, 그렇다고 고구마도 아니고. 이게 혼종인가? 어디서 이런 게 다 나왔나 싶습니다. 어마어마하게 큰 것이 대단합니다."

푸념인지 경외인지 모를 찬탄이 이어졌다.

"선생님?"

"그래 가지고 이거를 이제 과학 수사대에서 해결해주셔야겠습니다."

"과학 수사대요?"

"과학 수사 요원 아니세요? 도청에서 그러던데. 과학적으로 검사를 해봐야 한다고. 요원들이 나올 거라고요."

"물론 그래야지요."

"네. 그럼 기다리고 있겠습니다."

『9호 작물의 재배일지』의 첫 문장은 다음과 같다.

플라인들의 주식은 '폴템타'라는 것으로 감자와 비슷하다.

본부에서는 일찍이 폴템타의 모종에는 성공했지만, 수

확에까지 이르지 못하는 비관적인 상황을 거듭 맞이하고 있었다. 야외 재배지의 상황도 다르지 않았다. 당시 본부에서는 전국 다섯 개 시, 도에 농가를 마련하고 폴템타의 재배에 공을 들이고 있었는데, 다년간 어디에서도 기다리던 소식은 들려오지 않았다.

사고 소식은 있었다. 1995년 2월, 본부의 '제4시험 재배지'인 전북의 농가에 경찰이 방문했다. 혐의는 '물 절도'였다.

"조남주 씨 되시나요?"

"네. 그렇습니다만."

급작스러운 경관의 방문에 조 씨가 대문 사이로 어리둥절한 얼굴을 내밀었다. 그는 이곳에서 2년째 폴템타의 작황을 관찰 중이었다.

"선생님의 농가에서 물을 너무 많이 사용한다는 신고가 들어와서요. 잠시 둘러봐도 되겠습니까?"

"그러시지요."

"실례하겠습니다."

경관이 집 안으로 들어왔다.

단출한 살림살이였다. 목공으로 직접 제작한 것으로 보이는 투박한 식탁 위에 1인 매트가 깔려 있었고, 이따금 저수지로 낚시를 나가는 모양인지 뒤뜰로 이어지는 쪽문 앞을 낚싯대와 양동이, 통발 등의 물품이 차지하고 있었다.

오래된 냉장고에서 흘러나오는 익숙한 소음이 바닥을 울렸다. 냉장고는 중고로 들여놓은 것인지 네임펜으로 상품의 등급을 매겨놓은 스티커가 누렇게 변색된 채 냉동실 문 위에 붙어 있었다.

싱크대에는 아직 치우지 않은 달걀 껍데기가, 선반 위에는 방금 사용한 것으로 보이는 냄비가 가지런히 엎어져 있다.

"수도세는 확인하셨습니까? 누수로 인해 요금이 과청구될 수 있거든요."

좁지만 말끔하게 정리된 욕실을 들여다보던 경관이 물었다.

"아니요. 그런 일은 없었습니다."

"밭을 좀 둘러봐도 될까요?"

"물론입니다. 이쪽입니다."

조 씨는 쪽문을 통해 경관을 밭으로 안내했다.

건물 뒷마당에서 이어지는 40여 평의 임야에 비닐하우스 한 채가 세워져 있었다. 하우스 안으로 들어온 경관의 표정이 안타깝게 일그러졌다. 작물이 모두 말라 한눈에 보더라도 수확을 기대하기 어려운 상황이다.

"하우스는 한 채뿐인가요?"

"네."

"최근 이주하셨죠? 마을에 들어오신 지 얼마나 되셨나요?"

"최근은 아닙니다. 재작년 가을에 들어왔으니까요."

조 씨가 차분히 대답했다.

"선생께서 들어오신 이후로 농가의 작물이 말라 죽는다는 제보가 있어서요. 그게 한두 건이 아니라 무시할 수가 없었습니다. 아무래도 선생의 농가가 상류에 있고, 봄비가 내리기 이전인 요즘이 가장 가뭄이 심할 때라서요. 농가에서는 아무래도 민감한 시기죠."

"이해합니다. 괜찮습니다."

"그럼 실례했습니다."

경관은 마지막으로 앞마당에 방치된 수도꼭지를 점검하고 물이 나오지 않는다는 것을 확인한 뒤 사립문을 나섰다.

폴템타의 성장에 많은 물이 필요한 것은 사실이다. 『9호 작물의 재배일지』 중 유일한 성공담인 「모종에 관한 기술」을 보면, 폴템타의 모종을 키우는데 생각보다 많은 물이 필요하다는 것을 알 수 있다. 재배실 연구원들 사이에서는 '이게 감자냐, 콩나물이냐' 하는 농담이 있을 정도였다.

본부의 실험실에는 영하 20도에서 영상 55도에 이르기까지 극단적인 온도의 시험관이 존재했고, 컴퓨터 프로그램에 의해 기온과 습도, 일조량과 강수량이 조절되는 한

평 남짓한 우림과 사막이 공존했다.

전국 각지에서 토양이 공수되었고, 행성의 대기를 재현해보기도 하였으며, 갖가지 퇴비를 연구하는 데도 공을 들였다. 심지어 수중 재배까지 시도했으나 폴템타는 끝내 뿌리를 내리지 못했다.

장황하리만치 꼼꼼히 써 내려간 재배일지의 마무리는 언제나 '수확에 이르지 못했다'로 귀결되었다.

그런데 폴템타의 마지막 시험 재배지로 알려진 강원도 태백시에서 사건이 발생했다. 공식적인 시험 재배가 모두 종료된 시점에 발생한 사건인지라 당시 기록은 재배일지에 '덧붙임'으로 첨언되었다.

강원도 태백시에서 고랭지 채소를 재배하는 배진형은 그해 배추 농사를 무난히 마무리했다. 그곳은 한때 폴템타의 시험 재배지였으나 이미 수년 전 일이었고, 무엇보다 배 씨가 이런 농가의 이력을 알 리 없었다.

2003년 12월 26일 아침, 배진형이 자신의 오두막 안에서 눈을 떴을 때, 방 안의 모습은 여느 날과 달랐다. 실내가 한밤처럼 어두웠다. 그녀는 침대맡을 더듬어 어젯밤 풀어놓은 손목시계를 쥐었다. 시간은 평소 기상 시간인 6시 50분을 넘지 않았다.

한국우주난민
특별대책위원회

진형이 일찍 눈을 뜬 이유는 반려견인 진돗개 복서의 불안한 움직임 때문이었다. 새벽부터 복서가 낑낑 소리를 내며 침대 주변을 맴돌았다.

"무슨 일이야? 복서. 응?"

배 씨가 침대에서 나와 거실로 걸어갔다. 복서도 함께 침실을 나갔다.

이상한 일이었다. 한겨울 산중이라 해도 이 정도의 어둠은 분명 낯선 일이었다. 창밖으로 보이는 것이 없었다. 오두막 입구의 전나무도, 수확을 마친 휴지기의 전답도, 통나무로 지은 창고와 어제저녁 장작을 나르던 마당 위에 돌길도 보이지 않았다.

보이는 것은 아마도 지붕 위까지 쌓였을 눈이었다. 간밤에 내린 폭설에 오두막이 완전히 묻히고 말았다.

날이 밝자 TV를 통해 태백시의 상황이 전해졌다. 길은 사라졌고, 통신은 두절되었다. 나무 위로 쓰러진 두 대의 전봇대가 보였다. 40년 만에 폭설이 내렸다는 매봉산 일대가 온통 눈으로 뒤덮여 있었다.

"저기 어디쯤 우리 집이 있을 것 같은데. 그렇지?"

진형이 누룽지를 끓이며 복서에게 말했다. TV 앞에서 복서가 끙, 소리를 내며 돌아보았다.

간단히 식사를 마친 진형은 우선 집 안에 있는 먹거리의 양부터 점검했다. 다용도실 문을 열자 나란히 놓인 항아리 안에 이틀분의 쌀과 이틀분의 김치가 들어 있었다. 냉장고에는 양배추 반쪽과 양파 다섯 개, 파 한 단, 여섯 개들이 사과 한 봉지, 슬라이스 치즈 몇 장과 맥주 두 병이, 찬장 안에는 사골 육수 맛이 난다는 라면 한 봉지가 남아 있었다.

일단 먹을 수 있는 것은 이 정도였다. 복서의 사료가 집 밖에 있었기 때문에 이틀분이라는 것은 사실상 하루치 식량일 뿐이었다. 그녀는 어제 시내에 다녀오지 않은 것을 후회했다.

보일러에 기름 역시 넉넉지 않았다. 고립이 얼마나 지속될지 알 수 없는 상황에서 평소처럼 방만한 난방은 곤란하다. 만약 전기마저 끊긴다면 대책이 없다. 그나마 어제저녁 장작을 옮겨놓은 것은 잘한 일이었다. 이것으로 만약의 경우에 대비할 수 있다.

진형은 자신의 양털 조끼를 꺼내 복서에게 입혔다. 단추의 위치를 옮겨 달자 얼추 복서의 몸에 맞는 단단한 모양새를 잡을 수 있었다. 복서는 목 위로 올라온 깃이 어색한지 자꾸만 고개를 빼려고 턱을 들었다.

밤에는 바람이 불었다. 밖에서 무슨 일이 벌어지고 있는지 알 길이 없어 답답하다. 분명한 것은 밖은 바람이 불고 있으며, 밤이 깊을수록 점점 더 사나워지고 있다는 사실이다.

"오두막이 눈 속에 파묻혀 있으니 바람에 날아갈 일은 없어 다행이네. 난 오즈에 가고 싶지는 않아. 복서! 너도 토토가 되고 싶진 않지?"

진형이 침대에 오르며 말했다.

실내에 불이 모두 꺼지자 복서가 들어와 침대 아래 자리를 잡았다. 진형은 창가에 두고 겨우 주파수를 잡은 라디오에서 흘러나오는 잡음 섞인 음성을 벗 삼아 잠을 청했다.

고립 이틀째, 진형은 냉수로 씻은 사과를 입에 물고 남은 쌀로 밥을 짓고, 양배추와 파를 넣은 국을 끓였다. 여전히 간간이 눈이 내리는 것 같았다. 지붕 위로 눈 쌓이는 소리가 들렸다.

"저 기둥은 눈의 무게쯤은 충분히 견딜 수 있을 만큼 튼튼할 거야. 그렇지?"

진형이 천장과 나무 기둥을 번갈아 바라보았다.

복서는 기운이 없는지 오전 내내 바닥에 엎드린 채 꼼짝하려 하지 않았다. 진형이 자리를 털고 일어났다. 그녀는 옷장 밑에서 복서가 어릴 적 가지고 놀던 테니스공을 찾아냈다. 낯익은 공이 바닥을 구르자 복서가 고개를 들었다.

"배복서! 함께 힘 내보자."

진형이 공을 던지자 복서가 몇 차례 거실을 돌았다.

"잘했어, 복서."

바닥을 긁으며 이리저리 뛰어다니던 복서가 외부의 소리에 고개를 세우고 경계하듯 짖었다.

"헬리콥터야."

조용히 소리를 쫓던 진형이 말했다. 가까워졌던 헬리콥터의 프로펠러 소리가 점차 멀어지고 있었다. 복서가 끙, 하는 소리를 냈다.

"그들은 우리가 여기 있다는 걸 알아. 그러니 조금만 더 기운 내."

진형이 다시 공을 잡자 복서가 거실을 뛰었다.

기름이 떨어지고 있었다. 진형은 복서에게 담요를 덧씌웠다. 가슴에 카키색 담요를 동여맨 복서가 마치 추위를 타지 않는 암행어사와 함께 여행하는 우주의 개처럼 보였다.

"멋진데."

오후에 진형은 맥주를 마시며 소파에 파묻혀 기타를 치고 노래를 불렀다. 그녀는 매력적인 저음을 갖고 있었지만, 복서는 별로 흥이 나지 않는 것 같았다. 그래도 진형은 열심히 기타를 치고 큰 소리로 노래를 불렀다.

**한국우주난민
특별대책위원회**

2.

고립 사흘째, 눈이 그쳤다. 밖에서 아무 소리도 들리지 않았다. 뉴스의 내용도 다르지 않았다. 맑고 화창한 날이 밝았다고 했다. 희소식이었다.

어제저녁부터 먹은 것이 별로 없었다. 양파를 한 움큼 잘라놓고 석쇠 위에 굽고 있는데, 전혀 즐겁지가 않았다. 진형은 눈 덮인 창문을 바라보다가 밖으로 나가봐야겠다고 결심했다.

"그렇지? 내 생각도 그래."

진형이 소파 위에 턱을 괴고 앉아 있던 복서에게 말했다. 그녀는 양파를 굽던 석쇠를 밀어두고 자리에서 일어났다.

양파와 치즈만으로 오늘을 보내고 싶지는 않다. 어떻게든 밭이랑까지만 움직인다면 배추 밑동을 구할 수 있을 것이다. 집 앞에서 3, 4m만 이동할 수 있다면, 그렇게만 된다면 된장을 넣고 맑게 끓인 배춧국을 먹을 수 있다. 3, 4m만 움직일 수 있다면 말이다.

우비를 입은 진형이 조심스럽게 오두막의 문을 열었다. 복서가 믿음직스럽지 못한 눈으로 진형의 행동을 지켜보았다. 열린 문틈 사이로 지붕에서 물방울이 떨어졌다. 눈이 녹고 있었다. 진형은 문틈 사이로 모은 눈을 양동이에 담아 화장실로 옮겼다.

몇 차례 같은 작업을 반복하자 어느새 현관이 드러났다. 복서가 다가와 관심을 보였다. 진형이 양동이를 들고 화장실로 이동할 때마다 복서가 따라갔다.

3m 이동하는 일이 십 리 길보다 멀게 느껴졌다. 겨우 한 발짝 전진했을 뿐인데 온몸에서 땀이 흘렀다. 호미와 냄비로 눈을 파내고 때로 다지며 쉼 없이 길을 내는데, 바닥을 찍은 호미 끝에 무언가가 닿았다.

진형이 눈과 흙을 파헤치기 시작했다. 땅속에 무언가 있다. 작물이다. 감자인가? 고구마 같기도 하다. 고무장갑을 낀 손으로 언 땅을 파는 것은 어려운 일이었다. 하지만 눈에 보이는 작물을 포기할 수는 없었다. 진형은 열심히 땅을 팠다. 장갑이 불편해 아예 맨손으로 흙을 파헤쳤다.

순무만 한 크기의 감자 옆에서 주먹만 한 크기의 감자 두 개가 더 나왔다. 심봤다!

"복서!"

진형이 부르자 복서가 달려왔다. 흥분한 복서가 주변을 맴돌았다.

진형은 세 개의 감자를 현관 위에 올려두고 엉거주춤 일어났다. 그리고 머리 위로 뒤덮인 눈을 열심히 긁어냈다. 성긴 눈이 온몸 위로 우수수 떨어졌다.

**한국우주난민
특별대책위원회**

마침내 처마 밑으로 작은 구멍이 생기자 진형은 낚싯대 끝에 빨간색 셔츠를 매달아 이를 눈더미 밖으로 밀어냈다. 그리고 작물을 캐느라 파헤쳐놓은 땅속에 손잡이를 묻어 단단히 고정했다. '붉은 악마'가 새겨진 티셔츠가 눈밭 위에 나부꼈다. 여기에 개와 사람이 있다는 표시였다.

"복서, 이게 뭐 같니?"

진형이 눈을 털며 복서에게 물었다.

"감자 같지? 내 생각에는 뚱딴지같은데, 네 생각은 어때?"

쿵쿵거리며 냄새를 맡던 복서가 큰 소리로 짖었다.

"그렇지? 두 개는 찌고, 하나는 국을 끓일까? 벌써 침이 다 고인다. 사치스러운 저녁이 되겠는걸."

진형은 두 개의 찐 감자 중 큰 놈을 복서에게 주었다. 그리고 남은 감자로 맑은국을 끓여 복서와 나누어 먹었다. 매운 국을 끓이고 싶은 마음이 간절했지만, 복서를 배려한 선택이었다.

"생각보다 달콤한데."

진형과 복서는 나란히 앉아 게 눈 감추듯 식사를 마쳤다.

고립 나흘째, 마침내 매봉산 중턱에 제설기가 도착했다. 아침부터 강력한 모터음이 눈 벽 밖에서 전해졌다. 오전 내내 들리던 모터음이 점점 더 요란해지더니, 어느새 오두막 입구까지 길이 생기자 복서가 먼저 뛰쳐나갔다.

"괜찮으세요?"

제설차에서 공무원이 내려왔다.

"네, 괜찮아요. 와주셔서 감사합니다."

잠옷 차림의 진형이 눈을 뭉치며 다가와 인사를 건넸다.

"그게 아니라, 손이요. 괜찮으신 건가요?"

"네?"

진형의 손이 주황색으로 변했다. 슬리퍼 안으로 보이는 발도 마찬가지였다. 그녀는 쥐고 있던 눈덩이를 던져두고 잠옷 가운 주머니 안으로 양손을 찔러 넣었다. 희귀 변이의 일종, '급성 황달'이다.

"걱정 마세요. 별일 아니에요."

제설차에서 눈이 날리자 복서가 꼬리를 흔들며 뛰어다녔다. 산골 마을에 길이 생기고 있었다. 발밑으로 어제 찾던 배추 밑동이 보였다.

"아무래도 내가 어제저녁에 폴템타를 먹은 것 같은데……."

진형이 입맛을 다시며 중얼거렸다.

"네? 뭐라고 하셨어요?"

제설차 앞에서 공무원이 물었다.

"아닙니다. 어제 먹은 감잣국 생각이 나서요."

"고생하셨죠? 오늘 점심은 시내에서 맛있는 걸 드세요. 오후에는 유조차가 올 거예요. 보일러에 기름을 보충하실 수 있을 겁니다. 옷을 단단히 입으시고, 난방에도 신경 쓰세요."

빨갛게 언 진형의 손이 안쓰러웠는지 공무원이 주머니를 가리키며 위로하듯 말했다.

"감사합니다."

갑작스러운 변이로 인해 일주일쯤 고생해야 했지만, 황달은 시선을 끌뿐 불편한 일은 아니었다. 진형은 홍당무같이 붉어진 얼굴로 복서와 함께 시내에 나가 곰치국을 먹고, 오랜만에 거하게 장도 보았다. 어쩐지 즉석요리나 통조림에 자꾸만 시선이 갔다.

땅이 녹자 진형은 배추밭 주변을 파헤쳐보았다. 하지만 다시 폴템타를 찾지는 못했다. 2004년 3월,『9호 작물의 재배일지』에는 배진형(aID: 5819-차6-07)의 경험에 따라 다음과 같은 가설이 추가되었다.

겨우내 눈 덮인 고랭지에서 폴템타가 자생할 가능성이 있다.

2020년 8월 13일 오전 11시 50분, 우리는 강원도 태백시 화전동에 위치한 주민센터 앞에 도착했다. 정확한 주소를 확인하지 못한 채 길을 나섰음에도 큰 감자를 보러 왔다는 말로 목적지를 찾을 수 있었다.

민원인인 소원오(73세, 화전 노인회 회원) 씨의 농지에 도착한 우리는 '환) 과학 수사대 (영'이라고 적은 플래카드가 걸린 입구를 지나 문제의 옥수수밭으로 들어섰다.

여름 수확을 마친 옥수수밭은 주변의 녹음과 어울림 없이 황량했다. 전답 안에 방치된 굴삭기 때문인지도 몰랐다. 흙더미 위에서 쏠리듯 기울어진 굴삭기의 몸체를 바닥에 닿은 버켓이 받치고 있었다.

이랑마다 아직 치우지 않은 옥수숫대가 누워 있고, 작업에 필요했을 삽이 여기저기 머리를 박고 있다.

하지만 이런 것들은 그리 눈길을 끌 만한 것이 아니었다. 모두의 시선이 밭의 중앙으로 향했다. 밭 한가운데 깊게 파인 구덩이가 보였다. 지반이 주저앉은 게 아닌가 싶을 만큼 난데없는 절벽이다.

나는 발밑의 흙을 다져가며 구덩이 가까이 다가갔다. 구덩이 안에 아직 뽑혀 나오지 못한 커다란 작물이 몸의 일부를 드러낸 채 단단히 박혀 있었다. 예상은 하고 있었지만, 눈앞의 작물은 그 예상을 한참이나 웃돌았다.

"엉덩이 같잖아."

땅속에 박힌 작물을 보자마자 나도 모르게 튀어나온 말

이었다.

　지름이 얼추 2m는 돼 보이는 거대한 엉덩이가 깨끗하게 파인 흙 위로 봉긋이 솟아 있다. 옥수수밭을 다녀간 농민과 공무원들이 마치 유물을 발굴하듯 땅속 깊이 숨어 있던 작물을 조심스럽게 파헤쳐 놓았다.

　"폴템타가 맞아요."

　DNA 검사를 마친 배 선배가 전담으로 올라왔다. 팀장의 휘파람 소리가 옥수수밭 위에서 가볍게 날아갔다. 배 선배와 김 주임은 내면에서 이는 우레와 같은 환호성을 삼키며 누가 볼세라 옥수수밭 위에서 재빨리 몸을 흔들어 젖혔다.

　과학 수사대가 도착했다는 소식에 밭 주인이 트럭을 몰고 나타났다. 소원오는 느긋한 목소리만큼이나 매사에 서두름이 없어 보였다. 트럭이 도착한 후에도 그는 무엇을 하는지 한참이 지나서야 밭으로 올라왔다.

　"과학 수사 요원님들, 수고가 많으십니다. 둘러보셨나요? 감자가 맞지요?"

　요원들과 일일이 악수를 나눈 소 씨가 물었다.

　"근채류가 맞습니다."

　배 선배가 말했다.

　"뽑아야겠죠?"

소 씨가 뒷주머니에 든 휴대전화를 뽑았다.

"걱정 마세요. 이 근채류는 저희가 수거하도록 하겠습니다."

팀장은 옥수수밭으로 구경꾼들이 몰려드는 것을 원하지 않았다.

"손이 필요하실 텐데. 네 분이서 어림도 없을걸요."

소 씨가 고개를 까딱이며 네 명의 요원들을 바라보았다. 그의 의구심은 경험에 기인한 것이었다.

"도움이 필요하면 요청하겠습니다."

김재수 주임이 작업에 자신감을 드러냈다.

"과학자들도 이렇게 큰 감자는 처음 보시나 봐요?"

소 씨가 뒷짐을 지고 서서 너털웃음을 지었다.

"누구라도 처음 볼 겁니다."

나는 수두를 앓고 있는 외계 거인족의 엉덩이 같은 근채류에서 눈을 떼기 어려웠다. 실로 처음 보는 광경이다.

플라인들은 모행성을 떠나기에 앞서 아직 괴사하지 않고 남아 있던 열두 가지 식물의 표본을 우주선에 실었다. 이 중 지구에 적응한 것은 네 종류뿐으로, 모두 작물은 아니었다.

플라인들의 열렬한 요구 속에 본부에서 가장 공을 들인 것은 역시 9호 작물인 폴템타의 재배였다. 그러나 안타깝게도 폴템타는 본부의 실험실 안에서도, 야외 재배지에서도 제대로 뿌리를 내리지 못했다.

플라인들에게 주식을 포기하기란 쉽지 않은 일이었을 것이다. 재배가 여의치 않다는 결론에 다다르자, 본부에서는 채널 #034[*]를 통해 감자의 식용을 적극 권장하는 캠페인을 벌였다. 『9호 작물의 재배일지』에는 당시 본부에서 벌인 캠페인에 관한 기록이 남아 있다.

"여보게, 감자가 왜 좋은가?"
"맛은 폴템타, 영양은 듬뿍."
"쪄도 맛있고, 튀겨도 맛있고, 조리고, 으깨고, 수프로도 요리하세요."

순간의 선택이 지구 생활을 좌우합니다.
고향의 맛. 그래, 이 맛이야!

"감자가 있어서 다행이에요. 달콤한 맛, 자매 채소! 고구마는 어때요?"
"엄마! 아빠! 저녁은 감자로 주세요."

[*] 플라인 전용 TV 채널.

"그래, 오늘은 찌개다."

"야호!"

"지구에는 맛있는 작물이 참 많네."

감자의 소비를 권장하는 광고에는 당시 플라인 사이에서 큰 인기를 끌던 유명 여배우가 캐스팅되었는데, 그녀가 폴템타의 의미를 알고 있었을 가능성은 없어 보인다.

본부의 캠페인은 과장이 아니었다. 플라인들은 감자의 맛이나 식감이 폴템타와 크게 다르지 않다고 말했다. 다만 맛에 미묘한 차이가 있다는 것이 일관된 평가였다. 소원오 씨를 비롯한 현지의 농민들이 폴템타를 감자라고 보면서도, 완전히 확신하지 못한 이유 역시 바로 이 미묘한 맛의 차이 때문이었다.

"물러서세요."

김재수 주임의 경고에 따라 우리는 작물 주변에서 물러났다. 김 주임이 구덩이 앞에 쪼그리고 앉아 기계실에서 챙겨온 가방을 열었다. 금속으로도 보이고 유리로도 보이는 특별한 재질의 가방이었다.

열린 가방에서 무언가가 나왔다. 동시에 가방은 붉은빛을 띠었다. 거미를 닮은 네 발의 금속 곤충들이 가방 안에서 기어 나와 폴템타 주변을 파고들었다.

나는 김 주임 곁으로 다가가 금속 곤충이 땅속을 파고드는 모습을 지켜보았다. 족히 수백 마리는 돼 보였다. 폴템타 가까이 들러붙어 꼼지락거리며 움직이던 곤충들이 빠르게 땅속으로 사라졌다.

시간이 흐르고 있었다. 나는 작고 그리 단단해 보이지도 않는 금속 곤충이 무엇을 얼마나 할 수 있을지 궁금했다. 그런데 어느새 낱낱으로 파헤쳐진 흙에서 폴템타가 움찔거리며 들썩이기 시작했다.

"선배, 저게 대체 뭐예요?"

내가 감탄하여 물었다.

"너비야."

"네?"

"말하자면 너비를 이루는 조각이지."

배하나 선배는 조바심이 나는지 팔짱을 낀 채 입술을 깨물었다.

1단계 작업이 마무리되었다. 곤충들이 김 주임 곁으로 복귀했다. 이번에는 배하나 선배가 구덩이 안으로 내려갔다. 나도 선배를 따라갔다.

금속 곤충이 땅속에 박혀 있던 작물의 밑동을 파헤쳐놓았다. 우리는 머리가 들린 폴템타 위에 크기 20cm가량의 금속 고리를 박았다. 거리를 두고 좌우로 하나씩 단단히 박아 넣었다. 그것은 말하자면 아치형의 걸개였다.

"공! 물러서."

나는 선배의 등 뒤로 물러났다.

배 선배의 조작에 따라 걸개에서 나온 얇고 단단한 줄이 폴템타의 머리를 휘감았다. 이로 인해 금속 고리가 작물을 죄며 더욱 단단히 고정되었다.

"됐어."

폴템타에 감긴 줄의 탄성을 확인한 후, 배 선배가 말했다.

우리는 차례로 구덩이에서 빠져나왔다. 김 주임이 작업을 재개했다. 그의 주변에서 어물쩍거리던 금속 곤충들이 다시 움직이기 시작했다.

3.

폴템타 주변으로 모여든 금속 곤충들이 걸개에 매달리기 시작했다. 순식간에 폴템타에 가늘고 긴 팔이 생겼다. 금속 곤충의 몸과 몸이 연결되자 그것은 영락없는 사슬이었다.

두 개의 팔이 땅 위로 올라와 외부로 힘을 가하고 있었다. 꼼짝하지 않던 거대한 엉덩이가 어느 순간 움직였다. 폴템타가 사슬이 이끄는 방향으로 조금씩 끌려왔다. 하지만 구덩이를 빠져나오기에는 역부족이었다. 폴템타는 가파른 경사면을 넘지 못했다.

"너무 무거워."

상황을 지켜보던 팀장이 구덩이 안으로 내려갔다. 그녀는 폴템타 중앙에 걸개 하나를 추가로 설치했다. 그리고 여기에 줄을 감아 전답 위에 방치되어 있던 굴삭기에 걸었다. 이번에는 세 개의 걸개로부터 이어진 줄이 폴템타를 끌어당겼다.

배 선배가 굴삭기에 올라 후진을 시도했다. 그러나 기대했던 만큼의 힘을 받지는 못했다. 폴템타가 경사면을 넘는 것은 어려워 보였다.

"과학자 양반, 과학으로 안 되는 게 있어요."

조용히 상황을 지켜보던 소원오가 어느새 김 주임 곁에 와 있었다.

"깜짝이야. 놀랐습니다."

구덩이 앞에서 금속 곤충의 움직임을 조정하던 김 주임이 뜻밖의 소리에 놀라 몸을 틀며 물러났다.

"잠시만 기다려보시오."

소 씨는 이렇게 말하고는 어딘가로 전화를 걸었다.

김재수 주임이 경사면을 정리하기 시작했다. 걸개에서 분리된 금속 곤충들이 흙 속을 파고들며 길쭉하고 완만한 경사로를 내고 있다. 현재 경사면의 기울기는 필요 이상의 힘을 요구한다.

그사이 주민들이 몰려왔다. 연락을 받은 곳에서 가장 빠른 길을 통해 사방에서 모여들었다.

"어쩔 수 없네."

팀장이 돌아섰다.

"아버님, 어머님들! 이쪽으로 오세요."

배 선배가 현장을 지휘했다. 형님, 동생 하며 모여든 열한 명의 주민들과 두 명의 아이가 현장의 과학 수사대와 함께 굴삭기에 걸었던 줄을 잡았다.

주민들과 폴템타 사이에 줄다리기가 시작되었다. 배하나 선배가 외치는 구호에 따라 우리는 힘차게 줄을 당겼다. 나는 맨 뒤에서 소원오와 함께 줄을 잡았다.

"영차! 영차!"

모두가 온 힘을 다해 줄을 당겼다. 조금씩 어긋나는 힘의 규합을 위해 배 선배가 목소리를 높였다. 한동안 꼼짝하지 않던 발걸음이 조금씩 밀려났다. 나는 질끈 감았던 눈을 떴다.

"영차! 영차!"

**한국우주난민
특별대책위원회**

밭이랑 속을 파고들던 발이 한 발짝 물러났다. 우리는 동시에 승리를 예감했고, 더욱 힘을 내 줄을 당겼다.

구덩이 안에 박혀 있던 거대인의 엉덩이가 점차 웅장한 모습을 드러내고 있었다. 앞선 동료들의 머리 위로 그림자가 드리웠다. 경사면을 타고 로켓처럼 폴템타가 솟아오른다.

"영차! 영차!"

힘찬 구령과 함께 거대한 엉덩이가 마지막 둔덕을 넘으며 전답 위로 쓰러졌다. 우리는 차례로 줄을 잡고 주저앉았다. 3분여의 실랑이 끝에 폴템타가 세상으로 나왔다.

"아따 크다."

소원오가 손뼉을 치며 발을 굴렀다. 아이들이 비명에 가까운 환호성을 질렀다. 옥수수밭 주변에 탄성이 이어졌다.

세상으로 나온 폴템타는 구덩이 안에서 보았던 그것보다도 훨씬 더 컸다. 적어도 길이는 3m, 폭은 1.5m쯤 돼 보였다. 이렇게 큰 작물이 땅속에 박혀 있었다는 게 믿기지 않았다.

김 주임이 폴템타에서 걸개를 분리했다. 서로의 몸에 매달려 있던 금속 곤충이 일사분란하게 흩어져 가방으로 복귀했다. 폴템타의 거대한 몸집에 막혀 우왕좌왕하던 마지막 곤충이 구덩이를 지나 잰걸음으로 복귀하자, 가방에서 붉은빛이 사라졌다.

폴템타를 나르는 방법은 또다른 문제였다. 작물을 승합차 지붕 위에 올려 고정하거나, 수레에 실어 끌고 가는 방법이 모색되었다. 해결책을 고민하는 김재수 주임 앞을 소원오가 막아섰다.

"에헴, 과학자 양반. 이것은 엄연히 내 밭에서 나온 물건인데, 이렇게 가져가시는 것은 도리가 아니지요."

"네? 하지만 작물은 수거해야 해요. 도청에서 미리 말씀드리지 않았나요?"

예상치 못한 반응에 김 주임이 당황했다.

"그것은 도청의 입장이고요. 내가 우리 손주들 시켜서 인터넷에다가 검색을 해보라고 했소. 그래서 싹 다 검색을 해보니까, 내 밭에서 나온 물건에 관해서는 밭 주인인 나에게도 권리가 있다드만."

"아, 그런가요?"

"그렇답디다."

"어르신. 이걸로 뭘 하시게요?"

듣고 있던 팀장이 나섰다.

"감자탕이요. 우리가 뼈다귀를 다 준비해놨어요. 아침부터. 과학 수사대가 나온다고 해가지고."

뼈다귀 감자탕을 말하며 소원오가 흥분했다. 그의 말을

주민들이 거들었다.

"맞소. 우리가 아침부터 준비를 마쳐놓고 수사대를 기다렸소."

"여기 장작도 다 패놓고."

"불자리도 다 준비를 해놨어요."

"팀장, 어쩌죠?"

배 선배가 난처한 표정으로 다가왔다.

"어쩌긴 뭘 어째요? 잘라드려야죠."

"네?"

"못 들었어요? 감자탕이라잖아. 어르신, 시래기는 충분한가요?"

팀장이 양손으로 팀원들 사이를 가르며 다급히 움직였다.

"당연하지요. 사방에 널린 게 무청인데. 다른 게 과학이 아니요. 시간이 과학입니다. 햇볕과 바람이 들어야 비로소 새로운 맛이 창조되는 거라 이 말입니다."

"옳으신 말씀입니다. 뭐해요? 절단기! 빨리 가져와요."

팀장이 외쳤다.

"네, 팀장님."

내가 승합차 안에서 절단기를 나를 때, 전답 안으로 장작과 함께 가마솥이 들어왔다.

2020년 8월 13일 오후 5시, 우리는 절반의 폴템타를 신고 서울로 향했다. 고된 작업 끝에 마주한 것은 폴템타를 확보했다는 믿기 어려운 현실과 그 현실을 초월하는 감자탕의 맛이었다.

우리는 주민들과 폴템타의 일부를 나누고 남은 절반의 작물을 승합차 지붕 위에 얹었다. 주민들이 기꺼이 작업을 도왔다.

우리는 강원 방송에서 흘러나오는 음악에 맞춰 노래를 부르며 국도를 달렸다. 누가 먼저 시작했는지 모를 노래가 자연스럽게 합창이 되었다. 민원실 요원들이 승전고를 울리며 본부로 귀환 중이었다.

"잠깐, 어디서 냄새나지 않아요?"

뒷좌석에 앉아 있던 배하나 선배가 코를 킁킁거리며 말했다.

"환기 좀 할까요?"

운전 중이던 팀장이 창문을 열었다. 창문을 열자 냄새는 더욱 명확해졌다.

"뭔가 익는 거 같은데, 이번에는 감자라도 굽나?"

모두가 냄새를 쫓아 큰 숨을 들이쉴 때였다. 창밖에서 무언가가 날아들었다. 걸쭉하고 미지근한 무엇이 내 볼에 날아와 붙었다.

"뭐야?"

놀란 내가 양손을 볼에 대고 번갈아 문질렀다. 손바닥에 노란빛을 띤 무엇이 묻어났다.

"괜찮아요? 뭐예요?"

핸들을 잡은 팀장이 힐끔거리며 물었다.

"모르겠습니다."

그때, 가까이서 큰 소리가 났다. 놀란 팀장의 어깨가 흔들림에 따라 승합차가 곡선을 그리며 잠시 비틀거렸다. 그것은 거대한 용의 트림이거나, 공룡의 서식지에서나 들을 법한 낯설고 요란한 소리였다.

팀장이 차를 갓길에 세웠다. 승합차가 멈추자 팀장과 배선배가 동시에 뛰쳐나갔다.

"저게 왜 저래?"

배하나 선배가 경악에 가까운 표정으로 뒷걸음질 쳤다. 나도 다급히 안전벨트를 풀었다.

승용차 위에서 폴템타가 움직이고 있었다. 꿀렁꿀렁 움직이는 폴템타에서 몇 차례 언짢은 굉음이 울렸다. 폴템타가 흉측한 모양으로 꿀렁일 때마다 팀장의 표정도 덩달아 일그러졌다.

굉음이 멈추자 폴템타가 부풀어 오르기 시작했다. 우리는 울퉁불퉁했던 폴템타가 지구처럼 둥글고 매끈하게 팽

창하는 장면을 지켜보았다. 팽팽하게 부풀어 오른 폴템타
는 더이상 팽창하지 않고 모양을 유지하다가 어느 순간
'뿌아아아앙-' 하는 소리와 함께 폭발했다. 죽처럼 찰지게
익은 폴템타가 수직으로 솟구쳤다가 바닥으로 떨어졌다.

"왜 아무도 얘기하지 않은 거야? 이게 터질 수 있다는
걸, 왜?"

배 선배가 소리쳤다. 온몸에 폴템타 죽을 뒤집어쓴 선배
의 머리에서 김이 피어오르고 있었다.

"누가 이걸 길러봤어야죠."

내가 입맛을 다시며 말했다. 입술 사이에서 고소하고 달
짝지근한 폴템타 맛이 났다.

"괜찮으세요?"

김재수 주임이 차 문을 열고 나왔다.

"김! 넌 왜 이제야 나와?"

"소리가 마음에 들지 않아서요."

김 주임이 미간을 찌푸렸다. 현명한 선택이었다. 역시 소
리가 마음에 들지 않을 때는 쳐다보지 않는 것이 상책이다.

"젠장. 미적지근하고, 끈적거리고, 맛있는 냄새가 나."

배하나 선배가 고장 난 로봇처럼 엉거주춤 걸어왔다.

"무슨 일 있나요?"

지나가던 경운기가 멈추었다.

"문제가 좀 생겼네요."

어정쩡하게 양팔을 치켜든 팀장이 경운기 쪽으로 다가 갔다.

"아까 들리던 이상한 소리가 여기였습니까?"

"아마 그럴 겁니다."

"하……, 어디까지 가시는데요?"

그냥 지나치려던 경운기 운전자가 레버를 놓고 동정 어린 눈으로 우리를 바라보았다.

"서울까지 가야 해요."

"아이구야. 그럼, 좀 씻고 가야 쓰지 않겠습니까? 여기 서 2km 정도 가면 우리 집인데, 괜찮으시면 대충이라도 씻고 가시던가요."

"감사합니다, 어르신."

배 선배가 고개를 숙였다. 머리 위에서 죽이 된 폴템타 가 바닥으로 떨어졌다.

"아이구야. 홍이야! 어른들 좀 잡아 드려라."

경운기 위에 앉아 게임을 하던 아이가 태블릿을 내려놓 고 일어났다. 아이는 움직임이 부자연스러운 어른들의 손 을 일일이 잡아주었다. 폴템타를 뒤집어쓴 세 사람이 차례 로 경운기에 올랐다. 김재수 주임이 승합차를 몰고 경운기 를 따라왔다.

"혹시 낮에 왔다는 과학자분들 아니십니까?"

"맞습니다."

"허허. 무슨 과학을 하시기에."

온기가 있던 폴템타가 식으면서 빠르게 굳고 있었다. 그로 인해 움직임은 더욱 희한해지고 온몸이 간지러웠다.

"뭐 같니?"

이상한 어른들을 번갈아 바라보던 아이에게 팀장이 물었다.

"토사물 같은데요."

아이의 말에 팀장이 빙그레 웃었다.

"무엇의 토사물 같은데?"

"……지구요."

머뭇거리던 아이가 말했다.

"그래도 냄새는 나쁘지 않지? 그러니 최악은 아니야."

지구의 토사물을 뒤집어쓴 와중에도 최악을 면한 팀장은 다소 즐거워 보였다. 아이가 냄새를 맡아보려고 가까이 와 앉았다.

"어때?"

"뚱딴지 같은데요."

"비슷해."

2020년 8월 14일 오전 9시, 팀장은 태백시 화전동에서 펼쳐진 지난 작전의 결과를 보고하기 위해 본부로 출근했다. 본부장이 진중한 얼굴로 어제의 실패담을 듣고 있었다.

"그래서 맛이 어땠다고?"

본부장의 표정은 어느 때보다도 심각했다.

"세상에 없는 맛이야."

팀장과 본부장은 무슨 작당이라도 꾸미듯 서로 고개를 가까이 대고 서서 이야기를 나누었다.

"감자와 고구마 사이였어? 모두가 예상했듯이? 맞아? 그 중간 맛이야?"

"음, 비슷해. 그런데 달라."

팀장 역시 심각한 얼굴로 어제의 맛을 떠올리다 고개를 저었다.

"아학……, 부러워서 미치겠네."

본부장은 단전에서부터 올라오는 시기심을 억누르며 입술을 깨물었다.

"알아."

팀장이 본부장을 위로하고 물러났다.

"자, 그래요. 전 팀장!"

"네, 본부장님."

"이번에도 실패담 잘 들었습니다. 수고했어요. 다들 귀여웠다고 전해주시고. 비 맞은 강아지를 보듯이 내가 무척 안쓰러워했다는 말도 잊지 말고 꼭 전하도록 하세요."

본부장이 공식 전언을 내놓았다.

"네. 그렇게 전하도록 하겠습니다."

팀장과 본부장이 정중히 인사를 나누었다.

본부장의 스크랩북에 강원도 태백시의 어느 전답 위로 올라온 거대한 폴템타와 폭발 직후 폴템타 죽을 뒤집어쓴 요원들의 모습이 추가되었다. 대여섯 장의 현장 사진을 신중하게 들여다보던 본부장이 아쉬운 얼굴로 입맛을 다셨다.

"세상에 없는 맛이라니⋯⋯."

그날도 어김없이 한강으로 출근한 나는 자료실로 내려와 『9호 작물의 재배일지』를 펼쳤다. 그리고 일지에 다음과 같은 가설을 첨언으로 기록했다.

한여름 지구에서 폴템타를 수확하는 것은 결코 권장 사항이 아니다. 공기 중에 완전히 노출된 폴템타가 완숙 상태로 폭발할 수 있기 때문이다.

굿 모닝

2021년 4월 7일 오전 11시 20분, 서울시로부터 공문이 도착했다. 4월 13일부터 15일까지 사흘간 노을공원 일대에서 진행되는 '한강 난지 페스티벌'에 질서 유지원으로 차출을 요청하는 협조문이었다.

한강에서는 매일 크고 작은 행사가 벌어진다. 개인에서부터 소규모 단체, 기업, 구, 시 단위의 행사까지. 혹한기와 혹서기를 제외하면 한강은 언제나 축제다. 그리고 우리는 물속에 있다.

지난해에도 두 차례 시로부터 협조문을 받은 적이 있었다. 모두 여의도 한강공원에서 벌어지는 행사를 위한 것이었다. 그런데 이번은 조금 다르다. 이번에는 강 건너 마포구다. 팀장은 이를 출장이라고까지 했다. 문제는 출장을 위한 요청 인원이 단 세 명이라는 데 있었다.

"워, 워, 진정합시다. 이건 작전이 아니라 치안과 질서 유지를 위해 밖으로 나가는 것일 뿐이잖아요. 그러니 진정부터 해요."

배 선배가 팀 내 질서 유지원을 자청하고 나섰다.

"선배, 빠지실 건가요?"

내가 빠르게 치고 들었다.

"그런 말은 안 했거든. 내 말은 별일 아니니까 빠질 사람은 빠지라고."

"배 대리가 빠져요."

"옳소."

"그렇게는 못 하죠."

"나갈 거야. 나는 나갈 거야."

"저도 나갈 겁니다."

팀장은 몸이 근질근질하다 못해 몸살이 날 지경이었다. 우리는 복사본에 불과한 공문서를 둘러싸고 몇 분째 실랑이 중이었다.

"찢어지겠어요. 팀장! 체통을 지키세요."

"심심하단 말이에요."

팀장의 말은 절규에 가까웠다.

"공! 네가 나가버리면 여기 있는 화분들은 다 어쩔 거

야? 저 많은 식물들 돌봐야 하지 않니? 책임감을 좀 갖지
그래?"

"시민의 안전을 도모하는 일이야말로 공무원으로서 책
임감을 가져야 할 첫 번째 덕목이라고 생각합니다."

"팀장……."

배 선배가 겨눈 화살의 조준점이 바뀌었다. 하지만 금세
말문이 막혔다. 팀장은 구겨진 공문서가 무슨 '절대 반지'
라도 되는 양 간절히 끌어안고 있었다.

"미치겠군."

정말 미치겠다.

"저기, 세 분이서 다녀오셔야 할 것 같습니다."

그러고 보니 처음부터 조용했던 김 주임이 입을 열었다.

"뭐?"

"왜요?"

"김 주임, 어디 아픈 거예요?"

세 사람의 시선이 김 주임에게 향했다.

이날 001호에 도착한 공문은 하나가 아니었다. 김재수
주임에게 본부로부터 초치招致 명령이 떨어졌다. 이유는
'심각한 내부 규율 위반'이었다. 초치 이유를 묻는 내게 김
재수 주임은 멋쩍은 얼굴로,

"출근길에 사고 차량을 갓길로 옮겨야 했어요."

라고 말했다.

우리는 김 주임의 승용차가 본부의 기술에 의해 (약간) 개조되었다는 사실을 알고 있다. 김재수 주임은 아마도 견인 과정에서 자신의 승용차에 탑재한 특별한 기능 중 일부를 (약간) 사용했을 것이다. 그렇다고 해도 본부의 조치가 지나치다는 데 이견이 없었다.

"과도해. 과일 깎는 칼 말고."

팀장이 안고 있던 공문서를 내려놓았다.

우리는 팀장의 이상한 유머에는 동의하지 않았으나, 의견에는 공감했다. 그러나 그날 정오 무렵, 사고 당시의 보도 사진을 확인한 후, 아무 말 없이 김 주임을 배웅했다.

그럴 만하다. 아니, 배 선배의 말에 따르면 그래도 싸다. 김 주임이 출근길에 갓길로 옮겨야만 했다는 사고 차량은 대형 SUV를 실은 수송 트럭이었다. 김 주임의 승용차는 K사의 소형 모델이다.

김 주임은 양복을 입고 두 차례 분쟁위원회에 출석했다. 팀장의 지시에 따라 나는 시청으로 나가 첫 심리에 참관했다.

분쟁위원회는 본부의 지하 7층에 자리 잡고 있었다. 법정은 처음인지라 긴장이 되었다. 그런데 막상 도착해보니 방청객이라고는 나를 포함해 단 세 사람뿐이었다. 그나마

한 사람은 재판이 시작되기도 전에 마시던 텀블러를 들고 법정을 떠났다. 그녀는 그저 빈 법정에서 휴식 시간을 보내려던 시청의 직원이었나 보다.

사건번호 202X101X-부0X6은 심각한 내부 규율 위반에 따른 징벌 수위를 결정하기 위한 절차였다. 변호사와 김재수 주임이 먼저 법정 안으로 들어섰고, 이어 판사와 검사가 출석하면서 재판이 진행되었다.

판사보다 조금 늦게 헐레벌떡 법정 안으로 뛰어 들어온 검사는 어쩐지 조금 흥분한 것처럼 보였으나, 시간이 흐르면서 제 페이스를 찾고 있었다. 이번 심리의 가장 중요한 증거는 역시 사고 당시의 영상이었다.

2021년 4월 7일 오전 8시 26분, 한남대교 위에 문제의 트럭이 등장했다. 상하단 데크 위로 각각 다섯 대의 대형 SUV 차량이 실려 있었다.

트럭이 한남대교 중앙에 다다를 때, 하단 데크의 자동차 한 대가 출렁이는 것이 보였다. 잠금이 풀린 것으로 보이는 검은색 차가 뒤차에 지속적인 압력을 가하고 있었다. 달리는 트럭 위에서 점차 사선으로 밀려나는 두 대의 차량이 위태로워 보였다.

결국 포박이 풀린 두 대의 SUV가 데크 위에서 균형을 상실한 채 회전하더니, 바퀴가 바닥에 닿으며 순식간에 이

탈했다. 이상을 감지한 운전자가 감속했지만, 두 대의 SUV가 도로 위로 미끄러지며 뒤따르던 승용차와 추돌했다.

사고는 눈 깜짝할 사이에 일어났다. 젊은 트럭 운전자는 당황한 듯 보였다. 그가 사이드미러로 사고를 목격할 때, 반대편 차선에서 달려오던 승용차가 클랙슨을 울리며 비껴갔다. 트럭이 중앙선을 침범하고 있었기 때문이다.

이에 트럭은 빠르게 핸들을 꺾었고, 후속 차량이 연이어 브레이크를 밟으면서 연쇄 추돌이 발생했다. 몸체가 90도 이상 휘며 크게 회전하던 트럭이 바닥에 블랙 마크를 남기며 다리 위에 멈춰 섰다.

출근길 한남대교는 아수라장이 되었다. 사고 현장 후미에서 추돌을 피한 김재수 주임이 고개를 빼고 상황을 살폈다. 다행히 큰 사고는 면했으나 도로는 난장판이 되었다.

차량 밖으로 나온 김 주임이 트럭으로 접근했다. 운전자의 상태가 좋지 않았다. 그는 사고로 큰 충격을 받은 것처럼 보였다. 한마디로 제정신이 아니었다. 게다가 팔과 이마에 실질적인 부상도 입었다.

트럭 위에서 확인한 도로 상황은 혼잡했다. 올림픽대로에서 다리 위로 이어지는 차량의 행렬에 끝이 보이지 않았다. 여기저기에서 다급한 경적이 울렸다.

차분히 승용차로 복귀한 김 주임이 자신의 차를 몰고 사고 차량 사이의 좁은 길을 빠져나왔다. 그리고 수송차에서 이탈한 SUV를 갓길로 옮기기 시작했다.

이 작업에 김 주임은 자신의 승용차에 탑재한 몇 가지 기능을 사용했다. 달리는 승용차의 차체 높이가 늘고 폭이 줄면서 차량 내부에 앉아 있던 김 주임의 몸이 50cm가량 솟구쳤다. 자동차 밑면에서 두 개의 포크가 드러나자 승용차는 금세 지게차와 같은 모양새가 되었다.

두 대의 SUV 차량이 안전하게 갓길로 옮겨졌다. 그러자 이번에 김 주임은 승용차를 몰고 트럭 앞으로 이동했다. 잠시 후, 트럭이 서서히 움직이기 시작했다. 수송 트럭의 견인 고리에 슬링이 걸려 있었다.

트럭을 이끄는 것은 물론 김 주임의 소형 승용차였다. 바퀴 대신 드러난 강력한 캐터필러가 작업을 가능하게 했다. 차선을 가로막고 있던 트럭이 이동을 시작하면서 막혔던 차량의 흐름이 가능해졌다.

도로는 빠르게 정리되고 있었다. 사고 트럭 안에서 의식을 회복한 운전자가 어리둥절한 표정으로 두리번거렸다.

"아저씨! 튜닝 어디서 했어요?"

화려한 외관의 픽업트럭 운전자가 속도를 줄이며 다가와 외치듯 물었다.

"직접 했습니다."

김 주임이 대답했다.

"굿 모닝!"

크게 감명한 픽업트럭 운전자가 엄지손가락을 치켜든 채 멀어져갔다.

"김재수 요원. 어째서 도움을 요청하지 않았나요?"

법정 안에서 영상을 지켜보던 판사가 물었다.

"도움을 요청했습니다. 트럭 운전자의 상태를 단순 쇼크로 판단했고, 추돌 사고를 겪은 운전자들의 상황도 주시했습니다. 견인 작업에 관해서는 사고 차량에 가려 특수 기능의 노출이 많지 않을 것으로 판단했습니다."

"김 요원은 오지랖이 상당하시군요. 본인의 임무가 아니지 않습니까? 신고를 했으면 기다렸어야지요."

"하지만……."

"네? 뭐라고 하셨죠? 김 요원."

판사가 되물었다.

"우리는 모두 출근해야 했어요."

"네?"

과연 대한민국 공무원다운 발언이었다. 하마터면 나는 크게 감동할 뻔했다.

법정 안 스크린에서 아수라장이 된 출근길의 모습이 계

속해서 흘러나왔다. 트럭을 갓길로 옮긴 덕분에 현장에 진입할 수 있었던 구급대원들이 다급히 부상자를 이송 중이다.

"불법 개조한 승용차의 기능을 사용할 것이 아니라, 의식을 잃은 운전자를 대신해 트럭을 운행할 수는 없었나요?"

"그럴 수는 없었습니다."

"어째서죠?"

"저는 대형 면허를 소지하고 있지 않습니다."

"그럼요?"

"2종 보통입니다."

방청객도 없는 법정 안이 잠시 술렁였다.

"하지만 특수차 기능을 사용하였지요?"

김 주임은 고개를 떨궜다.

'한강 난지 페스티벌'에서 나는 주차 안내 일을 맡게 되었다. 팀장과 배 선배는 캠핑장으로 출근했다.

점심시간에 나는 강변으로 내려와 피크닉 겸 식사를 했다. 캠핑장 주변에 늘어선 푸드 트럭 앞에서 신중하게 선택한 오늘의 메뉴는 터키 샌드위치와 오렌지 슬러시였다. 나는 웬만한 화분보다도 큰 슬러시 컵과 함께 잔디밭에 자리를 잡았다. 그리고 오랜만에 즐기는 한강의 활기를 만끽했다.

오후에 여유가 생기자 팀장에게 호출이 왔다. 우리는 함께 오리배를 타고 한강으로 나갔다. 야외 활동은 팀장에게도 충전이 되는 모양이었다. 팀장은 처음부터 열정적으로 페달을 밟았다.

"재판은 어떻게 될 것 같아요?"

팀장이 물었다.

"포기해야 할 것이 생길 것 같습니다."

분쟁위원회는 차분히, 그러나 빠르게 사건을 마무리했다. 최후 변론 후 2시간 만에 선고가 내려졌다. 승용차의 특수 기능 회수와 면허 정지 3개월. 여기에는 선고 이행을 위해 동일 기간 차량을 압수한다는 내용이 포함되어 있었다.

변호인은 위급한 상황에서 할 수 있는 일을 하지 않는 것은 서울시 공무원의 도리가 아니라며 선고가 지나치다고 주장하였으나, 김 주임은 순순히 분쟁위원회의 결정을 받아들였다.

"필연 씨. 밟아요."

"네?"

"밟아요. 더는 못 해."

오리배 위에서 팀장이 탈진했다.

고개를 들자 눈앞에 보이는 것은 선유도의 전망대였다. 나는 복귀를 위해 열심히 페달을 밟았다. 하지만 한강에서는 페스티벌이 한창이었고, 정규 운항 중인 유람선과 빠르게 오가는 수상택시의 물살에 오리배는 자꾸만 밀려났다.

화분만 한 슬러시를 마시는 게 아니었다. 시간이 지날수록 급격히 진이 빠지고, 배 속은 곤란해졌다. 팀장과 나는 한동안 양화대교 근방에서 표류하다 모터보트를 타고 나타난 배하나 대리에 의해 구조되었다. 우리는 오리배의 목에 건 구조용 튜브에 이끌려 난지도로 복귀했다.

분쟁위원회의 판결 직후, 법정을 나서던 김 주임의 호출기가 울렸다. 권혁남은 그날 본부에서 김재수 주임의 판결이 있다는 것을 알고 있었다.

"본부장님, 무슨 일이신가요?"

지하 1층 카페 안으로 들어서던 김 주임이 물었다.

"무슨 일이 있어야 합니까? 우리 사이에."

"꼭 그런 것은 아니지만……."

두 사람은 진열대 앞에 나란히 서서 치즈를 입힌 베이글과 호박 약과, 아이스티 두 잔을 주문했다.

"민원실은 좀 어때요?"

"요 며칠 민원실은 난지도에 행사가 있어 지원 활동을

나간 것으로 알고 있습니다."

"오! 오랜만에 야외 업무로군요?"

"그렇지요."

"다들 신명이 났겠군요. 김 주임, 이번 일은 안 됐습니다. 하지만 구제 조항이 없어요. 민원실의 임무가 아니기도 하고."

"제 판단이 짧아서 자초한 일인걸요 뭐."

"그래도 차량 개조에 관해서는 책임을 묻지 않아 다행이긴 합니다."

"소란을 만들어 송구합니다, 본부장님."

김 주임은 민망함으로 고개를 숙였다.

"아닙니다. 이 정도 소란도 없으면, 시청에서는 우리가 아직 여기 있는 줄도 모를 겁니다."

본부장의 자조에 김 주임이 웃음을 터트렸다. 본부장도 지긋이 웃었다.

"001호는 이제 좀 지낼 만합니까?"

"그럭저럭이요."

"다행이네요."

"그렇지요."

"아! 김재수 요원에게 쌍둥이 형제가 있다면서요? 언젠가 전 팀장에게 들었습니다. 형입니까?"

본부장이 아이스티를 마시며 물었다.

"그의 주장은요."

"그럼 형님도 김 주임과 같은 천재 엔지니어인가요?"

"형은 알래스카에서 기후 변화를 연구 중입니다."

"그렇군요. 김 주임, 이렇게라도 얼굴을 보니 좋네요. 앞으로 시청에 올 일이 있으면, 꼭 본부장실에 들르도록 해요. 첫 심리 날에도 내가 얼마나 기다렸는지 알아요? 지하 7층에서 본부장실에 들렀다 가는 게 그렇게 어렵습니까?"

"죄송합니다."

"명령입니다, 이거. 명심하세요."

"네, 본부장님."

시청 직원들로 북적이는 카페 안에서 두 사람은 한동안 이야기를 나누었다. 대화의 주제는 대부분 지나간 무용담이었다. 하지만 지나간 무용담만큼 신나는 일도 없다.

그날 김 주임에게는 본부장과 나누는 실없는 대화가 정서적 환기가 되었다. 차분히 대처했지만, 법정 출입은 김 주임에게도 다소 스트레스가 되었던 모양이다.

어둠이 내린 공원에서는 야외 상영이 한창이었다. 〈우주괴인 왕마귀〉. 이 영화는 우주에서 온 괴수가 서울에 등장한다는 내용의 SF 공포물로, 커다란 이빨을 가진 괴물이 빌딩보다 큰 몸으로 미니어처가 분명한 도시를 무참히 파괴하고 있었다.

"이대로 아무 일도 일어나지 않았으면 좋겠다. 그것도 나쁘지 않겠어."

저물어가는 마지막 출장일이 아쉬운 듯 돗자리 위에 모로 누워 스크린을 바라보던 팀장이 하늘을 향해 돌아누우며 말했다.

3개월 후, 김재수 주임은 출근길에 공원 앞 주차장으로 돌아온 자신의 승용차를 발견했다. (조금) 특별했던 김 주임의 승용차는 여느 소형차와 다를 바 없는 평범한 모습으로 그에게 돌아왔다. 김 주임에게 내려졌던 집행은 오전 9시를 기준으로 모두 해제되었다.

"굿 모닝."

면허 회복을 자축하는 짧은 디스코 스텝이 이어졌다. 김 주임은 명랑한 발걸음으로 주차장을 빠져나왔다.

비밀이
아닌 것

1.

'오늘이다. 나는 오늘 필드로 나간다. 기대하고 기다리던 날이 오고야 말았다. 비밀 요원이라면 응당 해결해야 하는 임무, 특수 작전을 위한 잠행. 나는 오늘 필드로 나간다. 진정한 요원이 된다.'

2022년 8월 28일 오후 1시, 김대호의 드레스 룸에 비장함이 감돌았다. 데님 셔츠에 붉은 보타이를 맨 김대호가 오피스텔을 빠져나왔다. 그는 평소와 달리 지하 주차장으로 이동해 자신의 날렵한 컨버터블 옆에 한동안 방치해두었던 바이크에 올랐다.

매일 아침 김대호가 믿는 것은 오직 지하철이다. 그는

지하철 신봉자다. 서울시 공무원이 되고 깨달은 진리가 있다면, 지하철이야말로 출근 시간을 맞춰줄 유일한 수단이라는 것이다. 경험에 따른 신념이었다. 슈퍼 카도 불가능하다. 무슨 일이 있더라도 8시 20분 잠실발 순환선을 타야만 한다.

김대호의 신념은 오늘도 맞아떨어지고 있었다. 그는 몇 분째 잠실대교 위에서 꼼짝하지 못했다. 김대호는 상체를 세우고 헬멧의 쉴드를 걷어 올렸다. 그러나 다리 위에 멈춰 선 두 대의 시내버스 사이에서 확인할 수 있는 것이 별로 없어 답답했다.

사흘 전, 김대호 요원은 자신의 상사이자 조직의 리더인 권혁남으로부터 단순해 보이는 임무를 부여받았다. 지난 5월 11일 레드 돔의 기록을 확인하라는 것이었다. 김대호는 당장 레드 돔에 접속했다. 해당 자료에 '2'라는 표기가 보였다. 누군가 앞서 그날의 기록을 찾아보았다.

특별해 보이지 않았던 늦봄의 어느 날을 본부의 일기가 상기시켜주었다. 기록의 일부는 김 요원 본인이 작성한 것이기도 했다.

김대호는 그날을 기억한다. 그날은 민원실에서 전유숙 팀장이 본부에 핖을 요청한 날이고, 그날은 권혁남 본부장이 평소와 달리 외근의 목적을 고지하지 않은 채 2시간이

나 일찍 청사를 나선 날이다.

그런데 레드 돔의 기록은 조금 달랐다. 레드 돔은 그날을 낯선 이름으로 기록하고 있었다. 오주선(aID: 3892-휴 2-13). 이날 마카-1과 M500GB로부터 입수된 3시간여의 기록은 한강에서 서해까지 이동하는 동안 오주선의 동선을 따른 것이었다.

"본부장님께서 찾으시는 자료가 오주선에 관한 기록이 맞습니까?"

김대호가 미심쩍은 얼굴로 자료를 내려놓았다.

"맞아요. 그게 그녀의 이름이지."

권혁남이 테이블 위에 지도를 펼쳤다. 그는 그 자리에서 김대호와 함께 오주선의 최종 위치를 점검한다.

"2022년 5월 11일, 한강에서 플라인 도주 사건이 발생합니다. 도주자의 이름은 오주선. 노들섬 인근에서 잠수 중 우리 요원들과 맞닥뜨린 오주선은 자신의 정체를 들키지 않기 위해 추격전을 벌이다 서해까지 도주합니다. 3시간 가까이 벌어진 추격전 끝에 결국 선미도 근방에서 신원이 노출되지요."

"오~"

현장 요원들의 활약에 김대호는 깊은 감명을 받은 듯 보였다. 이것이 말로만 듣던 필드에서의 활동인 것이다.

3년 전, 김대호는 새로운 시장의 취임과 함께 비서실로 발령되었다가, 무슨 일 때문인지 4개월 만에 본부장실로 전출되었다. 인사권을 포함해 본부장의 권한이 대폭 박탈된 후 이뤄진 시장의 첫 인사권 행사였다.

　그날 이후, 김대호는 '요원인 듯 요원 아닌 낙하산 같은 너'로 불리며 본부의 반쪽 인사가 된다.

　"사건 발생 이후, 오주선이 처음으로 모습을 드러낸 곳은 아산호였어요. 사건 후 사흘 만인 5월 14일의 일입니다. 오전 7시경, 물 밖으로 나온 오주선의 모습이 인근 CCTV에 그대로 노출됩니다. 여기에는 이유가 있었을 거예요. 오주선이 왜 아산호에 나타났을까요?"

　"아산이요? 아산이라…… 아산호? 잘 모르겠는데요."

　김대호가 짐작조차 못 하는 눈으로 권혁남을 올려다보았다.

　"오주선은 이동 경로에 혼란을 주고 싶었던 겁니다. 추적기가 자신의 위치를 드러내줄 테니까요. 오주선은 CCTV 영상을 통해 자신의 모습을 각인하려 했던 거예요. 그러니까 5월 14일 아산호에서 카메라에 포착된 것은 그녀의 계획이었던 것이죠. 이후, 오주선은 장장 9일에 걸쳐 물길을 따라 신갈저수지까지 올라가요."

　권혁남이 저수지의 위치를 짚으며 말했다.

"걸어서요?"

"네? 아니요. 수중으로."

"아……!"

김대호가 해맑게 웃었다. 그는 여전히 짐작조차 못 하는 눈이다.

"김 요원, 내 말 잘 듣고 있습니까?"

"네. 물론입니다. 본부장님."

김대호의 확신에 찬 대답에도 불구하고, 권혁남은 의심스러운 얼굴로 그를 바라보았다.

"이, 우리가 어디까지 얘기했더라? 그래요. 아산호 등장 이후, 오주선은 평택대교 근방에서 홀연히 사라집니다. 그리고 그로부터 9일 만인 5월 23일, 수중에서의 오랜 인내 끝에, 오주선이 다시 발견된 곳은 경기도 용인의 기흥 레스피아였어요."

권혁남이 사진 한 장을 내놓았다. 사진은 CCTV 영상을 출력한 것으로 오주선의 모습이 담겨 있었다. 사진 하단에 2022년 5월 23일, 오전 11시 39분 17초라는 숫자가 선명했다.

권혁남은 이미 아산호에서 이어지는 물길 주변에 설치된 CCTV의 전수 조사를 마쳤다. 김대호가 다시 지도를 확인했다. 그는 권혁남이 지목한 물길을 따라 아산호에서부터 기흥까지 시선을 이어갔다.

"5월 14일부터 23일까지 9일간의 기록이 부재한 이유는 오주선이 물속에서 추적기를 분리했기 때문입니다."

"와······."

김대호의 시선은 여전히 물길을 쫓고 있었다. 물길은 평택을 벗어나며 여러 갈래로 나뉘었다. 오주선이 재등장하기까지 9일, 권혁남은 물길 위의 모든 가능성을 검토한 것이다. 김대호는 이제껏 알지 못했던 상사의 새로운 면모에 크게 놀랐다.

"이제 오주선을 찾으러 갈 겁니다."

"경기 남부 지부로 연결할까요?"

"아니요."

"그럼 민원실인가요?"

"아니, 그럴 필요 없어요. 직접 움직일 겁니다."

"본부장님께서 직접이요?"

"네. 나와 김대호 요원, 우리 두 사람이 움직일 겁니다."

"하지만 본부장님, 어째서죠? 함께 움직이면 검거는 그만큼 쉬워질 텐데요."

"일단 직감이라고 해둡시다. 확인해야 할 것도 있고요. 아! 그리고 미리 말해두는데, 그녀는 더블러예요."

더블러라는 말에 김대호의 얼굴이 움찔거렸다. 그도 더

블러에 관해 들어본 적이 있다. 뜻밖의 도주 사건이 더블러를 직접 대면할 기회가 되었다는 사실이 김대호를 잠시 흥분시켰다.

"그럼 28일 오후 2시까지 강변역으로 오세요."

"죄송하지만, 언제라고요?"

"28일, 오후 2시 정각! 늦지 마요."

"본부장님, 그날은 주말인데요."

아무리 따져봐도 주말이 확실하다. 주말 출근은 더블러보다 중요한 문제다.

"김 요원, 이리 가까이 오십시오."

김대호가 권혁남 곁으로 한 걸음 다가섰다.

"좀 더 가까이."

다시 한 걸음.

"지금 이해가 잘 안 되는 모양인데, 이건 특수 작전입니다. 극비리에 진행해야 할 임무라고요. 지금 밖에서는 과거 위법 행위가 있던 플라인이 추적기의 신호를 차단한 채 도주 중입니다. 만약 평일에 자리를 비우게 된다면 누군가 낌새를 챌 테고, 그럼 더는 비밀이 아닌 것이 되겠죠. 이런 중요한 임무를 내가 누구와 함께 완수해야겠습니까?"

권혁남은 목소리를 낮추고 두 사람의 어깨를 모아 창문을 등지듯 돌아섰다.

"이해합니다, 본부장님."

"좋아요."

"그날 오후 2시 정각에 뵙겠습니다."

그렇게 굳은 약속을 했건만, 잠실대교의 상황은 여전히 개선될 기미가 보이지 않았다. 김대호는 지금과 같은 도로 상황에서 과연 시간을 제대로 맞출 수 있을지 걱정이 되었다.

퇴근 이후 배 선배로부터 메시지를 받기는 처음이다. 나는 배하나 선배의 이름으로 도착한 메시지를 한참이나 들여다보았다.

최근에 나는 배 선배가 무언가 감지했다는 것을 알았다. 정확히 무엇을 언제 감지한 것인지는 모르겠으나, 그녀는 분명 홀로 내밀하게 꾸미고 있는 일이 있었다.

통보에 가까운 약속에 따라 주말 오후 배 선배가 대학로에 도착했다. 주택가로 접근하는 길은 혼잡했으므로, 나는 미리 큰길로 나가 대기했다.

"찾아봤니?"

"네, 그런데 별다른 추가 기록은 없었어요."

나는 배 선배의 요청에 따라 아침 일찍 시청으로 나가 오주선의 자료를 확인했다. 서버에 접속하자 해당 자료에

'3'이라는 표기가 보였다.

　오주선의 마지막 목격지가 기흥이었기 때문에 나는 오늘의 목적지가 경기도 남부의 어느 곳이 될 것이라고 예상했다. 그런데 배 선배의 생각은 달랐던 모양이다. 우리는 어느새 종로에서 벗어나 왕십리를 지나고 있었다. 도로 위의 표지판이 뚝섬 방향을 알리고 있다.

　"선배, 어디로 가는 건가요?"

　뚝섬을 알리는 표지판이 등 뒤로 멀어져갔다.

　"한강을 따라 동쪽으로 이동할 거야."

　배 선배가 자신의 휴대전화를 내게 건넸다.

　"이게 뭐죠?"

　"한강 주변에 있는 라이브 바와 카페 목록이야. 강변에서 200m 이내에 있는 업소로만 찾은 거야."

　"어디서요?"

　"소셜 미디어. 요즘 거긴 뭐든 다 있대."

　"저는 오늘 경기 남부 지부의 도움을 받아 움직이게 되지 않을까 생각했습니다."

　"오주선은 서울에 있어. 정확히는 한강 주변에 있을 거야, 확실해. 그런데 오주선이 가수라는 건 알고 있니?"

　"아니요."

　"대단해. 타고났지. 보면 알아."

나들이 인파로 북적이는 강변의 분위기와 달리 주말의 이글루는 평소보다 고요한 느낌이다. 김재수 주임이 승강기를 타고 내려와 유리관 안으로 들어섰다.

"별일이군. 주말에 두 명이나 출근하다니. 어디 곶감이라도 숨겨뒀나?"

"이런, 만두. 너무 옛날식 농담 아니야?"

"참 별꼴이군. 날 만든 게 누구더라?"

잠시 지체되던 김재수 주임의 진입이 승인되었다. 그는 빈 업무실을 가로질러 곧장 지하로 내려갔다. 기계실 안에서 팀장이 수중 바이크의 상태를 점검 중이었다.

"왔어요? 준비됐나요?"

팀장이 조정석 밖으로 고개를 내밀었다.

"네. 준비됐습니다."

김 주임이 수중 바이크에 탑승하기는 처음이다. 오래전 본부에서 진행한 수중 바이크의 정기 점검 당시, 선배 엔지니어들의 요청에 따라 수조 안에 잠긴 바이크에 탑승해 작업을 도왔던 경험은 있으나, 현장에서 탑승하기는 이번이 처음이다.

"팀장님, 오주선에 특별히 주목하시는 이유가 있나요?"

수중 바이크가 이글루를 떠날 때, 김 주임이 물었다.

"직감이라고 해두죠. 일단은. 확인해야 할 것도 있고요."

팀장이 조정하는 수중 바이크가 원효대교를 지나 이촌동 방향으로 우회하며 부드럽게 전진했다.

"오주선이 한강 변에 있다고 확신하시는 이유는요? 요원들과 추격전을 벌일 정도의 도주자라면, 어째서 숨어 지낼 거라고는 생각하지 않으세요?"

"삶이요. 그녀에게도 일이 필요해요. 오주선은 사기죄로 장기간 복역 후 출소한 지 얼마 되지 않았거든요. 그동안 물가는 올랐고, 생활 방식은 변했고, 모든 게 낯설고 힘들 겁니다. 그렇다고 절도와 같은 범죄를 저지른다면, 당장 수배가 될 테고요. 오주선은 최소한의 움직임으로 생활을 유지할 방법을 알고 있어요. 거기다 탈주로도 필요하죠. 절 믿으세요. 그녀는 한강 변에 있습니다."

김대호 요원은 자신이 버디 무비의 주인공 같다고 느꼈다. 추적기를 분리한 채 도주 중인 외계인을 추격하며 강변북로를 달리는 비밀 요원의 호연지기라니. 일찍이 이보다 멋진 일요일은 없었다. 도심 속으로 기우는 노을빛이 김대호의 온몸 위로 쏟아졌다.

권혁남과 김대호가 바이크를 타고 나란히 도착한 곳은 아차산 끝자락에 위치한 어느 호텔이었다. 로비를 지나 엘리베이터에 오르자 스카이라운지의 재즈 바를 소개하는 안내 문구가 보였다.

배하나 선배와 나는 바텐더 앞에서 알코올을 함유하지 않은 칵테일을 주문했다. 창밖으로 어둠이 짙어질수록 강 너머로 보이는 도시의 불빛이 점차 강렬해져갔다.

무대 위에서 흐르던 가벼운 재즈풍의 연주가 끝나자 밴드 사이에 여인이 등장했다. 어깨가 드러나는 검은 드레스에 카우보이 부츠를 신은 작은 몸집의 여인, 오주선이었다.

"젠장."

배하나 선배가 알 수 없는 미소를 지으며 조용히 중얼거렸다.

실내에 피아노 선율이 흐르고, 턱시도를 입은 연주자들 사이에서 오주선이 이야기를 건네듯 노래를 부르기 시작했다. 오른팔 안쪽으로 보이는 문신이 눈길을 끌었다. 리듬에 맞춰 오주선이 몸을 조금씩 흔들 때마다 귀밑으로 늘어진 가늘고 긴 귀걸이가 가볍게 찰랑거렸다. 그리고 흐트러짐 없이 틀어 올린 금발은 아마 가발일 것이다.

붉은 조명이 오주선의 얼굴에 굴곡을 만들었다. 찰나의 표정과 미세한 몸짓, 독보적인 음색으로 청중의 호흡을 붙잡는 극적인 공연이었다. 나는 공연에 완전히 심취한 나머지 그녀가 슈트를 착용한 플라인이라는 사실을 잊을 뻔했다.

"이런."

배하나 선배가 돌아앉으며 칵테일 잔을 내려놓았다. 본부장과 김대호 요원이 재즈 바 안으로 들어왔다. 나의 시선이 선배의 어깨너머로 흐르듯 움직였다.

김 요원과 내 눈이 마주쳤다. 양 팀이 각자의 위치를 확인하며 일으킨 작은 파장을 무대 위의 오주선이 감지했다. 오늘 밤 두 번째 선곡이었던 〈Bang Bang(My Baby Shot Me Down)〉의 피아노 연주가 끝나자 박수 소리와 함께 오주선이 사라졌다.

팀장과 김재수 주임은 마지막 순간 호텔에 도착했다. 뒷문으로 들어오던 팀장의 곁을 머리에 스카프를 두른 누군가가 스쳐갔다. 팀장이 어떤 직감으로 돌아설 때, 화물용 엘리베이터의 문이 열리며 배하나 선배가 뛰쳐나왔다.

"오주선이에요."

배 선배와 내가 달려 나갔다. 이어 비상구의 철문을 밀치며 본부장과 김대호 요원이 등장했다.

"넌 정말 뒷문을 좋아해."

본부장이 흐트러진 라이더재킷을 정리하며 걸어왔다.

"안 덥니?"

팀장이 미간을 찌푸렸다.

우리는 차례로 호텔을 빠져나왔다. 모두가 오주선이 어디로 갈지 알고 있었다. 물속에서라면 그녀는 누구의 추격도 뿌리칠 수 있을 것이다.

어둠 속으로 강을 향해 달려가는 오주선의 뒷모습이 보였다. 검은 드레스, 왼손에 부츠를 쥔 맨발의 오주선이 건널목을 지나 강변으로 진입하고 있었다. 바람에 풀린 스카프가 도로 위에서 방향을 잃고 너풀거렸다.

오주선이 강가에 다다르자 가까이에서 누군가의 탄식이 들렸다. 그러나 강변에 도착한 오주선은 속도를 이겨 멈춰 서더니, 이내 양손을 들고 돌아섰다. 손을 들기 전, 그녀는 쥐고 있던 부츠를 아스팔트 위에 내려놓았다. 헤드라이트를 밝힌 검은 승용차가 클랙슨을 울리며 비껴갔다.

나는 그 순간이 믿기지 않았다.

2.

시청으로 이동하는 동안 운전은 나의 몫이었다. 옆좌석에는 배하나 대리가, 뒷좌석에는 오주선이 탑승했다. 본부장과 김대호 요원의 오토바이가 가까이에서 뒤따르고 있어 차량은 마치 호위를 받는 모양새가 되었다.

오주선이 강바람에 흐트러진 가발을 벗었다. 금발 속에 숨겨져 있던 검은 머리카락이 쏟아졌다.

"무슨 문제라도 있나요?"

룸미러에 자꾸 시선이 가던 차였다.

"그 문신……, 실제인가요?"

오주선의 팔에 새겨진 문신은 가공으로 보이지 않았다. 그리고 언뜻 고대 언어처럼 보이지만, 지구에서는 단지 소수만이 의미를 이해할 저 세 줄의 문장은 그들의 문자가 분명했다.

"네. 실제이면서 아프지 않죠. 15년 경력의 타투이스트가 시술 내내 눈 하나 깜짝하지 않는 사람은 처음 봤대요. 그러면서 저에게 몬스터라고 했었죠. 어차피 슈트인데."

마지막 순간 오주선은 강으로 탈주하는 대신 조용히 체포 절차에 동의했다. 영특한 선택이었다. 도망자가 되는 것은 결국 아무것도 제대로 할 수 없는 신세가 되는 것이다. 다시 그럴 수는 없었다.

시청으로 향하는 자동차 안에서 오주선은 어떤 소란도 없이 얌전히 앉아 있었다. 그리고 본부의 취조실에서 진행된 정식 조사에서 그녀는 추적기를 분실했다고 진술했다.

"추적기를 분실하셨다고요?"

"그렇다니까요. 방위대원들이 들이닥치기 전까지 저는 그 사실을 몰랐어요."

취조실 안을 찬찬히 둘러보던 오주선이 말했다.

"어디에서 분실하셨나요?"

"모르죠."

"짐작 가는 곳이라도?"

"아마 물속일 거예요. 한동안 휴가였거든요."

"그렇다면 혐의가 없는데, 왜 도망치셨습니까?"

"조사관님, 생각해보세요. 여섯 명의 낯선 자들이 동시에 달려드는데, 가만히 있을 사람이 있을까요? 무슨 일이 벌어질지 어떻게 알고요? 네?"

나는 취조실 밖에서 배 선배와 함께 오주선의 진술을 지켜보았다.

"거짓말인가요?"

"응."

배하나 선배는 취조실 안에서 벌어지는 대화가 전혀 흥미롭지 않다면서도, 스피커의 볼륨을 키워 오주선의 진술을 빠짐없이 경청했다. 대화에 진전이 없었으므로 조사는 쉽게 끝날 것 같지 않았다.

"지난 5월 11일 한강에서는요? 그때는 왜 도망치셨나요?"

조사관은 차분하게 질문을 이어갔다.

"지하라 그런가, 좀 서늘하네요. 안 그래요? 여기가 지하 6층이었던가요?"

오주선은 용의자의 움직임에 따라 민감하게 반응하는 CCTV의 시선을 피하지 않았다.

"질문에 대답해주시겠습니까? 지난 5월 11일, 한강에서 도주한 이유가 무엇입니까?"

"모르겠습니다."

"모르겠다고요?"

"네."

"지난 5월 11일, 한강에서 본부의 요원들이 오주선 씨의 신원 확인을 시도하자 도주하셨죠? 왜 그랬습니까?"

조사관이 사건 당일 마카-1이 촬영한 사진을 탁자 위에 펼쳐놓았다.

"모르겠습니다."

오주선이 탁자 위의 사진과 마주 앉은 조사관의 얼굴을 차례로 바라보았다.

"당신은 더블러지요? 그런데 본부의 자료에 따르면, 당신은 단지 물 친화형으로만 신고했을 뿐이에요. 왜 그랬습니까?"

"모르겠어요."

"오주선 씨는 모르는 게 참 많네요."

"조사관님께서 말씀해주세요. 제가 잘못한 게 무엇인지. 여가를 위해 강물 속으로 들어갔다가 깊은 수면 상태에 빠졌고, 갑작스레 나타난 기계에 놀라 현장에서 도망쳤어요. 그게 그렇게 큰 잘못인가요?"

오주선이 사진을 만지작거리며 말했다. 취조가 좀 지루하다는 듯 나른한 목소리였다.

"본인이 더블러라는 사실을 감추고 싶었나요? 아니면 감추어야 할 이유가 있나요? 왜 더블러라는 사실을 고지하지 않았나요?"

조사관의 질문이 이어졌다.

"……저도 얼마 전에야 알았어요. 제가 두 가지 변이가 가능하다는 걸. 아마 교도소에서 제가 좀 미쳤었나 봐요. 거기 생활이 잘 맞지 않더라고. 답답하고, 짜증이 막 나고, 억울하고. 사람이요, 배신을 당하면요, 되게 억울해요. 명상을 하다가 알았어요. 의무관이 그런 걸 권하더라고요. 도무지 마음이 다스려지지 않을 때는 명상을 해보라고. 내안에 다른 변이가 있는 줄은 미처 몰랐네요. 수감 중 우연히 알게 된 사실이에요."

"그리고 5월 14일, 오주선 씨는 도주 끝에 뭍으로 나와 아산호를 거치면서 추적기의 신호를 차단합니다."

"아니요. 추적기는 분실했어요."

"분실 전까지 무리 없이 작동하던 추적기가 하필 분실 직전 벌어진 어떤 물리적 충격으로 인해 신호가 차단되었

380　한국우주난민
특별대책위원회

습니다. 이것이 사고였다는 말씀이세요? 이 또한 우연인가요?"

조사관의 추궁에 오주선이 어깨를 들썩였다.

"전 단지 절차에 무지했을 뿐이에요. 그래요. 전 더블러입니다. 그리고 한강에서 부주의하게 움직이는 기계에 놀라 인천 앞바다까지 줄행랑친 경험이 있어요. 변이에 관한 신고 누적과 함께 이에 해당하는 위법 사항이 있다면, 마땅한 처벌을 받겠습니다. 하지만 제가 수감 중이었다는 사실을 참작해주셔야 할 거예요. 아차! 추적기를 분실했네요. 분실 여부를 깨닫지 못했다는 것 역시 죄라면, 그 부분에 관해서도 처분을 내리세요. 저는 아무 곳에도 가지 않고 여기 있겠습니다."

진술을 마친 오주선이 머리 위로 스카프를 둘렀다.

업무실에 냉기가 흘렀다. 주말 저녁 시청에서부터 서먹했던 기운이 월요일 아침 업무실까지 이어졌다. 이유는 각자의 비밀 작전이 서로에게 발각되었기 때문이다. 유감이었다.

"왜요? 왜 비밀이어야 했죠?"

오전 내내 침묵으로 대치하던 팀장과 배하나 대리가 드디어 휴게실 안에서 만났다. 먼저 입을 연 쪽은 팀장이었다.

"흥분하실까 봐요."

차를 따르던 배 대리가 말했다.

"흥분이라니요? 무슨 흥분?"

"오주선이잖아요."

"오주선이 뭐요? 내가 왜? 뭐? 뭐가요?"

팀장이 발끈하며 돌아섰다.

"보세요. 지금도 흥분하시잖아요."

"참나. 배하나 대리야말로 별일 드문 민원실에서 오랜만에 만난 큰 건 혼자 해결하고 싶었던 것은 아니고요?"

혼자라니? 분명 나도 현장에 있었다.

"아닙니다. 그러는 팀장은 어떻게 김이랑 나갈 수가 있어요? 아니, 어떻게 김이랑? 네? 정말 기가 막혀."

듣는 김이야말로 기막힐 노릇이다.

조용히 자리를 지키고 앉아 있던 김재수 주임은 휴게실에서 자신이 언급되자 뒤통수가 심히 당기는 느낌을 받았다. 책상 앞에 고정된 하체와 달리 그의 목과 귀가 휴게실을 향해 점점 더 늘어났다.

"하나 씨는 말을 옮기잖아요. 비밀이, 비밀이 아닌 것처럼."

"이번에는 말 안 했는데요."

팔짱을 낀 배하나 대리가 팀장을 향해 돌아섰다.

"어떻게 나한테 얘기 안 할 수가 있어요? 어떻게?"

"제 입이 가볍다면서요?"

분을 삼키지 못한 팀장과 배하나 대리는 서로의 찻잔이 바뀐 줄도 모르고 휴게실 앞에서 튕기듯 흩어졌다. 등 뒤로 늘어났던 김 주임의 목과 귀가 제자리를 찾아 조용히 움직였다.

이번 작전에 만족한 사람은 김대호 요원뿐이었다. 그는 비밀 요원으로 필드에서 활약했다는 기분을 만끽한 채 시청으로 출근했다. 본부장실이 있는 지하 2층에서는 오전 내내 휘파람 소리가 흘러나왔다. 이 소리로 김대호의 동선을 알 수 있었다.

점심시간, 본부의 화제는 단연 주말에 검거된 용의자였다.

"누가 이 낙하산에게 카푸치노를 대접할 텐가?"

카페테리아 안으로 들어오던 김대호가 거들먹거리며 외쳤다. 동료들이 믿기지 않는 얼굴로 그를 맞이했다. 김대호는 주말 저녁 벌어진 비밀 작전에서 용의자를 검거한 것이 자신이라고 주장했다.

"그게 정말이야? 소문으로는 민원실에서 해결했다던데?"

"아니야. 아차산대교 밑에서 강물 속으로 뛰어들기 직

전 용의자를 검거! 수송 차량에 태운 게 나라니까."

'검거!'라고 볼 수는 없지만, 양손을 들고 길가에 서 있던 오주선을 수송 차량으로 정중히 안내한 자가 김대호이기는 했다.

"그럼 본 거야?"

"뭘?"

"변이."

"오주선은 물 친화형이야. 물속이 아닌데 어떻게 변이를 하나?"

"더블러라며?"

"뭐? 너 더블러가 뭔지 모르지? 솔직히?"

"알아. 두 가지 변이를 일으키는 플라인. 맞잖아?"

"갑각류화는? 모르지? 모르네. 모르니까 대낮에 이런 무식한 질문을 잘도 하지. 부끄러운 줄도 모르고 말이야. 하여간 이 변이를 글로 배운 놈들. 니들이 특수 작전을 알아? 니들이 극비 잠행을 아느냐고? 하긴 니들이 언제 주말에 출근이나 해봤겠냐? 그냥 이론만 빠삭했지, 어디 필드엘 나가봤어야지. 낙하산만 안 맸지, 니들이 나랑 다른 게 뭐냐?"

"너 지금 낙하산이라고 인정하는 거야?"

"아니거든요. 아, 이런 무지렁이들도 요원이랍시고 양

태마당에서 커피를 마신다."

김 요원이 거만한 태도로 으스댔다.

"어쨌든 너도 못 봤다는 거잖아?"

"뭘?"

"변이."

"꼭 봐야 아냐?"

"뭐?"

카푸치노를 받아 들며 끝까지 큰소리치는 김대호였다.

김대호가 카페테리아에서 특수, 극비, 잠행, 작전의 무게를 스스로 짊어지는 동안 권혁남은 자신의 업무실 안에서 추적기의 위치를 확인했다. 테이블 위로 지도를 불러들인 다음 서울시에서 종로, 종로에서 세종대로 일대로 범위를 좁혔다.

시청 안에 하나의 점이 있다. 오주선이다. 오주선에게 새로운 추적기가 제공되었다. 권혁남은 테이블 위에서 반짝이는 불빛을 바라보며 다이어트 콜라와 함께 빅맥을 먹었다.

2003년 봄, 전유숙과 권혁남은 혈기 넘치는 방위대원이었다. 오주선의 이름이 본부를 휩쓸 때였고, 그 이름은 차후 방위대를 지휘하게 될 누군가에게 특별한 디딤돌이 되어줄 것이 자명했다.

권혁남은 낮에는 본부에서, 밤에는 거리에서 오주선의 뒤를 쫓았다. 권혁남 홀로 움직이는 독립적이고 비공식적인 수사였다. 고생은 했지만 진척이 있었다. 발품을 팔아가며 주변인들을 수소문한 끝에 권혁남은 용산구 일대에 이따금 오주선이 나타난다는 제보를 얻는다.

주말 오후, 절반의 손님이 입장한 어느 재즈 바는 붐비지 않았다. 연주자들이 공연을 위한 악기 점검을 진행하는 동안 직원들은 무대를 오가며 조명과 스피커의 상태를 확인했다.

공연 시간이 다가오자 무대 위로 한 여인이 등장했다. 하얀 조명이 여인의 머리 위로 떨어졌다. 그날 권혁남은 처음으로 오주선과 마주했다.

그해 봄, 오주선은 일주일에 네 차례 시내에서 공연하고, 공연이 끝나면 택시를 타고 신촌에 위치한 자신의 빌라로 돌아갔다. 권혁남은 매일 밤 신촌으로 출근해 오주선의 동선을 밟았다.

초여름의 금요일 밤이었다. 용산의 라이브 바 '코어'에서 공연을 마친 오주선은 평소처럼 삼거리에서 택시를 타는 대신 가까운 골목 안으로 들어섰다. 권혁남이 그녀의 뒤를 쫓았다. 좁은 골목을 따라 이동하던 오주선이 코어에서 10여 분 거리에 위치한 어느 클럽 안으로 들어갔다.

실내에 인공 연무가 자욱했다. 비상구를 알리는 불빛 아래 오주선이 보였다. 클럽 안은 어두웠고, 국지적인 조명 빛에 겨우 얼굴의 윤곽이 드러날 뿐이었지만, 팔 안쪽으로 보이는 문신으로 오주선임을 확인할 수 있었다.

그리고 오주선의 곁에 앉아 귓가에 대고 이야기를 나누는 남자는 그녀의 동업자이자 연인인 김충만이 확실했다. 천장의 조명이 번쩍일 때마다 두 사람의 목선을 따라 옷깃 안으로 슈트가 엷은 빛을 냈다.

실내를 꽉 채운 사람들 사이에서 오주선이 권혁남을 알아보았다. 최근 라이브 바에 자주 등장하던 얼굴이다. 오주선이 김충만과 함께 일어나 비상구 쪽으로 움직일 때, 권혁남은 인파 사이를 비집었다.

클럽을 빠져나온 두 사람은 골목을 따라 이동했다. 오주선이 김충만을 이끌었다. 힘겹게 건물을 벗어난 권혁남이 골목 밖으로 뛰쳐나왔을 때는 이미 어느 방향으로도 오주선과 김충만의 모습은 보이지 않았다.

(만약 기회가 된다면 당신은 이후 두 사람의 이야기를 더 듣게 될 수도 있다. 우주선의 아이들이자, 둘도 없는 친구이며, 연인이었던 두 인물에 관한 이야기를. 혹시 오랜 시간이 흐른 후에라도.)

겸연쩍은 분위기 속에 맞이한 점심시간이 즐거울 리 없었다. 과도한 경쟁으로 뜨겁게 달아올랐던 게이트볼 사태 때도 이 정도는 아니었다. 나는 된장인지 순두부인지 모를 찌개를 향해 기계적으로 숟가락을 옮겼다.

"우리 사이에 비밀은 없는 줄 알았습니다."

뚝배기 속 불고기를 뒤적이던 김 주임이 조용히 건넨 말이다.

"아. 그게……, 죄송해요."

나는 알고 있었다. 김 주임으로부터 주말에 출근한다는 메시지를 받았기 때문이다.

"미리 말씀 못 드린 건 옳은 결정이 아니었다고 생각해요. 하지만 오주선에 관해서라면 팀장은 여전히 불필요한 부채 의식을 향해 무작정 뛰어들려고만 하잖아요."

배 선배가 마주 앉은 팀장에게 말했다. 선배는 식사를 거의 하지 못했다. 어쩌면 오주선의 신원을 확인한 그날 이후로 줄곧 그래왔는지도 모르겠다.

"당시 오주선에게는 혐의가 있었어요. 그것도 많았어요. 증거가 넘쳤고요."

팀장이 말했다.

"그런데 왜 아직도 신경 쓰세요? 10년도 더 넘은 일이잖아요."

"직감. 여전히 불편한 그 직감."

2007년 12월 23일, 서울에 함박눈이 내리던 날, 8년에
걸친 방위대의 끈질긴 추적 끝에 마침내 오주선이 검거되
었다.

본부에서는 누구도 그날의 검거를 실패한 임무로 여기
지 않았다. 오히려 오랜 골칫거리를 해결한 치적이었다.
당시 방위대는 오주선 일당을 검거한 공으로 본부로부터
포상을 받기도 했다.

하지만 직접 작전에 나선 전유숙은 당시 무언가가 크게
잘못되었다고 느꼈다. 이는 전유숙의 동료이자, 경쟁자이
자, 권위 있는 방위대원이었던 권혁남도 마찬가지였다.

시청 안에 플라인이 있다. 스크린 위에서 반짝이는 작은
불빛이 두 방위대원의 거북한 직감을 상기시키고 있었다.

장승
실종 사건

2021년 11월 2일 오전 11시 10분, 민원실에 의문의 전화가 걸려왔다.

"여보세요? 민원실인가요?"

"네. 맞습니다. 말씀하세요."

"저기, 거기 위치가 어디인가요?"

"무슨 일이시죠? 직접 오셔야 하는 일인가요?"

"그렇죠. 아무래도."

상대의 반응이 어쩐지 시큰둥했다.

"일단 문제가 무엇인지 말씀해보세요. 제가 유선상으로 도울 수 있는 일이 있을 겁니다. 무슨 일이신가요?"

"그게 지금 제가 한강까지는 왔거든요."

"이미 한강까지 오셨다고요?"

이런 경우는 처음인지라 당황하지 않을 수 없었다.

"네. 물건에 적힌 주소지가 '여의동로 진성나루 변 민원실 001호'라고 적혀 있어서요. 그래서 진성나루까지는 왔는데, 아무리 둘러봐도 건물을 찾을 수가 없네요. 민원실이 대체 어디 있죠?"

도무지 알아들을 수 없는 말이었다.

"실례지만, 누구십니까?"

"우체국 사원입니다. 택배요."

"아……, 택배. 택배요? 확실한가요?"

"네. 확실하죠."

"그렇군요. 죄송합니다만, 기사님. 지금 계신 곳이 정확히 어디인가요?"

"원효대교 밑이에요."

"그렇다면 그곳에서 진성나루 방향으로 일곱 걸음 이동하신 후에 물건을 바닥에 내려놔주시겠습니까?"

"지금 장난하시는 건가요?"

"아니요, 아니요. 장난이 아닙니다."

"여기서 일곱 걸음 걸어가서 바닥에 물건을 놔두면 된단 말이지요? 물가에요?"

"네, 맞습니다."

택배 기사는 이해할 수 없었겠지만, 고객의 요구에 따라

원효대교에서 일곱 걸음 이동한 후, 물건을 강변에 두고
자리를 떴다.

나는 물속 기지에 달린 안테나를 올려 물 밖의 상황을
확인했다. 지름 4.5mm의 안테나가 물 밖으로 고개를 내밀
자, 금속 봉 끝에 달린 작은 창이 열리며 물 밖 상황이 모
니터를 통해 들어왔다.

일단 강가에 놓인 물건이 보였다. 이어 공원로를 따라
주차장으로 올라가는 우체부의 뒷모습이 보였다.

승강기에 탑승한 나는 밖으로 나가지 않고 지상으로부
터 2m 아래에서 보도블록 위로 손을 내밀었다. 그런데 분
명 물가 쪽으로 놓여 있던 물건이 만져지지 않았다. 나는
사방을 둘러가며 바닥을 짚어보고, 발뒤꿈치를 들어 팔을
더 길게 뻗어보기도 하였으나, 여전히 손에 닿는 것이 없
었다.

승강기의 위치를 조금 더 조정하자 물건이 보였다. 물
건은 오늘의 입구에서 진성나루 방향으로 한걸음 정도 떨
어진 곳에 놓여 있었다. 바지춤을 부여잡고 성큼성큼 걸은
결과다. 나는 물건을 집어 지하로 내려왔다.

"택배라니 별일이군."

유리관을 지날 때, 만두가 말했다. 1년 8개월 만에 처음
민원실 앞으로 택배가 도착했다.

물건은 귤이었다. 발신자는 지혜원 요원. 상자 안에 동봉한 편지에는 자신의 전셋집 앞마당에 귤나무가 한 그루 있으며, 여기에서 수확하는 귤은 모두 나의 몫이다. 올해는 더욱 풍성하게 귤이 열려 기쁘게 나눠 드린다는 내용이 적혀 있었다.

팀장이 제주 지사로 전화를 걸자 옛 가요가 흘러나왔다. 곧 화면에 지 요원이 등장했다. 한 손에는 빨간색 머그잔을, 다른 한 손에는 유채꿀을 쥔 상태였다. 풍성하게 컬을 넣은 새로운 헤어스타일이 지 요원의 활기와 어울렸다.

"제주 날씨는 어때요?"

"바람이 꽤 불고 있어요. 서울은요?"

"그게, 우리는 잘 몰라요. 좀 흐린가?"

팀장의 추측은 흐림이었다.

"비가 오는 것 같지는 않은데. 그치?"

배하나 선배가 유리벽 가까이에서 물속을 들여다보았다.

"강수확률이 30%라는데요."

김재수 주임은 여의도 근방의 실시간 기상 정보를 확인했다.

"비 안 옵니다. 제가 나갔다 왔어요."

날씨 이야기에 모두가 우왕좌왕하고 있었다.

제주에서는 최근 돌하르방을 훔치려던 여행자가 현장

에서 검거되는 사건이 발생했다. 이 여행자는 등산을 위해 한라산에 방문했다가 입산로에서 우발적으로 범행을 실행한 것으로 알려졌다.

"훔치려던 물건이 하르방이었기 때문에 플라인의 소행은 아닐 것으로 짐작했지만, 일단 신원 확인을 위해 파출소로 나갔어요. 피의자는 한라산 입구에서부터 돌하르방을 짊어지고 가려 했다는군요. 산에 오르기도 전에 엄청난 정기를 느꼈나 봐요."

"플라인은 아니었군요?"

"아니었어요."

"역시. 할망이라면 모를까."

"그렇죠."

나를 제외한 한우대 요원 네 명이 동시에 웃음을 터트렸다.

경상북도 안동시 풍천면에서 도난 신고가 접수된 것은 10월의 마지막 밤 일이다. 밤 11시경, 친구의 집에서 과제를 마치고 귀가하던 도정환 군은 마을 입구에서 어쩐지 평소와 다른 느낌을 받는다.

밤안개가 긴 밤이었다. 도 군은 자전거를 세우고 주변을 둘러보았다. 어둠 속으로 익숙한 풍광이 눈에 들어왔다.

그는 천천히 등 뒤로 고개를 돌렸다. 그리고 방금 지나온 장승 고개에서 평소와 다른 낯선 느낌의 실체를 확인한다.

"사라졌어."

도 군이 조용히 중얼거렸다.

동네 어귀에서 하회마을을 지키던 십여 개의 장승 가운데 '지하여장군' 하나가 사라졌다. 얼굴이 크고 부라린 눈이 섬뜩한 기운을 풍기는 낡은 목장승이었다.

새벽 어스름이 걷히자마자 현장을 둘러본 풍천 파출소의 이윤주 경감은 이것은 우발적 범행이 아니라 계획된 것임을 확신했다. 사라진 지하여장군은 여러 개의 장승과 솟대 사이에 있어 접근이 쉽지 않은 데다가, 현장에는 삽이나 곡괭이같이 날카로운 도구를 이용해 흙을 파헤친 흔적이 남아 있었다.

어느 괴짜의 소행으로 보이는 절도 사건이 001호에 접수된 까닭은 단순하다. 사라진 장승이 여장군이었기 때문이다.

플라인들은 목성의 위성인 플라 2.5를 남성男星으로 여기는 경향이 있었다. 이유는 확실하지 않다. 비너스라 불리는 금성이 태양계의 유일한 여신이기 때문이라는 추정이 있었으나, 말 그대로 추정일 뿐 그것이 경향의 원인인지는 알 수 없다. 애초 플라 2.5 행성인들에게는 절대자의 정의도 신앙도 없었기 때문이다. 게다가 금성은 그들에게 비너스가 아니었다. 플라인들은 금성을 '고브(황산별)'라 불렀다.

분명한 것은 모행성을 잃은 플라 2.5 행성인들이 지구에서 토템 신앙을 경험하면서 자신의 집이나 신체 가까이 수호신을 두고 싶어 하는 욕망이 생겼다는 것이다. 그중에서도 남성에서 온 자신들을 지켜줄 여신을 모시려는 경향이 강했다.

해치나 솟대, 돌하르방 등이 대상이 되었으나, 유독 지하여장군을 향한 플라인들의 욕망은 못 말릴 정도였다. 이로 인해 전국 각지에서 목장승이 사라지는 사건이 빈번히 발생했다.

특히 안동시의 경우, 어젯밤에는 또 어디에서 어느 장승이 사라졌는지 확인하기 위해 아침마다 주민들이 순찰에 나설 지경이었다. 그야말로 지하여장군의 수난 시대였다.

10월의 마지막 밤, 안동시 풍천면에 나타나 범행을 저지른 자는 외지인이었다. 인적이 드문 시각, 하회마을 어귀로 트럭 한 대가 들어섰다. 검은 옷차림에 검은 모자를 깊숙이 눌러쓴 남성이 도구를 활용해 땅을 파고, 장승을 거둬, 트럭에 싣고 사라지는 범행의 전모가 인근 CCTV에 고스란히 남아 있었다.

피의자는 건장한 남성이었으나, 장승의 크기와 무게가 상당했기 때문에 절도 과정은 보기에도 무척 난감했다. 장승을 바닥에 질질 끌며 트럭까지 이동하는 동안, 피의자는 몇 차례나 바닥에 주저앉거나 장승에 깔린 채 발버둥 쳤다.

"저 고생을 하면서 왜 굳이 여기까지 와서 장승을 가져간 거야?"

이윤주 경감이 이해할 수 없다는 듯 혀를 찼다.

2021년 11월 5일 오전 9시, 팀장과 김재수 주임은 피의자 신원 파악을 위해 통영으로 향했다. 피의자 고우리는 통영에서 작은 카페를 운영하는 자영업자였다.

"장승을 구입하는 것은 불법이 아니에요. 하지만 절도는 불법입니다. 구입을 원하시면, 제가 목공예가를 소개해 드릴 수도 있는데……."

거제대교 앞에서 방금 구입한 유자를 자신의 트럭으로 옮겨 싣던 피의자에게 팀장이 말했다.

고우리의 매장은 작은 마당이 딸린 가옥의 별채였다. 고 씨는 이곳에 상점을 꾸리고 차와 함께 직접 구운 프랑스 디저트를 팔고 있었다. 상점의 입구와 바다가 마주 보는 구조의 아담한 카페였다.

고우리가 갓 구운 페이스트리를 오븐에서 꺼내자 작은

카페 안에 고소한 버터 향이 가득했다.

"고우리 씨. 자수하지 않으시면, 저희는 신고할 수밖에 없어요."

팀장이 시나몬 티를 앞에 두고 말했다.

"경찰이세요?"

"그럼 바로 체포했겠죠."

팀장은 진지한 얼굴로 바삭한 결이 살아 있는 큼지막한 애플파이 위에 시나몬 가루를 수북이 뿌리고는 만족한 표정을 지었다. 고우리가 잠시 그 모습을 바라보았다.

"저기, 저거 하나 없어도 손해 보는 사람 아무도 없잖아요? 안 그래요?"

"왜요? 왜 하필 저것이에요? 수많은 장승 중에, 왜?"

팀장이 마당 안에 서 있는 장승을 가리켰다.

"왜냐하면 저 지하여장군이 전국에서 가장 무서운 얼굴을 하고 있거든요."

"설마 전국을 다 돌아보신 거예요? 가장 무서운 얼굴을 가진 장승을 찾으려고?"

"네."

"세상에."

풍성하게 부풀어 오른 수플레를 뜨려던 김 주임이 고개를 들었다.

"저기요. 제가 비밀 하나 말씀드릴까요?"

잠시 침묵하던 고우리가 무거운 표정으로 창밖을 응시했다.

"압니다. 남들이 못 보는 걸 보시죠?"

"그걸 어떻게 아셨어요?"

"네, 팀장. 그걸 어떻게 아셨어요?"

김 주임과 고우리가 동시에 팀장을 바라보았다.

"독특한 인테리어처럼 보이지만, 저기 있는 물건들이 실은 모두 토템이잖아요. 마당과 안채에 놓아둔 토우와 도깨비들 말이에요. 흔히 나쁜 기운을 물리쳐준다고들 하죠. 수돗가 옆에 대추나무는 이사 후 새로 심으셨네요?"

팀장의 말에 김 주임이 마당 안을 들여다보았다. 마루로 올라가는 주춧돌 주변에 작은 도깨비들이 옹기종기 모여 있었다. 자갈로 경계를 세운 화단 안으로 춤추는 토우도 보였다. 대추나무 기둥을 타고 기어오르려는 붉은 얼굴의 사자 인형과 처마 끝에 앉아 웃고 있는 처용이 익살스러운 느낌을 주었다. 그리고 대문 가까이 문제의 지하여장군이 있었다.

"맞아요. 저는 남들이 보지 못하는 것을 봅니다. 신의 저주죠. 유년기를 지내고, 사람과 귀신을 구분하기 시작한 시점부터 제 인생은 엉망이 되었어요. 저의 특별한 능력은 누구의 이해도 얻지 못했거든요. 12살 때, 가장 친하다고 믿었던 친구에게 사실을 털어놓았다가 학교에 소문이 나는 바람에 따돌림을 당해야 했어요. 그날 이후, 학창 시절은 악몽이 되었어요. 돌이킬 수 없었어요. 얼마나 후회했는지 몰라요. 지금 이 순간까지도. 병원에도 가고 무속인도 찾아가보았지만, 소용없는 일이었어요. 가족들의 이해심도 바닥이 났죠. 어떻게든 참아보려고 했어요. 정말이에요. 군 생활을 호되게 하면, 그게 도움이 될까 싶어서 학교도 그만두고 해군에 입대했거든요. 처음에는 지낼 만하더라고요. 정말 감쪽같이 아무 일도 일어나지 않는 거예요. 남들이 보는 것만 보면서 산다는 게 얼마나 큰 축복인지 그때 알았어요. 하지만 잠시뿐이었어요. 결국 군에서도 낙인을 피할 수 없더군요. 적군이 아닌 귀신에게 쫓기는 병사를 이해할 상관은 어디에도 없거든요. 가족의 남은 충고는 누구에게도, 아무 말도 하지 말라는 것이었어요. 최후의 처방전이었던 셈이에요. 제대 후에 저는 학교로 돌아가는 대신 무작정 이곳으로 내려왔어요. 여기가 마음은 편해요. 이곳을 찾는 사람들은 대부분 여행객이라 한 번 만난 사람을 다시 보지 않아도 되거든요."

"이런다고 보이는 것이 사라지지는 않을 텐데요?"

"그래도 위안이 되거든요. 그리고 또 알아요? 정말 무서위서 도망가버릴지."

회한을 담아 고우리가 말했다.

오후 4시가 되기 전, 오늘 준비한 디저트가 모두 팔렸다. 뒤늦게 카페를 찾은 여행객들은 아쉬운 발걸음을 돌려야 했다.

"장사가 꽤 잘되네요."

"제가 섬세한 손맛은 좀 있거든요. 신의 선물이죠."

고우리가 농을 쳤다.

"손맛 있고, 성실하고. 가게 문을 며칠 닫는다고 해도 문제가 되지는 않겠네요. 고우리 씨, 내일은 영업이 끝나는 대로 나가서 통나무를 구해놔요. 저 장승만 한 크기로. 자수는 꼭 하시고요. 안 그러면……."

"신고하실 수밖에 없겠죠."

"네."

팀장과 김 주임이 주문한 찻값을 치르고 카페를 나섰다.

2021년 11월 11일 자정 무렵, 친구의 집에서 VR 게임을 하다가 밤늦게 귀가하던 도정환 군은 장승 고개 앞에서 수상한 사람이 벌이는 낯선 장면을 마주한다.

"거기서 뭐 하세요?"

"조각."

"구경해도 돼요?"

"그러렴. 발밑 조심하고."

도정환 군이 장승 고개 앞에 자전거를 세워두고 트럭 위에 올랐다.

냉동 탑차처럼 보이는 대형 트럭 안에 강화유리로 둘러싸인 기계가 보였다. 투명한 기계 안에 통나무가 누워 있었다. 검은 옷차림에 빨간색 모자를 쓴 남자가 유리관 안에서 통나무의 위치를 조정했다. 김재수 주임이었다.

사전 준비를 마친 김 주임이 실행 버튼을 누르자 금속 봉 세 개가 유연하게 움직이며 통나무를 깎기 시작했다. 유리관 안에서 주기적으로 번쩍이는 빛이 흘러나왔다.

"이거 3D 프린터죠?"

"그래."

"와, 이런 거 처음 봐요."

김 주임과 도 군이 가까이에서 유리관 안을 들여다보았다. 30여 분 후, 부산히 움직이던 기계가 멈추었다. 작업을 마친 유리관 안으로 낯익은 물건이 누워 있었다. 도 군이 의아한 얼굴로 조각품을 바라보았다. 그것은 며칠 전 도난 당했다가 돌아온 지하여장군이었다.

"가시게요?"

"그래야지."

김 주임이 탑차의 문을 닫고 운전석에 올랐다.

"어디로요?"

"통영."

낯선 남자가 몰고 온 트럭이 목장승을 싣고 마을 어귀를 빠져나갔다. 이번에는 사라진 것이 아무것도 없었다.

미싱Missing

1.

"여보세요? 거기 003-300-3001번이죠?"

"그렇습니다. 말씀하세요."

"여기는 김제시 봉남면입니다."

"네, 그런데요?"

"저기, 움직여서는 안 되는 물건이 움직이면 신고하라고 하셨죠?"

"……네. 그렇기는 한데, 무엇이 움직이나요?"

"버드나무요."

"네?"

1997년 4월 18일 0시, 한국우주난민대책위 전북 지부는 플라인 민광용(aID: 7309-로2-33)의 '완전한 실종'을 선포했다. 민 씨의 실종 신고가 접수된 지 305일 만의 일이었다.

지난 10개월 동안 수색 본부가 차려졌던 전북 지부는 차분한 분위기 속에 해단을 맞이했다. 파견 요원들이 속속 원대로 돌아갔다. 멘토 집단도 짐을 꾸렸다. 수색대 해체 결정 이후 주말을 넘기면서 본부 외곽에서 동원되었던 군과 경찰 조직까지 모두 철수를 마무리했다.

사건을 지휘했던 전북 지부장 이진영은 민광용의 실종에 유감을 표현했다. 그녀는 본부의 대대적인 지원에도 불구하고, 사건을 미해결로 종결했다는 사실에 크게 좌절한 듯 보였다. 실종 신고가 접수되기 이틀 전, 정읍 시외버스 터미널에서의 마지막 목격담을 제외하면 사고의 유형조차 파악하지 못한 완전한 실패였다.

타인에 의한 상해, 사고에 의한 피해, 지구에서 겪은 변이로 인한 예상하지 못한 곤경 상태 등 무엇이든 가능했지만, 모두 가설일 뿐이었다. 그리고 그로부터 4년 후, '민광용 실종 사건'에 새로운 가설이 추가되었다.

2001년 5월 14일 오후 1시 40분, 전유숙을 비롯한 2팀이 승전고를 울리며 식당 안으로 들어섰다. 아침부터 여의도 공원에서 쥐불놀이에 심취한 플라인 일당과 한바탕 야단을 치른 뒤 복귀한 참이었다.

지난 훈련 도중 붕괴한 이그잼 1의 벽면을 복구하느라 긴급 출동에서 밀린 권혁남과 3팀이 못마땅한 표정으로 2팀의 복귀를 지켜보았다.

2팀이 식당 안으로 들어섰다. 이들은 식사 중인 3팀을 향해 굳이 짓궂게 구느라 애를 써가며 거들먹거리는 발걸음으로 식판 앞에 줄을 섰다.

"완전히 흥분했는데."

보리밥에 청국장을 비비던 최 요원(방위대 2팀)이 뉴스 화면을 바라보았다.

요원들의 시선이 모니터로 향했다. 흔들리던 초점이 잡히며 얼룩말이 보였다. 상태가 썩 좋아 보이지 않았다. 흥분한 얼룩말이 동료들 사이를 위협적으로 뛰어다니고 있었다. 조용히 풀을 뜯던 얼룩말 무리가 혼비백산하여 흩어졌다.

"스트레스 때문이겠지. 저긴 쟤들이 있어야 할 곳이 아니잖아."

손 요원이 동정으로 고개를 저었다.

"단순한 흥분이 아닌 것 같아. 뭔가 이상해. 귀신이라도 씐 것처럼."

얼룩말의 이상 행동을 관찰하던 최 요원이 말했다. 빨갛고 희번덕거리는 말의 눈동자가 화면을 가득 채우고 있었다.

"저런! 퇴마사가 필요하겠군."

마주 앉아 있던 이 요원이 낄낄거렸다.

"하하하. 헛소리라 이거지? 그래도 귀신은 있어. 아버지가 똑똑히 보았거든. 나도 봤지. 어릴 적이라 기억은 잘 안 나지만."

"진짜야? 아버지가 무속인이셔?"

손이 관심을 보였다.

"그건 아니지만. 어쨌든 귀신은 존재해. 외계인처럼."

"할 말 없네."

식사를 마친 2팀이 식당을 나설 때였다. 모두의 호출기가 울렸다. 식사 중이던 요원들 중 방위대원들만이 자리를 정리하고 일어났다.

체력 단련실로 대원들이 모여들었다. 팀장인 유지호가 안으로 들어왔다. 그녀는 본론에 앞서 영상 하나를 공개했다. 방금 본 동물원의 영상이 분명했지만, 뉴스에서 본 것은 아니었다.

"오늘 오전, 어린이 동물원 내부의 모습이다."

영상은 동물원 내부의 CCTV 화면이었다.

"설마……."

이 요원의 부정은 탄식에 가까웠다.

"차라리 귀신이면 좋겠지?"

곁에서 팔짱을 끼고 서 있던 최 요원이 동료의 어깨에 대고 약 올리듯 말했다.

오전 8시 50분, 동물원의 아침은 평소와 달라 보이지 않았다. 축사에서 나온 얼룩말 열댓 마리가 우리 안에서 흩어졌다. 동물원이 개장하면서 관람객의 입장이 시작되고 있었다.

오전 9시 33분, 카메라 가까이 있던 얼룩말 한 마리가 갑자기 균형을 잃고 무릎을 꿇는가 싶더니 금세 다시 몸을 일으켰다.

사고는 10시 40분경 발생했다. 담장 아래 얼룩말 한 마리가 주변을 위협하며 폭주하기 시작했다. 조용히 풀을 뜯던 얼룩말들이 흩어졌고, 뉴스에서 본 영상이 이어졌다. 흥분한 얼룩말 때문에 놀란 관람객들이 직원의 안내에 따라 다급히 자리를 피하고 있었다.

"윈드 버그야."

유지호가 화면을 가리켰다.

"제길……."

손 요원이 조용히 탄식했다.

"즐거운 경험이 될 거야. 끔찍한 경험이 되거나. 본부에서는 지금 저 윈드 버그가 얼룩말 안에 있는 것으로 판단하고 있거든."

유지호의 말에 체력 단련실 안이 술렁였다.

"네? 그건 또 무슨 경우래요? 플라인이 얼룩말에 빙의라도 했단 말이에요?"

"일단 그렇게 보고 있어. 가보면 알겠지. 현재 본부의 판단은 플라인이 변이를 일으킨 직후 얼룩말의 몸에 교착했다는 거야."

"말도 안 돼."

대원들의 실소와 개탄이 이어졌다.

"그럼 레드인가요?"

"레드다."

본부에 긴급 출동을 알리는 비상벨이 울렸다.

2022년 12월 7일 오후 2시 13분, 우리는 김제시 봉남면에 위치한 어느 축사 앞에 도착했다. 2001년 여름 본부에서 게시한 것으로 보이는 빛바랜 전단이 낡은 축사 벽면에 여전히 붙어 있었다.

일단 우리는 24시간 전 민원실로 신고 전화를 건 권서연 어린이를 만나기 위해 인근 B초등학교 앞에서 대기했다.

"권서연 어린이!"

팀장이 부르는 소리에 교문을 나서던 권서연이 돌아섰다. 아이가 자신을 찾아온 네 명의 이방인들을 의아한 눈으로 바라보았다.

"제가 저기에서 쥐불놀이를 하고 있었거든요."

권서연(김제시 B초등학교 4년)이 논두렁을 가리켰다. 그러나 우리가 있는 곳은 호남평야의 어디쯤이었으므로, 손가락이 가리키는 방향만으로 정확한 위치를 가늠하기는 어려웠다.

"좀 더 자세히 알려줄래요?"

"이쪽으로 오세요."

우리는 권서연을 따라 추수가 마무리된 논둑을 걸었다.

"여긴가요?"

"네. 제가 여기 서서 쥐불놀이를 하고 있었는데, 저기 연못 앞에 있는 버드나무가 움직였어요."

아이가 선 자리에 재로 보이는 검은 흔적이 남아 있었다.

"어떻게 움직였다는 거예요? 바람에 날리듯이? 허우적거리면서? 그날 바람이 많이 불었나요?"

"아니요. 비탈길을 따라 산으로 걸어갔어요."

권서연이 논두렁 너머로 이어진 동산을 가리켰다.

"걸어갔다고요?"

"네."

버드나무의 수령은 32년으로 측정되었다. 김재수 주임이 나무의 나이를 측정할 때, 배하나 대리는 주변을 돌며 애착 상태를 파악했다. 겉으로 보기에 여느 수양버들과 다를 바 없는 평범한 나무였다.

나뭇가지에 무속인이 걸쳐놓은 것으로 보이는 무명천이 묶여 있었다. 바람이 불자 바닥까지 늘어진 가지가 하늘거리며 춤추듯 움직였다. 멀지 않은 곳에 연못이 보였다. 작고 수심이 얕은 연못 바닥 위로 버드나무의 뿌리가 구붓이 올라왔다.

"팀장, 있어요."

희미하게 신호가 잡혔다.

"설마? 그럼 대체 얼마나 지난 거야?"

"실종과 함께 바로 애착했다면, 26년이에요."

배 선배의 말에 모두가 할 말을 잃었다.

"아저씨, 어디에서 오신 거예요?"

팀원들의 활동을 가까이에서 지켜보던 권서연이 내게 물었다.

"어디일 것 같은데?"

"식물원이요?"

"비슷해. 편하게 요원이라고 부르면 될 거야."

나는 휴대전화를 열어 폴템타 앞에서 찍은 사진을 내밀었다. 아이는 식물원에서 나온 사람들이 보통 어떤 일을 하는지 알겠다는 듯 고개를 끄덕였다.

유지호가 이끄는 방위대가 서울대공원에 나타났다. 이들은 거대 호랑이상이 있는 동물원의 입구를 지나 안으로 들어갔다. 동물원은 '임시 폐쇄' 조치를 알리는 문구를 내건 채 굳게 닫혀 있었다.

원내 역시 고요했다. 우리 안으로 문제의 얼룩말이 보였다. 다른 말들은 모두 축사로 옮겨졌기 때문에 격리와 다름없는 상황이었다.

방위대원들이 우리 안으로 들어갔다. 경계 없이 풀을 뜯는 얼룩말의 모습이 평화로워 보였다. 사육사가 다가가 얼룩말을 다독이며 수면을 유도했다. 지난 폭주에 지쳤는지 얼룩말은 어느새 풀밭 위에 누워 곤히 잠이 들었다.

"안 돼."

잠든 얼룩말에서 뜻밖의 목소리가 흘러나오자, 놀란 사육사가 물러났다. 방위대원들이 즉시 얼룩말 주변을 둘러쌌다.

"성함이 어떻게 되십니까?"

방위대원들의 호위 속에 유지호가 물었다. 상대는 말이

없었다.

"거기 계시죠? 이름이 어떻게 되나요?"

"……박혜양이에요."

다시 목소리였다.

"좋아요. 박혜양 씨, 말의 몸에는 어떻게 들어갈 수 있었지요?"

"그게, 그럴 계획은 아니었거든요. 오늘 백화점이 휴일이라 동물원에 방문한 거예요."

"백화점에서 일하시나요?"

"네. 날씨도 좋고, 쉬는 날이라 나들이 삼아 방문한 거예요."

"그런데요?"

"그런데 얼룩말을 보자 어떤 충동을 느꼈어요. 그냥 그러고 싶더라고요. 강한 애착 같은 것을 느꼈어요."

"자의로 행동한 것인가요?"

"네."

"그럼 분리도 가능한가요? 말의 몸에서 자신을 분리할 수 있나요?"

"네. 가능해요."

"그렇다면 나오세요."

"하지만……."

"왜요? 무슨 문제라도 있나요?"

"아니요. 너무 좋은데, 꼭 나가야 하나요?"

박혜양은 얼룩말에게서 떨어지고 싶은 생각이 없었다.

"혜양 씨, 말의 상태는 다릅니다. 괴로워하는 것을 느끼셨죠? 말이 다치는 걸 원하지 않으시잖아요? 그렇죠?"

"그렇기는 한데, 조금 지나면 괜찮아질 거예요. 조정할 수 있을 것 같거든요."

"아니요. 안 돼요. 그건 위험해요. 얼룩말뿐만 아니라 박혜양 씨에게도 문제가 생길 수 있어요. 영원히 말에서 분리할 수 없게 된다면, 그때는 어떻게 하시겠습니까?"

유지호의 경고에 박혜양은 고민하는 듯했다.

"저기, 이 일로 제가 벌을 받게 될까요?"

"교착으로요? 아니요. 교착에 관한 처벌 규정은 없습니다."

"음, 좋아요. 알겠어요. 말이 다치는 것을 원하지 않아요."

"잘 생각하셨습니다."

망설이던 박혜양이 얼룩말에서 분리되었다. 그녀는 대기하던 방위대원들에 의해 즉시 체포되었다.

"잠시만요. 규정이 없다고 하셨잖아요?"

"공공질서 혼란에 관한 규정은 알고 계시죠?"

"내게 거짓말을 했어."

"아니요. 아쉽게도 해당 규정이 없어 교착 부분에 관해서는 가중처벌이 어렵게 됐습니다."

"나를 속였어."

박혜양은 억울함에 몸을 비틀며 저항했다. 그녀는 현장에서 체포되어 본부로 이송되었다.

이날의 사건은 플라인 애착의 첫 사례로 기록되었다. 본부로 이송된 박혜양은 수감일 대부분을 짧은 애착의 경험을 진술하며 조사실 안에서 보냈다.

본부에서는 민광용의 실종에 애착의 가능성을 배제하지 않고 있다. 하지만 어디에서, 무엇에 애착했단 말인가? 애착의 대상을 규정하는 것은 의미가 없다. 고로 가능성은 무한한 것이 된다.

"일단 근방에 편의점은 없어."

구글 지도를 뒤적이던 배 선배가 말했다. 지도에는 산과 논, 저수지 외에 보이는 것이 별로 없었다.

"그러니까 아까 마지막 휴게소에 들러야 한다고, 그렇게 말씀드리지 않았습니까?"

모든 일에는 순서가 있다. 식후경이다. 하지만 못 말리는 요원들에게는 다르다. 언제나 현장이 최우선이다. 나는 바람에 날리는 머리카락을 넘기며 지난 선택을 아쉬워했다.

"오늘은 장이 서지 않는답니다."

김 주임은 지역 정보를 확인했다.

"제가 주변을 좀 돌아보고 오겠습니다."

"그래. 뭐라도 찾아야 돼. 안 그러면 밤새 굶게 생겼으
니까."

"네."

길 위로 올라온 나는 주변 탐색에 나섰다. 가까이 저수
지가 있다면, 반드시 민박이나 식사할 만한 곳이 있을 것
이다.

나는 지도를 따라 동쪽으로 움직였다. 저만치 있는 동산
은 과수원이었다. 월동 준비를 마친 과실수 사이에 볏짚을
올린 원두막이 보였다. 저 고개를 넘으면 저수지일 것이다.

미풍에 머리카락이 자꾸만 흘러내렸다. 나는 연속해서
머리를 넘겼다. 이번에는 볼에서 축축한 물기가 느껴졌다.
눈이 오는가? 아니다. 어깨 뒤로 묵직한 무엇이 넘어갔다.
나는 쥐고 있던 방한모를 썼다.

논두렁에서 팀장과 권서연이 쥐불놀이를 시작했다. 나
는 다시 걸음을 재촉했다. 그런데 이상한 일이다. 반드시
있어야 할 것이 보이지 않았다. 길 위에서 내 그림자가 사
라졌다. 아니, 사라졌다기보다 비상하게 커졌다. 게다가
머리는 지나친 산발이다.

한국우주난민
특별대책위원회

천천히 고개를 돌렸다. 등 뒤에서 뜻밖의 무엇이 나를 내려다보고 있었다. 버드나무였다. 키가 크고 광대한 버드나무가 고개 숙인 채 나의 행동을 관찰이라도 하듯 조용히 응시했다. 바람이 불 때마다 축축한 가지가 내 얼굴에 와 닿았다.

'홀리 몰리.'

기겁한 내가 거의 주저앉듯 몸을 낮춰 뒷걸음질 쳤다. 그러자 버드나무는 더는 볼 일 없다는 듯 내 옆을 지나 논으로 걸어갔다.

'팀장님!'

분명 팀장을 부르고 있었는데, 목소리가 나오지 않았다.

'팀장…….'

나는 겨우 바닥에서 몸을 일으켰다. 여전히 목소리가 나오지 않았다.

"팀장! 팀장!"

마침내 논두렁을 울린 것은 내 목소리가 아니었다.

2.

"팀장! 팀장!"

동산으로 향했던 김재수 주임이 움직이는 버드나무를 발견하고 다급히 소리쳤다. 잎사귀가 모두 떨어진 겨울 버드나무가 수많은 가지를 늘어뜨린 채 산발한 모습으로 논위를 걷고 있다. 네 명의 요원과 권서연이 즉시 움직이는 나무를 따라갔다.

"대체 뭘 하는 거야? 헤드뱅잉이라도 하는 거야?"

팀장이 말했다. 움직이는 버드나무에서 수백 갈래의 가지와 무명천이 치렁치렁 흔들렸다.

버드나무의 움직임이 심상치 않았다. 물론 걷고 있는 나무라는 것이 심상할 리 없지만, 지금의 버드나무는 어쩐지 특정 동작을 흉내 내고 있는 것처럼 보였다. 때로 엉거주춤하는 듯도 했고, 때로 가지와 뿌리를 이용해 흐느적거리며 팔과 다리의 움직임을 표현하려는 듯도 했다.

"춤추는 것 같은데요."

뒤따르며 버드나무의 움직임을 관찰하던 김재수 주임의 소견이다.

그러고 보니 낯설지 않은 움직임이다. 분명 어디에선가 저와 같은 동작을 본 적이 있다. 그때, 김 주임이 노래를 부르기 시작했다.

"······내 삶을 막은 것은 나의 내일에 대한 두려움.

반복됐던 기나긴 날 속에 버려진 내 자신을 본 후

나는 없었어. 그리고 또 내일조차 없었어."☒

어느새 나 역시 김재수 주임과 입을 맞춰 가사를 읊조리고 있었다. 노랫말과 버드나무의 움직임이 일치했다. 전진하며 움직이던 버드나무가 멈춰 서서 잔망스럽게 엉덩이를, 그러니까 줄기를 좌우로 흔들어댔다.

2022년 12월 7일 오후 4시 50분, 봉남면 면장 황장수는 물병을 들고 창가로 나왔다. 얼마 전 마을 회관에 들여놓은 화분에 물을 주기 위함이었다. 매일 오전 화분을 창가에 놓아두었다가 오후가 되면 자리를 옮기는 것이 황 씨의 주요한 일과가 되었다.

창밖으로 춤추는 버드나무와 뒤따르는 사람들이 보였다. 논 위에서 움직이던 버드나무가 돌연 멈춰 서자, 뒤따르던 사람들도 멈춰 섰다. 버드나무가 마을 쪽으로 이동하고 있었다.

물병을 든 황장수가 뛰쳐나왔다. 그는 자신이 본 것이 틀림없음을 확인하고, 다시 마을회관 안으로 들어갔다.

집안에서 소일하던 농가의 주민들이 담장 밖으로 고개

☒ 서태지와 아이들, <Come Back Home>

를 내밀었다. 귀가하던 주민들이 방향을 거슬러 버드나무를 따라갔다. 피리 부는 사나이처럼 버드나무를 쫓는 사람들이 늘고 있었다. 버드나무가 동네 인근까지 다다르자 마을 회관에서 안내 방송이 흘러나왔다.

"아! 아, 아! 마이크 테스트, 마이크 테스트. 나가지? 자, 주민 여러분께 알려드립니다. 시방 또 망할 놈의 버드나무가 밖에서 설치고 있사오니, 축사의 가축을 잘 간수하시기 바랍니다. 다시 한번 말씀드리겠습니다. 시방 또 망할 버드나무가 논두렁을 돌아댕기고 있습니다. 어린애들이랑, 또 뭐냐? 개나 소가 흥분하지 않도록 잘 간수하여 주시기를 양해 부탁드리겠습니다. 이상 면장이 말씀드렸습니다. …… 아, 저놈의 저거, 망할 놈의 거. 저걸 어쩌지?"

"끄고 얘기해."

마을회관에 면장 외에 누군가 함께 있는 모양이었다. 면장이 느끼는 곤경이 고스란히 방송을 탔다.

버드나무가 마을 어귀로 들어섰다. 마당에 나와 놀던 아이가 대문 밖에서 움직이는 나무를 보고 소리를 질렀다. 이 소리에 놀란 버드나무가 방향을 틀었다.

외부의 자극에 대응하는 버드나무의 인지는 즉각적인 듯 보였으나, 반응에는 시간이 걸렸다. 버드나무는 서서히 몸통의 방향을 바꾸며 움직였다.

"팀장!"

배하나 선배가 소리쳤다.

"어디로 가는 거야?"

"이쪽이에요. 빨리."

버드나무가 마을 뒷골목 방향으로 걸어갔다. 그곳은 동산으로 이어지는 비탈길이 있는 곳이었다.

봉남면 면장 황장수와 민원실 직원들이 비탈길 위에서 만났다. 면장은 식물원에서 나왔다는 요원들이 '움직이는 버드나무 사태'를 해결할 수 있을 것이라는데 회의적이었다. 그도 그럴 것이 마을에는 이미 이름깨나 있다는 무속인 여럿이 다녀갔다.

이들의 의견은 조금씩 달랐으나, 결론적으로 모두 해결에 실패했다. 시내에서 가장 유명하다는 용 보살은 버드나무 앞에서 굿판을 벌이다 움직이는 나무에 놀라 줄행랑쳤고, 장수에서 어렵사리 모셔온 나 보살은 나무가 무엇에 씌긴 했으나 귀신은 아니라는 변명을 내놓고는 굿을 마다하고 즉시 마을을 떠났다.

봉남면의 버드나무가 유명세를 얻자 팔도에서 무속인들이 찾아왔다. 한동안 버드나무 주변에서는 이틀이 멀다고 굿판이 벌어졌다.

"식물 박사들이 와갖고는 해결을 못 한다니까요. 동서 남북에서 용하다는 무당들도 해결을 못 한 판에."

황장수가 답답한 마음에 발을 구를 때, 그의 마른 얼굴이 한없이 구겨졌다.

"그래도 일단 해는 없으니 다행 아닙니까?"

방송을 듣고 나온 청년회장 최영식이 분위기를 환기하려 애쓰고 있었다.

"아야, 지금 추수가 다 끝났으니 망정이지. 저놈의 것이 일찍 설쳤어 봐라. 올해 농사고 뭐고 아무것도 못 건졌다. 싹 다 망했어."

"그거야 그렇지마는……."

"어찌 되었든 이렇게 오셨으니 최선을 다하여주실 것을 참으로 당부드리고요. 뭐 필요한 것이 있다면은 마을 회관으로 연락을 주십시오."

황장수가 절망적인 한숨을 내쉬며 돌아섰다.

"그럼 박사님들 잘 부탁드립니다. 아이야, 가자."

최영식이 권서연을 불렀다. 머리와 어깨를 간질이듯 장난스럽게 움직이는 버드나무 아래에서 놀던 아이가 최영식을 따라갔다. 두 사람은 식물 박사들에게 인사하고 비탈길을 내려갔다. 뒤따라온 주민들도 하나둘 자리를 떴다

날이 기울고 있었다. 동산에 오른 버드나무는 마을이 내

려다보이는 비탈길 위에 서 있었다. 사방으로 펼쳐진 길고 풍성한 뿌리가 꿈지락거리며 가볍게 움직였다.

배하나 선배가 자신 앞으로 늘어진 나무의 뿌리에 조심스럽게 손을 대보았다. 뿌리는 얌전한 반려동물처럼 배 선배의 손길에 따라 굴곡을 만들며 솟구치다가 바닥으로 내려앉았다.

나는 나무 가까이 다가가 줄기에 손을 댔다. 나무는 줄기와 가지를 차례로 비틀었다. 버드나무의 가지는 언뜻 무척추동물의 촉수처럼 무작위로 움직이는 것처럼 보였지만, 외부의 자극에 반응하는 모습으로 보아 실질적으로는 말초기관 하나하나에 이르기까지 신경의 지배를 받는 것 같았다.

바닥의 잔뿌리가 흙 속을 파고들고 있었기 때문에, 배 선배는 이곳을 오늘의 베이스캠프로 결정했다. 우리는 밤의 한기 속에 로사의 온기가 흩어지는 것을 막기 위해 비탈길 가까이 원뿔 모양의 막사를 세우기로 했다.

마을 위로 둥근달이 떠올랐다. 버드나무는 여전히 마을을 향해 서 있었다. 이따금 부는 바람에 바닥까지 드리운 가지가 하늘거렸다. 팀장은 막사 안으로 들어와 양종민 요원과 화상 통화를 시도했다.

"누구를 찾았다고?"

화덕을 정리하던 양종민이 돌아섰다.

"민광용이요. 1996년 정읍에서 실종됐다던 플라인 말이에요. 잊으셨어요?"

"어떻게 민광용을 잊어? 임실 농협에서 매장 관리자로 일했고, 마라톤을 좋아했어. 지구 생활 5년 차에 정읍 시외버스터미널에서 아무런 흔적도 없이 사라졌지. aID: 7309-로2-33, 본명 소르뻬오바오, 민광용."

"네, 그 민광용. 찾았어요."

"세상에."

모니터를 통해 양 요원의 모습이 들어왔다. 그는 한동안 말을 잇지 못했다.

영업을 마친 양 요원이 가게 문을 나섰다. 퇴근 준비를 마친 그는 자신의 승합차에 올라 애착에 관한 대화를 이어갔다.

"20년이 넘는 애착은 본 적도, 상상해본 적도 없어. 분명한 것은 강한 애착이 형성되었을 것이라는 거잖아? 민광용은 나무와 함께 성장한 셈이야. 아마 혼연일체가 되었을 거야. 어쩌면 주변 식물에 완전한 영향력을 행사할 수도 있겠지."

"본체 외에 주변 식물에까지 영향을 미칠 수 있단 말이에요? 얼마나요?"

한국우주난민
특별대책위원회

"글쎄, 뿌리가 미치는 범위까지? 어쩌면 그 이상."

"그 이상?"

팀장이 사방으로 뻗어 있는 버드나무의 뿌리를 바라보았다. 막사 안까지 잔뿌리가 들어왔다. 양 요원도 그 모습을 볼 수 있었다.

"조심해야 할 거야."

양 요원의 표정이 곤란해졌다.

"왜 이제야 움직이기 시작한 걸까요? 그동안 꼼짝하지 않았다가. 왜 지금?"

"여러 가지 가설이 가능할 테지만, 일단 나무의 규모가 크다면 본체를 조정하기까지 시간이 걸렸을 수 있겠지. 성장 단계에서 애착했다면, 나무의 성장이 완전해질 때까지 지배력을 계속해서 확장해야 했을 테고. 식물의 구조는 생각보다 훨씬 복잡해."

"좋지 않네요."

"쉽지 않을 거야. 그리고 알겠지만, 애착을 경험한 플라인들의 경우 시간에 관한 인지력이 상당히 왜곡되는 경우가 많았잖아."

"그랬죠. 2박 3일을 애착했으면서, 겨우 2, 3시간 정도 아니었냐고 오히려 당황한 사례도 있었으니까."

"그래. 그리고 사고의 가능성도 염두에 둬야지."

만약 자의에 의한 애착이 아닐 경우 문제는 더욱 복잡해
진다. 애착은 보통 강한 이끌림에 의해 자의로 이루어지지
만, 자의에 반해 교착된 사례를 본부의 기록에서 본 적이
있다. 플라인 간 다툼 도중 타의에 의해 교착을 겪은 피해
자가 본체 안에서 정신을 잃어 분리에 어려움을 겪었다는
내용이었다. 팀장의 표정이 점점 더 심각해졌다.

달빛 아래 버드나무는 여전히 미동 없이 고요했다. 반딧
불이 모여들어 가지 사이로 날아다녔다. 버드나무 주변을
돌며 애착 지점을 찾는 배 선배의 머리 위로 반짝이는 불
빛이 너울거렸다.

새벽녘 모두가 잠든 시각, 한 남성이 언덕을 오르고 있
었다. 휘양을 쓴 얼굴은 잘 보이지 않았지만, 먼 길을 이동
한 듯 걸음은 더디고 숨소리는 거칠었다. 단단한 어깨에
짊어진 배낭이 묵직해 보였다.

간이의자 위에서 잠이 들었던 나는 외부에서 들리는 소
리에 눈을 떴다. 어스름 속에 누군가의 실루엣이 보였다.

"팀장님, 저기요."

내가 테이블 너머로 팀장을 불렀다.

"무슨 일이에요?"

"쉿!"

나는 수신호와 함께 막사 밖을 가리켰다.

버드나무 앞으로 누빔 옷을 입은 남성이 보였다. 오색의 꽃이 달린 고깔모자와 화려한 화장술이 눈길을 끌었다. 무속인으로 보이는 남성이 버드나무 주변을 돌며 주문을 외우고 있었다. 검게 칠한 입술 사이로 허연 입김과 함께 의미를 알 수 없는 문장이 흘러나왔다.

고무신을 신은 발로 버드나무 주변을 꾹꾹 눌러가며 발걸음을 옮기던 남성이 어느 순간 멈춰 섰다. 그는 손목에 찬 애플 워치와 멀리 마주 보이는 산등성이를 번갈아 바라보았다.

"뭘 하는 거지?"

배하나 선배가 눈을 비비며 팀장과 나 사이로 고개를 내밀었다.

"무언가 기다리는 것 같아요."

내가 말했다.

마을을 둘러싼 산등성이 너머로 해가 떠올랐다. 무속인이 짊어지고 올라온 자루를 열었다. 그리고 움직임이 없는 버드나무를 향해 자루에 든 무엇을 흩뿌리기 시작했다. 나무줄기 위로 이미 부적 여럿이 붙어 있었다.

"어허! 귀신인 네가 감히 인간 세상을 우롱하려 드는가? 첫 햇살 앞에 모습을 드러내거라. 요망한 악귀야, 나오너라. 악귀야 나와!"

무속인의 근엄한 목소리가 동산을 울렸다. 뜻밖의 고성이었다. 잠든 나무도 깨울 만큼 우렁찬 목청이다.

무속인이 뿌려대는 무엇이 연속해서 버드나무의 가지를 때렸다. 밤새 고요하던 버드나무가 줄기를 비틀었다. 우리는 재빨리 막사에서 뛰쳐나왔다.

가장 먼저 달려 나온 배하나 대리가 무속인의 앞을 막아섰다. 무속인이 던진 무엇이 배 선배의 얼굴 위로 쏟아졌다. 소금과 쌀이었다.

"에이씨, 짜."

입안에서 느껴지는 짠맛에 배 선배가 혀를 내둘렀다.

"도사님 여기서 이러시면 안 돼요."

내가 무속인을 저지하기 위해 달려갔다. 그때, 잠에서 깬 버드나무가 몸을 일으켰다. 무속인을 향해 돌아서는 버드나무의 모습이 산발한 듯 보이는 가지 때문인지, 아침 해가 만드는 깊은 음영 때문인지, 무척이나 분노한 듯 보였다.

하나둘 하늘로 솟구치던 버드나무 가지가 동시에 바닥으로 떨어졌다. 이 중 몇 가닥은 무속인의 얼굴 위로 떨어졌다. 젖은 나뭇가지에 얼굴을 강타당한 무속인은 입을 벌린 채 꼼짝하지 못했다.

"뭐지?"

발밑이 수상했다. 나는 막사 쪽으로 물러나 바닥을 살폈다. 주변의 식물들이 버드나무와 함께 일어났다. 이로 인해 마른 흙이 우지끈 부풀어 올랐다. 버드나무 주변의 식물들이 차례로 일어나면서 디디고 있던 땅이 솟아오르자 놀란 무속인이 휘청거리며 뒷걸음질 쳤다.

"단단히 화가 난 모양이네."

소금과 쌀을 뒤집어쓴 배 선배가 몸을 털며 중얼거렸다.

버드나무가 고개를 들이밀듯 무속인을 향해 줄기를 구부렸다. 겁에 질린 무속인이 쥐고 있던 자루를 놓치는 바람에 소금과 쌀이 바닥으로 쏟아졌다.

서서히 몸을 세운 버드나무가 무속인을 향해 걸어왔다. 혼비백산한 무속인이 비탈길을 내려가며 소리를 질렀다.

"아아아악, 아아아악!"

이 소리에 화답이라도 하듯 마을의 개들이 일제히 짖어댔다.

버드나무가 비탈길을 따라 마을로 내려갔다. 무속인은 계속해서 소리를 지르며 줄행랑쳤다. 걸음아 날 살려라. 봉남면의 아침이 요란하게 시작되고 있었다.

3.

"시방 또……, 또!"

면장이 다급히 마을회관 안으로 달려 들어와 안내 방송을 시작했다. 하지만 야외에서는 무속인이 지르는 비명과 흥분한 개들의 릴레이 화답, 이따금 들리는 소 울음소리와 아이들의 박수 소리 때문에 방송을 제대로 알아듣기 어려웠다.

밤새 논두렁 위에 서 있던 승합차에서 김재수 주임이 모습을 드러냈다. 그는 멀리 골목 안에서 움직이는 버드나무를 바라보았다. 지붕 사이로 치솟은 버드나무가 마을을 휘젓고 있었다. 김 주임은 눈앞에 펼쳐진 소란스러운 광경에도 불구하고 온몸이 늘어져라 기지개를 켜고는 다시 승합차 안으로 들어갔다.

버드나무는 무속인을 놀리듯 움직였다. 사방으로 늘어진 수백 갈래의 기다란 가지로 못할 것이 없어 보였다. 버드나무는 앞서 달려가는 무속인의 고깔모자를 벗겨 자신의 줄기 끝에 뒤집어썼다. 그리고 긴 가지를 이용해 상대의 어깨와 허리춤, 엉덩이를 툭툭 건드렸다. 그때마다 극도로 겁에 질린 무속인이 아이처럼 소리를 질렀다.

"사람 살려!"

한국우주난민
특별대책위원회

강아지풀과 엉겅퀴, 칡넝쿨 같은 식물들이 퍼레이드라도 하듯 버드나무를 따라갔다. 작은 식물들이 경쾌한 걸음을 옮기고 있었다. 이들이 잰걸음으로 무속인의 뒤꿈치를 향해 떼 지어 달려들었다.

골목 안에서 뒤따르던 배하나 선배가 큰길에서 앞지르려 하자 버드나무가 가지를 뻗어 선배의 움직임을 차단했다. 우리는 좌우로 방향을 바꿔가며 끈질기게 앞지르기를 시도했다. 하지만 그때마다 목적을 이루지 못했다.

도망치던 무속인이 무언가에 걸리며 고꾸라졌다. 그는 고통을 느낄 겨를도 없이 일어나 이미 무거워진 발걸음을 힘겹게 옮기고 또 옮겼다. 언제 벗겨져 나갔는지 신고 있던 고무신 한 짝이 보이지 않았다. 경사지에서 미끄러진 무속인이 부랴부랴 논으로 접어들었다.

담장 안에서 초등학생들이 달려 나왔다. 골목에서 나온 아이들이 삼삼오오 등교를 시작했다. 논두렁에서 벌어진 진풍경을 배경 삼아 아이들이 제각기 바쁜 발걸음을 옮겼다.

경사지를 내려온 버드나무가 논으로 들어섰다. 얇고 긴 뿌리가 논바닥을 칠 때마다, 벼그루터기가 뽑혀나와 포물선을 그리며 날아갔다. 맨발의 무속인이 논두렁을 넘으며 외마디 소리를 질러 댔다.

"아, 아, 악, 아."

연이어 떨어지는 그루터기를 피해 무속인이 비틀거리며 움직였다.

칡넝쿨 부대가 속도를 내고 있었다. 이들이 줄기와 줄기를 엮어 앞길을 막아서자 무속인은 줄넘기하듯 넝쿨을 깡충깡충 뛰어넘어야 했다. 버드나무 가지가 줄기를 감싸며 부여안았다. 그 모습이 마치 웃고 있는 것처럼 보였다. 나무에 표정이 있을 리 없지만, 그렇게 보였다.

"그녀는 화가 난 게 아니야. 완전히 신이 났다고."

팀장이 말했다.

"안 돼!"

배 선배가 마침내 버드나무를 앞지르며 달려 나갔다.

버드나무가 기어이 무속인을 안아 올렸다. 그러고는 가지에서 가지로 옮겨가며 이리저리 돌려댔다. 우리는 30m 높이에서 아슬아슬하게 움직이는 무속인을 안타깝게 바라볼 수밖에 없었다. 무속인이 지르는 소리가 가까워졌다가 멀어지기를 반복했다.

"민광용 씨! 그만두세요."

팀장이 소리쳤다.

버드나무는 꿈적하지 않았다. 배 선배와 내가 차례로 가지를 향해 뛰어들었다. 우리는 나뭇가지에 매달려 허공을 가르다 내동댕이쳐지듯 바닥으로 떨어졌다.

"뱅오치어공기키점하룬나.(이 나무는 당신 몸이 아니야.)"

버드나무가 팀장의 말을 이해한 것 같지는 않았다. 다만 더는 흥미가 없어졌는지 무속인을 공중에 던졌다.

"아악!"

"안 돼!"

배 선배가 날아가는 무속인을 향해 고개를 돌렸다. 나는 차마 그 모습을 보기 어려웠다.

모두의 우려와 달리 허공에서 빙글빙글 돌며 날아가던 무속인이 논두렁 위에서 우아하게 착지했다. 마치 체조 선수와 같은 안정적인 마무리 동작에 자신도 놀랐는지, 그는 어리둥절한 표정으로 팔다리를 이리저리 살폈다. 무속인은 그대로 바닥에 주저앉아 안도의 한숨을 내쉬었다.

화려하게 분칠했던 얼굴이 땀과 눈물로 범벅이 되었다. 풀 먹여 손질한 두루마기도 마찬가지였다. 무속인은 힘이 풀려 부들거리는 다리를 부여잡고 엉거주춤 논두렁을 빠져나와 뒤도 돌아보지 않고 그대로 달아났다.

버드나무는 줄기에 붙어 있던 부적을 뜯어냈다. 접착제 때문인지 새벽이슬 때문인지 젖은 종이가 가지에서 가지로 자꾸만 옮겨 붙는 바람에 애를 먹어야 했다. 나무는 허공에 가지를 흔들었다. 겨우 떨어진 종잇장이 바람에 날아갔다.

　한바탕 난리 중에도 김재수 주임은 묵묵히 자신의 일을 진행했다. 그는 논 위에 일정한 간격으로 무언가를 내려놓았다. 흐린 하늘에서 눈송이가 떨어졌다.

　잠시 시끌벅적했던 아이들의 등교 시간이 지나가고 논두렁 위의 소란도 끝나자, 겨울 농촌은 이내 고요함 속에 잠겨 들었다. 언덕 위로 보이는 초록 지붕 집에서 백발의 어르신이 나와 비닐하우스 쪽으로 걸어갔다. 어디선가 소가 길게 울었다.

　"처음 보는 걸까요?"

　버드나무는 가지 위로 떨어지는 눈송이에 온정신을 빼앗긴 것 같았다.

　"모든 게 생소하고 신나는 모양이야."

　배 선배가 흐트러진 머리카락을 이마 위로 쓸어 넘겼다.

　"팀장님, 여기예요. 민광용의 위치 말이에요."

　팀장은 김 주임이 건넨 k9를 받았다.

　"꼭대기네요?"

　버드나무 꼭대기에서 엷은 녹색 빛이 흘러나왔다. 민광용이었다.

　논 위에 막이 오르고 있었다. 사면에서 일제히 오르던

　한국우주난민
　특별대책위원회

투명한 막이 높이와 면적을 넓혀가다 어느 순간 만나면서 버드나무를 완전히 둘러싸는 형태가 되었다. 금세 거대한 장막이 논 위에 세워졌다.

김 주임이 승합차에서 꺼내온 물건을 바닥에 내려놓았다. 박스 위에 '도미노'라고 적힌 레이블이 보였다. 저것은 분명 내가 적어놓은 것인데…….

팀장과 배하나 선배가 고글을 집었다. 두 사람은 k9의 프로그램을 이용해 도미노를, 그러니까 바이오 브릭스를 자신이 원하는 모양으로 설정했다. 금세 두 개의 보드가 완성되었다. 팀장이 설정한 보드는 넉넉한 크기의 타원형, 배 선배의 보드는 날렵한 직삼각형에 가까웠다.

팀장이 보드 위로 뛰어올랐다. 단단한 보드가 팀장의 몸을 받치며 바닥에서 30cm 높이에 떠 있었다. 김 주임이 k9를 들여다보았다. 잠시 후, 화면 위로 팀장의 호출기와 보드의 동기화를 알리는 신호가 떴다. 이제 팀장과 보드가 한 몸으로 움직일 것이다.

이번에 김 주임은 작전에 사용할 도구를 내주었다. '도돌이(J6)'라 불리는 바주카포 모양의 기구였다. 배 선배가 도돌이에 달린 버클을 조절했다. 다소 길어 보이던 금속 벨트가 가슴 위로 고정되자, 어깨 위를 넘나들며 회전하는 도돌이를 수월하게 조절할 수 있었다. 준비를 마친 두 사람이 보드와 함께 상승했다.

"필연 씨, 작업이 마무리되면 가차 없이 당겨주세요."

나에게 부여된 임무는 가차 없이 당기는 것이었다.

"가차 없이요?"

"가차 없이."

"알겠습니다."

나는 입구 앞에 놓인, 용도를 알 수 없는, 기계 앞에 자리를 잡았다.

거대한 장막 위로 〈식물원 ⇔ 작업 중〉이라는 문구가 새겨졌다. 투명한 장막 안으로 눈송이에 정신을 빼앗긴 버드나무가 보였다. 김 주임의 조작에 따라 장막의 지붕이 닫혔다. 이로써 더는 눈송이가 떨어지지 않게 되자 당황한 버드나무가 하늘을 올려다보았다.

장막 안에 연막이 피어오르고 있었다. 투명했던 장막 안에 뿌연 연막이 퍼지면서 자연스레 외부의 시선이 차단되었다. 버드나무를 따라다니던 그루터기와 식물들이 장막 밖에서 우왕좌왕하는 모습이 보였다.

봉남면 면장 황장수는 축사를 나서다 과수원 앞을 지나 헐레벌떡 달려가는 무속인을 발견했다.

"도사님! 도사님!"

황장수가 무속인을 쫓아가며 소리쳤다. 그러나 무속인은 뒤도 돌아보지 않고 손사래 치며 언덕을 넘었다. 황장수가 어리둥절한 얼굴로 돌아섰다. 마을 아래로 평야 한가운데 거대한 장막이 세워져 있었다.

"허허. 식물 박사들이 할 수 있는 일이 아니라니까."

황장수가 다급히 논으로 내려왔다.

"면장님, 안녕히 주무셨어요?"

나는 장막 안의 상황을 지켜보던 PC를 접었다.

"하이고야, 이게 다 뭐다냐?"

논 위에 세워진 거대한 장막을 바라보던 황장수가 답답함에 혀를 찼다.

장막 안의 움직임이 격렬해지고 있었다. 보드 위의 팀장과 배하나 대리가 서로의 위치와 버드나무의 움직임을 확인하며 목표를 향해 접근했다. 연막을 피운 김 주임이 장막 모서리에서 두 사람의 활동을 지켜보았다.

"수많은 나무 중에 왜 하필 버드나무야?"

배 선배의 한탄이 이어피스를 통해 전해졌다. 버드나무의 가지는 너무 많았고, 움직임은 복잡했다. 연막으로 인해 버드나무, 그러니까 민광용의 감각이 심각한 제약을 받는 상황에서조차 제멋대로 움직이는 가지는 큰 위협이 되었다.

먼저 일격을 가한 것은 팀장이었다. 장막의 천장 가까이 접근한 팀장이 목표를 향해 발포했다. 도돌이에서 나온 까만 공이 버드나무의 줄기 끝을 향해 날아갔다. 목표를 때린 고무공은 이후 이리저리 튕기다 다시 도돌이 안으로 돌아왔다. 앞으로 날아간 공이 뒤로 돌아오는 식이었다.

"좋아요."

애착 상태를 확인하던 김 주임이 말했다.

팀장과 배 선배가 연이어 목표를 향해 고무공을 쏘았다. 두 사람은 장막 안을 날아다니다 가지 사이로 목표가 드러나면 망설이지 않았다. 버드나무가 휘두른 굵은 가지에 팀장이 밀려나며 장막의 앞면에 부딪혔다. 충격으로 장막이 출렁이자 황장수가 돌아보았다.

배 선배의 공이 연이어 목표를 쳤다. 그녀는 허공에서 S자 형태로 움직이는 가지 사이를 빠져나와 천장 가까이 솟아오르며 정확히 목표를 쳤다. 나뭇가지가 솟구치자 이번에는 보드와 함께 회전하며 재빨리 하강했다.

k9에서 변화가 감지되었다. 버드나무 꼭대기에서 희미하게 빛나던 녹색불이 눈에 띄게 또렷해지고 있었다. 회심의 일격을 당한 버드나무가 발작하듯 줄기를 흔들었다.

허공에서 휘날리던 나뭇가지 하나가 배 선배의 손끝에 닿았다. 가지는 팔을 타고 순식간에 어깨까지 휘감았다.

한국우주난민
특별대책위원회

배 선배의 몸이 뒤집히며 나무줄기와 충돌했다. 충격으로 선배와 보드가 분리되었다.

"아악."

배 선배의 얼굴이 고통으로 일그러졌다. 수십 개의 가지가 달라붙어 선배의 몸을 조여왔다. 얇고 긴 가지들이 목을 향해 기어올랐다. 신경이 곤두선 버드나무는 배 선배를 높이 들어올려 천장에 대고 거칠게 문질렀다. 벨트에서 분리된 도돌이가 바닥으로 떨어졌다.

장막의 앞면을 박고 추락한 팀장이 발을 구르며 재빨리 보드 위에 올랐다. 배 선배는 버드나무 가지에 붙들린 상태로 꼼짝할 수가 없었다. 김 주임이 바닥에 떨어진 도돌이를 집었다.

팀장은 공중에서 김 주임은 바닥에서 버드나무의 줄기를 향해 고무공을 쏘았다. 도돌이를 다뤄본 적 없는 김 주임의 공이 나무를 향해 무작정 날아갔다. 연속으로 날아드는 공이 성가신 듯 버드나무가 돌아보았다. 나무는 김 주임을 향해 몇 가닥의 가지를 휘둘렀다. 김 주임이 들고 있던 도돌이가 바닥으로 떨어졌다.

이제 버드나무는 팀장을 향해 움직였다. 나뭇가지에 힘이 풀리며 배 선배가 천장에서부터 추락하고 있었다. 대기하던 보드가 선배를 받아 바닥으로 내려왔다.

"대리님, 괜찮으세요?"

김 주임이 달려왔다. 보드에서 미끄러지듯 다급히 바닥으로 내려온 배 선배가 땅을 짚고 거친 숨을 내쉬었다.

"야, 김. 누가 총기에 손대랬어?"

배 선배가 김 주임을 다그쳤다.

"지금 그게 문제예요?"

"저쪽으로 물러나 있어. 얼른! 저 구석으로."

배하나 대리는 어깨를 감싸며 얕은 숨을 토해냈다. 부상이 가벼워 보이지 않았다. 그럼에도 그녀는 몸을 추스르고 일어났다.

발포는 계속되었다. 버드나무는 날아오는 공을 가지로 쳐내며 팀장을 향해 걸어왔다. 팀장은 버드나무의 가지가 흔들릴 때마다 드러나는 좁은 공간을 집요하게 파고들었다. 팀장의 공이 연이어 목표를 쳤다. 버드나무가 주춤하며 휘청였다.

민광용의 스트레스가 한계에 이르고 있었다. 수백 갈래의 가지가 일제히 사방으로 요동쳤다. 강하게 내리친 가지 중 일부가 보드에 닿으며 순식간에 팀장에게서 보드가 분리되었다. 팀장이 허공에서 가지를 붙잡았다. 버드나무 가지에 대롱대롱 매달린 팀장이 공중에서 원을 그리며 몇 번이나 회전했다.

**한국우주난민
특별대책위원회**

몇 가닥의 가지가 보드를 움켜쥐었다. 이때 보드는 부서지듯 흩어져 나뭇가지 사이를 빠져나와 바닥으로 떨어졌다. 낱낱으로 조각난 바이오 브릭스가 모양을 회복할 때, 나무는 저항으로 세차게 줄기를 흔들었다. 나뭇가지에서 이탈한 팀장이 바닥으로 추락했다.

김 주임은 재빨리 배 선배의 보드를 조정했다. 삼각의 보드가 팀장을 향해 날아갔다. 이 보드는 허공에서 팀장을 받았으나, 여전히 추락하는 팀장과 함께 급속히 하강했다. 보드가 새롭게 동기화되기까지 시간이 필요했다. 보드는 바닥 가까이 떨어지고 나서야 팀장과의 동기화를 알리며 날아올랐다.

장막이 들썩이고 있었다. 균형을 상실한 버드나무가 무작위로 가지를 흔들었다. 심상치 않은 기운에 황장수가 자리를 떴다.

팀장이 다시 보드를 딛고 장막 안을 날았다. 동시에 어깨를 넘어온 도돌이를 능란하게 다루었다. 두 개의 동기화된 보드가 팀장의 발걸음을 차례로 받아냈다.

그리고 바닥에서는 또 하나의 보드가 완성되고 있었다. 새 보드와 함께 배 선배가 천천히 떠올랐다. 버클이 풀린 벨트를 벗어던진 배 선배가 도돌이를 들고 마구잡이로 휘날리는 가지 사이로 들어갔다.

김 주임이 k9를 들여다보았다. 화면 위의 녹색불이 솟구칠 듯 강한 빛을 내고 있다. 애착 상태로부터 분리되기 위한 민광용의 분투였다. 팀장과 배 선배의 공이 연이어 목표를 쳤다.

신경질적으로 가지를 흔들던 버드나무의 움직임이 급속히 둔해지고 있었다. 십여 개의 고무공이 허공을 날았다. 버드나무는 팀장과 배 선배의 공격을 막아내지 못하고 휘청거렸다. 그리고 마지막 순간, 나무는 그대로 멈춰 서더니 모든 가지가 중력을 거슬러 하늘로 치솟았다.

장막 안에서 강한 빛이 새어 나왔다. 아마도 마을 어디에서나 이 찰나의 빛을 볼 수 있었을 것이다. 버드나무에서 분리된 녹색불이 공중으로 떠올랐다가 점차 빛을 상실하며 서서히 하강했다.

민광용과 함께 솟구쳤던 가지가 바닥으로 떨어졌다. 장막 밖에서 우왕좌왕하던 식물들이 동시에 힘을 잃고 쓰러졌다.

빛을 잃은 장막에 고요함이 감돌았다. 잠시 후, 문이 열리자 연막 사이에서 누군가가 걸어 나왔다. 나는 상대가 모습을 드러내기를 기다렸다가 가차 없이 줄을 당겼다. 트럼펫을 닮은 금속 기계에서 수십 장의 종이가 날아갔다.

"앗!"

가차 없이 날아간 것은 애착 방지용 패치였다. 민광용이 패치로 뒤덮인 자신의 몸을 내려다보았다.

"부적이에요? 당신들도 모두 무속인인가요?"

민광용의 목소리가 맑게 울렸다.

"아니에요. 민광용 씨, 우리는 한우대 요원이에요."

뒤이어 장막을 나온 팀장이 말했다.

민광용이 알 듯 모를 듯한 얼굴로 팀장을 바라보았다. 민광용의 눈동자가 젖어 들고 있었다. 겨우 서 있던 민광용이 균형을 잃고 쓰러졌다. 팀장이 그녀의 몸을 안았다. 하늘에서 떨어진 눈송이가 민광용의 감은 눈 위에서 모양을 잃고 있다.

실종자 민광용이 돌아왔다. 사고 후, 26년 만에 일이다.

달걀 소동

1.

김제시 봉남면에서 복귀한 이후, 나는 그날의 작전이 담긴 영상 파일을 몇 차례나 반복해 시청했다. 야외 임무는 마카-1에 의해, 장막 안에서 벌어진 최후의 작전은 요원들이 착용한 소형 카메라와 김 주임이 운용한 내부 촬영 기기에 의해 즉시 레드 돔으로 전송되었다.

나는 장막 밖에 있다. 고로 내가 착용한 카메라에는 주로 장막의 입구가 담겨 있다. 그리고 이따금 황장수 면장이 등장한다.

작전을 마무리한 팀원들이 장막에서 나온다. 민광용에 이어, 팀장, 김재수 주임과 배하나 선배가 차례로 장막을 나왔다. 작전 중 부상을 입은 배 선배를 김재수 주임이 부축하고 있다.

민광용이 쓰러진다. 우리는 민광용과 그녀를 안고 주저앉은 팀장을 재빨리 둘러싸며 장막 앞에 모여 있다.

"공, 그게 그렇게 재미있니?"

모니터 앞에서 배하나 선배가 눈을 깔았다. 배 선배는 이번 작전으로 4주 동안 목 보호대를 착용해야 한다는 진단을 받았다.

"아, 네."

이번 작전이 대단했다는 사실을 부인하기는 어렵다.

팀장이 민광용의 팔목에서 찾은 '슈트 온'을 누르자 a슈트가 온몸을 뒤덮기 시작했다. 엷은 빛을 내던 슈트가 안정화됨에 따라 창백해 보이던 피부가 점차 혈색을 찾아갔다. 작업은 빠르게 이루어졌다. 슈트의 착용이 마무리되자 우리는 장막 앞에서 물러났다.

"세상에 변한 게 없잖아."

지구인의 모습을 한 민광용이 26년 전 모습 그대로 쓰러져 있었다. 슈트에 중력이 작용하지 않았다.

나는 이 장면을 몇 번이고 보았다. 현재의 슈트는 소형화 이후 세정 기능을 탑재한 신형으로, 실제 플라인이 구형 슈트를 착용하는 장면을 눈앞에서 보기는 처음이었다.

『a슈트의 원리』에는 플라인이 착용하는 슈트의 작동 원리가 상세하게 기술되어 있다. 기록실의 116번 자료는 a슈트의 원천 기술과 제작 과정, 시연에 이르기까지 슈트의 모든 원리가 빠짐없이 기록된—6시간 분량의 영상 자료를 포함한—기술서이다.

문제의 버드나무는 연못 앞으로 돌아갔다. 식물원에서 나왔다는 요원들이 더는 움직이지 않는 나무를 본래의 자리로 옮겨놓았다. 그리고 며칠 뒤, 마을로 내려온 무속인은 평소와 같이 의식을 진행하던 중 이 나무는 더이상 신목이 아니라며 굿을 중단하고 나뭇가지에 걸어두었던 무명천을 모두 걷어냈다.

민광용은 본부의 회복 프로그램에 성실히 임하고 있다. 프로그램은 오전과 오후로 나뉘어 하루 두 차례씩 2, 3시간에 걸쳐 진행된다. 쉬는 시간에 민광용은 식사를 하고, 때로 병실 밖으로 나와 마당을 거닐곤 했다. 그녀는 지난 26년 동안 변화한 서울의 모습과 생활 방식에 큰 충격을 받았다.

"얼마나 지났다고 하셨죠?"

처음 본부에서 민광용은 같은 질문을 여러 차례 반복했다.

"26년이에요. 민광용 씨는 버드나무에 애착한 상태였어요. 알고 계셨나요?"

"어느 순간 알았던 것 같아요."

"애착한 상태로 얼마나 지냈다고 느끼셨나요?"

"오래되었다고 느꼈어요."

"얼마나 오래라고 느끼셨나요?"

"……3, 4개월쯤."

민광용이 텅 빈 눈으로 허공을 응시했다.

"애착 상태에서는 시간의 흐름을 감지하는 것이 어려워지나요? 그것이 애착을 지속하게 만드는 요인이 되나요?"

"글쎄요. 저는 애착을 느껴본 적이 없습니다. 저는 애착을 원하지 않았어요."

"그렇다면 왜 버드나무에 교착하셨나요?"

"사고였어요."

"사고요? 어떤 사고였나요?"

"모르겠습니다. 기억해보려고 애쓰고 있는데, 잘되지 않아요. 빛을 보았어요. 소란했어요. 그리고 강한 충격을 받았는데……, 순식간에 일어난 일이에요. 그 상태로 정신을 잃었던 것 같아요."

"사고로 정신을 잃으셨나요?"

"네. 그건 분명해요. 사고로 정신을 잃었어요. 얼마나 오래였는지는 모르겠지만."

"그 정도의 사고라면, 고통을 느끼셨을 텐데요."

"아뇨. 고통은 없었어요. 저는 분명 큰 사고를 당했다고 생각했기 때문에 정신이 들었을 때, 즉시 고통을 예감했어요. 그런데 아무런 통증도 느껴지지 않았어요. 오히려 편안했어요. 그때 사고로 내가 죽은 건가? 그런 생각이 들 만큼 몸과 마음이 평온했어요. 어쩌면 나무가 저를 보호해주었는지도 모르겠어요. 전 애착이 된 줄도 몰랐어요. 그 후로는 정신을 잃고 회복하기를 반복했던 것 같아요."

"그렇군요. 그럼 더이상 정신을 잃지 않게 된 후로는, 그때는 애착 상황을 알 수 있었나요?"

"아뇨. 정신을 회복한 이후에는, 좀 이상하게 들릴 수도 있는데, 시간의 흐름을 느낄 수 있었어요. 나로서 느낀 것은 아니에요. 나무로 느꼈어요. 나는 낮과 밤을 알았고, 빛과 바람을 느꼈어요. 비가 내린다는 것도요. 대지의 변화를 속속들이 느꼈던 것 같아요. 나는 줄기였고, 잎이었고, 뿌리였어요. 나는 나의 성장을 느낄 수 있었어요. 발아에서 개화, 결실, 휴면으로 이어지는 주기를 알았어요. 계절이 변하고 있다는 것을 알 수 있었어요. 나는 완전한 나무였던 것 같아요. 내가 나무와 분리된 개체라는 걸 알게 된 것은 최근 일입니다."

"어떻게 말인가요?"

"소리 때문이었어요."

"소리요? 어떤 소리였죠?"

"외부에서 들려오는 소리. 아이들과 노인들, 가족과 이웃들. 소, 개, 매미, 새들. 비와 바람, 천둥과 번개. 세상의 소리가 점점 더 명확해졌어요. 그리고 최후의 소란이 있었죠."

"굿이군요?"

"네."

"외부의 소란이 민광용 씨를 깨우는 계기가 되었나요?"

"그랬던 것 같아요."

26년 전, 어린 버드나무에 교착한 민광용은 나무와 혼연일체가 되어 함께 성장하며 지배력을 확장해온 것으로 보인다. 그리고 완전히 성장한 나무에 지배력을 갖게 되자 본체를 조정하는 진정한 애착의 단계에 이른 것이다.

그녀가 나무였다는 것은 사실인 듯하다. 만약 민광용이 나무로 존재하지 않았다면, 26년이 넘는 긴 시간 동안 빛과 수분만으로 생존한다는 것은 애초 불가능한 일이 아니었을까?

"플라인들은요? 모두 무사히 잘 지내고 있나요?"

"민광용 씨, 그들은 떠났습니다."

"네? 언제였죠?"

"4년 전이에요."

"결국 새로운 별을 찾았군요?"

"그래요."

"새 별은 플라 2.5를 닮았나요?"

"모든 면에서 그렇다더군요."

"잘됐네요."

민광용은 한동안 말이 없었다.

"민광용 씨……."

"성공했나요? 그래서 모두 새로운 별에 무사히 도착했나요?"

플라인에 관한 민광용의 마지막 질문이었다.

"여전히 진행 중입니다."

민광용은 조용히 고개를 끄덕였다. 창가에 서서 오래 침묵하던 그녀는 마침내 평온해진 얼굴로 잠시 허공을 주시하다, 양팔을 가볍게 흔들며 발걸음을 옮겨갔다. 춤이라도 추는 듯이.

2022년 12월 31일 오후 12시 52분, 한 무더기의 달걀 부대가 종묘 앞을 지나고 있었다. 그해의 마지막 주말이었으며, 한 주 내내 이어진 한파가 지나가고 닷새 만에 영상의 기온을 회복한 화창한 낮이었다.

**한국우주난민
특별대책위원회**

사당 주변은 인적 없이 고요했다. 그러니까 외계인의 공격 따위가 일어날 것 같지는 않은, 그런 평범한 날이었다.

단신의 관광객처럼 주변을 두리번거리며 뒤뚱뒤뚱 움직이던 달걀 부대가 외대문 앞을 지나며 속도를 내고 있다. 이들은 보도블록 위로 10cm 높이에서 공중을 날듯 빠르게 종로를 횡단 중이다.

같은 시각, 권혁남은 자신의 지프를 몰고 종묘를 지나 인사동으로 들어섰다. 그는 예정보다 조금 일찍 약속 장소에 도착했다.

이십여 개의 테이블 중 절반 이상이 들어찬 레스토랑 안에서 주말의 여유와 활력이 느껴졌다. 건물은 앞마당이 내다보이는 남쪽 벽면이 모두 유리여서 오후의 볕이 자연스레 창 안으로 떨어졌다.

"선생께서 1996년 정읍 시외버스터미널에서 보았다는 인물이 이 얼굴 맞습니까?"

권혁남이 테이블 위에 사진 한 장을 내려놓았다.

"네, 맞아요."

마주 앉아 있던 남자가 말했다.

"오래전 일인데 확신하시네요?"

"잊기 어려운 얼굴이라. 이분 말고도 일행이 대여섯 명쯤 더 있었어요. 모두 a라고 적힌 흰색 티셔츠를 입고 있었던 기억이 납니다."

"혹시 이 옷이었나요?"

권혁남이 다시 사진 한 장을 내려놓았다. 테이블 위에 같은 인물의 사진이 나란히 놓여 있다. 오주선이다.

"맞아요."

26년 전 목격자로부터 제보 전화가 걸려온 것은 금요일인 어제 오후의 일이었다. 제보자의 이름은 박영은. 그는 서울시 금천구에 있는 어느 중학교의 영어 교사였다.

"그밖에 기억나는 점이 있을까요?"

"친구들과 함께 모악산에 간다고 했어요. 다들 대학생처럼 보였어요. 또래라 몇 마디 대화를 나눴던 기억이 나요."

권혁남과 박영은이 오래전 목격담을 이어가는 동안, 인사동 일대에서는 한 무더기의 달걀 부대가 부산하게 움직이고 있었다.

지난 이틀간 내린 눈으로 골목 안에는 크고 작은 눈사람이 여럿이었다. 골목의 주인인 아이들이 만들어놓은 것이었다. 골목 안으로 들어온 달걀 부대가 눈사람을 향해 달려들었다.

잠시 후, 눈사람이 기지개를 켜듯 서서히 움직였다. 완전한 모양을 갖춘 눈사람은 물론 얼굴이나 몸만으로 방치된 커다란 눈덩이까지, 골목 안의 모든 눈사람이 튕겨 오르듯 바닥에서 몸을 띄웠다.

눈사람 부대가 골목을 빠져나왔다. 이들은 그대로 레스토랑을 향해 달려왔다. 그러다 유리 벽에 부딪치며 바닥으로 미끄러졌다. 창가에 앉아 있던 사람들이 황당한 얼굴로 그 모습을 지켜보았다.

바닥으로 미끄러진 눈사람들이 유리 벽을 미느라 애쓰고 있었다. 그리고 앞마당에서는 일부 눈사람들이 바닥의 눈을 뭉쳐 멀리 던지거나, 무서운 얼굴로 눈보라를 뿜어댔다. 눈사람의 입에서 뿜어져 나온 눈보라가 레스토랑을 향해 날아왔다.

그러나 그뿐이었다. 포물선을 그리며 날아온 눈덩이는 건물에 미치지 못했고, 바람을 일으키던 눈사람들은 빠르게 체력을 소진한 채 하나둘 바닥에 주저앉았다. 눈보라는 급속히 사그라져 헛기침 수준으로 줄어들었다.

"왜 저래?"

창가에 앉아 있던 누군가가 말했다.

유리 벽에 붙어 안간힘을 쓰던 눈사람 부대가 납작해진 몸으로 터덜터덜 입구를 향해 걸어갔다. 탈진해 주저앉았던 눈사람들도 마찬가지였다. 이들은 문 앞에서 얌전히 대기하다 누군가 밖으로 나오자 열린 문을 통해 질서 있게 입장했다.

입구 쪽이 소란해졌다. 난데없이 등장한 눈사람 부대의 무작정 공격이 시작되었다. 숯으로 그린 처진 눈썹 때문에 어딘가 억울해 보이는 눈사람이 빈 테이블 위로 뛰어올랐다.

처진 눈썹이 힘 있게 일으킨 소용돌이가 천장에 닿으며 샹들리에가 바닥으로 떨어졌다. 그 바람에 가장 놀란 것은 처진 눈썹 본인이었다. 바닥으로 떨어진 샹들리에에 깔려 박살 난 눈사람이 여럿이다.

실내가 한순간에 혼란스러워졌다. 식사하던 손님들이 테이블에서 물러났다. 당황해 일어서는 사람들을 향해 작은 눈사람들이 달려들었다. 그러다 발에 차이거나 밟혀 납작해졌다.

납작해진 눈사람들은 즉시 모양을 회복했다. 그리고 다시 사방으로 뛰어다녔다. 농구공만 한 눈덩이들이 허공에서 빙빙 돌며 주변을 위협했다. 입구에서 시작된 소동이 레스토랑 전체로 번져갔다.

몸에 비해 얼굴이 큰 눈사람이 한 남자의 바짓가랑이를 붙잡고 어깨까지 기어올랐다. 이 눈사람은 남자의 뒤통수를 디디고 힘차게 몸을 던져 권혁남을 향해 날아왔다. 권혁남이 날아드는 눈사람을 향해 의자를 휘둘렀다. 부서진

한국우주난민
특별대책위원회

눈덩이에서 떨어진 조약돌 눈동자가 바닥을 굴렀다.

"이건 또 웬 난리법석이냐?"

레스토랑은 쓰러진 테이블과 눈 더미로 아수라장이 되었다. 부서진 눈덩이가 발밑에서 스멀거리자 울렁증을 느낀 박영은이 뒷걸음으로 물러났다. 달걀을 중심으로 모양을 회복한 눈사람이 박영은을 향해 날아왔다.

두 눈을 질끈 감은 박영은이 허공에 주먹을 휘둘렀다. 이 주먹은 정확히 눈사람의 볼을 강타했다. 부서진 눈사람 안에서 굴러 나온 달걀이 누군가의 발에 차이며 유리 벽 쪽으로 날아갔다.

해체와 결합이 반복되면서 눈사람들의 움직임이 변해 갔다. 얼굴과 몸체가 뒤바뀌고, 팔다리는 뒤죽박죽이 되었다. 눈사람들은 여전히 사방으로 날뛰고 있었지만, 여기저기 부딪히기 일쑤였다.

이들의 동작은 마치 시선의 반대 방향으로 움직이는 것처럼 어색했다. 그런 와중에도 도망가던 누군가의 가슴 위로 뛰어올라 머리를 붙잡고 부지런히 눈을 뿜어댔다.

"박영은 씨 괜찮으세요?"

권혁남이 돌아보지 않고 물었다.

"……네, 그런 것 같아요."

여전히 울렁증이 가시지 않는지, 그는 겨우 입을 뗐다.

남은 눈사람들이 권혁남을 향해 달려왔다. 뒤집어진 머리에, 부리부리한 솔방울 눈, 짙은 솔잎 눈썹을 휘날리며 거침없이 달려온다.

권혁남이 안주머니에서 꺼낸 물건을 테이블 위에 내려놓았다. 휴대전화처럼 보이는 기기 하단으로 'air 2.0'이라는 문구가 새겨져 있었다. 권혁남이 액정 위에 뜬 화살표를 터치하자, 휴대전화처럼 보이던 물건이 빠르게 변형을 이루더니 권총 모양의 총기가 되었다.

권혁남은 차분하게 총기를 집어 날아오는 눈사람을 향해 발포했다. 보이지 않는 압력이 눈사람을 쳤다. '에어건'이 주변의 기압을 조절하며 목표를 치고 흩어졌다. 허공에서 눈사람이 박살나자 입구에 있던 직원이 계산대 아래로 몸을 숨겼다.

화가 잔뜩 난 듯 보이는 커다란 눈사람이 강력한 눈보라를 일으키며 날아왔다. 권혁남이 재빨리 에어건을 쏘았다. 허공을 날던 눈사람이 모양을 잃고 추락했다. 부서진 눈더미 위로 깨진 달걀이 보였다.

"달걀이 매개였군."

외부의 소란에 주방장이 고개를 내밀었다. 주방장은 눈앞의 광경을 넋 나간 듯 바라보다 정신없이 날아드는 눈사람을 향해 프라이팬을 휘둘렀다. 눈사람의 몸이 반으로 나뉘어 화덕 위로 떨어졌다. 녹은 눈 더미에서 나온 달걀이 깨지며 순식간에 프라이가 되었다.

소동이 빠르게 정리되고 있었다. 권혁남은 기민하게 움직여 남은 눈사람들을 차례로 처리했다.

"끝났나요?"

눈보라가 잦아들자, 계산대 아래에서 직원이 고개를 내밀었다.

"끝났습니다."

권혁남이 조용해진 레스토랑을 둘러보았다. 눈이 쌓인 곳마다 달걀이 떨어져 있었다.

"실례하겠습니다, 영은 씨."

에어건의 총구가 자신의 등 뒤로 움직이자, 박영은이 돌아섰다. 깨지지 않고 남아 있던 달걀들이 무서운 기세로 한꺼번에 날아왔다. 권혁남은 지체 없이 방아쇠를 당겼다. 공중에서 깨진 달걀이 박영은의 온몸 위로 떨어졌다.

"어이쿠."

동시에 권혁남의 시선이 바닥으로 떨어졌다. 민망해진 그는 그 자리에 눈사람처럼 굳어버렸다.

"저기……, 주문하신 오므라이스가 나오기는 했는데요."

접시를 든 직원이 당황한 얼굴로 쓰러진 테이블을 넘어왔다.

"아뇨. 아뇨. 당분간 달걀은 사절이에요."

달걀을 뒤집어쓴 박영은이 고개를 저었다. 그때마다 달걀물이 뚝뚝 떨어졌다.

2.

2023년 1월 2일 오후 2시, 한 무더기의 달걀 부대가 진성나루에 나타났다. 공원길을 내려와 강줄기를 따라 일렬로 움직이던 달걀 부대가 원효대교 앞에 늘어서서 싱크로나이즈를 하듯 차례로 물속으로 뛰어들었다.

퐁당, 퐁당…….

달걀이 입수할 때마다 가벼운 소리와 함께 연이어 파장이 일었다. 작고 둥근 물체가 강 속으로 입수함에 따라 가늘고 긴 물보라가 꼬리처럼 따라왔다.

나는 새해의 첫 순찰을 팀장과 함께 마치고 기지로 복귀 중이었다. 멀리 이글루가 반짝이고 있었다. 이틀간 내린 눈으로 다소 맑아진 수질 때문인지, 날이 좋아서인지, 오늘 이글루는 한층 더 화사한 느낌이다.

기계실 안으로 김 주임이 보였다. 김 주임은 지하에서 이글루가 발광하는 원인을 찾고 있었다. 실제로 이글루는

한국우주난민
특별대책위원회

평소보다 밝은 빛을 내고 있었다. 단지 느낌이 아니었다.

이를 처음 감지한 사람은 배하나 선배였다. 배 선배는 이글루 주변의 가시거리가 평소보다 길다고 느꼈다. 그리고 그녀는 같은 이상 징후를 전자 지도의 수치를 통해 확인했다.

누군가 건물 밖에서 유리 벽을 두드렸다. 김 주임이 벽을 향해 돌아섰다. 물속에 보이는 것은 달걀이었다. 기계실 밖에 대오를 맞춰 떠 있던 달걀 부대가 순식간에 손바닥 모양으로 늘어서더니, 김 주임을 향해 손을 흔들었다. 김 주임이 어리둥절한 눈으로 그 모습을 지켜보았다.

한 무더기의 달걀이 대형을 이루며 자유자재로 움직였다. 달걀은 마치 공연이라도 하듯 유리 벽을 사이에 두고 다양한 모양으로 바뀌었다. 수중에 꽃잎을 띄우기도 하고, 몸을 비틀어 상승과 하강을 반복하며 물보라를 일으키기도 했다. 이들이 일으킨 물보라가 다채로운 문양으로 피어났다.

달걀 부대의 움직임은 때로 장난스럽고, 때로 우아했다. 김 주임은 달걀에서 눈을 떼지 못했다. 각기 다른 문양으로 끊임없이 변화하던 달걀 부대가 수중에 화살표를 만들며 정지했다. 달걀이 만든 커다란 화살표가 이글루의 입구를 가리키며 서서히 움직였다.

달걀들의 움직임을 지켜보는 동안 김 주임은 정신이 좀 몽롱해지는 것을 느꼈다. 물속에서 한 치의 오차도 없이 빠르게 펼쳐지는 달걀 부대의 싱크로나이즈를 보고 있자니 정신이 하나도 없었다. 그는 출입구를 열었다. 열린 문을 통해 달걀 부대가 안으로 들어왔다.

"김 주임이 무얼 하는 걸까요?"

지하의 출입구가 열리자 팀장이 말했다.

"본부에서 무언가 도착한 모양입니다."

그런 것이 아니라면 지하 기지의 출입구가 열릴 일은 별로 없었다.

"이 인간이 새해 벽두부터 무슨 수작이람?"

놀랄 일도 아니었다. 바이크가 속도를 냈다. 팀장은 물살을 따라 수중 바이크를 진성나루 밑으로 깊숙이 침잠시켰다가, 이글루 입구에서 원만하게 상승하며 열린 기지 안으로 들어갔다.

김 주임이 아웅다웅하며 움직이는 달걀 부대와 함께 기계실을 나섰다. 어쩐지 그는 나사가 하나쯤 빠진 듯 흐리터분한 모습이었다. 김 주임은 달걀 부대를 앞세우고 계단을 올랐다.

업무실에서는 배하나 선배가 벽면 가까이에서 빛나는 이글루를 관찰 중이다. 어째 이글루의 표면이 점점 더 밝

460   한국우주난민
특별대책위원회

아지는 느낌이다.

"해결 안 됐니? 이러다 물 밖에서도 기지가 보이겠어."

배 선배가 돌아서며 말했다.

"대리님, 여기 좀 보세요."

김 주임이 해맑은 얼굴로 달걀 부대를 가리켰다. 바닥에서 앙증맞게 움직이던 달걀들이 하나둘 허공으로 떠올랐다. 수십 개의 달걀이 업무실 안을 날아다녔다.

"이게 다 뭐야?"

배 선배가 너풀너풀 움직이는 달걀을 피해 물러났다.

"달걀이에요. 귀엽죠?"

거꾸로 선 달걀 하나가 김 주임의 머리 위에서 회전하고 있었다.

팀장과 나는 환하게 빛을 내는 기지 안으로 들어와 출입구에서 물이 빠지기를 기다렸다. 그리고 배수 작업이 끝나자마자 수중 바이크에서 나와 기계실로 들어왔다. 조정실의 열린 문 안으로 김 주임의 모습은 보이지 않았다.

"선배, 무슨 일 있나요? 이글루가 너무 번쩍이는데요."

업무실로 올라온 내가 물었다.

"여기 우리 김재수 주임이 데려온 것 좀 봐줄래?"

배하나 선배의 눈동자가 사선으로 움직였다. 무척이나 황당한 얼굴이었다. 팔짱을 낀 배 선배가 날아다니는 달걀 사이로 걸어왔다.

"본부장님께서 보낸 물건인가요?"

"본부장이? 아, 이 양반 참 부지런도 하셔라."

본부장이라는 말에 배 선배가 눈동자를 굴렸다. 새해 첫 근무일부터 굳이 이래야 하나 싶긴 하지만, 본부장이라면 그럴 만하니까.

"아닐걸요."

김 주임이 바닥에서 뒤뚱뒤뚱 움직이는 달걀을 쫓아가며 말했다.

"김! 똑바로 얘기해. 무슨 말이야? 본부장이 보낸 물건이야? 아니야? 이게 다 어디서 온 거야?"

"모르겠어요. 어쨌든 귀엽잖아요."

김 주임은 여전히 달걀을 쫓고 있었다. 그는 분명 여느 때와 달랐다. 초점을 잃은 눈빛이 흐리멍덩해 보였다.

"대체 무슨 일이지? 물 밖에서도 업무실이 보이겠어."

조정실을 둘러본 팀장이 업무실로 올라왔다. 너풀거리며 날아다니던 달걀 부대가 허공에 멈추었다. 김 주임과 함께 바닥에서 뒤뚱거리며 움직이던 달걀도 멈추었다. 그리고 팀장을 향해 일제히 날아갔다.

배 대리가 본능적으로 주머니에든 무언가를 꺼내 달걀을 향해 겨누었다. 휴대전화처럼 보이는 무엇이 배 선배의 손에서 빠르게 변화했다. 이제 선배가 손에 쥔 것은 날렵한 에어건이었다.

달걀 부대가 팀장을 둘러싸며 멈추었다. 달걀은 대략 1.5m 높이에서 1m 가량의 거리를 두고 팀장과 대치했다.

배 선배가 가까이 있는 책상 쪽으로 움직였다. 그녀는 거추장스러운 목 보호대를 풀었다. 왼손에 쥔 에어건의 총구는 여전히 달걀 부대를 향해 조준한 상태였다. 배 선배의 조작에 따라 책상 위에서 또 하나의 에어건이 빠르게 변형을 이루었다.

양손에 에어건을 쥔 배 선배가 조심스럽게 전진했다. 그녀는 하나의 에어건을 가까이 있던 김재수 주임에게 건네고자 했다. 하지만 김 주임은 여전히 얼빠진 얼굴로 허공에 뜬 달걀을 바라볼 뿐이었다. 달걀이 더는 뒤뚱거리며 움직이지 않는 것이 속상한 모양이었다.

"공!"

배 선배의 부름에 달걀 부대가 회전했다. 내가 배 선배가 던진 에어건을 받았다.

"목소리에 반응하는 건가? 그래?"

팀장이 말했다. 다시 달걀이 회전했다.

배 선배와 나는 천천히 거리를 벌리며 팀장의 좌우로 접근했다. 달걀은 미동 없이 공중에 떠 있었다. 그때, 팀장의 휴대전화가 울렸다. 조용한 업무실을 울리는 큰소리였다. 여전히 달걀에 움직임은 없었다.

"여보세요?"

팀장이 휴대전화를 들었다.

"나야, 권."

"응. 얘기해."

팀장이 대치 중인 달걀 부대에서 눈을 떼지 않고 대답했다.

2023년 1월 2일 오후 12시 34분, 회복실로부터 연락을 받은 권혁남은 민광용을 면담하기 위해 본부의 협력 의료 기관인 S병원으로 향했다. 병실에서 민광용이 한층 밝고 건강해진 모습으로 권혁남을 맞이했다.

"하실 말씀이 있다고 들었습니다."

권혁남과 민광용의 면담은 만약의 경우를 대비해 의료진이 동석한 자리에서 이루어졌다.

"네. 단편적인 기억이 장면처럼 떠오르는데, 아무래도 사고와 관련이 있는 것 같아서요."

"어떤 기억인가요?"

"제가 지금은 이렇게 나이가 들었지만, 사고 전에는 꽤나 활동적인 a였어요."

민광용이 노화가 전혀 진행되지 않은 슈트를 소재로 농담을 했다.

"잘 알고 있습니다. 민광용 씨에 관한 자료라면, 수백 번은 더 보았을 거예요."

민광용은 본부의 유일한 실패이자, 강력한 트라우마였다. 1기 요원들의 실패는 엄정한 기록으로 각인되어, 2기 요원인 권혁남에게까지 철저히 대물림되었다.

"한국에서 지낼 때, 가장 좋은 점이 무엇인 줄 아세요?"

"글쎄요."

"산이에요. 일 년 내내 올라도 가야 할 산이 또 있다는 거요. 그건 굉장한 승부욕을 불러일으켜요. 계절마다 모습이 다르기도 하고요. 저는 등산을 좋아했어요. 마라톤도 좋았어요. 마라톤은 지구에서 찾은 완벽한 취미였죠. 새로운 디틀부통이랄까. 동호회에도 가입했고, 10km, 하프는 말할 것도 없고, 열네 차례 완주 기록도 갖고 있어요. 기록도 꽤 좋았답니다."

"2시간 58분 22초. 94년 동아 마라톤이었죠."

"그래요."

민광용이 황당해하며 웃었다.

"말씀드리지 않았습니까? 민광용 씨에 관한 자료라면……."

"수백 번도 더 보았다고."

"네."

"그날도 저는 산에 갔었던 것 같아요."

"모악산이었나요?"

"아니, 그걸 어떻게? 네, 맞아요. 모악산."

어렴풋해 확신하기 어려웠던 그날의 조각을 권혁남이 쥐고 있었다. 민광용은 놀라지 않을 수 없었다.

1996년 6월 16일 오전 7시 40분, 민광용이 정읍 시외버스터미널에 나타났다. 그녀는 완주행 버스를 타고 모악산의 입산로가 있는 구이저수지 근방까지 이동한 후, 그곳에서 식사를 하고 여유 있게 입산해 해가 지기 전 하산할 예정이었다.

계획대로 11시경 산행에 나선 민광용은 1시간 30분에 걸쳐 정상에 올랐다. 이 코스는 오르막과 평지가 적당히 어우러져 그리 고되지 않았다.

모악산은 정상에 송전탑이 있다는 점에서 이색적이었다. 민광용은 언제나처럼 정상까지 오른 후, 해발 고도를 알리는 비석 앞에서 기념사진을 찍었다. 그리고 오직 정상에서만 누릴 수 있는 탁 트인 전경을 만끽한 후, 늦지 않게 하산하기로 한다.

사고는 하산 길에 일어났다. 계곡 근방에 대학생으로 보이는 대여섯 명의 아이들이 모여 있었다. 이들은 모두 동아리 회원인 듯 a라고 적힌 흰색 티셔츠를 입고 있었다. 하산 길에 제법 지쳐 있던 민광용에게 계곡에서 물놀이하는 아이들의 모습이 시원한 대리 만족을 주었다.

민광용은 나무숲 사이로 계곡을 바라보았다. 어느 순간 두세 명의 아이들이 물가에서 사라졌다. 민광용은 즉시 이들이 플라인이라는 것을 알았다.

계곡에 남아 있던 두 명의 아이들에게 문제가 생긴 모양이었다. 서너 차례 고성이 오가는가 싶더니, 여자아이가 돌아섰다. 자리를 피하려는 여자아이를 남자아이가 붙잡았다. 두 사람 사이의 감정이 격해지고 있었다.

불쾌한 소음이 숲속을 울렸다. 고막이 찢어질 듯한 단음의 쇳소리였다. 그때 민광용은 산 정상에서 이는 푸른빛을 보았다. 송전탑에 문제가 생긴 걸까?

갑작스러운 현기증에 민광용이 돌아섰다. 물가에 있던 남자아이가 머리를 부여잡고 뒷걸음질 쳤다. 아이는 극심한 고통으로 온몸을 뒤틀었다.

여자아이가 달려왔다. 겁에 질린 여자아이가 도움을 청하며 울부짖고 있었다. 민광용은 쓰러지지 않으려고 가까이 있는 나무 기둥을 붙잡았다. 그 순간 강력한 힘이 주변을 덮쳤고, 이 충격으로 10미터쯤 날아간 민광용이 나무

기둥에 머리를 부딪히며 정신을 잃는다.

어둠 속에 눈을 뜬 민광용은 두려웠다. 그녀는 자신의 상태가 이전과 다르다는 것을 알았다. 온 힘을 다해 움직여보려 했지만, 꼼짝할 수가 없었다. 민광용은 다시 정신을 잃는다.

"여보세요? 전유숙 팀장! 내 말 듣고 있는 거야?"

권혁남의 다급한 목소리가 휴대전화를 통해 흘러나왔다.

"그렇다면 그날의 직감은 여전히 유효하겠네?"

"그렇다고 봐야지."

"음. 알겠어요. 그런데 본부장님, 달걀은 너야?"

"아! 달걀을 만났어? 아니야, 나."

"그럼 누구야?"

허공에 멈춰 있던 달걀 부대가 반응했다. 이들은 팀장의 주변을 휘감듯 돌아 업무실 중앙으로 이동했다. 배하나 대리가 재빨리 걸어나와 팀장을 등 뒤에 두고 업무실 중앙을 향해 총구를 겨누었다.

달걀 부대가 집합과 해체를 반복하며 허공에 무언가를 그리기 시작했다.

'찡, 땅, 에, 각, 행.'

달걀 부대가 허공에 차례로 새긴 문구였다.

"찡땅에각행(반갑습니다)?"

배하나 선배가 문구를 읊었다.

"그가 돌아왔네요."

팀장이 중얼거렸다.

"누구요? 누구요, 팀장?"

배 선배가 외쳤다.

"김충만."

팀장과 본부장의 입에서 동시에 같은 이름이 흘러나왔다. 지난 15년간 이어진 두 방위대원의 거북한 직감이 실체를 드러내고 있었다.

한국우주난민특별대책위원회

작성자: 공필연.

작성 기간: 2022년 5월 13일~2023년 1월 2일.

민원실이 운영되는 한 기록은 계속될 테지만, 공개 시점
은 특정할 수 없음.

2020년 신세계그룹이 설립한 마인드마크는 장르와 미디어를 넘나드는 앞서가는 크리에이티브 콘텐츠 스튜디오입니다. 영화, 드라마, 공연, 전시 그리고 출판에 이르기까지 마인드마크만의 오리지널 스토리로 전 세계 사람들과 만납니다. 마인드마크는 사람들의 마음과 기억(마인드)에 오래도록 남는 감동이자 잊지 못할 경험(마크) 그 자체입니다.

한국우주난민특별대책위원회
ⓒ 제재영 & 마인드마크 2024

초판 인쇄 2024년 12월 4일
초판 발행 2024년 12월 16일

지은이 제재영
발행인 김현우
스토리IP팀장 서언중
책임편집 원예지

디자인 2NS
마케팅 서언중 원예지
마케팅광고디자인 뉴스펀캐스트
제작처 영신사

발행처 ㈜마인드마크
출판등록 2024년 5월 9일 제2024-138호
주소 (06015) 서울 강남구 선릉로162길 35(청담동)
전화 02-2280-1301 **팩스** 02-2280-1398
이메일 mindmark-story@shinsegae.com

ISBN 979-11-988149-2-0 (03810)